散文与生态文化丛书

中外生态散文和生态美学
多维视野中的生态散文研究

朱鹏杰 著

广东高等教育出版社
Guangdong Higher Education Press
·广州·

图书在版编目（CIP）数据

中外生态散文和生态美学：多维视野中的生态散文研究/朱鹏杰著．—广州：广东高等教育出版社，2023.11
（散文与生态文化丛书/陈剑晖，王兆胜，丁晓原主编）
ISBN 978-7-5361-7455-9

Ⅰ.①中… Ⅱ.①朱… Ⅲ、①散文—文学研究—世界 Ⅳ.①I106.6

中国国家版本馆 CIP 数据核字（2023）第 080873 号

ZHONGWAI SHENGTAI SANWEN HE SHENGTAI MEIXUE：DUOWEI SHIYE ZHONG DE SHENGTAI SANWEN YANJIU

出版发行	广东高等教育出版社
	地址：广州市天河区林和西横路
	邮政编码：510500　电话：(020) 87554152　87551163
	http://www.gdgjs.com.cn
印　刷	佛山市浩文彩色印刷有限公司
开　本	787 毫米×1 092 毫米　1/16
印　张	19.75
字　数	342 千
版　次	2023 年 11 月第 1 版
印　次	2023 年 11 月第 1 次印刷
定　价	52.00 元

编委会

学术顾问： 林　非　孙绍振
编　　委： 陈剑晖　王兆胜　丁晓原　黄红丽
　　　　　　　刘　勇　王　尧　程相占　李继凯
　　　　　　　汪文顶　杨庆存　汪树东　李春雨
　　　　　　　龙其林　周海波　咸立强　周红莉
　　　　　　　朱鹏杰　杨文丰　刘　浏　钟凌翊

总　序

习近平总书记在十八届中央政治局第六次集体学习时的讲话中指出："建设生态文明，关系人民福祉，关乎民族未来。"在《习近平致生态文明贵阳国际论坛2013年年会的贺信》中，习近平总书记进一步强调："走向生态文明新时代，建设美丽中国，是实现中华民族伟大复兴的中国梦的重要内容。"党的二十大报告指出，"中国式现代化是人与自然和谐共生的现代化"，明确了我国新时代生态文明建设的战略任务，总基调是推动绿色发展，促进人与自然和谐共生。

党的二十大将经济建设、政治建设、文化建设、社会建设、生态文明建设作为"五位一体"进行总体布局，这是将生态文明建设提高到"中国式现代化"国家发展战略的高度。无论在共和国发展史上，还是人类思想史上，都是史无前例的大事件和革命性举措。它标志着中国对绿色生态建设的坚定意志和坚强决心，也表明中国作为一个大国的责任伦理和文化担当。由此可见，中国式现代化，是全体人民共同富裕的现代化，是物质文明和精神文明相协调的现代化，是人与自然和谐共生的现代化，是走和平发展道路的现代化。

生态文化与生态文明理念的提出，基于两个重大的危机：其一是当今世界日益恶化的自然生态危机，其二是现代消费社会中的人文精神生态危机。这两大危机均来源于现代性的恶果。现代性扩张导致的东方各国的"全盘西化"浪潮，已经被百年历史证明不是东方的福音，而是人类单面化和异化的开始。人类遭遇的各种问题——核战争、资源耗尽、环境污染、海啸和小行星撞击地球，都告诉人们一个事实：现代性极度膨胀会反过来毁灭人类。现代性与全球化为人们承诺美好生活的同时，又带给人们太多的生态灾难——

自然生态危机、社会生态危机、精神生态危机、文化生态危机……面对自然生态、精神生态失衡和消费主义、文化霸权主义盛行的严峻现实，党的二十大站在全面建成社会主义现代化强国，以中国式现代化全面推进中华民族伟大复兴的战略高度，强调人与自然是生命共同体，中国式现代化是人与自然和谐共生的现代化，旗帜鲜明提出大力推进生态文明建设，努力建设美丽中国，实现中华民族永续发展。这既是对寻找中国梦的最好诠释，也是对人类命运共同体的最好诠释。

"散文与生态文化丛书"正是在这样的现实语境和文化背景下产生的。生态文学研究，是20世纪70年代兴起于欧美，90年代传入我国的一种文学和文化批评思潮，不过就目前情况看，这方面的研究总体较为薄弱，尚未引起人们的充分重视。就单部专著来看，国内目前较有影响的生态文学研究，有鲁枢元的《生态文艺学》、程相占的《生态美学引论》、曾永成的《文艺的绿色之思：文艺生态学引论》、王诺的《欧美生态文学》、程虹的《寻归荒野》等，尽管是本领域里的开创性著作，但这些成果主要受到西方特别是北美的生态批评的影响，而且侧重于文艺学方面。而从丛书方面看，2000年陕西人民教育出版社曾出版一套"生态文化丛书"，2007年人民出版社出版"生态美学丛书"，前者较全面系统，但主要侧重于文化和文艺学；后者仅出版四本，主要侧重于生态美学。"散文与生态文化丛书"的研究范围和对象主要是中国散文，特别是中国当代散文和报告文学创作中体现出来的生态意识和文明意识，这在国内出版界尚无先例。因此，从某种意义上说，"散文与生态文化丛书"的适时推出，填补了我国生态文学研究的空白，具有开拓与创新之功。

"散文与生态文化丛书"的基本内涵，涉及三个关键词：一是"生态"，二是"文化"，三是"散文"。生态，指的是丛书的研究对象是人与自然的关系，即如何保护自然，与自然建立命运共同体，与自然"共存共荣"。文化，指的是丛书不仅仅停留于自然生态层面，而是涉及社会生态、精神生态、文化生态、生态哲学、生态伦理、生态美学、生态教育，以及全民族的整体素质、整体文明诸问题。散文，指的是丛书研究的范围和对象主要是散文，包括非虚构写作、报告文学等（丛书将散文看作一个大文类，报告文学是其中一个品种）。因为国外尤其是美国的生态文学，影响深远的几乎全是散文。如梭罗被称为美国最有影响的自然文学作家，成为美国文化的偶像，就是凭他的散文《瓦尔登湖》。此外，像利奥波德的《沙乡年鉴》、奥斯汀的《少雨的土地》、卡逊的《寂静的春天》、艾比的《大漠孤行》、迪拉德的《汀克溪的朝圣者》等，全是长篇散文或散文集。再从国内的情况看，我国的生态文学已然出现了苇岸的《大地上的事情》、徐刚的《江河八卷》《大森林》、梁衡的《树梢上的中国》、哲夫的《水土》、何建明的《那山，那水》、陈启文的《命脉》《大河上下》、彭程的《心的方向》、冯秋子的《塞上》、詹克明的《空钓寒江》、李青松的《穿山甲》、刘亮程的《长成一棵大槐树》、杨文丰的《自然笔记》《病盆景》、胡冬林的《狐狸的微笑》等作品，这些散文和报告文学构筑了中国生态文学的当代图景，它们既是我国生态文明建设的有生力量，也是本丛书研究的对象和基础。

丛书的出版依据，一是党中央和习近平总书记的高度重视。在《习近平谈治国理政》中，有三篇文章谈到"建设生态文明"问题。党的二十大更是将生态环境与文化和文明建设上升到实现中国式现代化和人类命运共同体的高度。二是中国古代散文，从庄子到陶渊明，无不蕴含着道法自然、平等共生、物我同一、生生不息的生态智慧，以及和谐之美、持续发展的循环之美。这些博大精深的道家思想，对本丛书具有重要的理论意义和现实价值。三是在当代文学创作中，散文和报告文学在表现生态题材方面最为充分和突出，生态内涵也最为丰富。而散文这种文体，因其自由灵活、题材多样，便于表达感情，融入自然，因而成为生态文学的最佳载体。

基于上述原因，丛书力图从生态文学、生态文化、生态文明三个维度出发，对当代生态散文进行深度、全景式的研究，并在此基础上，建构有中国特色的本土性生态文学批评话语。因自从 20 世纪 90 年代生态批评传入我国以来，我们基本上是照搬西方的生态文学批评理论，总体上看，"跟风"有余，忽略本土经验，创新性不足。我们认为，理想的中国生态文学批评，应在"拿来"的同时，有所借鉴，有所创造，使西方的生态文学批评在本土化的过程中，实现与本民族丰厚的生态思想资源的话语融合，从而使之成为新时代一种生机勃发的文学批评和理论范式，成为我国生态文明建设的助推器。这是本丛书思考并力图有所突破的另一个问题。

一套有学术价值和现实意义的丛书，应有自己的特色和创新之处。这套丛书的特色和创新之处主要体现在：

一、用散文研究讲好中国生态故事。 丛书立足时代性与当下性，以现代批评的视野，紧扣时代脉搏，通过对生态散文的全景式展示，探索并反思生态时代现代人的生存方式和文明的发展伦理。因此，可以说这套丛书是时代命题的学术性回应。即是说，这里的生态散文研究已超越了一种单纯的文体研究，而成为对"中华民族伟大复兴"这个当代重大时代命题的学术性回应；同时也是大力推进习近平新时代中国特色社会主义思想落地生根、结出丰硕成果的学术实践。

二、全面性与系统性。以往的生态文学研究，无论是文章还是专著，一般都是从某一个侧面、某一个局部或某个时期来研究生态文学，视野较为单一狭窄。本丛书对人类面临的生态问题进行了全面系统的多层次研究，涵盖了自然伦理、文化伦理、社会伦理、环境伦理、哲学伦理等方面，为当代文学批评带来了全新的思维方式和研究视角。

三、宏观梳理与文本细读并重。丛书既有对生态文学发展演变的宏观考察，更强调对生态文本的细致解读，并在个案解读中发现生态文化和文明的新价值。比如对苇岸的《大地上的事情》、徐刚的《江河八卷》《大森林》等文本的细读，尽量在史料和个案分析的基础上进行理论新阐释。总之，丛书将采取历史还原的方法，论从史出，探源溯流，从古今中外不同的生态资源和语境，深入探讨中国当代生态散文的发生、演变和特征。

四、感性与有体温的"绿色文字"。"散文与生态文化丛书"的作者均为国内知名文化学者和文学评论家，他们长期从事文学和文化研究，且有较好的学术造诣和审美趣味，这为将丛书打造成文化学术精品这一总体要求奠定了坚实基础。同时，为了让读者更好地了解传统文化和生态文学，提高他们阅读的兴趣，丛书将兼顾学理性和可读性两方面，尽量回避过于"学院化"的表述，用鲜活优美、灵动诗性、蕴含着个人感性与体温的"绿色文字"，来探讨人类的危机、困境、平衡与和谐，以及生态文学的传承与创新问题。

中国式现代化的本质要求是坚持中国特色社会主义，实现高质量发展，发展全过程人民民主，丰富人民精神世界，实现全体人民共同富裕，促进人与自然与文化的和谐共生，推动构建人类命运共同体，创造人类文明新形态。"散文与生态文化丛书"，正是同频时代，践行落实党的二十大精神的一次颇有理论价值和现实意义的探索，期望丛书的出版有益于促进人与自然和谐共生，推动中国式现代化的实现。

陈剑晖　王兆胜　丁晓原
2023 年 7 月 15 日

目　录

导论　生态散文研究的理论基础 …………………………… 1

第一章　生态散文的发生发展历程 ………………………… 21
　　第一节　西方生态散文的发生发展 ……………………… 22
　　第二节　中国生态散文的发生发展 ……………………… 27
　　第三节　中西生态散文的影响交融 ……………………… 34

第二章　生态散文与精神生态 ……………………………… 41
　　第一节　精神生态的生发和内涵 ………………………… 43
　　第二节　生态散文的精神生态表达 ……………………… 52
　　第三节　生态散文的精神生态意义 ……………………… 78

第三章　生态散文与身体美学 ……………………………… 84
　　第一节　身体本体论生态美学 …………………………… 85
　　第二节　生态散文中的身体表达 ………………………… 95
　　第三节　生态散文的身体美学价值 ……………………… 104

第四章　生态散文与"生生美学" ………………………… 109
　　第一节　生生本体论生态美学 …………………………… 110
　　第二节　生态散文的"生生"表达 ……………………… 114
　　第三节　无生命物的"生生"价值 ……………………… 147

第五章　生态散文与地方美学 ······ 156
第一节　地方与在地性 ······ 158
第二节　生态散文的地方塑造与美学价值 ······ 165

第六章　生态散文的现代化反思 ······ 189
第一节　现代与后现代：生态散文的反思 ······ 190
第二节　对科技至上的反思和批判 ······ 211
第三节　对气候异常的展现与反思 ······ 219

第七章　生态散文的城市化反思 ······ 228
第一节　城市扩张的影响 ······ 229
第二节　生态散文的反思 ······ 238
第三节　城市生态散文的实践与展望 ······ 244

第八章　生态散文与生态语言 ······ 254
第一节　生态语言的形成与特征 ······ 256
第二节　生态语言的价值和影响 ······ 262

第九章　生态散文的审美价值和社会影响 ······ 266
第一节　生态散文的"伦理—审美"范式 ······ 267
第二节　生态散文的生态美育实践 ······ 273
第三节　生态散文的社会价值 ······ 287

参考文献 ······ 294

后记 ······ 303

导　论
生态散文研究的理论基础

生态散文的兴起，主要是和生态环境的变化有关。从全球范围看，自从工业革命开始，随着工业化的推进，全球各地频繁出现生态危机。化工厂、生活污水及汽车尾气造成空气、河流污染，能源开采破坏地表生态，木材贸易致使原始森林被大量砍伐，进而导致泥石流、水土流失等灾害，各种化学污染物及塑料废弃物随着经济全球化遍布地球各个角落，物种灭绝速度加快，煤炭、石油资源日益减少并且不可再生。对于某些局部地区来讲，各种化工污染、水土流失等导致局部生态系统濒于崩溃。诸种生态问题给人类带来了各种各样的教训，如英国伦敦的"雾城"事件、日本的"水俣病"事件、中国的"沙尘暴"、美国的"黑色风暴"等，全球多地遭遇了各种生态灾难。针对全球生态危机和生态问题，从哲学到美学，从文学到艺术，社会各学科都做出了表现和反思。

从国内生态环境来讲，主要的生态破坏发生在20世纪六七十年代和八九十年代，尤其是自80年代以来，出于发展经济的需要，大量砍伐树林，开采矿产，建设工厂。这便造成各种各样的环境问题和生态污染。"20世纪80年代以来，中国逐渐步入了经济高速发展和社会剧烈转型的历史时期，同时也带来了严重的环境污染和生态危机，生态文学创作由此应运而生。"[①] 河流减少、淡水紧缺、沙尘暴频发、水土流失，面对各种各样的生态问题，生

---

① 龙其林. 生态中国：文学呈现与跨文化研究［M］. 北京：北京大学出版社，2019：1.

态散文对此做出了直接回应。《伐木者，醒来!》《北京失去平衡》等报告文学的先后发表产生了一定的社会影响，引起读者对生态问题的重视。

21世纪以来，随着生态文明建设目标的提出，生态散文的题材更加丰富，从揭露污染、批判人性到反思精神生态、寻找生态的生存方式。尤其是最近十余年来，生态散文的发展跟生态文明的提出和建设密切相关。2007年，在党的十七大报告中明确提出："建设生态文明，基本形成节约能源资源和保护生态环境的产业结构、增长方式、消费模式。"2012年，党的十八大提出："把生态文明建设放在突出地位，融入经济建设、政治建设、文化建设、社会建设各方面和全过程。"2015年，在十八届五中全会上，"美丽中国"被纳入"十三五"规划。2017年，在党的十九大报告中指出，要"加快生态文明体制改革，建设美丽中国"，生态文明的建设如火如荼地展开。

生态文明建设是中国政府最近十年来的工作重点，也是近年来中国生态文艺创作的大背景。首先，当下中国生态文学创作及研究与生态文明有密切关系。生态文明的定义如下："人类超越一般动物的地方在于，人类的一切活动都是在特定价值观的引导下进行的——而价值观不但有是非正误之分，而且会随着时代变化而发展变化。正是因为这样，我们将那些依据生态价值观之引导所进行的文化创造称为'生态文明'。"[①] 其次，生态文明是一个系统工程，其组成部分多种多样，不但包括植树造林、防风固沙、降低污染、遏制尾气排放等现实层面的举措，而且还包括新闻宣传、文艺创作等精神层面的建设。从精神层面来看，生态文明建设重点之一是构建中国特色生态美学，"主要体现为塑造生态价值观和生态审美观。我们应该根据生态文明建设的需要重构美学，其学术思路是反思和批判现代非生态的或反生态的美学，充分借鉴和吸收古今中外的生态智慧，结合当代生态审美实践而构建生态美学"[②]。在生态美学的指导下，生态批评和生态文艺在生态文明建设中发挥越来越重要的作用。最后，生态文明建设是绿色"中国梦"的实现途径。杨文丰指出："作为华夏儿女，我推崇'中国梦'——这是以美好观念和行为建构中国人的物质家园和精神家园的大梦，是矗立在精神家园的大梦，惠泽苍生惠泽地球村的绿色梦，更是慰藉乡愁之梦。"[③] 绿色中国是生态文明的建设目标，在这个目标的指引下，生态文明建设推动中国生态环境持续改

[①②] 程相占. 生态美学引论［M］. 济南：山东文艺出版社，2021：203，184.
[③] 杨文丰. 病盆景［M］. 北京：西苑出版社，2017：189.

善，也为地球生态系统的好转贡献力量。

研究生态散文的价值主要体现为如下三个方面：首先，研究生态散文是为建设新时代生态文明与美丽中国的伟大目标和实践而服务。生态文明与美丽中国的建设是当下中国发展的目标之一，为中国生态美学、生态批评和生态文学的发展提供了更加广阔的天地。"文明是包括器物、制度和精神三个层面的综合体，审美活动及其理论化的学科——美学，无疑是精神文明的重要组成部分，生态文明毫无疑问应该包括生态美学。"[①] 同样，生态批评和生态文艺也属于精神文明的组成部分。生态文艺的内容多种多样，包括生态散文、生态纪录片、生态动画、生态小说、生态诗歌、生态绘画等。生态散文作为生态文学的重要组成部分，由于其情感真挚、文笔优美、短小精悍的特点，在文本传播、塑造受众生态意识等方面具有独特的优势。生态散文是生态美学的文学实践路径之一，也是生态批评的重要研究对象，为建设生态文明提供了精神支持，并以文学特有的"恢宏的弱效应"影响深远。

其次，研究生态散文是填补国内生态文学研究的短板。尽管国内生态文学研究在最近十余年出现了一些成果，但是大多是从生态文学整体的角度进行研究，鲜少有把生态散文作为主要研究对象的专著。如吴景明的《生态批评视野中的 20 世纪中国文学》[②]，以整个 20 世纪的中国文学作为研究对象，内容包括诗歌、散文、小说；汪树东的《生态意识与中国当代文学》[③]，以 1949 年以来的中国当代生态文学作为研究对象，从小说、诗歌、散文三个侧面考察了当代文学中的生态意识；龙其林则是从跨文化影响的角度对中国文学进行研究，其专著《生态中国：文学呈现与跨文化研究》[④]，从跨文化角度对中国当代文学尤其是生态诗歌进行了深入研究，视野开阔；除此之外，还有一些生态文学读本，把生态小说、生态散文、生态诗歌放在一起，用点评式的方法进行解读，有一定的影响力。从上可知，生态散文虽然已经进入生态批评的研究视野，但是缺乏对生态散文进行系统研究的著作。从生态美学角度对中外生态散文尤其是中国近 20 年的生态散文进行系统研究，有助于梳理近年来

---

① 程相占. 生态美学引论 [M]. 济南：山东文艺出版社，2021：222.
② 吴景明. 生态批评视野中的 20 世纪中国文学 [M]. 北京：中国社会科学出版社，2014.
③ 汪树东. 生态意识与中国当代文学 [M]. 北京：中国社会科学出版社，2008.
④ 龙其林. 生态中国：文学呈现与跨文化研究 [M]. 北京：北京大学出版社，2019.

中国生态理论建设和生态文学创作的内在关联，厘清中国生态散文的发展轨迹和关注重点，为生态美学研究和生态批评提供一个实践范例。

最后，研究生态散文是突破大众媒介、种族主义对生态文学封锁的路径之一。尽管生态文学在近半个世纪产生了一定影响，但由于其不利于跨国商业和种族主义发展的特点，在主流媒介中往往处于被排挤的地位，在世界文学艺术版图中更是处于边缘位置。洛夫认为："在这样的时代，尽管世界人口翻倍，很快将翻三倍，面临冷战核毁灭威胁、水污染、空气污染、有毒废物、森林破坏、物种灭绝、全球变暖以及城市扩张等演变成了世界性问题，……但是，自然与文化之间的重要关联却依然不受主流学术话语的关注。"[1] 这其中的原因是多方面的，但是主要原因是种族主义、国家主义以及大众媒介的欺骗效果。因此，对包括生态散文在内的生态文艺进行研究势在必行，不但有助于突破种族主义和国家主义，认识全球共同面临的问题，还能够让读者打破媒介骗局，从生态现实出发进行思考，为地球生态系统的真正好转贡献力量。

在文学艺术的场域对生态散文展开研究，必须了解其同生态美学、生态批评的关系，正是生态美学的发展，为生态散文提供了新的写作视角和美学基础，同时生态散文的繁荣也促使生态美学的细化；此外，生态批评的发展，和生态散文也是相辅相成的关系，生态批评活动促使作家从传统山水游记向当代生态散文转变，而生态散文的繁荣和兴盛又为生态批评提供了更多的批评对象。

一、生态美学

从生态美学的视域来看生态散文，既是对生态散文的理论研究，界定生态散文的审美特质和审美价值，也是对生态美学本身的一种反向证明，来进一步确立生态美学的内涵和外延。

生态美学从审美的角度来研究和生态有关的一切事物，它首先是对于生态系统的各种环境、生命的审美欣赏；其次是对包含生态意识的文学艺术作品进行的欣赏。广义来讲，一切跟生态学相关的事物均可以纳入生态美学的研究范畴。生态美学的兴起是跟生态危机的产生和社会科学的回应同步的，正是生态系统被破坏和生态学的研究和反映，影响到社会科学、文学艺术，

---

[1] 洛夫. 实用生态批评：文学、生物学及环境 [M]. 胡志红，王敬民，徐常勇，译. 北京：北京大学出版社，2010：3.

才促生了生态哲学、生态美学、生态批评的发生发展。"生态美学是对于全球性生态危机的美学回应,它从审美理论这个特定的角度,关怀生态危机时代人的生存状况和生存质量,关怀人类拯救生态危机而幸存的途径,并以此为基础关怀人类审美活动的是非对错及其应有的价值取向。"① 相对于生态哲学从思想、思维等方面进行的反思,生态美学更多的是从美学角度对生态系统、生态问题进行思考。

一般认为,生态美学"是以生态知识、生态立场为基础的生态审美,其对象不仅仅是自然,而且还包括艺术"②。也就是说,生态美学是结合了生态学知识的审美和反思,其对象不仅仅是自然,同时也包括戏剧、影视、文学等,甚至包括各种影响生态文艺创作的社会思潮。而生态审美、生态文艺、生态理论都是生态文明的上层建筑部分。因此,要从生态文明的视野出发来理解生态美学。程相占提出,建设生态美学,要"自觉地从生态文明视野出发来进行理论构建,自觉地将生态美学构建视为生态文明建设的有机组成部分。针对现代工业文明的'杀生'倾向以及背后隐含的本体论预设,生态美学将'生生之道'视为宇宙万物之本体,认为人类物种是生态圈中的普通成员之一,其存在是依赖于生态圈其他成员的生态存在"③。这是中国生态美学研究交出的答卷,不仅解答了生态美学的研究目标,而且还结合中国传统文化提出了解决生态问题的美学启示,即以"生生之道"作为本体,人与生态系统互动、共生。

生态美学是研究如何进行生态审美的学科,关注的是如何通过审美活动来促使生态系统良好运转。程相占认为:"这样的新型审美就是生态审美——关怀生态危机之拯救、以生态伦理为基础、借助一定的生态知识、反思和批判人类传统审美偏好、强调审美适当性、追求生态友好的新型审美。"④ 而生态审美的要义体现为三点:"第一,尊重事物本身的天然状态;第二,基本的生态学知识在生态审美中发挥着重要作用,启发并引导欣赏者的想象力和感情的方向;第三,传统意义美学无法描述这样的审美活动和审美对象。"⑤ 这三点实际上涉及狭义的生态审美和广义的生态审美两个层面。狭义的生态审美即欣赏一切美的自然物,集中在对于生态美的发现和欣赏上,比如花之美、清风明月之美、山林之美,发现自然物的美,确认一切含有生态美的事物。而广义的生态审美集中在如何去生态地审美,即以生态学的知识为基础

---

①②③④⑤ 程相占. 生态美学引论 [M]. 济南: 山东文艺出版社, 2021: 1, 23, 209, 8, 74.

进行审美，凡是有利于生态系统的即是美的，即便这些事物从平时审美的角度来看是丑的。比如，各种野生动物的粪便，如果从日常审美的角度来看，它是臭的、不美的，但是从生态审美的角度来看，动物粪便有利于生态系统的能量循环，是生态系统自然运转的一部分，因此就是美的，这就是生态美学不同于其他美学的地方。此外，生态美学批判、反思不利于生态系统的美学现象，推动生态审美的美学研究。"不健康的审美观往往会造成不健康的消费观念和消费行为，导致对资源的浪费、环境的污染，加剧生态危机——这就是生态危机时代的'审美暴力'。"① 这也是为什么要研究生态美学的原因。对生态美学的研究和推广，不但影响到生态文学艺术，而且影响到个体，使得他们能够从审美意识和审美实践上去进行生态审美，从而矫正消费主义、技术主义带来的"不健康的审美观"。

薛富兴认为："生态美学（或环境美学）乃是一门发端于20世纪中后期的美学新兴分支学科，是对当代世界性环境危机的积极回应，它立足当代生态观念重释人类审美活动，同时立足美学学科，丰富了当代生态文明之内涵。"② 提出生态美学是对环境危机做出的美学回应，是生态文明的重要组成部分。王诺认为，生态审美有四个原则：第一，自然性原则，关注自然的美；第二，整体性原则，关注生态系统整体的和谐稳定；第三，交融性原则，注重人与自然的交融；第四，主体间性原则，强调人与其他自然生命的交往。③ 这几个原则是王诺对生态文学所应具有的审美特质的总结，也是对国外几位主要生态美学家观点的提炼和概括，高度浓缩了国外有关生态美学的观点，对中国生态美学的发展起到了推动作用。

需要注意的是，生态审美是建立在审美主体已经解决生存问题、有一定知识水平的基础之上。只有掌握了生态学知识，并且不受生存压力所迫，个体才能够恰当地进行生态审美。对于农民、伐木工人、牧民而言，面对田园、山林、自然，首先想到的是其功用性，比如农田提供食物，树木是经济来源，自然是人类存活的基础。只有审美主体满足了温饱需求，有一定的时间和精力后，才能够进行生态审美。对于审美主体来讲，进行生态审美的另外一个基础是掌握生态学的知识。"人们只有在掌握了一定的自然史知识、生态学知识的

---

① 程相占. 生态美学引论 [M]. 济南：山东文艺出版社，2021：5.

② 薛富兴. 生命美学与生态美学的对话 [J]. 社会科学战线，2020（10）：155 - 164.

③ 王诺. 生态批评与生态思想 [M]. 北京：人民出版社，2013：231 - 250.

情况下，才能被生态系统中自然万物之间微妙、神奇的关系所打动，才会有所感触，甚至有所震惊、敬畏。"① 生态学知识是生态审美的必备条件，在相关知识的帮助下，审美主体才能在看待自然的时候从有机、系统的角度入手，把所需与自然所能给予的综合考虑，感受人和自然之间的多维联系。

当代西方生态美学中较有影响的有利奥波德的大地美学、瑟帕玛的环境美学、伯梅的生态的自然美学、米克的生态美学、高主锡的以生态艺术设计为核心的生态美学、罗尔斯顿的客体性的生态美学、柏林特的"交融美学"、卡尔松的"肯定美学"等。近年来较有代表性并具备广泛影响力的论述是"交融美学"和"肯定美学"。

柏林特在1992年出版《环境美学》，提出以环境作为审美范式，认为环境是"由有机体、知觉和场所构成的、充盈着各种价值的、没有缝隙的统一体，……环境并不是与人类栖居者相分离的一个独立领域。人类与环境是相连续，是其各种过程的内在组成部分"②。因此，他认为人与自然环境的交融及人的活动对周围环境的积极影响，是环境美学的核心。他的环境美学理论的核心观点可以概括为"交融美学"，即人类与周围环境的连续性作用。程相占认为，这种审美模式符合"有机体—环境"的生态学定义，"只有通过审美交融这种超越了主客二元对立的审美方式，人与世界之间的亲和关系才能真正的建立起来"③。这种观点看到了人与环境的连续性作用，但是对其他物种与人类的交互作用以及生态系统整体利益关注较少。

卡尔松"肯定美学"的核心观点是："全部自然世界都是美的，按照这种观点，自然环境，就它未被人类触及或改变的意义来说，大体上具有肯定的审美属性。……简而言之，所有未被人类玷污的自然，在本质上具有审美的优势。"④ 他认为自然在被触及前从本质上说是美的，对于自然的审美欣赏要在恰当的生态学知识的指导下进行，他的美学思想"紧紧围绕审美适当性这个核心问题展开论述"⑤。他强调一种科学的审美，注重以科学认知主义的方式进行自然审美，关注科学知识、生态审美和自然认知三者之间的关联。卡尔松"肯定美学"的观点有助于推动个体对自然进行恰当的审美欣赏，有

---

①②③ 程相占. 生态美学引论［M］. 济南：山东文艺出版社，2021：25，142-144，79.

④ 卡尔松. 从自然到人文：艾伦·卡尔松环境美学文选［M］. 薛富兴，译. 桂林：广西师范大学出版社，2012：86.

⑤ 程相占. 西方生态美学史［M］. 济南：山东文艺出版社，2021：84.

利于生态实践。

中国生态美学起步稍晚，受到西方生态美学影响较大。中国生态美学面临的是中国生态问题和中国文化语境，因此，从一开始就呈现出中西交融的特点。"生态美学是一个高度国际化的新型研究领域，中国学者由于独特的文化背景（中国传统文化）、独特的社会语境（生态文明建设），无形之中就会形成生态美学的中国话语系统。"① 比较有代表性的学者及其观点有如下几种：第一，徐恒醇认为生态美学是研究生态美范畴的美学；第二，曾繁仁提出"生态存在论美学"，认为生态美学是一种研究如何生态地存在的美学；第三，张玉能提出"实践论美学"，认为生态美学是新实践美学的重要维度②；第四，程相占提出"生生美学"，研究生态圈内不同物种如何生态地存在；第五，王晓华提出身体本体论的"交互美学"，认为不同物种的身体的交往构成了生态审美和生态系统。其中曾繁仁、程相占、王晓华的生态美学观点较有代表性。

第一，生态美学是一种生态存在论美学。曾繁仁认为，首先，生态存在论美学是契合当下这个时代的美学，"生态存在论美学是与时代紧密联系的。每个时代都有反映自己时代精神的美学，生态存在论美学就是'后现代'即新的生态文明时代的美学"③。其次，生态存在论美学提倡把生态整体主义作为哲学基础，认为生态系统是所有生命存在的本体基础，"生态存在论美学的基本哲学立场是对于人类中心主义的扬弃与生态整体主义哲学立场的建立"④。因此，生态存在论美学要求人们认清楚人类必须依赖生态系统存在这个基本特点，把生态系统当作人类和其他生命的共同家园，需要共同去维护。这种立场既注意借鉴和吸收西方环境美学的相关成果，又注重研究中国传统生态审美智慧，对儒道思想、《周易》、《诗经》、中国古代绘画的生态审美智慧进行了比较深入的探讨，对中国生态美学的总体发展起到了较大的推动作用。

第二，生态美学是"生生美学"。程相占指出，生态美学应该是一种"生生美学"，"以中国传统生生思想作为哲学本体论、价值定向和文明理

---

① 程相占. 生态美学引论 [M]. 济南：山东文艺出版社，2021：60.
② 前三种提法总结借鉴程相占生态美学引论. 程相占. 生态美学引论 [M]. 济南：山东文艺出版社，2021：51-54.
③④ 曾繁仁. 我国自然生态美学的发展及其重要意义：兼答李泽厚有关生态美学是"无人美学"的批评 [J]. 文学评论，2020（3）：26-33.

念，以'天地大美'作为最高审美理想，是从美学角度对当代生态运动和普适伦理运动的回应"①。他认为，"生生美学"具有一种"生生本体论"立场，其基本内涵是："以生态学关键词'共同体'为科学基础，从中国传统'天地人三才'学说中，提炼出'人生天地间'这一哲学存在论命题，认为天地自然是孕育人及其文化创造的母体，人的使命应该是'辅天地之自然而不敢为''赞天地之化育'，人与天地万物之间存在着'感而遂通'的'感应'关系，这种关系是适当的自然审美的基础。"②他认为，"生生美学"的主要特点是批判现代工业文明的"杀生"倾向、现代工业文明所造成的大量的"文弊"机器背后隐含的本体论预设。这种立场富有中国原创精神，是中国学者结合传统文化和中国现实的独特贡献。程相占指出："中国生态美学自觉地从生态文明视野出发来进行伦理建构，自觉地将生态美学构建视为生态文明建设的有机组成部分。针对现代工业文明的'杀生'倾向及其背后隐含的本体论预设，生态美学将生态系统所包含的'生生之道'视为宇宙万物之本体，认为人类物种是生态圈中的普通成员之一。"③这种观点结合了中国传统生态智慧与西方生态美学的科学认知倾向，是当下中国生态学者的独特思考，普适性强，不仅适用于中国社会，还适用于西方的生态问题，是中国生态美学对世界生态美学的贡献。

第三，生态美学是后人类美学。在王晓华看来，包括智能机器、人类、其他生命体等各种具有智能的、自组织的主体共同构成了未来生态系统，各个主体交互，共同维持生态平衡和生态运转，都是未来生态系统中的一部分。因此，研究生态美学首先要认清生态系统中各主体的交互性特征，这是主体间性在各种生命物种乃至非生命智能体中的进一步扩展。而且，随着人工智能的发展，各种智能体逐渐具备并终将具备自组织的特征，人工智能将成为和人类、动植物生命一样具有主体性的物种，即"后人类"。未来的生态美学将是"后人类美学"，这是一种反人类中心主义的生态美学。他提出：

> 后人类美学是一种涵括了人类、机器、自然存在的交互美学（aesthetics of interaction）。它引入了人造主体性（artificial subjectivity）、机器人自我（robotic self）、自然主体性等概念，开始建构后人类主体间性（posthuman inter-subjectivity）或后人类交互性（posthuman

---

①②③ 程相占. 生态美学引论[M]. 济南：山东文艺出版社，2021：53, 53, 60.

interoperability）。……人类的意象进入了智能机器的感知系统之中，而后者又可能被动物的眼睛—大脑所整合。经过这种多向度的、迂回的、不断分叉的折射，最终返回人类中枢神经系统的将是承载着异质主体性的意象。为了成功地摄入它们，人类所要跨越的不仅是性别、种族、阶级、地域的界限，而且同时是人类和非人类（其他物种、智能机器、非有机的自然存在）的疆域。……除了改写人类中心主义视域中的目的性、趣味、形式、判断概念之外，我们这个物种显然别无选择。①

当人工智能具有主体性，就具有和人类、动植物生命、生态系统交互的基础，通过交互，相互影响，最终成就一个囊括智能机器在内的未来生态系统。不过，需要注意的是，当人工智能发展到可以不需要人类的阶段，或者当人类发展到数字化生存的时候，主体间性的交互不再是生物身体与各物种的交互，而是主体意识与各个物种包括人工智能的思维交互。到那时，后人类不再是身体，而是信号，是虚拟存在。彼时的生态系统将是囊括各种动植物生命及人类意识生存的虚拟空间的系统，人类的主体意识将通过数字信号及各种介质与生态系统交互。

不管是生态存在论美学、生生美学，还是后人类美学，中国生态美学话语已经形成带有自己特色的理论基础，这是结合中国社会现实与中国文化传统，关注生态，关注其他物种的美学的结果，是中国生态美学学者对世界生态美学研究的贡献。

二、生态批评

生态批评出现于1978年，最初的生态批评是指结合生态学和文学的知识进行的批评实践活动，是生态学和文学的跨学科活动。在较早的生态批评活动中，利用生态学知识进行文学批评实践，成为生态批评的标准范式。对于生态批评的定义，一般认同格劳特费尔蒂在《生态批评读本》中提出的概念，即"研究文学与自然环境之间的关系"。随后的生态批评学者将这一定义做了深化，斯洛维克认为："（生态批评）指以任何学术路径所进行的对自然写作的研究，也反过来指在任何文学文本中对其生态学含义和人与自然

---

① 王晓华. 人工智能与后人类美学［J］. 首都师范大学学报（社会科学版），2020（3）：85 - 93.

关系所进行的考察,这些文本甚至可以是对非人类的自然界毫无提及的作品。"[1] 他注重生态批评的实践价值,认为生态文学及生态批评应该具备文学性、交往性和沉浸性的特点。洛夫认为,生态批评要有科学意识,要在具备生态学知识的基础上去进行生态批评活动。他指出:"科学导向的生态批评学者有机会振兴文学的教育与研究,有助于再次调整文学批评方向,让其发挥更重要的社会与公共作用。"[2] 他认为生态批评是跨学科范式,因此,掌握一定的科学知识尤其是生态学知识,有助于生态批评发挥更大的社会作用。布伊尔认为,生态批评应该是一种环境批评,他指出:"(生态批评)围绕的核心是一种对环境性的责任感。"[3] 他认为,如何理解"环境"才是掌握生态批评的关键。他指出,当下的环境概念正"从'自然'环境发展到把城市环境、'人为'与'自然'维度相交织的所有地方以及全球化造成的各个本土的相互渗透都囊括其中。……自然环境和人工环境早就难以分辨"[4]。所以,生态批评应该是环境批评,是从文学的角度去追问生命和环境之间的交互关系。

中国对生态批评进行定义的学者较多,代表性的是如下四位:第一个是王诺,他在《生态批评与生态思想》中提出,生态批评是"在生态主义特别是生态整体主义思想指导下探讨文学与自然之关系的文学批评。它要揭示文学作品所反映出来的生态危机之思想文化根源,同时也要探索文学的生态审美及其艺术表现"[5]。这个定义主要从文学研究的角度来对生态批评进行界定,把生态批评的使命概括为揭示生态危机思想根源,探索生态文学的审美及艺术表现,是当前影响较大的定义。第二个是胡志红,他深受西方生态批评的影响,提出生态批评应该是"从生态中心主义型走向环境公正型。生态批评应该从'荒野'归来,回到自然与人文交汇的中间地带。……生态批评必须回到复杂的充满各种利益诉求的人类环境之中"[6]。这个定义关注到人与

---

[1] 斯洛维克. 走出去思考:入世、出世及生态批评的职责 [M]. 韦清琦, 译. 北京:北京大学出版社, 2010:29.

[2] 洛夫. 实用生态批评:文学、生物学及环境 [M]. 胡志红, 王敬民, 徐常勇, 译. 北京:北京大学出版社, 2010:72.

[3][4] 布伊尔. 环境批评的未来:环境危机与文学想象 [M]. 刘蓓, 译. 北京:北京大学出版社, 2010:13, 14.

[5] 王诺. 生态批评与生态思想 [M]. 北京:人民出版社, 2013:8.

[6] 胡志红. 论西方生态批评思想基础的危机与生态批评的转型 [J]. 鄱阳湖学刊, 2014 (6):42-52.

环境的关系绝非人与自然的关系，而是与其生存的政治、经济、社会、自然的复杂环境的关系，具有强烈的现实特征。第三个是王晓华，他认为生态批评和身体、地方关系密切，"只有当人肯定身体性存在时，生态体系的意义才能获得显现的机缘"①。因此，生态批评必须敞开身体、地方和空间的关系，来守护所有生命的福祉。他认为身体是生态批评的出发点，而身体与周围环境的关系是生态批评的关注对象。第四个是王茜，她从"生活世界"的概念入手，提出"生态批评要研究作品中的各种元素构成并展现的是一个怎样的生活世界，要研究文学作品中描写的自然事物作为构成作品的元素之一，与作品中其他元素之间的关系……进而理解自然事物在作品所展现的生活世界中占有怎样的地位，它以何种方式与创作者的生存相关联"②。她从现象学的角度对生态批评、生态文学的批评路径和关注核心做了阐释，为理解生态批评提供了另外一条途径。

生态批评的产生有一定的历史语境，即全球生态环境的恶化和破坏，在生态恶化和面临全球性生态危机的当代，文学和文学批评必然反映着时代和社会，反映着相关的生态问题。生态文学和生态批评是对生态危机和生态问题的批评回应，是作家和批评家以文学和批评的方式关注生态、关注危机，推动社会对生态危机做出回应。因此，生态文学和生态批评的发展也必然影响着社会相关思潮的发展，按照怀特海的说法，这是一种"反身性错置"，指研究者和作者影响着生态批评和生态文学，反过来，生态批评和生态文学的发展也影响着文学创作和文学批评。

生态批评的目的是通过对文学的研究唤醒更多个体的生态意识，并促使社会向生态社会转型。对于生态批评而言，人与自然的关系相当于文本与自然的关系，生态批评关注的是生态文学与地球生态系统之间的联系。"随着经济全球化的节奏不断加快和各个国家经济发展的需要，人类对自然的征服和改造还将持续下去，这必然会带来环境文学创作呈增长的趋势。"③ 这为生态批评的进一步发展提供了契机，随着环境问题的持续涌现和更多文学文本

---

① 王晓华. 身体、地方意识与生态批评 [J]. 江苏大学学报（社会科学版），2014（1）：19 – 24.

② 王茜. "生活世界"中的自然：关于生态批评的文学本体论反思 [J]. 学术论坛，2015（2）：96 – 101.

③ 麦克库希克. 绿色写作：英美浪漫主义文学生态思想研究 [M]. 李贵苍，闫姗，译. 北京：中国社会科学出版社，2019：绪论7.

的出现，生态批评也将担负更大的责任，发挥更多的作用。"繁荣的文学创作必将唤醒人们的环境意识和生态意识，甚至会促使我们思考在经济全球化时代的一个重要的命题：我们不仅要问人类需要怎样在地球上生活，而且要问人类应该如何与地球生活在一起。"① 生态批评肩负推动生态文学创作和生态思潮传播的使命，生态学者对此往往有清晰的认识。斯洛维克提出："我自己的很多工作是徘徊在'职责'的两极之间：充分参与此生的职责，及投身我所属的社会并针砭时弊、促其健康发展的职责。"② 因此，生态批评学者往往同时游移在文学艺术和社会现实之间，在不同的领域发挥作用，推动社会向生态转向，推动自然健康发展。

生态批评探讨人与自然的联系纽带，研究这些纽带如何在人类生活中发挥作用。人与自然的联系绝非仅仅只是向自然索取生存资源这么简单，而是从身体、精神、社会等多个方面与自然联系在一起。比如身体的生存需要自然提供蔬菜、肉食等各种资源，精神的建构与形成也部分依赖于自然提供的影响和启示，而人类的社会关系和社会结构跟生态系统之间也有千丝万缕的关系。鉴于此，生态批评绝非只是研究文学和环境，更是通过对文学、主体、环境的研究来探索人与自然之间的节点，探究这些节点如何在人类、自然、动植物生命中发挥作用。所以，海斯认为："生态批评探讨哪些文化机制能够形成和维持人与自然界的纽带，以及这种纽带是怎样促进或者阻碍区域、国家和跨国身份认同的。"③ 生态批评已经超越了文学批评，成为跨学科的批评范式，从自然、社会、精神三个层面进行批评实践活动。

生态批评与生态美学关系密切，生态美学为生态批评提供理论基础，生态批评为生态美学提供实践路径。"生态智慧超越生态知识的地方在于其来源之一是生态审美体验，而生态审美体验也是生态美学所要研究的核心内容，因此，生态智慧与生态美学应该是一种良性互动关系。与此同时，生态美学可以为生态批评提供理论基础和分析工具，从而使国际范围内的'文化生态批评'转向更加切近文学艺术本身的'生态审美批评'。"④ 生态美学为

---

① 麦克库希克. 绿色写作：英美浪漫主义文学生态思想研究 [M]. 李贵苍，闫姗，译. 北京：中国社会科学出版社，2019：绪论7.

② 斯洛维克. 走出去思考：入世、出世及生态批评的职责 [M]. 韦清琦，译. 北京：北京大学出版社，2010：3.

③ 海斯. 地方意识与星球意识：环境想象中的全球 [M]. 李贵仓，虞文心，周圣盛，等译. 北京：中国社会科学出版社，2015：84.

④ 程相占. 生态美学引论 [M]. 济南：山东文艺出版社，2021：14.

生态批评提供各种美学理论基础，比如身体美学、关系美学、交互美学、爱的美学等，这些都可以应用到生态批评实践中；而生态批评为生态美学的发展提供各种实践路径，从文字到影视，从文本到现象，生态批评在方方面面的批评活动中应用生态美学理论，为生态美学在当代生态文化浪潮中焕发生命力提供多重路径。

在国内，生态批评还担负起推动生态文学创作、促使读者接受生态意识的使命。对于国内民众来说，环保意识往往让位于生存及商业主义，人们尚未形成真正的绿色生活意识。"阳光一旦照射大地，阴霾天气似乎就是往昔和未来的事情了，呼吸清新空气的需求很快让位于生计大事了。其中一个根本原因就是环境教育严重滞后：人与环境和自然关系的课程尚未被纳入普通的大学教育之中。"[①] 这也使得全民趋势上的生态行动不能展开，中国的生态保护始终是从上而下地推动。因此，发挥生态批评的作用，促使更多生态文学的产生和传播，促使民众产生生态意识、担负生态责任，是当前中国生态批评的使命。

三、生态散文

生态散文是在全球性生态危机背景下展开的文学思考，是文学艺术对于生态危机的回应。面对水土流失、河流污染、土壤污染、天气雾霾，生态散文作为与社会、时代紧密相关的文学艺术形式，以其特有的样式对生态危机做出回应。生态散文的创作范式与生态现实密切相关，是以生态学、生态哲学作为理论基础，反思和批判不利于生态健康的社会现象，构建一种能够回应生态危机、符合生态文明理念的散文样式。从文学的角度关怀生态、批判污染成为生态散文无法回避的责任。在生态散文的创作中，来自作者的个体生态意识、生态审美视野、生态伦理观发挥了重要作用。因此，才会出现《寂静的春天》《瓦尔登湖》《沙乡年鉴》《大地上的事情》《融入野地》《山南水北》《一个人的村庄》《冬牧场》等各具特色且富有影响力的散文作品。

生态散文创作的现实根源是对生态破坏的文学反映，理论根源是生态哲学、生态美学及生态批评的发展。生态散文的创作受生态哲学、生态美学和生态批评影响较大。生态散文用散文的文学形式去发现、描写、传达审美主体对于生态系统的认识和感悟，一方面表达审美主体的生态意识和生态感

---

① 麦克库希克. 绿色写作：英美浪漫主义文学生态思想研究 [M]. 李贵苍，闫姗，译. 北京：中国社会科学出版社，2019：绪论5.

悟；另一方面，通过散文创作，生态意识和生态知识能够在受众中得到传播和推广。生态散文的创作渗透着生态学的知识，以及生态哲学、生态美学、生态批评的理念。在生态散文中，作家的才情个性浸透其中，从不同角度赋予生态散文不一样的内容和文学特色。但是，无论题材内容或者文字风格如何，生态散文都是在生态美学烛照下自觉进行的散文创作，并受到生态批评的影响。郭茂全认为："生态散文是描摹自然生态景观、守护自然万物生命、表达人与自然和谐共存理念、揭示生态环境恶化、反思人类征服自然行为的散文作品。"① 总而言之，富有生态意识、传达生态意识是生态散文的核心。

生态散文主张生态整体主义。"它主要是指以第一人称视角、用非小说的散文体来描述人类与自然界之间的伦理关系的文学作品。在本质上是反人类中心主义的，主张生态整体主义。它大都表现人与自然之间的关系，深入探究生态危机背后的社会根源，或通过对自然的赞美，批判人类的倨傲来增添人对自然和对土地的感情。"② 生态散文关注生态危机给自然、社会带来的破坏，以及对人类精神层面的影响，探索人与自然相处的可能途径。生态散文富含关联意识，"反映本土与地球这个整体密不可分的关联性意识，以及作为整体的地球包含着异质性的感知方法，地球环境被想象为一个各部分相互联系而又独立的整体，如同拼贴艺术一样"③。

生态散文的写作需要作者具备一定的生态学知识。"优秀的生态散文书写者在抒情的同时，不陷于伤春悲秋式的多愁善感，而是吸收自然科学作品的知性、严谨的特质，并将自然科学知识以更容易接受的方式传递给普通读者。"④ 第一，生态学所揭示的生态危机以及催生的生态意识，推动了生态散文的出现。比如卡森写作《寂静的春天》，即以相关的生态学知识做基础，认识到杀虫剂的危害，然后产生写书来揭露这种危害的想法。第二，生态学提供的生态知识对于生态散文的写作和接受有巨大影响，比如杨文丰的散文里面有大量相关的科学知识，使得其散文整体呈现科学性、生态性的特点。

---

① 郭茂全. 城市生态散文的思想内蕴与文化意义［J］. 重庆广播电视大学学报，2020（5）：69-75.
② 闵永波. 绿色的呼唤：中美生态散文概况及比较［D］. 南宁：广西民族大学，2008：10.
③ 海斯. 地方意识与星球意识：环境想象中的全球［M］. 李贵仓，虞文心，周圣盛，等译. 北京：中国社会科学出版社，2015：88.
④ 陈想. 知感交融：台湾生态散文的审美特质［J］. 太原师范学院学报（社会科学版），2019（2）：42-47.

第三，生态学知识改变了人们的伦理观念，推动了生态伦理学的产生，而生态伦理观念在很大程度上影响甚至决定了生态散文的写作与接受。生态散文中体现出来的伦理观念，其根源即来自对生态系统的认识，比如有机联系、动态平衡、万物共生等伦理原则。第四，生态学所揭示的各种物种的生态价值，能引导作者和读者从生态整体主义的视角出发去看待世界，看待周围事物的生态价值，从而在写作散文中把生态价值放在前面。第五，生态学的知识解释了人的本质是生态存在，需要以生态系统为存在基础，从而为生态散文的写作提供本体论基石，即"生态存在论"。第六，生态散文的社会价值之一是推动读者在文学阅读时学习自然知识，让读者了解自然、掌握知识，理解人与自然的关系，进而在此基础上形成生态意识，担负生态责任。

生态散文的写作主要从批判现实危机、揭露精神污染、推动生态实践三个方面展开。第一个方面是对现实生态危机的表现和批判，如《寂静的春天》等散文，展现生态污染和生态问题，批判造成生态破坏的人类行径，给读者传达一种战斗精神。第二个方面是对精神危机、时代病症的反映和反思，如《山南水北》《瓦尔登湖》等，以描写自然风光为主，中间注入自己对世界的理解，让读者在感受美的过程中洗涤精神，获得人生启迪。第三个方面则致力于呼唤生态意识，培育生态责任，推动生态实践。如《病盆景》等散文，紧密结合现实，利用丰富的生态学知识来探索解决当下生态问题的途径，呼唤读者进行生态实践，为生态的好转贡献自己的力量。

生态散文是对现实生态危机的反映和批判。如《寂静的春天》写作的起因即"使用杀虫剂和除草剂导致大规模野生动物死亡并摧毁了野生动物的栖息地，同时正在威胁人类的生存，她觉得必须挺身而出，把真相公之于众"[1]。卡森意识到，必须写作一本书，把这个现象公布于众，内心才能够安宁。这本书出版后，产生了巨大的社会反响，甚至促使总统组建专门科学委员会调查杀虫剂问题。又如，芭布丝写道："活动人士发出警告，有数千种未列出的园艺品种正在消失，与之一同消失的是一些使植物能在未来适应环境、延续种群的遗传物质。"[2] 这种对于物种消失的认识，使得她决心从事阳台园艺种植。由此看出，正是现实生态危机的频发和生态问题的严重促生了生态散文的写作。与此类似，大量生态散文都是基于严重的生态危机而产生的，比如利奥波德的《沙乡年鉴》关注土地污染，徐刚的《伐木者，醒

---

[1] 卡森. 寂静的春天 [M]. 韩正，译. 长春：吉林大学出版社，2019：前言 2.
[2] 芭布丝. 我的花园、我的城市和我 [M]. 沈黛，译. 北京：商务印书馆，2014：19.

来!》关注森林的乱砍滥伐,《黄河生态报告》《淮河生态报告》关注河流污染。生态散文在反映现实生态危机的时候,往往用翔实的数据和科学的态度来面对问题,剖析问题,带有强烈的批判性,并且往往在文中提出解决问题的方法,成为影响读者甚至政府的重要力量,很多读者受到文章的感召,认识到当前的自然生态危机,从而最终投身于生态保护行动。

生态散文是对时代病症和精神污染的反思。有大量的生态散文不只是关注生态污染和生态危机,同时对于生态危机所引起的时代病症和产生的精神根源进行了表现和反思。这方面的代表作是梭罗的《瓦尔登湖》,其散文的写作是基于科学发展和物质生活富裕带来的现代化改变,让传统田园牧歌式的生活逐渐销声匿迹,同时,"掠夺性的开发自然,严重破坏了生态环境",梭罗选择了暂居乡下,过一种俭朴的田野生活。在这样的生活中,他反思了时代的病症和精神的欠缺,思考人与自然的关系,探索自然带给人们的精神启示。《瓦尔登湖》出版后,引起了巨大反响,很多读者受到梭罗的感召,对人与自然的关系有了全新的认识。这种精神性反思的生态散文随后蔚为大观,国外有《醒来的森林》《汀克溪的朝圣者》等,国内有《大地上的事情》《山南水北》《北京,最后的纪念》等。这些散文往往依托于自然或者田园,作者以隐居的方式栖息其中,把对自然风景、其他物种、田园风光的思考通过文字表达出来,在生态审美氛围中给予读者精神启迪。此外,还有很多散文对于时代的精神污染进行不遗余力的批判,探究引起人们破坏生态行为背后的精神根源。

生态散文致力于推广生态伦理,推动生态实践。生态散文不是生态学与文学的直接结合,而是生态哲学、生态美学、生态批评与文学艺术的深层融合。生态学、生态哲学、生态美学影响了作家,使得生态散文的内容、散文语言都呈现出生态哲学、生态美学的影响,这种融合受到生态批评的进一步推动。身处生态危机时代的我们,应该怎样思考自然,看待自然?生态散文给读者提供了一个生态伦理的视角,帮助读者认识到被资本、欲望蒙蔽心灵的人类破坏了万物互联的有机关系,人类中心主义盛行,资源被任意攫取。生态散文作家普遍树立了生态意识和生态责任,并且明确地把这种意识渗透在散文创作中,批判生态危机、呼唤生态意识等内容在生态散文中不断出现。文学艺术虽然不如大众媒介一样可以直接为个体创造一个沉浸式媒介环境,影响甚至决定个体的意识,但是,文学意识有一种"恢宏的弱效应"(鲁枢元语),能够在读者阅读接受的过程中潜移默化地改变他们的精神意识,影响他们的心理,生态散文的社会影响和实践路径正是在这里体现出来。通过作者带有明确生态意识的散文创作,生态散文在出版之后被读者阅读接受,召唤读者产生生态意识、担负生态责任,这些精神意识又会在他们日常生活实践和社会实践中发挥无形的作用,使其能够用生态的、有机的方式去思考和行动,最终改善地球生态系统。

生态散文具有独特的文学特性。比起诗歌,散文直白易懂,读者很容易抓住散文要表达的情感,也更具有叙事性,读者能够通过文字直面生态危机、生态现场,进行生态思考;比起小说,散文更具有情感性,更加注重直抒胸臆,因此在反思、批判方面的力度更大,很多文章都是毫不粉饰,直指病灶。"散文最适宜于书写自然和生命,散文语言的直感、灵动性也最能够贴切地表达出自然和人之间联系的神秘性,可以最贴切地表现着作者对待自然生命万事万物的视角和复杂的情感。散文抒写手法的灵活多样也最宜于描写自然,决定了散文可以捕捉现实生活中某一生态危机焦点并直观揭露自然生态危机的严峻现状;可以客观严正地分析解释自然中存在的规律、道理;可以回顾反思,以叙物言事的手段总结自然与人的关系。"① 散文的特点让生态散文成为书写人与自然关系的最佳文体,成为反思人对自然伤害的最佳手段。因此,在各种生态文学形式中,生态散文在社会中产生的影响最广泛,对读者的影响也更直接。所以,从社会影响来说,生态散文是生态文学中传播最广泛、影响最大的文学形式。董国艳认为:

"生态散文"是特指在自然生态危机日趋严重并导致精神危机的现代化社会形态中,以自然为文本的叙事的重心及中心,以第一人称的视角,以非小说、诗歌、戏剧的文体来揭示人类所面临的自然生态危机现状,并透过危机找寻剖析危机的深层社会根源,以自然生态系统整体观为评判一切对待自然的态度与行为的最高价值标准,将伦理道德扩展到整个自然生命系统,重归自然,融入自然,构建生态和谐,倡导人诗意融洽地栖于自然的散文作品。②

生态散文追求非虚构写作的写作方式,以真实的笔触去发现问题,反映问题,面对问题,探索解决生态问题的路径。"生态散文所追求的'非虚

①② 董国艳. 中国新时期生态散文研究 [D]. 济南:山东师范大学,2016:13.

构'性强调写作者必须有实际的观察经验才能进行相关书写,而非凭空捏造,因此,这种观察经验是书写者所独有的。换句话说,生态散文是一种个人叙述的文类,常以日志、观察记录等形式呈现,但是,这些叙述内容并非只有作者才能领会。通过生动形象的描绘和表达,读者能与作者产生共鸣。基于上述特质,生态散文书写者主要以第一人称直抒其对自然的恋慕之情。"①

生态散文批评借鉴生态学的研究方法,尝试在"有机体—环境"这一生态学研究的框架中,反思和批判当代"心灵鸡汤"散文、唯美散文、都市散文中不利于维护生态系统的价值观。生态散文批评以对生态审美体验的集中表述和思考为核心而构建批评范式,重新探讨人类与自然的关系,探索人类的有机体本性与生态环境之间的内在关联,并创造新的生态话语和生态审美来解释人与世界的关系,从而彻底反思并改造之前的传统散文批评。此外,生态散文批评在批评实践中建构生态散文理论,通过推广、阐释生态散文的方式来倡导生态的生活观,引导人们发现高物质能量生活方式的错误,用"低物质能量高品位"的生活方式引导人们的生活,为拯救地球生态危机做出贡献。

本书在生态美学视域的观照下,从生态散文批评关键词的角度入手,对中外生态散文展开研究。构成生态散文批评的关键词主要有精神生态、身体、生命、地方、城市、现代化、技术主义、消费主义、生态语言、生态伦理、生态美育。结合以上关键词,本书对中外生态散文的研究主要从九个方面展开:第一章梳理中外生态散文的发展历史,追寻生态散文的缘起和发展轨迹,概括其当代状况,并且对重点作家、作品进行介绍。第二章从精神生态的角度来观照生态散文,首先分析精神生态的发生发展和内涵;然后分析生态散文作为一个精神产品如何表达作者的精神生态,如何影响读者的精神生态;最后分析生态散文对于读者精神生态建构的价值。第三章从身体美学的角度来探索生态散文的身体意识以及生态美学的身体本体论基础,分析生态散文中的身体意识及其身体美学价值,并结合当下社会人文发展趋势,探索后人类成为生态美学本体的可能性。第四章结合生态散文中描写的动植物生命,探索生态散文中的生命意识,关注生态散文中对于其他主体性身体的表达与思考,并进一步探究生态散文赋予无生命物体的生命意识,以此探索

---

① 陈想. 知感交融:台湾生态散文的审美特质[J]. 太原师范学院学报(社会科学版),2019(2):42-47.

万物互联的生态系统如何达到生态平衡。第五章从地方和"在地性"角度入手，分析生态散文的地域表达。正是不同的地方赋予了生态散文的"在地性"特点，使其内容乃至形式能够紧密结合地方、"塑造"地方。第六章分析了生态散文对于现代化进程的反思，这种反思不只针对现代化，还对工业化、科技至上及气候异常的人类因素进行了批判，深入反思各种破坏生态系统的思维范式。第七章探索了生态散文对当下人类社会方兴未艾的城市化的反思和批判，一是探究生态散文对快速城市化的反思，二是对于"城市生态散文"的不同表达视角进行了思考。第八章重点探讨了生态散文的生态语言观，从形成过程、表现形式方面探索了生态语言观的形成，分析了生态语言观的文学价值和社会影响。第九章则从生态意识传播和推动生态实践的角度分析了生态散文的社会影响，关注生态散文的生态美育作用和社会实践价值。

第一章
生态散文的发生发展历程

较早的有影响力的有关生态的思考是出版于1854年的《瓦尔登湖》，聚焦于人与自然的关系，在世界范围内具有较大影响力。然而，生态文学艺术的生成主要始于两次世界大战之后，各种禁忌武器的使用给人类和生态系统造成了巨大破坏，数千万人伤亡，城市变成废墟，优美的自然环境被毁坏。战后，文学艺术界对此做出了回应和反思，生态文学作为其中的一部分，主要对生态破坏、精神创伤进行了表现和反思。对于生态散文来讲，前有《瓦尔登湖》作为范例，到了1949年，利奥波德《沙乡年鉴》的出版让生态文学走向了与伦理学结合的范式。1962年，卡森的《寂静的春天》出版，代表着科学认知视角的生态散文走上文坛，对整个美国都产生了较大影响。从此以后，生态散文在美国蓬勃发展，先后出现了缪尔的《优山美地》、巴勒斯的《醒来的森林》、迪拉德的《汀克溪的朝圣者》等代表性作品，成为美国文学艺术中一股不可忽视的潮流，而且，随着生态批评的发展和兴盛，生态散文与之相互作用，一直维持着一定的创作规模。

对于中国来说，生态文学与生态批评多受到国外影响，产生得较晚。尽管中国的生态破坏从20世纪五六十年代就开始了，但是反思生态污染和生态问题的文学文本却到90年代才出现。1990年于坚的《避雨的鸟》，1991年哲夫的《毒吻》和马役军的《黄土地，黑土地》，及1992年王治安的《国土的忧思》，1993年张抗抗的《沙暴》等，都是较早出现的生态文学。从1994年开始，生态文学尤其是生态散文的创作逐步发展，先后出现了苇岸的《大地上的事情》、于坚的《哀滇池》、陈桂棣的《淮河的警告》、王治安的《悲壮的森林》、李青松的《遥远的呼啸》等一系列作品，在国内产生了较大影响。到21世纪，随着生态批评的发展以及生态文明建设的提出和推动，生态散文创作也一直进行，先后出现了古岳的《谁为人类忏悔》、韩少功的《山南水北》、阿来的《大地的阶梯》、李娟的《冬牧场》、刘亮程的《一个人的村庄》、杨文丰的《病盆景》等生态散文，这些作品拥有鲜明的生态色彩，从思想到艺术上都体现了我国生态文学的创作水平。

本章主要分成三个部分，第一部分梳理西方生态散文的发展历程，并对几部主要作品的内容、价值、影响做介绍；第二部分梳理中国生态散文的发展历程，阐释几部关键作品的内容和影响；第三部分从影响批评的角度分析西方生态散文、生态哲学对中国生态散文创作的影响，并探索中国生态散文创作的自身理路。

第 一 节　西方生态散文的发生发展

西方生态散文包含的范围比较广，主要创作成就以美国作家的作品为主，其次是欧洲作家，俄罗斯也有生态散文创作。从美国来看，代表性的生态散文作家有三个，第一个是梭罗，代表作《瓦尔登湖》；第二个是利奥波德，代表作《沙乡年鉴》；第三个是卡森，代表作《寂静的春天》。以下我们分别就这些作家及其作品的内容和影响进行梳理。

在美国生态散文创作史上，绕不过去的一座高山是梭罗，他于1854年出版的散文《瓦尔登湖》成为在世界范围内享有盛誉的杰作。在这部散文集里，他用淳朴自然的语言记叙了自己在湖边的隐居生活，带给无数读者丰厚的精神食粮。梭罗隐居的背景是美国的快速发展导致的人与自然的隔离。"日新月异的科学发明创造与大规模开发自然，一方面使美国人过上了空前富裕、舒适的物质生活，另一方面由于掠夺性开发自然，严重的破坏了生态环境，导致原先淳朴、恬淡的田园牧歌式的乡村生活销声匿迹。"[①] 从小生活在田园风光中的梭罗对于这种生态破坏及精神污染痛心不已，他想去"探索

---

① 潘庆舲. 序言 [M] //梭罗. 瓦尔登湖. 潘庆舲, 译. 北京：作家出版社, 2015.

生活的真谛，思考人与大自然这个重大问题，……这是积极的、入世的"①。于是选择在瓦尔登湖畔独自隐居两年多，结束后，用五年的时间将自己的隐居经历诉诸文字，完成《瓦尔登湖》一书。

《瓦尔登湖》首先是对于湖畔周围生态系统的忠实记录，梭罗用自己的眼睛去观察这个小型生态系统，记录了瓦尔登湖的飞禽走兽、花鸟虫鱼、雨水雷电，并按照一年四季的时间顺序描写了多样物种之间、物种与环境之间的共生关系。"从章节看来，《瓦尔登湖》一书是以春天开端，依次经历夏天、秋天和冬天，最后仍然以春天告终……"② 主要内容按照主题大致分成三个部分：提倡简朴生活，崇尚精神自由，心灵与自然对话。这三部分内容建立在他对湖畔生态系统的细致观察和深入了解上，是跟自然风景、隐居生活、体力劳动紧密结合在一起的。他的思考是基于对生态系统的观察而产生的，关注的是人为什么需要自然，自然给人类精神带来的影响，以及人类精神生态如何保持健康。这正是当下精神生态关注的主要内容，也是精神生态学研究的对象。

除了给生态批评提供范例外，《瓦尔登湖》还成为生态语言运用的典范。在梭罗的这本散文集中，"对字句文体的选择似乎有些超前，……句子写的率真、简洁，一扫维多利亚时期那种漫无边际的文风，而且用字及其精当，富有实体感，几乎不用模糊抽象的文字"③。这种语言文字风格，首先来自梭罗的文化积累，"梭罗年轻时起即好学不倦，博览群书。古希腊罗马文学、东方哲学和德国古典哲学对他都有影响，但是，爱默生的《论自然》等著述中的超验主义思想却给他较深的影响"④。其次来自梭罗成长及当时隐居的环境，他出生并成长于风景优美的康科德镇，从小就生活在美丽的田园风光中。后来，其隐居瓦尔登湖期间，更是与自然风景"沉浸式接触"，这种来自自然的淳朴品性影响了他的文字，让他的写作语言风格呈现出自然淳朴的特点；此外，湖畔生态系统多物种和饱含生命力的特点也体现在他的文字中，使得他的文字还呈现出元气充沛的特点。因此，梭罗的写作正是生态语言运用的典范，这是来自自然的恩赐。加上其本人从作品中获得的文学影响，《瓦尔登湖》中大量运用比喻、双关、夸张的修辞手法，为这部作品广为流传提供了文学基础。

《瓦尔登湖》的影响是深远的，其在全球的版本达到 100 多个，在中国

---

①②③④ 潘庆舲. 序言 [M] //梭罗. 瓦尔登湖. 潘庆舲，译. 北京：作家出版社，2015.

就有十几个翻译的版本。而且，不断被评为"影响读者人生的 25 本书""十本传世之作"等，足可见其影响力。无数读者因为这本书收获了有关人与自然关系的感悟，获得了简朴生活、丰富心灵的内涵，从而在物欲横流的消费社会找到一方净土。苇岸认为，梭罗提供了简朴生活和富裕精神的典范，"梭罗的这种源于生命的非实用主义或反物质文明倾向，以及他的审美地看待世界的目光、诗意的生活态度……"①，这正是对梭罗在散文中流露出的生活观的最好总结。以上诸种，都使得《瓦尔登湖》成为"生态散文第一书"。

在梭罗之后，第二个在全球范围内产生广泛影响力的散文作家是利奥波德，代表作是《沙乡年鉴》（1949）。这本书主要由三个部分组成，第一部分，是沙乡农场的一年四季，是"所看到和所做的事情，……在沙乡农场里，我们试图用铲子和斧子去重建我们在其他地方正在失去的那些东西"②，是作者在农场所看到的和所感受到的，是属于沙乡农场的地方志；在第二部分，作者介绍自己在各地的经历，尤其描写了那些曾经存在的荒野遗迹，描写了那些即将消失的野生自然；第三部分，则是全书的重点，作者在这里阐述了其"大地伦理学"——"土地是一个复杂的有机体，一个由交错连接的食物链和能量循环组成的有机组织，因而人类对土地要有义务感和责任感"③，这一部分是由前面两部分自然得出来的思考和结论。他是生态人文史上第一个明确提出"大地伦理学"的学者，在全球范围内产生了巨大的影响，也促使更多的人关注土地、关注自然。

梭罗和利奥波德之后，美国生态散文的第三本代表作毫无疑问是卡森的《寂静的春天》（1962）。这本书历时四年完成，写作动机是"使用杀虫剂和除草剂导致大规模野生动物死亡并摧毁了野生动物栖息地，也正在威胁人类的生存，她觉得必须挺身而出，把真相公之于众"④。这本散文的独特之处在于"在'两种文化'间架起了桥梁，她不仅是实事求是、训练有素的科学家，还具备诗人般深刻的洞察力和高度的敏感性"⑤。最终，她用翔实的数据和清晰的逻辑证明了农药对于飞禽以及人类的伤害，并用诗一般的语言把这本科学散文变成了文学经典。通过这本书，我们看到科学精神和文学艺术可

---

① 苇岸. 大地上的事情 [M]. 桂林：广西师范大学出版社，2014：169.
② 利奥波德. 沙乡年鉴 [M]. 侯文蕙，译. 北京：商务印书馆，2017：英语版序.
③ 王立，沈传河，岳庆云. 生态美学视野中的中外文学作品 [M]. 北京：人民出版社，2007：240.
④⑤ 卡森. 寂静的春天 [M]. 韩正，译. 长春：吉林大学出版社，2019：前言.

以有机融合，生态散文不但是爱自然的情感的抒发，更是科学精神在人文社科领域的拓展。这本散文的影响是巨大的，直接推动了美国颁布禁止使用杀虫剂的法案，引发公众关注环境并成立环保组织。我国教育部2020年将其列入《教育部基础教育课程教材发展中心中小学生阅读指导目录（2020年版）》。"卡森是欧美文学史上第一个站在大自然的立场上明确表达自己生态学思想的作家，也是第一个敢于向'控制自然'的传统思想和'摧毁一切'的化学药剂说'不'的作家。"[1] 由此可见其影响力。

除却这三人之外，美国有代表性的生态散文还有惠特曼的《典型的日子》，"认为人类的杰作和自然的造化同样伟大，从而使他本人成为爱默生的抽象和梭罗的具体之间的桥梁"[2]。此外，还有缪尔的《优山美地》和巴勒斯的《醒来的森林》，前者以西部优山美地为写作背景，被称为"山之王国"，后者以卡茨基尔山为写作背景，生动记录山林中的各种鸟类生活，被称为"鸟之王国"，两者都在美国及世界文坛上产生了一定影响。此外，还有以西部沙漠为写作对象的奥斯汀，她的代表作是《少雨的土地》，以她在沙漠小镇12年的生活经历为背景，改变了人们对沙漠的认识。在她的笔下，干燥少雨、空旷贫瘠的沙漠成为一种有生命、有活力的迷人风景。"思索自然中'理智的静'与现代社会中'疯狂的动'，提出了人类与自然和谐共处的新模式：对立—妥协—平衡。"[3] 此外，还有同样以沙漠为写作对象的阿比，他的代表作是《孤独的沙漠》，从生态学的视角展示了沙漠的美丽和价值，并探索了人们精神皈依的自然家园。另外一个较有影响力的散文作家是波伦，其代表作是《植物的欲望》，"作品从自然和文化双重维度叙述了人类文化演进与苹果、郁金香、大麻、马铃薯四种植物之间共同进化的历史"[4]。把植物的进化与人类的发展联系起来，探索了植物与人类之间的交互性关系，并且反思了消费主义对于地球生态系统中物种的影响，是当代较为独特的从交互性角度记录人类与植物共生的生态散文。美国近来另外一个产生较大影响力的散文作家是迪拉德，她的代表作是《汀克溪的朝圣者》，以

---

[1] 王立，沈传河，岳庆云. 生态美学视野中的中外文学作品［M］. 北京：人民出版社，2007：267.

[2][3] 闵永波. 绿色的呼唤：中美生态散文概况及比较［D］. 南宁：广西民族大学，2008：14.

[4] 郭茂全. 人类与植物生态间性的文学阐释：评迈克尔·波伦生态散文《植物的欲望》［J］. 重庆广播电视大学学报，2013（4）：63-67.

自己在汀克溪畔居住一年的经历为背景，描写了这个地方的自然景观、风土人情，是其回归大自然、融入大自然的经历记录。通过隐居汀克溪畔，她"恢复了人纯真的自然天性，……建立了'自然神学'"[1]，在自然中发现了生命存在的价值，即维护生态整体稳定，维护生物多样性，而要想达到这一点，人们必须选择简朴生活。

从欧洲生态散文写作来看，比较有代表性的散文作家有英国散文家赫德逊，代表作是《巴塔哥尼亚的悠闲时光》《鸟界探奇》，分别写了巴塔哥尼亚的旅行考察所见所闻和对大自然尤其是鸟类观察的纪录。赫德逊在作品中表达了对于生态系统中各物种共生关系的认同，也提倡简单生活，认为大自然的和谐是最美的境界，而且，和谐的大自然也有利于人类的精神生态和谐。他的主要生态主张有"消解人类中心主义，力主生物中心主义，强调大自然中的共生现象，倡导人类尊重自然，以审美的方式对待大自然，和非人类自然万物和谐相处"[2]。这是富有辩证性的生态认识，是富含生态思想的散文杰作。另外一个当代生态散文作家是芭布丝，她的代表作是《我的花园、我的城市和我》。这部散文集以其在伦敦从事阳台种植为基础，描写了作者在伦敦的生态种植，还有游览伦敦公园、绿地、农场的经历。这是较为少见的以城市和自然的有机交融为描写对象的生态散文，在城市越来越大、城市人口越来越多的当下，尤其具有探索性意义。此外，俄罗斯散文家普里什文创作了《大自然的日历》《大地的眼睛》等散文集，"以敏锐的诗心体悟自然万物之理，以诗性的话语描摹自然万物之美，以真挚的诗情表达对自然万物的热爱之情"[3]。主要表现了自然风景的美丽，表现了生态系统中蕴含的生态伦理，并探索了自然、动植物对于人类心灵的影响。

西方生态散文作品众多，有不少都对当时社会产生了巨大影响，并且，很多散文被翻译成多种文字，为全球生态文学的发展提供了重要作品。上述散文大部分被翻译成中文，对中国生态散文创作及生态意识在中国的传播都起到了一定作用。

---

[1] 张建国.《汀克溪的朝圣者》：美国当代生态散文的典范［J］. 河南社会科学，2005（3）：127-129.

[2] 张建国. 英国生态散文的璀璨明珠：赫德逊散文的生态意蕴管窥［J］. 四川外语学院学报，2007（5）：24-28.

[3] 郭茂全. 自然美的话语镜像与生态善的精神和弦：论米·普里什文的生态散文［J］. 重庆广播电视大学学报，2014（2）：63-68.

第 二 节　中国生态散文的发生发展

中国生态散文产生于20世纪80年代末，在当时的中国属于反思性浪潮。"兴起于20世纪80年代初的中国当代生态散文，是在现代性困境中兴起，以非人类中心主义、生态整体主义和生态伦理观等生态思想作为精神内核，具有独特的生态审美追求，旨在揭露生态危机现状，探寻生态危机根源，书写自然生态之美，构建人与自然和谐关系的一种散文类型。"[①] 生态散文是对大力发展工业、实行经济大发展的一种反拨，实际上跟当时国内发展的主流趋势相逆。所以，尽管当时世界上有关生态的思潮和文学创作已经如火如荼，但在80年代的中国，生态散文依然处于一种萌芽状态。

中国生态散文真正发展是从90年代开始的，主要有两方面的原因。首先是现实原因。中国生态环境从90年代起逐渐恶化，生态问题日益严重，这是生态散文产生的现实基础。其次是文化原因。80年代，西方生态哲学、生态批评和生态文学的批量翻译和出版，使得国内掀起了一股反思和批判的浪潮，这是生态散文发生的思想基础。

从现实因素来讲，中国的生态环境恶化确切地说是从五六十年代开始的。在当时，随着"大炼钢铁"等口号的提出，全国各地兴起"砍树炼钢"的热潮，大片的原始森林被砍伐，木材被用来冶炼钢铁，很多地方原本山林浓密，郁郁葱葱，但在"炼钢"运动后变成光秃秃的石头山，这进一步导致了水土流失，山洪、泥石流等次生灾害的暴发。在八九十年代，随着改革开放的推进，市场经济和利益至上的风气日益影响各个地方，为了发展经济，各地大兴工业建设，许多污染严重的化工厂就是这个时候建立的，化工厂的建设和开工不但占据农田，破坏当地生态环境，而且不断排泄未经处理的废水废气，污染了河流和空气。到了90年代，经济发展的浪潮势不可遏，一些发达地区意识到绿地退化和工厂建设带来的污染，将其向内地转移，这样，东南沿海地区的生态开始好转，但是中西部地区的生态进一步恶化。也是从90年代开始，人们对生态破坏和精神污染开始进行反思。"1992年之

---

① 刘栋. 生态乌托邦的构建：论苇岸、韩少功和廖鸿基生态散文中的处所意识[J]. 佳木斯大学社会科学学报，2020（6）：122-125.

后，中国社会的现代化转型步骤迅速加快，过去一直为人们所忽视的自然环境与精神生态问题旋即凸显出来，生存环境的日趋恶劣与人们精神世界的迷惘、委顿交织在一起，构成了我们所处时代的症结。"[①] 生态散文的发生发展正是从 90 年代开始，并迅速在十几年内形成高峰。

从思想因素来讲，生态散文的产生主要受到西方生态哲学、生态散文的影响。早在 1972 年，《寂静的春天》就被翻译到国内，然而当时并没有产生太大影响。1982 年，徐迟翻译的《瓦尔登湖》由上海译文出版社出版；1984 年，舒马赫的《小的是美好的》由商务印书馆翻译出版；1987 年，池田大作等的《21 世纪的警钟》翻译出版；1989 年，《我们共同的未来》在国内出版。然而，由于整个 80 年代国内社会的关注重心在于思想解放和西方各种文学思潮、流派的引介上，有关生态的思潮和文学作品并未受到重视。一直到了 90 年代，随着现实生态问题的不断爆发以及相关社会思潮转向学术研究和个人反思，西方生态理论方受到重视。此时，不但 80 年代翻译的生态作品广泛传播，而且开始不断引进、译介新的生态批评著作和文学作品，生态思想在中国得到广泛传播。这个时期，被引进翻译的作品包括爱默生的《自然沉思录》、萨克塞的《生态哲学》、史怀泽的《敬畏生命》等，而之前翻译的《寂静的春天》《瓦尔登湖》等也广泛传播，推动了生态思想在中国的接受。

从 90 年代开始至今，中国生态散文大体分成三种类型。一种是生态报告文学，如徐刚的《伐木者，醒来！》《绿色宣言》、雷抒雁的《只有一条长江》、王治安的《悲壮的森林》等；一种是生态随笔式的散文集，如韩少功的《山南水北》、苇岸的《大地上的事情》、刘亮程的《一个人的村庄》、鲁枢元的《心中的旷野》、徐兆寿的《西行悟道》、张炜的《融入野地》等；一种是长篇生态散文，如古岳的《谁为人类忏悔》、阿来的《大地的阶梯》等。本节将依据时间段选择几部代表性的作品阐释，以求窥一斑而知全豹，勾勒出中国生态散文的发展轨迹。

徐刚是中国较早从事生态散文写作的创作者，是生态报告文学的代表作家。"所谓生态报告文学，是指从现代生态学的理念出发，以揭示生态失衡和环境危机为主要内容，着重探讨人与自然的关系，反思生态危机形成的社

[①] 龙其林. 生态中国：文学呈现与跨文化研究 [M]. 北京：北京大学出版社，2019：10.

会根源，以促进人与自然和谐共生的生态社会的建立为宗旨的报告文学作品。"① 这种作品往往是基于严格的社会调查和认真的科学态度而创作的面对现实的散文作品，具有科学性、现实性、批判性的特点。徐刚的《伐木者，醒来!》发表于1988年，是早期生态报告文学的代表作。"作家以痛苦激愤的心情，报告国内很多地方大肆砍伐森林，造成生态失衡、水土流失、灾害加剧的现状。作者充满深情地赞美森林带给人类的福祉，愤怒地控诉了肆意毁坏森林的野蛮行径，为维护森林的生存权利和人类自身的生存环境、为维护生态平衡发出了强劲的呐喊。"② 这是中国较早的具有广泛影响力的生态报告文学，在社会上引起强烈反响，徐刚也因此被称为中国的卡森。随后的很多生态报告文学作品以此作品的模式作为基础，把社会调查、生态关注和文学创作结合在一起，形成了生态报告文学的创作范式。

在随后20余年，徐刚还先后发表了《中国风沙线》《江河并非万古流》《绿梦》《倾听大地》《守望家园》，并且为江河大地作传，发表了《地球传》《长江传》，专注于写人与自然的关系及人类活动给自然带来的伤害。这其中，代表性作品是《守望家园》，属于长篇系列报告文学，"作者对现实的人类世界进行了认真和冷峻的解剖和描写，用大量使人震惊的事实报告了地球生态平衡遭到人为破坏，人类生存环境出现的严重危机。因此，它的纪实内容足以让每一个关注人类生存状况的人受到有力的震撼"③。这一系列作品沿袭之前作品的写作模式，用实地调查、翔实数据证明其结论，具备较强的科学性和说服力。

哲夫与徐刚一样是生态报告文学的代表作家，出版了《中国档案》《黄河追踪》《淮河生态报告》等长篇报告文学。1997年，出版《哲夫文集》十卷本，有大量有关生态的文章。其中代表性的作品是2004年出版的第一套长篇生态纪实文学丛书《长江生态报告》《黄河生态报告》《淮河生态报告》。通过这套丛书，哲夫以自己的方式关注了中国生态遭到破坏的现实。主要内容是"污水未经处理，任意排放；上游森林过度砍伐，水土流失严重；沿途珍稀物种因生态环境恶化和超量渔猎濒临灭绝；长江多处存在洪涝

---

①② 吴景明. 生态批评视野中的20世纪中国文学 [M]. 北京：中国社会科学出版社，2014：241.

③ 李炳银. 中国报告文学的世纪景观 [M]. 武汉：长江文艺出版社，2003：214.

隐患，有些地段闹水荒已经影响人类及动植物的生存"①。哲夫的另一个代表作是 2006 年出版的《世纪之痒——中国生态报告》，一部全方位反映我国林业发展现状的纪实作品。作者走访和调查了多个省区的林业基层，写就这部 60 万字的纪实作品，全景式反映了以林业为主体的我国生态现状以及各地的民族风情和历史变迁，整部作品渗透着浓重的历史感和忧患感，成为中国生态报告文学的重要收获。哲夫之所以坚持进行生态散文创作，与他自己的理念有关，"哲夫的生态理念有两个相辅相成的支点：一是人类与自然的和谐相处；二是人类自身的可持续发展。他力图用自己的努力昭示一个不容置疑的真理：善待自然，即善待自己"②。他通过实地调查、研究，用如椽之笔写下了对生态的认识和建议，以一个负责任的生态个体的身份从事生态写作。

除了徐刚、哲夫之外，其他较有影响力的生态报告文学作家还有李青松，其代表作是《遥远的呼啸》；陈桂棣，代表作《淮河的警告》；王治安，代表作"人类生存三部曲"；何建明，代表作《共和国告急》。这些生态报告文学作家以极强的责任感和科学的调查分析为读者贡献了一大批作品，有力推动了生态意识的传播和中国生态政策的制定、实施。

以上生态报告文学以纪实性为主，兼顾散文的文学性和生态的科学性。而在此期间，还有大量的以文学性为主，兼顾纪实性的生态散文出现，代表作家作品如下：李存葆的《大河遗梦》，周晓枫的《它们》《鸟群》《鲸殇》，苇岸的《大地上的事情》，刘亮程的《一个人的村庄》，韩少功的《山南水北》，李娟的《冬牧场》，鲁枢元的《心中的旷野——关于生态与精神的散记》，阎连科的《北京，最后的纪念》，张炜的《融入野地》，胡冬林的《狐狸的微笑》，张承志的《匈奴的谶歌》。下面择其代表性的作品逐一介绍。

在这些作品中，出版较早、影响最大的毫无疑问是苇岸的散文集《大地上的事情》。这是苇岸对于华北平原的记录和描写，里面的内容主要分成四个部分，一是对大地上的事情的记叙，有关麻雀、蚂蚁、太阳、土地的记录和感想，里面的内容丰富多彩，充满生命元气；二是对二十四节气的描写，他在同一位置，面对同样空间，用相机和文字来记叙华北平原的农历二十四节气的变化，包括天气、环境、生命的改变，以及相关的思考；三是他去各地的游记，包括嘉荫、且末以及"去看白桦林"等，还包括对放蜂人、鸟

---

① 吴景明. 生态批评视野中的 20 世纪中国文学 [M]. 北京：中国社会科学出版社，2014：305.

② 任志茜. 哲夫：以纪实之笔推动环保 [J]. 半月谈，2005 (7).

巢、胡蜂等人和其他物种的描写；四是他 1988 年和 1989 年的日记节选，主要是自己的内心思考，大多是片段式的记叙和感悟。《大地上的事情》被称为中国的《瓦尔登湖》，用淳朴自然的生态语言记叙了他与自然、大地的亲密关系，记录了大地上一切值得歌颂的温暖的、美好的事物，并从社会生态、精神生态的层面对当时的生态污染进行了反思。这本散文集多次加印，迄今为止依然有着巨大的影响力。

作家韩少功的《山南水北》是他"归隐"湖南农村耕田种菜的山村生活记录。内容分为三个部分，第一部分讲的是村子里的各种植物和风景，多是自然之美以及与此相关的感悟，此外，还有对于鸡、猫、狗、鸟等动物的记录；第二部分是讲村子周围的人和故事，主要是乡土人情，包括神医、船夫等各色人等；第三部分讲的是曾经的知青经历，那段疯狂的岁月，描述最多的是劳动和饮食，中间还掺杂着一些有关城市的回忆、城市与乡村的对比等。这部散文集以人文知识分子的视角描写了自然之美、乡土之情和城市之殇，并用批判性的态度对城市、乡村进行了剖析，是一部兼具自然美、人文美和理性美的生态散文集。

李娟的《冬牧场》是一部长篇非虚构散文，以她陪伴牧民居麻一家在冬牧场放牧的经历为主要内容，反映了西北苦寒之地牧民的艰苦生活，写了西北荒野的景观和价值、牧民的生活和精神状态、各种动植物的存在及启示，其中对于游牧、荒野的价值的思考穿透了历史和空间，成为中国文学版的《走向荒野》。《冬牧场》将纪实类手法和文学性描写结合，把被忽视的西北牧民生活及自然景观展现给读者，在全国范围内引起较大反响，也让读者去关注和怀念日渐消失的牧场，并借此树立一个坐标，思考前现代生活的价值和现代化的过程与不足，其中对于荒野牧民的贫寒生活的描写更是让许多读者把目光转向了中国的西北地区。

刘亮程的《一个人的村庄》则是个人精神印记的生动刻画，是突破时空的精神轨迹，"黄沙梁"是个人精神视野中的西北村庄，也因此书成为中国文学中知名的精神地理空间。全书分为三个部分，第一部分描写居住的村庄的景观，描写农村中常见的动物及其对于农民的价值，如对马、狗、驴的描写，对村子、村民的描写；第二部分描写家，描写家里的成员，以及家和村子的关系，以及各种农村家居常见的动物，比如猫、鸟、狗、蚂蚁；第三部分写记忆中的家园，写了家园曾经的环境、乡民等。三个部分从不同侧面交叉式对"黄沙梁"做了全景映照，这是刘亮程精神视野中的黄沙梁，带有浓厚的个体精神味道,却又跟村子、田野息息相关,呈现出丰沛独特的地域元气。

鲁枢元的《心中的旷野——关于生态与精神的散记》是21世纪初较为难得的学者型生态散文,从精神性、科学性的角度反思了当下的各种生态问题,提出"精神生态"应该是跟自然生态、社会生态一样重要,只有精神生态好转,自然生态才能最终得以真正好转。鲁枢元是中国生态批评的代表人物,长期以来关注生态批评和精神生态,专注于通过生态批评介入社会生活、精神生活,期望通过生态批评改善人们的精神生态,进而推动整个生态系统的好转。在这本散文集里,他有关精神生态的观念也跟具体的例子结合起来,如《疯牛病与精神生态》《说鱼上树》等篇章都探讨了人类精神生态的重要性,形成了叙事文学的生动性和哲理思考的深刻性相结合的写作特征,在生态散文中独树一帜。

阎连科的《北京,最后的纪念》主要写了自己在北京郊区种菜的经历,这段经历对他来说意义非凡。"有这一处清净,正如俗世有了它的宗教。711号园子,事实上就是一个城市对大自然膜拜的教堂。而我们,正是从凡尘进入教堂被神圣震撼的人世尘子。"① 作品的宗旨也很清晰,描写城郊种植的经历及感悟。这本散文集的内容多是跟种植农事有关,包括农具、耕作与菜蔬、花草、林木、昆虫、鸟等部分,以一个作家的眼光和精神视野记录了自己的田园时光和思考。精神上往前与千年以前的陶渊明接轨,往外与梭罗的《瓦尔登湖》勾连,呈现出丰富的生态意蕴,更是中国较为少见的以城郊为叙事空间的生态散文。

在最近五年出版的生态散文中,值得关注的有杨文丰的《病盆景》(2017),李娟的《遥远的向日葵地》(2017),阿来的《大地的阶梯》(2019)、《以文记流年》(2021),徐兆寿的《西行悟道》(2021),冯杰的《北中原》(2020),周晓枫的《河山》(2019),青青的《王屋山居手记》(2021),陈学仕的《仰望苍穹》(2017)等,这些散文从多个方面对当下中国的生态状况、精神状况进行了反映和思考,折射出生态散文作家的多元视角。

其中,学者型生态散文的兴盛引人瞩目。阿来、杨文丰、徐兆寿、陈学仕等均是专业作家或学者,要么在文联兼职,要么是高校教师,他们的生态

---

① 阎连科. 北京,最后的纪念 [M]. 南京:江苏人民出版社,2012:1.

散文不局限于对生态破坏的描写和社会性的呼吁，而是视角多元，从自然、社会、精神、文化等多个层面对有关生态的状况进行了剖析，以认真的科学态度和丰富的人文基础进行创作，形成富有人文性、科学性的散文作品，从思想、审美等多维度对读者形成影响。

比如作家阿来创作的《大地的阶梯》和《以文记流年》。前者缘起于从盆地起步寻找嘉绒藏区根源的过程，地理上沿着山脉沟谷走势，文化上沿着汉藏文化交融脉络，从空间、历史变换的视角，写了嘉绒地区的历史、变迁、现状。其中绝不仅仅是对文化历史脉络的梳理，更是对沿途生态的考察，如其所言："地理从来与文化相关，复杂多变的地理往往预示着别样的生存方式、别样的人生所构成的多姿多态的文化。"① 阿来以文化的、历史的、生态的和审美的目光审视了这一路的景观，触及生态、历史和文化的层面，给读者以丰厚的审美文化历史体验，堪称文化地理散文写作的典范。后者则是对其日常生活的纪录，包括"读书、游历、鉴赏，……用这些文字表现一个写作者与写作相关的生活的方方面面。……对语词、对自然之物、对世道、对人，都能兼得"②。这本书记录了他生活的方方面面，其中既有读书、记人、鉴赏、品酒、演说等日常生活、社交生活活动，也有看山、观海等生态行走实践，以作家个人精神纪录的方式表达了他的文化观、生态观。

杨文丰的《病盆景》则是生态随笔式散文，因其大学学习的是气象学，因此其散文呈现出科学性和人文性相结合的特点，以翔实的数据、科学的态度进行生态审美活动，作品"立足人与自然关系的核心问题，……凸显出鲜明的自然美、科学美和哲理美风格，创造出崭新的知境和语境，富有生态时代特征"③。他的散文以科学、生态的知识为基础，对当下社会的方方面面进行了生态反思，如写到冬虫夏草的形成及价值和人们的盲目追捧，写到年轮的形成及特点和生态变化在年轮上的反映，还写到雾霾的特点及危害，以严谨的科学态度对病态的人类行为进行了反思。同时，还以科学审美的特点观照了马兰、芭蕉、含羞草等植物，既有科学性，又有审美特质，是难得的生态学者型散文。

徐兆寿的《西行悟道》是一本生态文化散文集，"关于研究西部和中国

---

① 阿来. 大地的阶梯［M］. 西安：陕西师范大学出版社，2019：7.
② 阿来. 以文记流年［M］. 北京：作家出版社，2021：题记.
③ 杨文丰. 病盆景［M］. 北京：西苑出版社，2017：内容简介.

传统文化的一些文章的精选"①。全书以凉州为主，表现了文化、历史、经济视野中的凉州地区的变化，既包括西北经济、文化的变迁等内容，也涵盖了沙尘暴、沙漠、戈壁等生态内容。全书分为荒原、草原、信仰、敦煌、昆仑等五辑，从历史、童年记忆、环境改变、故乡等多个维度对凉州地区的风土人情进行了描写，并结合中国传统文化，论述了西北荒漠的文化价值和生态意义，是学者型散文中的又一力作。

除以上代表作之外，近几年比较有特色的生态散文作品还有冯杰的《北中原》、青青的《王屋山居手记》、陈学仕的《仰望苍穹》、周晓枫的《河山》等。《北中原》以河南北部的风土人情为主，从各种乡村风俗、田园植物写起，把风俗人情与生态反思相结合，笔法老练，视角独到，反映了作家深厚的文学功底和独特的观察视角。而青青作为女作家，其《王屋山居手记》带有独特的女性视角，以自己在王屋山边的生活为主要内容，交叉进自己童年在南阳乡村的回忆，思考了黑夜、寂静、植物的价值和意义，贡献出独特的生命体验。陈学仕的《仰望苍穹》则是立足西北，立足家乡，思考人与自然的关系。"将自己的个体生命紧贴身处的自然环境，以自己的呼吸与心跳感应天地间的变幻与律动，从而吐露自己的真实感受，抒发自己的心声。"② 形成了结合西北风情和个体生命气质的散文风格。

总而言之，从原来的生态报告文学到后来的文学生态散文，再到当代的人文生态散文，中国生态散文经历了一个从专业性、文学性分头并行到最后融合为人文性的发展过程。当下中国生态散文在科学性、生态性的基础上呈现出丰富的文化内涵和审美内涵，成为当代生态文学的一个重要组成部分，并在生态文明社会建设中发挥不可忽视的作用。

第 三 节　中西生态散文的影响交融

中国生态散文创作的发生主要有两个因素：一个是中国的生态现实，另外一个是西方生态理论、生态散文的影响。西方生态散文中对中国生态散文创作影响最大的是《瓦尔登湖》《沙乡年鉴》《寂静的春天》，其影响各有不

---

① 徐兆寿. 西行悟道 [M]. 北京：作家出版社，2021：自序.
② 鲁枢元. 序言 [M] // 陈学仕. 仰望苍穹. 北京：中国文联出版社，2017：2.

同,《瓦尔登湖》的影响主要体现在随笔式散文文体、生态语言运用及关注精神生态上,《沙乡年鉴》的影响体现在对地方和大地的关注上,而《寂静的春天》的影响主要表现为以科学的(生态学)态度来认识生态问题,用科学精神来批判生态污染。龙其林认为,西方生态文学的影响表现为刺激创作和诱导文化融合:

> 不同文化之间的对话,赋予了文学创作以艺术活力与思想动力,这种相互交流、撞击与整合的过程丰富了文学创作的世界性因素。中国当代生态作家一方面受到西方生态文化与文学的影响,力图表达人与自然和谐相处的普泛主题,另一方面他们也借助西方生态文化的视野激活民族文化中的自然意识,并从中吸收民族、历史、地理、风俗等方面的特点,通过作品提出独具特色的生态思想观念。[①]

西方生态散文对中国生态散文创作的具体影响表现为两个方面。第一,从生态性、科学性的态度来认识生态,从科学认知主义的角度来进行散文创作。如《寂静的春天》、《沙乡年鉴》(主要是第一、第二部分)等散文的影响,表现为调查类、科学性的报告文学特点,通过实地走访和大量数据的运用,来证明生态破坏和生态污染的存在,探究生态问题产生的原因,并试图提出科学可行的解决方式。中国生态报告文学受到这方面的影响比较大,比如徐刚、哲夫等报告文学家所受的影响,这批作者往往以大量的调查数据和访谈为基础进行散文创作,作品呈现出科学性、写实性的特点,具有较强的说服力。

第二,从人文性、精神性的角度来思考自然、地方、人性,主要从文化反思、精神生态的角度影响中国生态散文的写作。如《瓦尔登湖》对于人与自然的关系的思考,《沙乡年鉴》对于"大地伦理"的表现和思考。这些散文的关注和切入角度都对中国生态散文产生了较大影响,《瓦尔登湖》对于苇岸、张炜、韩少功的生态散文的影响非常明显,《沙乡年鉴》对大地的深情也影响了苇岸、张炜的散文创作。此外,《优山美地》《汀克溪的朝圣者》等散文对中国生态散文也有潜移默化的影响,因此,龙其林认为:"对于中国生态作家而言,西方生态文化尤其是其中的宗教精神和博爱意识、伦理观

[①] 龙其林. 生态中国:文学呈现与跨文化研究[M]. 北京:北京大学出版社,2019:9.

念加强了他们的认知能力,其文化心理中的自然基因得以激活。"① 这是精神意识层面对于中国散文作家的影响,主要影响到生态随笔式的散文,作家往往在散文中呈现出一种浓厚的超越精神和伦理意识。此外,《瓦尔登湖》的语言风格影响了《大地上的事情》等散文,表现为淳朴自然、有机多元和自由野性的生态语言特点。

对于中国作家来讲,西方生态理论和生态散文的影响非常重要,但是,中国生态散文毕竟是在中国本土生态现实和传统文化浸润下进行的散文创作,也呈现出自己的特征,主要表现为三个方面。

第一,对于中国传统文化的吸收和借鉴。"中国儒家文化中的入世精神和忧患意识构成了作家们的文化精神的内核,同时老庄思想和神巫传统、民族神话和民间传说又形成了其潜在的精神面貌"②,而这些,是西方生态散文作家所缺失的。这就使得中国生态散文具备中国特点,比如跟传统文化密切相关的文字风格:

> 推开这扇窗子,一方清润的山水扑面而来,刹那间把观望者呛得有点发晕,灌得有点半醉,定有五脏六腑融化之感。清墨是最远的山,淡墨是次远的山,重墨是较近的山,浓墨和焦墨则是更近的山。它们构成了层次重叠和妖娆曲线,在即将下雨的这一刻,晕化在阴冷烟波里。天地难分,有无莫辨,浓云薄雾的汹涌和流走,形成了水墨相破之势和藏露相济之态。一行白鹭在山腰横切而过,没有留下任何声音。再往下看,一列陡岩应是画笔下的提按和顿挫。一叶扁舟,一位静静的钓翁,不知是何人轻笔点染。③

自然界绚烂的生命合唱净化了人类的心灵,美丽多彩的自然风景也能够净化心灵。在韩少功的笔下,一个普通平凡的窗外之景被他写得如诗如画,带读者进入中国文化与自然美景交织的写意境界。山水的妩媚和多姿,在韩少功笔下活了起来。生活在这样的环境中,人们不仅感受到山水之美,还被涤荡心灵,获得净化和安宁。这是中国自然精神的现代展露,是中国作家心中的生态美景。

---

①② 龙其林. 生态中国:文学呈现与跨文化研究 [M]. 北京:北京大学出版社,2019:15,7.

③ 韩少功. 山南水北 [M]. 长沙:湖南文艺出版社,2013:130.

此外，儒家追求"文以载道"，所以中国生态散文充满了使命感和责任感。"作家们在面对自然生态问题时更喜欢表现出强烈的现实指向，在贴近现实的过程中展现出作家的社会责任感与生态保护意识。"① 这在生态报告文学中体现得尤其明显，在阿来、韩少功、杨文丰的散文中也有明显的表现。而且，儒家讲究个体修行和群体主义相结合，所以在中国生态散文中，有许多对于群体行动的呼唤和期待。

第二，对于中国生态现实的关注和反映，对于中国时代病症的反映和批判。大量的生态报告文学是以中国不同地方的生态破坏为基础而写就的，如《黄河生态报告》《长江之源》《伐木者，醒来！》等，都是以具体的地理现实为基础，以具体的生态破坏为批判对象。《伐木者，醒来！》对滥伐乱砍造成的水土流失进行了揭露和批判；《只有一条长江》对长江的污染问题进行了调查，对于水体污染、河流鱼类灭绝进行了反思；《世纪之痒——中国生态报告》则主要对中国的森林进行了调查，对于过度砍伐和原始森林的消失进行了揭示，并且呼吁对原生林进行保护。中国生态散文以翔实的调查和科学的数据反映了中国本土生态问题，从内容上呈现出中国本土生态特点，"是与中国现代化步伐加快、生态环境的急剧恶化等社会事件紧密联系在一起"②。正是中国本土生态环境的恶化和生态问题的凸显，推动了生态散文的创作。

第三，反映了中国地方、民间的特点。中国生态散文的一个明显特点就是在内容写作上大部分跟散文作家生长、居住的地方密切相关，带有浓厚的地方特点。这种特点既与地方风景、风情紧密联系在一起，也与地方民间文化密切结合。比如阿来的"嘉绒"藏区、李娟的"阿勒泰"地区、苇岸的华北平原、张炜的胶东平原、阎连科的北京郊区院子、刘亮程的"黄沙梁"、韩少功的"八溪峒"等，独特的地方风土人情糅合进生态散文中，使得生态散文呈现出迷人的魅力，展现了中国风土人情的多样化，既有特性，也有共性，有利于从"地方"角度入手塑造、保护生态环境。

综上所述，在西方生态理论和生态散文的影响下，中国生态散文呈现出与中国传统文化结合、关注中国本土生态现实、具备浓郁地方风土人情三个特点。所以，龙其林指出，中国生态散文呈现出独特的面貌：

---

①② 龙其林. 生态中国：文学呈现与跨文化研究［M］. 北京：北京大学出版社，2019：11，8.

传统与现代、本土与西方、民间与主流这些相互碰撞的文化品质，对于作家们的价值结构的形成和审美标准的建构具有十分重要的参考意义。中国当代生态文学作家中，不少人既对西方生态理论谙熟于心，怀着浓厚的兴趣阅读异域的作品，同时又栖身民间、立足地域，对于传统文化有着本能的亲近。这种杂交形成的生态文化精神，构成了相当一部分中国作家的精神格局，也形成了其生态文本中中西对话的紧张性，同时也为读者提供了汲取多种精神文化的可能。①

如上所述，在西方对中国生态散文的影响上，《瓦尔登湖》《沙乡年鉴》《寂静的春天》这几本是影响最大的。中国著名的生态散文作家及代表作，有很大一部分都受到这几本散文的影响。

比如梭罗的《瓦尔登湖》，影响了苇岸、张炜、韩少功等中国生态散文名家。龙其林指出，《瓦尔登湖》对于中国散文的影响是巨大的：

《瓦尔登湖》的引介，使中国作家开始意识到，自然不是匍匐于人类脚下的客体，而具有独立的存在价值，散文创作不仅可以表现人心、描写社会，而且可以聚焦生态、以自然为对象。长期以来束缚散文创作的教条观念被逐渐打破，作家们开始怀着一种超越性的眼光看待自然事物，努力倡导人与自然的亲近、和谐。中国作家们的生态思想意识受到了激发，文化传统中的自然情结得以朝着生态方向转化，从而极大丰富了当代散文的思想内涵和艺术含量。②

苇岸是受梭罗影响从事生态散文创作的典型，他在散文中写道："最终导致我从诗歌转向散文的，是梭罗的《瓦尔登湖》。当我初读这本举世无双的书时，我幸福地感到，我对它的喜爱，超过了任何诗歌。"③他毫不讳言是受到梭罗的影响才从诗歌转向散文创作。他还专门撰文《我与梭罗》阐明梭罗对自己的影响，"《瓦尔登湖》是我唯一从版本上多重收藏的书籍，以纪念这部瑰伟的富于思想的散文著作对我的写作和人生的'奠基'意义"④。指明梭罗对他的影响不仅仅是写作上的，同时也是人生上的。他之所以如此

---

①② 龙其林. 生态中国：文学呈现与跨文化研究 [M]. 北京：北京大学出版社，2019：8，37.

③④ 苇岸. 大地上的事情 [M]. 桂林：广西师范大学出版社，2014：4，160.

认同梭罗，主要是对于梭罗的文字方式、思想观念及对自然情感态度方面的认同。他写道："我对梭罗的文字仿佛具有一种血缘性的亲和和呼应。换句话说，在我过去的全部阅读中，我还从未发现一个在文字方式上（当然不仅仅是文字方式）令我格外激动和完全认同的作家，今天他终于出现了。"① 这种从内到外的呼应使得苇岸对梭罗产生"知音"的感觉。苇岸的散文跟梭罗的散文血脉相通，比如同样感情真挚，同样关注身边的自然事物，同样朴实自然的生态语言，同样是随笔式的散文体式。

除了苇岸外，张炜、韩少功也是受到《瓦尔登湖》影响较大的作家。"他们的生态散文都体现了对于叙述大地上的事情的热衷、对于动物伦理的关注以及对于语言的有机性和自然与人的完整性的思想的追求。"② 张炜在文章中写道："作为一个作家和诗人，梭罗并没有留下很多的创作；但是他却可以比那些写下了'皇皇巨著'的人更能够不朽。因为他整个的人都是一部作品，这才显其大，这才是不朽的根源。"③ 对梭罗做了非常高的评价，充分显示了梭罗对他的影响。但是与苇岸不同，张炜和韩少功在从事散文创作的时候已经有大量的文学作品，因此，他们的散文受到的主要影响是在人格和情感上，比如对于土地和自然的真挚的情感态度。但是在语言上，韩少功和张炜的散文依然呈现自身的特点。

与梭罗不同，利奥波德的影响不是体现在对于"沙乡"的环境描写上，而是体现在《沙乡年鉴》第三部分所提出的"大地伦理学"上。苇岸认同利奥波德提出的土地道德，"苇岸对利奥波德的生态思想有着比较深刻的认识，对于其土地道德亦是深为赞同"④。在《土地道德》一文中，苇岸对利奥波德及其主张做了专门的介绍。他写道："梭罗是十九世纪空气的诗人，他关怀人类的灵魂，他指明人类应如何生活。利奥波德是危机四伏的二十世纪孕育的科学家，他关注的是人类的命运，他指明人类如何才能长久生存下去。"⑤ 这段话反映出梭罗与利奥波德的不同，前者关注精神生态，关注人与自然如何相处这个恒久的话题；后者关注人类和土地的关系，用较为科学的态度阐述土地的污染和"大地伦理学"的必要性，关注人们的生存。

---

①⑤ 苇岸. 大地上的事情 [M]. 桂林：广西师范大学出版社，2014：161，174.

②④ 龙其林. 生态中国：文学呈现与跨文化研究 [M]. 北京：北京大学出版社，2019：17.

③ 张炜. 去看阿尔卑斯山 [M]. 北京：台海出版社，2019：301-302.

中国生态散文和西方生态散文有着密切联系，从写作范式和思想基础上都受到西方生态作品的影响，但是，中国生态散文毕竟是成长于中国本土生态现实之上，因此随着作家创作的成熟，更多地呈现为中国生态散文的特点，与西方生态散文共同构成了世界生态文学的重要组成部分。

第 二 章
生态散文与精神生态

生态散文不只是关注现实，批判不利于生态审美的活动，更是从生态学的视域关注人类的精神世界，探索人类精神、人类社会与人类所处环境之间的互动关系，"从纪实性的描述生态现状和揭露人类行为，到反思现代性和城镇化的危害，新时期的生态文学已经试图致力于人类的精神空间建构，即在生态环境已遭破坏的当下，人类该如何处理个体生命与生态环境的关系，以便追求人与自然相互适应的生存状态，从而求得内心世界的平衡"[①]。随着生态文学的发展，人们愈发认识到生态危机绝不仅仅是自然生态系统出了问题，而是社会生态、精神生态都出了问题，"生态危机是一种可以诉诸社会领域、政治领域与存在论领域的普遍危机"[②]。生态散文尤其关注人类精神生态的污染和危机，因为精神生态危机和自然生态问题一样给生态系统带来巨大压力。而且，对于中国生态文学来讲，"到了新世纪以来，大部分作家才恍然梦醒，才意识到生态危机也是人性危机，也是文明危机，才意识到人性的生成离不开良好的自然生态，而且同时越来越多的作家有意疏远都市文明，拥抱大地，接通大自然，在山水中洗心革面、脱胎换骨"[③]。在探索人类精神生态空间方面，近20年代表性的生态散文作家都进行了深入的思考。

---

① 林岚. 论新时期生态散文的空间叙事：以韩少功、张炜和阿来等作家为例［J］. 海南师范大学学报（社会科学版），2014（11）：58-62.
② 加塔利. 混沌互渗［M］. 董树宝，译. 南京：南京大学出版社，2020：131.
③ 汪树东. 当前生态文学热潮及其启示［J］. 长江丛刊，2022（5）：4-10.

韩少功、张炜、阿来、徐兆寿、李娟、鲁枢元、周晓枫、杨文丰等，都在散文作品中深入思考人类精神与所处生态系统之间的关系。

"精神生态"是生态批评的关键词之一，法国哲学家加塔利提出了精神生态的概念。从起源上看，"加塔利的精神生态学直接传承至贝特森的心智生态学，而且，将生态学做三重划分的思想源头也可以追溯到贝特森这里，……贝特森的心智生态学不但启发了加塔利关于三重生态学的理论构想，而且引导了其精神生态学的发端，因此而成为其生态智慧美学思想最直接的理论源泉"[①]。随后，在1989年出版的《三重生态学》里面，加塔利详细阐释了他有关精神生态的思考。他认为，资本主义全球一体化不仅破坏自然环境、侵蚀社会关系，同时也以一种更为隐秘和无形的方式对人类的态度、情感和心灵进行渗透。他提出，要规避危机必须关注"不断生成的主体性；持续变异的社会场；处于再造过程中的环境（自然环境）"。这三点横贯精神、社会、自然三个领域，生成了包含"精神生态学""社会生态学""自然生态学"的"三重生态学"体系。他指出，自然环境、社会关系与人类主体性是二律背反的关系，其中任何一个领域取得长足进展，都会同时促进另外两个层面的完善，最终在外在生存环境和内在生命本体的双向互动中通达生态智慧，改善人类生态。

加塔利认为，当下生态系统存在的问题不只是自然生态遭到破坏，更是社会生态和精神生态的同步异化，三者共同导致了生态问题。"我们在这个星球上的生存不仅被环境的破坏所威胁，而且还被社会团结组织的退化和精神生活的方式所威胁，……如若没有精神状态的突变，没有在社会中促进新的生活艺术，那么我们就不能对温室效应导致的大气污染和全球变暖或者对单纯的人口稳定想出解决方法。"[②] 他认为，只有精神生态得到重建和好转，社会生态和自然生态才能够同步好转。在国内对"精神生态"进行阐释及推广的主要学者是鲁枢元。令人惊奇的是，虽然鲁枢元到21世纪才接触到加塔利的著作，但是他早在20世纪80年代后期就开始思考和阐释"精神生态"，从时间和关注主题上展示了惊人的同步性。他大概从1985—1989年开始思考"精神生态"，并在随后数十年对其进行持续的建构和阐释。

"精神生态"是生态散文批评的关键词，是连接人类精神、地球生态系统、文学的理论节点，在研究文学创作方面发挥着巨大作用。文学处理的是与人类精神相关的事物，散文作为表现人类情感的首选文体，更多地指涉和

---

① 张惠青. 论加塔利生态智慧美学何以生成 [J]. 山东社会科学, 2019 (9): 58-64.
② 加塔利. 混沌互渗 [M]. 董树宝, 译. 南京: 南京大学出版社, 2020: 24.

关注着情感、精神等方面。生态散文的特点之一，就是"在深入、细致观察的基础上将自然知识、生态理念与情感体验、生态感悟相互融合，呈现出知性与感性交融的特质。读者通过其科学性和文学性的语言描写以及合理的想象，可以深入理解蕴含于文本深层的作者所要表达的理念和情感"[①]。由此可以看出，生态散文的关注点和落脚点是散文所蕴含的生态意识和观众的精神世界，故而，精神生态在生态散文研究中具有关键地位。

中国著名生态学者曾繁仁对精神生态的提出予以肯定，他认为："自然生态理论离不开精神生态理论，离不开人的生态素养；缺乏生态理论素养，特别是缺乏亲近自然、热爱自然的审美情怀，自然生态保护与生态文明建设就难以落实。"[②] 因此，考查精神生态的生成和内涵，并对生态散文的精神生态表达和精神生态价值进行思考，是展开生态散文研究的必要角度。本章主要梳理精神生态的生发、内涵，研究其在生态散文中的表达，及其对读者精神生态系统的影响。

第一节 精神生态的生发和内涵

任何一个概念的使用和推广，都要从考查其生成过程开始。对概念生成历史进行梳理，可以清晰地了解概念的内涵变化，从历史性和时代性的双重角度把握其内涵。"精神生态"的提出和使用，在国外同加塔利密切相关，在国内主要跟鲁枢元等学者有关。本节以考察国内"精神生态"概念的生成过程为主，参照加塔利提出的"精神生态学"的概念，对"精神生态"的内涵进行全面的分析和阐释，把握研究生态散文的关键词，以研究生态散文的精神生态表达和精神生态价值。

一、精神生态的生发

中国对"精神生态"进行阐释的主要学者是鲁枢元，他从20世纪80年代中期开始，持续关注国人精神生态，并在逐渐思考和阐释的基础上形成了

---

① 陈想. 知感交融：台湾生态散文的审美特质[J]. 太原师范学院学报（社科版），2019（2）：42-47.

② 曾繁仁. 序言[M]//程相占：生态美学引论. 济南：山东文艺出版社，2021：2.

自己的理解。

国内可检索到的首次提及精神生态的文章是 1985 年 3 月，思之在《兰州学刊》上发表的《有关人与文化的两点思考》，他认为，精神生态环境是文化的两大组成部分之一，是"人类文化中非物质那一部分"，人之所以能成为万物之灵，主要得力于文化，人类只有接受文化传统，才能成为"日益丰满富丽的人"。① 思之在国内学界较早地使用"精神生态环境"这一提法，并把其适用范围限定在非物质文化范围内，对"精神生态"概念的产生起到一定的推进作用，而且，他较为推崇精神生态环境对于丰富人性的积极作用，同时也就暗示了"精神生态"在人类发展历史中的价值与意义。1985 年 4 月，刘再复在其《杂谈精神界的生态平衡》一文里提出："我们精神界也有一个生态平衡的问题，……在文化界，生态平衡被破坏得更加惊人。……自然界需要生态平衡，文化界、精神界不也需要生态平衡吗？"② 他把精神和生态平衡联系起来，认为既然自然界有生态平衡，那么精神界和文化界也应该有生态平衡。他提出：要把社会的精神需求看作一个整体性的系统，"人类的多方面精神需求，就要求社会给予他们多方面的精神满足，而只有精神界的生态平衡，才可能实现这种满足。我们所说的精神界的生态平衡，就是要求社会的精神产品尽可能地满足社会成员的全面精神需求，保护一些社会需要的、但却常常被忽视、被排斥的精神产品"③。刘再复看到了人类具有内在的精神需求，肯定了精神的意义，从精神界生态平衡的角度论述了社会成员的精神需求和社会的精神产品之间的关系，而且还期望因此"给各种风格的美打开广阔的道路"，让"精神界的生态平衡"成为精神文化领域百花齐放的基础。他的文章虽然没有直接使用"精神生态"一词，实际上却为"精神生态"关注人的精神健康与社会的精神领域的平衡提供了新的思路。

1989 年夏天，鲁枢元在张家界全国第二届文艺心理学研讨会上的总结发言中指出：

> 文艺心理学的学科建设必须重视人的生存状态，包括人的"自然生态"和"精神生态"，尤其是人的"精神生态"……近些年来，中国人的"精神生态"正在恶化，这种恶化是由严重的生态失衡造成的。在生

---

① 思之. 有关人与文化的两点思考 [J]. 兰州学刊, 1985 (1)：82-85.
②③ 刘再复. 杂谈精神界的生态平衡 [J]. 读书, 1985 (4)：42-46.

存的天平上，重经济而轻文化、重物质而轻精神、重技术而轻感情，部分中国人的生态境况发生了可怕的倾斜，导致了文化的滑坡、精神的堕落、情感的冷漠和人格的沦丧。……我更倾向于认为社会在价值导向上出了偏差，这已经给中国的社会生活带来了某种危机，文学艺术以及文学艺术的研究不可能无视生活中的这种危机，而生存危机必然给坚持探索的文学艺术、心理学提供丰富的、生动的对象物。①

鲁枢元的这段讲话发表在1989年9月5日的《文论报》上，讲话将"精神生态"与"自然生态"并提，显示了"精神生态"的独特地位，并指出"精神生态"的恶化是由"严重的生态失衡"造成的。人类精神生态出现的危机，比如"文化的滑坡、精神的堕落、情感的冷漠和人格的沦丧"，是由现代社会发展出现偏颇造成的。现代社会过于注重"技术、经济、物质"的发展，忽视了人类精神性的存在，形成社会生产力飞速提高，精神却并没有随之发展的失衡现象，造成了精神生态危机。无论是自然生态或是"精神生态"出现问题，都是人类的生存出现问题，文学艺术不能无视人类的生存危机，应该对危机做出积极的应对。在这里，可以看出鲁枢元提出"精神生态"的初衷和落脚点，就在于人类的精神状态。他认为，跟生态系统出现生态危机一样，人类的精神系统也出现了精神污染，表现为"文化滑坡、精神堕落、人格冷漠"，面对这种精神生态危机，应该予以关注，并采取措施恢复人类精神生态的健康。这为他随后进一步阐释精神生态，并把精神生态和自然生态、社会生态连接起来提供了契机。

"精神生态"的说法在中国刚刚出现，便有学者提出建立"精神生态学"的动议。国内较早提出"精神生态学"的是严春友，他在1991年出版的《精神之谜》一书的结语部分表述了关于"精神生态学"的构想。与此同时，傅荣等人在《争鸣》《江西师范大学学报》等刊物著文，呼吁进一步开展对于精神生态学的研究。由于这些提法过于超前，当时并没有得到国内学术界的积极响应。

20世纪90年代以后，越来越严峻的地球生态危机和社会精神状况、人类内在价值系统的恶化，给"精神生态"的提出和阐述提供了双重背景。以国内为例，从80年代初改革开放至今，社会生产力得到持续发展，物质生

---

① 鲁枢元. 来路与前程：在张家界全国第二届文艺心理学研讨会上的发言[N]. 文论报，1989-09-05.

活比以前极大丰富，然而精神生活水平却并未随之提高，拜金主义和消费主义的趋势越发猖獗，人文精神失落，社会道德感和责任感下降，人性被资本普遍异化，90年代中期的人文精神大讨论正是针对这种现象开展的反思。在这场讨论中，自然生态恶化与人类精神滑坡的现象被大量揭示，精神的重要性被重新认识，"精神生态"的重要性逐渐凸显出来。国内知识界对"精神生态"的理解大体表现为如下几个方面。

第一，把"精神生态"理解为"精神界的生态系统"。这种理解以王岳川为代表，在他看来，进入现代消费社会以后，随着消费主义的盛行，传统的精神价值、伦理观念失去意义，人们的精神生态呈现出严重的失衡状态。他认为，物质主义和商业主义的盛行侵袭了人类精神生态系统，造成精神生态失衡，表现为"当代人整体价值观念和生活方式发生着深刻的变异"①。物质主义生活观让人类走向被异化和物化的局面，成为物的奴隶。他指出，要解决精神生态失衡的问题，就需要看到文化的关键作用，尤其是文化在精神生态平衡和自然环境之间的连接作用，注重当代世界文化精神的生态平衡及文化与自然环境的关系。而文化创新正是重建"精神生态"平衡，解决精神生态危机的首选方法。他提出，应该"在真正的文化整体上创新中，拿出巨大的心智和勇气着手解决人类共同面临的精神生态失衡问题，让人类告别冷战、战争、瘟疫、罪恶，走向新世纪绿色生态的自然和社会，让人性更具有生命的绿色"②。他坚信具有东方思想的生态美学和生态文化可以化解人和他人、人和自己、人和自然的冲突，因为东方文化"尤其是中国文化中的思想精髓，如绿色和谐思想、辩证思想、综合模糊思想等，是中国思想对西方的一种滋养和互动"，可以通过输出东方经验来从事人类文化的整合，从而为"西方现代性的单边主义和消费主义加以纠偏"③。王岳川在三个方面丰富了"精神生态"这一术语的内涵并促进了它的发展：首先，他的文章中常常高频率地使用"精神生态"。据不完全统计，从2002年至今，王岳川曾在82篇论文中使用"精神生态"，从不同方面对"精神生态"加以阐发；其

---

① 王岳川. 消费社会中的"精神生态"困境：博德里亚后现代消费社会理论研究[J]. 北京大学学报（哲学社会科学版），2002（4）：31–39.

② 王岳川. 生态文化启示与精神价值整体创新[J]. 江西社会科学，2008（4）：12–19.

③ 王岳川. 生态文学与生态批评的当代价值[J]. 北京大学学报（哲学社会科学版），2009（2）：130–142.

次,提出精神生态失衡的主要原因是现代消费社会中拜金主义和消费主义的盛行,论述了消费主义如何造成人类精神和存在的平面化以及如何形成人类的精神生态危机;最后,提出要想实现精神生态平衡,除了借鉴西方文化相应思想外,更要注重吸收东方文化尤其是中国文化中的思想精髓,通过东西方文化交融互动,整合出一种新的人类文化来应对精神领域发生的严重危机。

第二,把"精神生态"理解为需要通过各种努力不断提升的人类的精神世界。认为通过提升精神世界,人类可以由本能境界的生存达到生态境界的生存。这方面以畅广元为代表,他认为人不仅生活在不断优化的物质世界,还要生活在不断提升的意义世界。意义世界的境界品味才是衡量人的生存状态的重要尺度,他提出"人必须确立新的生存意识,即生态境界的生存"[①]。他认为"精神生态"关注的对象不仅仅是精神与生态环境的关系,更应该关注个体自身的精神状态和个体之间精神上的相互关系,在关注自身所处的生态环境的同时,更要关注主体内在意义世界。因为"从某种角度讲,自然界的生态危机是根源于人类社会精神危机的,只有人对自己的精神生态系统有了正确的理解,并在此基础上能自觉地维护和更新其和谐的与健康的水准,自然的生态危机才有可能逐渐根除"[②],精神生态的平衡和健康是解决地球生态危机的关键。他指出,人类需要超越本能境界的生存,争取跨越到生态境界的生存。因为本能境界的生存是以对外在的无限攫取为标志的生存境界,是对象化与异化相伴而行的生存境界,而生态境界的生存则"倡导高科技与高文化统一的生存实践,强调人应具有高尚的精神生态意识,并把人与自然、人与人之间的生态和谐与健康视为最高道德准则"[③]。而要想达到这样的境界、创造一个良好的精神生态环境,人类个体必须通过对话和自省提升自己的生存境界。对话包括今天与明天的对话和主体与主体之间的对话两种方式。通过对话可以消除今天存在的精神问题和人与人之间的隔阂,优化精神生态环境。畅广元对"精神生态"概念发展的贡献主要体现在把精神生态和人类的生存境界结合在一起论述,提出树立达到生态境界生存的目标。他还指出了提升精神境界、维护精神生态的方法,即通过对话——今天与明天的对话、不同主体间的对话,在对话中自觉提升自己、自觉更新意义世界,达

[①③] 畅广元. 经济全球化时代的文化危机与文学的价值取向:走向生态境界生存的文学期待 [J]. 学术月刊, 2001 (1): 28 – 34.

[②] 鲁枢元. 精神生态与生态精神 [M]. 海口:南方出版社, 2002: 219.

到人类精神生态的平衡；在他看来，精神生态的健康才是解决自然生态危机的关键，只有养护精神生态的和谐与健康，才能从根本上消除自然生态危机。①

第三，把"精神生态"当作一个符号化了的精神现象世界所构成的生态环境，将其作为一种乌托邦式的预设和一种合乎自然的理想状态。这种理解以陈家琪为代表，他认为"只能从哲学的角度出发把精神理解为符号化了的现象世界，在此前提下，再把符号化了的现象世界作为一个类似于人的'生态环境'的东西接受下来"②。他认为承载了人类内在经验和文化意义的语言（符号）组成了人类的精神生态环境，而对语词的扭曲与强制造成了精神生态污染。维护精神生态的目的之一就是穿透这种扭曲与强制，抵达一种个体存在意义上的真实。同时，他认为，在精神需要创造突破的特性和生态需要维护平衡的事实之间存在着一种张力，这种张力就是精神生态存在的原因。因此，精神生态应该关注"一种制度性的构建是如何在人的社会生活中创造或维持住一种自然而然的平衡与和谐"③。他认为"生态"指一种原初存在的，但是后来横遭毁坏的生命存在状态。这种存在状态是完美无缺的，是一种"合乎自然的理想状态"，这种自然而然的秩序给人以自由，而这个事实正是讨论精神生态的基本预设。他指出，"有关'精神生态'的讨论从本质上看是理性主义的，是乌托邦的，立足于某种基本预设的前提，只不过他不是向前看而是向后看"④，我们所要做的乃是立足于这种精神乌托邦式的"理想状态"对当下进行一种考察和限定。除此之外，精神生态还要"关注当代精神在结构或构成上发生的变化，考察这种构成上的变化对我们的生存环境起着怎样的作用，它涉及到如何重新理解幸福、人生的意义、人类的未来等这样一些问题"⑤。陈家琪对于精神生态的阐释，特别重视语言符号系统在精神生态环境中的作用，他认为维护精神生态的健全，就是还原被强行扭曲的语言符号所代表的真实含义，从而抵达一种个体存在意义上的真实。他进而指出，以创造、创新、活动为主的精神和以平衡、稳定为主的生态系统之间存在着固有的张力，而精神生态就是个体的创新精神与稳定的生态系统二者间博弈的产物。陈家琪运用其哲学的运思方式对精神生态做出的阐发，对文艺学家们的研究更具启发意义。

第四，把"精神生态"理解为与人类内在价值系统密切相关的观念体

---

① 鲁枢元. 精神生态与生态精神 [M]. 海口：南方出版社，2002：219.
②③④⑤ 陈家琪. 关于"精神生态"的通讯 [J]. 东方文化，2001（1）：4-6.

系，"一种维持人类实际生存的能量、动力，一个持续运转着、生发着的体系"①。这方面以鲁枢元为代表。他认为人不仅是一种生物性的存在、一种社会性的存在，同时还是一种精神性的存在，就人的生存状况而言，除了自然生态、社会生态，还应当有一种"精神生态"，他指出"自然生态体现为人与物的关系、人与自然的关系；社会生态体现为人与他人的关系；精神生态则体现为人与他自己的关系"②。鲁枢元曾在许多场合中讲到他使用"精神生态"这一术语时的背景："自然生态的破坏与人类精神的颓败、与文学艺术精神在现代社会中的消亡是同时展开的。拯救地球与拯救人心是一个问题的两个方面。对生态困境的救治仅仅靠科学技术的发展和科学管理的完善是不行的，必须引进'人心'这个精神的因素。""生态问题实际上已成为悬挂在人类上空的一个带有'终极'色彩的问题，'生态'具有了哲学意义，'精神'充满生态含义。"③他说过，他努力从事的工作就是要把"精神"这个人文学科的用语投注到生态学科中，而同时把"生态"这个原本隶属于自然科学的用语引进文艺学中来。在他看来，"精神生态"和"社会生态""自然生态"具有"同构"的关系，是同时展开、相互关联的，生态的困境不仅体现为自然界的败坏，同时也体现为人类精神的沦落，拯救地球生态系统应该也从拯救人类精神开始。只有人类的观念有所变化，地球生态系统才能从根本上得到拯救。鲁枢元还认为，在促使人类"精神生态"走向平衡的过程中，文学艺术发挥了不可替代的作用，因为文学艺术是沟通人类的精神通道，通过文学艺术的审美作用，"人类也许会为自己选择一条比较安全、美好一些的道路"，"一个更有利于人性的完善、更有利于生态平衡、更有利于大地繁茂、更有利于精神丰满的理想社会，应当根据'美学的原则'构建起来"④。鲁枢元看到了"精神"是地球生态系统中一个极为重要的"变量"，认识到当代人类的观念性存在对地球生态系统的运转已经产生巨大的乃至决定性的作用。并在此前提下指出，文学艺术作为人类精神领域的重要方面，理应对维护地球人类的生态安全具有不可推卸的责任与不可替代的作用。

---

①② 鲁枢元. 生态批评的空间 [M]. 上海：华东师范大学出版社，2006：236，147.

③④ 鲁枢元，夏中义. 从艺术心理到精神生态 [J]. 文艺理论研究，1996（5）：2-6.

二、精神生态的内涵

综合考察国内学术界对"精神生态"的实际运用状况，可以发现它所凭借的学术资源是多方面的。其中有精神分析心理学以及存在主义现象学对于人类以及人类精神现象的阐释，有现代生态学提供的关于系统论、有机整体论的具体实践，有马克思主义对于人与自然关系的辩证论述。其中还不乏对于东方古代传统文化精神的发掘与借鉴，尤其是对于中国古代"天人合一"哲学观念的继承与发扬。由此可见，"精神生态"问题的提出，是在新的历史条件下对"人与自然"关系的更为广泛深入的探讨。在某种意义上，它已经接近一个新的思想体系。其主要特征体现在如下两个方面。

第一，将精神因素引入生态系统中，高度关注人类精神在地球生态系统中的地位。人类不是外在于自然的，人，包括人的精神同样是存在于地球生态系统中的，这样一个浅显的道理，长期以来却被人们忽略了。通过把人的精神重新导入地球生态系统，要求人类从自身做起，对维护生态平衡、改善生态系统状况发挥积极作用。以前对生态系统的认识一般局限在自然学科范围内。近年来，随着人类对生态系统影响越来越大，随着生态灾难的愈演愈烈，现代人在生态系统中的位置与作用日益凸显。人们渐渐认可生态危机实际上是由人类自己的错误选择造成的。由于思想观念上的偏颇，人类对生态资源进行过度的毁灭性的开发，破坏了自然自我恢复的能力，导致地球生态系统逐渐走向崩溃。意识决定人类的行为方式，人类要改正错误，首先要改变自己的思想观念。精神作为人的一种内在的、意向的、自由的、能动的生命活动，在一个更高的层面上对地球生态系统发挥着潜隐的巨大的作用。要从根本上解决人类面临的生态危机，首先必须改变我们的精神观念；要生态重建，必须精神重建。把精神因素引入生态系统，在改善内在自我与外在环境之间寻找到一个结合点，便可以带来双重效应：一是人类内在素质的提高，二是外在的环境压力的缓解，从而实现人与自然的和谐共处。

第二，精神生态与自然生态、社会生态是地球人类必须面对的三个不同而又相互关联的层面，它们共同构成地球生态的完整系统。鲁枢元在批评苏联学者提出的"智能圈"及借鉴法国学者夏尔丹的"精神圈"的基础上，希望在地球生态系统的"岩石圈""大气圈""生物圈"之上补进"精神圈",由此将人类精神与地球的生态状况乃至物理化学状况密切联系起来①。他认为人从一出生便进入与自然、社会、自身这三者的关系之中,在自然生态、社会生态和精神生态三个层面的限定中展开自己的生命过程。按照张祥龙的说法,在由这三个层面组成的地球生态系统中,人应是作为"缘在"的身份存在的。张祥龙认为:"'缘在'与世界打交道的原初方式并非主体认知客体式的,而是以一种两者还未截然分开的、一气相通的境域方式'缘起'着的、'牵念'着的。"②作为"缘在"的人类是三个层面的联结点,将自然、社会、精神三者有机地联系在一起:作为自然生态层面的人,在地球生态系统中发挥着越来越大的影响力;近来更是由于人的活动超出生态系统的承受限度,整个系统有濒临崩溃的趋向。作为社会生态层面的人,每个人都秉持自己的社会职责,为社会生态系统的运转提供驱动力。而作为精神生态系统层面的人,亟须调整自我的内在价值系统,进而影响到另外两个生态层面。人在自然生态、社会生态、精神生态三者互动方面起到一个枢纽的作用,通过人这个"缘在",精神生态层面和另两个层面相互之间形成双向反馈作用,维持了整个地球生态系统的动态平衡。

20世纪90年代,鲁枢元在《文汇报》与《光明日报》发表的文章中分别提出了建立精神生态学的设想③。他认为,人类既是一种生物性的存在,又是一种社会性的存在,同时,更是一种精神性的存在,因此,他提出生态学可以按照三分法来划分:以相对独立的自然界为研究对象的自然生态学,以人类社会的政治、经济生活为研究对象的社会生态学,以人的内在的情感生活与精神生活为研究对象的精神生态学,三者之间有着密切联系,但是绝不完全等同,不能相互取代。稍后,他在《生态文艺学》一书中为"精神生态学"归纳出这样一个定义:"这是一门研究作为精神性存在主体(主要是人)与其生存的环境(包括自然环境、社会环境、文化环境)之间相互关系的学科。它一方面关涉到精神主体的健康成长,一方面关涉到一个生态系统在精神变量协调下的平衡、稳定和演进。"④这个概念从人类是精神性存在这个事实入手,认识到人类和其栖居的世界之间的相互依存关系,认为以精神性为本质属性的人类个体在生态系统中处于一个特殊地位,一方面是对自我的完善与发展,另一方面通过精神上的自我提高来改变自己,进而推动

---

①④ 鲁枢元. 生态文艺学 [M]. 西安:陕西人民教育出版社,2000:438,148.
② 张祥龙. 从现象学到孔夫子 [M]. 北京:商务印书馆,2001:65.
③ 鲁枢元. 说鱼上树:精神生态与人类困境 [N]. 光明日报,1994-12-21.

所生存的生态系统和谐稳定运转。他认为精神生态学有两个主要任务，一个是关注精神性主体（主要是人类）的健康成长，关注人类个体内在价值系统的稳定与平衡，另外一个是关注整个地球生态系统如何在精神变量的协调影响下趋于平衡。这个界定把精神生态学的研究对象圈定在精神性存在主体与其所生存的环境之间的关系上，并从学科研究对象、方向、学科任务等方面确立了精神生态学的大体构架，与以研究自然界生态关系为主要对象的"自然生态学"和以研究"社会各部落群体、阶层之间生态关系"为主要对象的"社会生态学"区别开来。作为文艺学家，鲁枢元的精神生态学与文学艺术是紧密相关的，他认为精神生态学应该关注文学艺术和其他学科的交叉研究，尤其注意文学艺术和自然之间的联系，"文学是人学的命题不能简单否定，但要真正地理解人，同时必须能够理解人与自然的关系，文学是人学，同时也应当是人与自然的关系学，是人类的精神生态学"[①]。鲁枢元坚持编印达十年之久的同人内部交流刊物《精神生态通讯》（1999—2009），团结了国内诸多从事生态批评的学者，为精神生态学的学科构建做出了一定的贡献。

综上所述，精神生态关注的是两个层面：第一个层面是人类的精神生态系统平衡，注重对于人类精神的研究和分析，探究精神污染形成的原因，阐释精神生态系统的组成和运行，对于精神生态系统紊乱进行研究分析；第二个层面是关注精神性存在主体（心性）如何在生态系统中发挥自己的作用，从而起到改善自然生态系统的作用。而这两个层面，正是生态散文所关注的重要领域。对于生态散文来说，一方面批判现实生态破坏，另外一方面反思人类精神污染，这些都是为了探究造成生态失衡的原因。通过生态散文的写作和传播，作者和受众共同形成合力，推动人类精神生态系统的健康运转，为自然生态系统的好转提供助力。

第二节 生态散文的精神生态表达

生态散文和精神生态的联系主要基于两个方面：其一，从所属路径看，生态散文属于生态文学，生态文学是人类的精神的组成部分，参与构筑了人类的精神生态系统；其二，从作用路径看，生态散文来源于作者的生态认

---

① 鲁枢元. 说鱼上树：精神生态与人类困境［N］. 光明日报，1994-12-21.

识，作用于读者的内心，即读者的精神生态，通过他们的内心影响他们的行动。

有部分生态散文专注于关注和描写人类的精神生态状态，并提供了与之相关的文学隐喻。如刘亮程的《一个人的村庄》，以关注村庄的方式进行了生态散文创作，折射出了人类个体和地方之间的生存关系。比起诗歌的抒情和小说的虚构叙事，散文以其真情实感和审美魅力，为表现精神生态提供了独特的路径。生态散文的精神生态表达主要体现在三个方面：第一，表现自然美的精神生态价值，关注自然界中的美与人类精神生态的互动和呼应，由此获得有关自然的审美愉悦；第二，批判人类精神生态系统受到的精神污染，以一种战斗的态度对一切精神污染做无情的揭露和批判；第三，呼唤、勾勒一种健康的精神生态系统。

一、生态散文中的自然价值

关于自然的价值，自古以来就有无数文人学者进行思考。自然给人们带来无穷的精神财富，出色的散文作家总是能发现这种财富，并用文字传达出来。比如梭罗、苇岸、张炜、韩少功等，都敏锐地发现了自然的审美价值及对人类精神的陶冶作用。张炜认为，自然是人类尤其是知识分子的精神来源，他写道："一个知识分子的精神源自何方？……当然，我不会否认渍透了心汁的书林也孕育了某种精神。可我还是发现了那种悲天的情怀来自大自然，来自一个广漠的世界。"[①] 明确提出了大自然是知识分子悲天悯人情怀的根源。

提起生态散文中对自然价值的认定和赞颂，不得不提的就是散文家梭罗。梭罗和他的《瓦尔登湖》广为流传，影响了无数人，很多生态散文作家都受过他的影响，在中国，苇岸、韩少功、张炜，甚至阎连科的生态散文，无一例外被认为受到梭罗的影响。苇岸是受到梭罗影响比较大的生态散文作家，他承认，自从读了《瓦尔登湖》之后，他的世界观和创作观发生了巨大的变化，之前他主要创作诗歌，但受到梭罗的影响后，他的创作转向了散文。梭罗之所以在中国产生如此大的影响，主要在于他用自己的行动和真情实感重新发现了自然的美，并用深厚的情怀描述了这种美对于人类精神的价值。"梭罗怀着一种与大地同在的气质，在土地的自然变化中捕捉到了人们

---

① 张炜. 去看阿尔卑斯山 [M]. 北京：台海出版社，2019：146.

精神的驿动，从而使人与自然的关系重新紧密起来。"① 梭罗的这种创作方式奠定了生态散文创作的一条路径，即关怀自然对人类心灵的作用。

梭罗对于中国生态散文作家的影响是多方面的，但主要体现在生态的世界观上。梭罗认为，自然和大地蕴含着健康的美德和人性，其精神生态价值主要体现在对于主体的影响上。"在《瓦尔登湖》中，梭罗不仅对于自然现象有着细腻的描绘，而且还体验到了一种人与自然完美相处的生态佳境。他在与自然的交流中意识到了大地蕴含着的健康的本性，认为人应该亲近自然、观察自然，努力和自然融为一体。梭罗将大地看作是精神家园，充满深情地观察它，全身心地与之交流、融为一体。"② 他从大地获得的不只是食物，更是精神来源，是一种人与自然相处的佳境。这种向自然学习、体悟人与自然关系的过程不是一步一步按部就班，而是一个创造性学习的过程。我们把自然的智慧转化为我们自己的智慧，把对自然的体悟融进人类个体的生存。这样，自然就与我们的生命紧密结合。我们向自然学习的过程"不仅是消遣的体验，也是在创造的体验。从这些体验中，我们感觉到自然的广大，意识到自己在自然中的位置，也产生了与自然的认同。在某些意义上，我们感到自己在自然面前应该谦卑；在另一些意义上，又感到自己得到了一种提升。荒野把我们拉得很紧，让我们既体验到自己内在的本性，也体验到超越自己的自然"③。自然给予人类的不仅仅是一种神秘的体验，同时还有一种人生的态度。

张炜从梭罗的生态经历获取了较多感悟，他专门跑到瓦尔登湖去看了梭罗居住的小屋子，并满怀深情地写道："这屋子太小了，屋里的设备也过于简单了。这是因为一切都服从了主人回归自然、一切从简的理念。他反复阐述道：一个人的生活其实所需甚少，而按照所需来向这个世界索取，不仅对我们置身的大自然有好处，而且对我们的心灵有最大的好处。"④ 这种好处，就是简单淳朴的心灵。自然本来赋予了人们最淳朴的心灵底色，在后来的现代化、工业化过程中，人们才变得复杂、贪婪。因此，要想抵御如今社会带

---

① 龙其林.《瓦尔登湖》与张炜生态散文语言的自然属性［J］. 东方论坛，2015(5)：78-81.

② 赵树勤，龙其林.《瓦尔登湖》与中国当代生态散文［J］. 湘潭大学学报（哲学社会科学版），2012（1）：92-97.

③ 罗尔斯顿. 哲学走向荒野［M］. 刘耳，叶平，译. 长春：吉林人民出版社，2000：403.

④ 张炜. 去看阿尔卑斯山［M］. 北京：台海出版社，2019：301.

来的种种心灵异化，回归自然还是最好的办法，在自然中思考生命，思考人生的价值和意义，方能够让人们放下重担。

生态散文中所反映的自然的价值主要体现在如下四个方面。

第一，淳朴自然的本性。自然赋予人类本源的情感。虽然说人类的很多情感，比如嫉妒、怨恨、暗恋等只有在复杂的社会中才能产生，但是人类的最基本的情感却是来自自然，并且只有在自然环境中才能被真切体验到。这种情感是生命的情感，是一种类似于爱但又不完全是爱，极其纯粹然而又极其复杂的一种情感，因其纯粹而深刻，因其复杂而广博，我们称之为"来自生命之源的情感"。罗尔斯顿对这种情感有所论述，他指出：

> 人类情感在社会环境中得到最为丰富的发展，而且许多情感，如嫉妒与尴尬，只有在社会中才存在。但我们在自然面前会表达出一种本源的、天然的情感，如在凝视星空时的颤抖，或在和风吹拂的春天心跳加快。看到婴儿出生时快乐的泪水和悼亡时悲伤的眼泪代表的是人与人之间的感情，但同时也是随着自然给予和夺走生命而从我们心中流淌出来。①

简言之，这是一种生命本源的情感，是对自然的认同和眷恋，只有在纯粹的自然中才能体味到。这种情感是我们出生的时候就带有的，它来自于人类生命之源的印记，是自然的恩赐，也是我们的集体无意识：

> 我们出生时就带有自然，任何文化的教育如果不顾人出生时就带有的天生的情感，结果将会很糟。我们从出生时就注定了将会死去，但自然产生的最大的神秘不是死亡，而是生命，我们的情感也主要是受生命而不是死亡的激发。……人类情感使我们能保护超拔于自然的自我，但更使我们适应于那超越我们的自然环境。这些情感是我们赖以生存的手段，但我们也有一部分人是愿意以这些情感作为自己生存的目的的。②

这种情感确定了生命的基调。因此，一个人如果能够在儿童时期在自然中待上一段日子，其日后的成长就烙上了自然的印记，拥有了和自然本源相通的

---

①② 罗尔斯顿．哲学走向荒野［M］．刘耳，叶平，译．长春：吉林人民出版社，2000：461，473．

情感力量。梭罗在《瓦尔登湖》里一直有意无意地渗透出对自然蕴含的淳朴的生态本性的感触和体认。"梭罗在观察自然界的万物时带着一份可贵的真诚，这种眼光充满了柔情，却又敏锐无比，能够准确地捕捉到大地深处的脉搏，并通过具有泥土气息的语言勾勒出来。与自然的融合与互动，不仅可以产生具有泥土气息的文字，而且可以激活人们的自然意识和精神。"① 在梭罗看来，大地中蕴藏着一种尚未被唤醒的生机，同时也蕴含着人类的质朴和健康。

芭布丝也提到了自然和原野带给个体的情感本源，她写道：

> 在荒原里走着，你的烦恼就会溜走，你会听到内心所意识到的恐惧，真是不可思议。在这里，你可以忏悔，也会得到庇护。在这个伦敦少有的地方，大自然看起来辽阔而伟大，它能够实现任何一个人类无法做到的事，于是忧虑也变得不再难以控制。人更容易表现出诚实，也更容易倾听。②

在自然中，人们接近自我生命的本源，摒弃文明带来的虚伪，从而能够直面自己的内心，熄灭虚伪和矫饰。这是自然带给人们的启迪，也是人们追溯本性的途径。

李娟的《冬牧场》中虽然多是对牧场生活的描述，但是也经常闪现出对淳朴生活之美的描述和体味，展现了自然带给人们的精神启迪。比如寒冷时候的一场大雪，雪花飞扬是美的；寂寞的时候唱一首歌，歌声悠扬也是美的；连空闲的时候去捡个石子，也是美的。她写道：

> 很快，我的闲逛又多了一项内容：捡石子。虽然附近的沙丘上全是沙子，可舒坦的旷野低处会有许多石子。这些石子很小，少有超过豌豆大的。但它们总是斑斓光滑，色泽明亮。仔细地看，有些还是半透明的，玛瑙一般。但它们的美并非一目了然之美，一定得非常仔细，非常安静，非常长久地欣赏。在这样单调寂静的天地间，一粒小石子的美丽，也能令人惊心摇神。③

---

① 龙其林.《瓦尔登湖》与张炜生态散文语言的自然属性[J]. 东方论坛, 2015(5): 78-81.
② 芭布丝. 我的花园、我的城市和我[M]. 沈黛, 译. 北京：商务印书馆, 2014: 121.
③ 李娟. 冬牧场[M]. 北京：新星出版社, 2018: 141.

如果不是在旷野中，个体很难体味到这种石子的美。繁华的都市太多风景、太多诱惑，人们被各种欲望所左右。只有在寂静之处，才能注意到细微的美丽，这就是淳朴自然给予作者和读者的启示。

张炜对自然赋予人们的天性更加敏感，他认为，大自然赋予作家以淳朴、自由、敏感的灵魂，只有和自然紧密联系，作家才能够拥有不竭的创作源泉。"我觉得作家天生就是一些与大自然保持紧密联系的人，从小到大，一直如此。他们比起其他人来，自由而质朴，敏感得很。这一切我想都是从大自然中汲取和培植而来。所以他能保住一腔柔情和自由的情怀。"① 这是自然给予人类的财富，而一旦人们断了与自然的联系，尤其对于作家来讲，那就丧失了创作源泉。"一旦割断了与大自然的这种联结，他也就算完了，想什么办法去补救都没有用。"② 大自然给予人类的财富很多，淳朴自然的天性是最根本的，只有善良淳朴的心，才能够体味到自然的美和其他生命的重要，才能够以关联爱护的思维去看待万事万物，而这个正是生态伦理的根本原则。张炜还在散文中反复强调自然给予人们的有关质朴的财富，他认为，质朴和真实是自然的品性，在自然中成长的人们，天生拥有这个品质，这是属于自然的品性。他说："我这儿仅仅遵循了质朴的原则，自然而然地藐视乖巧。真实伴我左右，此刻无须请求指认。我的声音混同于草响虫鸣，与原野的喧声整齐划一。"③ 正是因为在自然中，才会摒弃那些乖巧和虚伪，以真实的态度去面对其他生命。

第二，宽广宏大的胸襟和视野。自然给人们提供了各种各样的景观，其中的高山、平原、大海，一望无际，辽阔无边，为生存者和体验者提供了宏大的视野，奠定了他们宽广的胸怀。在荒野中，四望无际，人们获得了广阔的视角，这是形成宽广胸襟的基础。就像张炜所说，"站在这辽远开阔的平畴上，再也嗅不到远城炊烟。四处都是去路，也没人催促。时空在这儿变得旷敞了，人性也自然松弛"④。一望无际的视野带给人们对于宽广的感悟，从斤斤计较中得到超脱。在这片宽广的土地上，人类要学会目光长远，维护各种生命的生存。"在荒野中，生命体会被降解，但在这永恒的毁灭中，自然又能极有秩序地自我聚集成新的生命体。大地杀死自己的孩子，这似乎是一个极大的负价值，但她每年又生长出一轮新的生命，用以替代被杀者。大地

————————
①②③④ 张炜. 去看阿尔卑斯山 [M]. 北京：台海出版社，2019：107，107，142，138.

这维护生命的生发能力,既是最具野性、最惊人的奇迹,也是最有价值的奇迹。"① 这是宽广宏大的地域所提供的生命观念,也是一个完整的生态系统所具有的基础属性。

在自然中,我们体会到人类的渺小,也因此体会到生命的价值,尤其是具有主观能动性的生命——人类对于自然的价值和作用。李娟写道:"在空敞的天空下,一片片戈壁缠绕着一片片沙丘,永无止境。站在高处,四望漫漫,身如一叶。然而怎么能说这样的世界里,人是微弱渺小的?人的气息才是这世界最浓重深刻的划痕。"② 牧民的到来,打破了荒野的寂静,把牛、羊等各种生命连接在一起,带给荒野生命的气息。而荒野,回馈给牧民肥沃的草、甘美的雪水,还有宽广的视野。荒野和人类,就这样通过各种生命联系在一起,构成了多维复杂的生态系统。

我们能从自然中找到我们生存的终极真理,把自然当作智慧的宝库,"荒野哲学家"罗尔斯顿一直坚持认为荒野(原生的自然)是人类智慧的宝库,尤其联系着人类哲学与宗教的经验,他指出:

> 自然是哲学与宗教的"资源"。哲学走向荒野后,能在那里找到丰富的体验。这体验可以是孤独或宁静,也可以是对自然的敬畏,或对自然的神秘、广阔与美的体验。在荒野中,我们会面对生存斗争所体现出来的冲突与和谐,面对自然史的建设、破坏和再生的力量,还会面对与我们近缘和远缘的各种生命形式在时间长河中的流动。我们热爱自然中的各种气息、景观、声音和令人惊奇的事物,在了解我们的资源的同时,也学到有关我们生命之源的真理。③

宏大的荒野和一望无际的高原给人们提供的不只是辽阔的空间,还有放眼远望的视野和有关宽广的心灵体会。在原野中,天地辽阔,一个人的生命如此渺小,个体心灵的种种羁绊都不再重要。荒野为一心追求发展的当代人提供了立足反思的基点,让个体思考自我生存的价值,放下一己之迷思,投身于生态系统这个大世界中,去追寻生态个体所应有的心灵景观。

第三,万物关联的多元生存观。自然是一个整体,多种多样的生命生活

---

①③ 罗尔斯顿. 哲学走向荒野 [M]. 刘耳,叶平,译. 长春:吉林人民出版社,2000:227,403.

② 李娟. 冬牧场 [M]. 北京:新星出版社,2018:142.

在其中，各自占据生物链的一环，彼此之间相互联系，共同构成循环的生态系统。人类作为智慧较为发达的物种，在生态系统中发挥越来越关键的作用。人类是各个物种中唯一能够认识到万物关联和循环不息的生命，因此，更应该担负起维护生态系统稳定的使命。按照中国传统文化的说法，人们更应该去维护生命的"生生不息"，这是"天地大德"。在自然中，多种生命共同生活在一起，既有一条食物链上的竞争和捕猎，也有不同食物链之间的和谐共处。多样化的生命造就了复杂生态系统，也给人类带来有关精神的启迪——万物关联的多元生存观。具体说来，包括以下三个部分。

首先，生生不息的自然循环观。生态散文对于这种万物关联的循环观有着精确的描写，苇岸写道："这是两种壮美的、周而复始的运行：树叶春天从土地升到树上，秋天它们带着收集了三个季节的阳光又复归土地。而水从海洋升到天空，最终通过河流带着它们搬运的土壤又返回海洋。"① 这是自然生命的循环，也是生态系统的循环，所有的生命都是生态系统的一部分，它们参与循环、组成循环，周而复始，生生不息。李娟的《冬牧场》也写到了自然的循环观，即便是贫瘠的地方，也要遵从自然的生命循环规律。冬牧场是"荒凉而贫瘠，寂寞和无助。现实中，大家还是得年复一年地服从自然的意志，南北折返不已。春天，牧人们追逐着渐次融化的雪线北上，秋天又被大雪驱逐着渐次南下。不停地出发，不停地告别"②。然而，正是在渐次迁徙中，牧场的生命画卷才在读者面前徐徐展开。生态系统四季轮回，代表了生命的轮回，也是自然交给人们的财富。作为牧民，他们从草原和放牧中认识到生命的循环，"春天接羔，夏天催膘，秋天配种，冬天孕育"③，这是生命的轮回，是自然的真谛，是不同地方告诉人们的生命的共同真谛。

其次，生态系统是由各种生命组成的共同体，它们在生态系统中是一体的。没有哪个生态系统是由单一物种独自支撑，都是由不同物种共同构成。即便是看起来没有依附的天空，也存在着各种飞禽、飞虫，如韩少功写天空：

> 天并不是"空"，从来也不"空"。在最近的低空，我看到了密密的蜻蜓飞绕——这是我以前很少留意的。在稍远的高处，我看到了很多燕子在盘旋——这也是我以前很少留意的。在更远的高处，我看到了一

---

① 苇岸. 大地上的事情 [M]. 桂林：广西师范大学出版社，2014：63.
②③ 李娟. 冬牧场 [M]. 北京：新星出版社，2018：36.

只老鹰抹动着傲慢的巨影,只因为离我太远,就成了一个飘忽黑点,在我决眦远望之际稍纵即逝。当然,在更远更远的那里,我还看到云,那种由浓云和淡云、低云和高云、流云和定云、线云和块云组成的无限纵深。一缕金辉,悄悄爬上了连绵雪山的峰顶;一片白絮,正在落入乌黑的深深峡谷。①

在看似空无的天空,就有蜻蜓、燕子、老鹰这几种动物,那么在郁郁葱葱的山林,不知还有多少种生物在悄然活动。所以,生态系统的多样化生命共存带给人们的第一个启示,就是和谐共处,共为一体。每个生命体中都有其他生命体的基因和成分,比如野生虎豹靠捕捉各种草食动物为生,而各种草食动物依靠各种植物生存。对于人类来说,既吃素,又吃荤,其生存更是与各种动植物绑定在一起,可食用动植物构成了人类的生命。生态散文作家对于物种之间的共生和流动有着准确的描写,芭布丝描述自己食用阳台上种植的蔬菜时写道:

我迫不及待地想看到它们变红。我现在想的全都是刚摘下的新鲜番茄,切成片,上面放上刚摘下的新鲜罗勒或刚摘下的新鲜芝麻菜。夏季的生食蔬菜天堂,就在我的屋顶上,离我的床不过短短几步路。我想象着我很快就能穿着睡衣,吃到用直接从藤蔓上采摘的带着阳光温度的番茄做的早餐了。就像之前的荷包豆一样,我从这些番茄还是细小的种子时就与它们非常熟悉,所以看到它们开花结果就更加激动了。②

从播种到浇水、施肥,再到最终采摘食用,番茄陪伴作家完成了一个完整的生命历程,通过生态散文的描写,读者得以认识到人和植物的亲密关系。尤其是作者本人对于种植、收获、食用的描述,使得读者超越对蔬菜只是商品的认识,感受到不同物种间的依赖和共存。除了阳台种植,在传统的农田和果园中,都会形成一个小小的生态共同体。农田中有农作物,跟各种昆虫、鸟儿一起形成共生体。在果园中,共生现象也很明显,芭布丝描述了传统果园的共生景观:

---

① 韩少功. 山南水北 [M]. 长沙:湖南文艺出版社,2013:313.
② 芭布丝. 我的花园、我的城市和我 [M]. 沈黛,译. 北京:商务印书馆,2014:87.

> 传统果园里通常有着丰富的栖息场所——各种树、灌木丛、树篱和草地——可以容纳许多野生生物。小动物们在秋天尽情享用着掉落的果实和被果实吸引的昆虫，为接下来几个寒冷的月份做准备，白果槲寄生是一种半寄生植物，主要寄生在苹果树上。它的种子靠槲鸫传播。一串串白果槲寄生的白色浆果挂在果园里，在冬天成为鸟儿们一个不错的食物来源。蜡伞菌、大秃马勃和四孢蘑菇等真菌出现在果园的地面上，檐状菌则从树干延伸到地上。①

在这段描写中，我们看到有名字的动植物就有七八种，不知名的更多。诸多生命生活在一起，展现了果园生态系统的生命活力，也给人们传达了有关精神生态的一个启迪——多元共生才是生态系统的正常样貌。

最后，生态系统中的多样化生命相互依存，我们从中学习相互合作的理念。在自然中，"每个物种都是为了自己，但没有任何物种是只靠自己生存——每个物种都得在一个精微地互相制约的生物共同体中受到检验，看它是否能最优化地适应此共同体。……个体或物种都不能光是自己存活；它们所处的系统也得存活"②。只有通过合作，物种才能够生存和发展。人类也是生态系统的一员，也需要和其他物种合作，如果人类认为自己比其他物种聪明，从而就可以任意对待其他物种，这种想法最终将导致人类的灭亡。只有学会与自然中的其他物种相互合作，我们才能更好地发展。合作理念不仅是我们从生态系统中学习到的，也是人类经历漫长的社会发展后得到的认识。在前工业文明时期，弱小的人类并没有科学技术的帮助，必须依靠合作才能在恶劣的自然条件中生存，随着漫长的历史时期的过去，合作已经成为我们的集体无意识。然而，在当代科技发展引导人类进入信息社会后，人类沉浸于虚拟交流中，却把现实社会中正常的人际社交给逐渐忘却，患"社交障碍症"的人越来越多。我们似乎在发展中忘记了我们的本来面目——一个在合作中才能生存的物种。

生态散文中对于多元共存和合作共生的描写也比比皆是，梭罗在《瓦尔登湖》里多次描述了自己对于生命多样化和相互依存的感受。下雨时他听到

---

① 芭布丝. 我的花园、我的城市和我 [M]. 沈黛, 译. 北京：商务印书馆, 2014：114.
② 罗尔斯顿. 哲学走向荒野 [M]. 刘耳, 叶平, 译. 长春：吉林人民出版社, 2000：227.

了自然的节奏和韵律,这是多声部的共鸣,也是多元共生的奏鸣,"我突然感到大自然里面,在雨点的滴答声中,在我屋子周围听到和见到的每一事物中都存在着一种美好而又仁爱的友情"①,这种友情来自于共同存在于一个系统里,来自于相互依存。

张炜也描写了自己对于自然多声部共存的体会:"没有一种语言可以像土地的语言那样,包含一切,融化一切,归纳一切。它可以模仿和造就千万种声音而不相互重复,也可以只传递出一种永久的声音而不使听者感到单调。土地的声音、它的语言,是丰富到不能再丰富的境地了。"②诸多生命生活在土地上,土地成为成就生命共舞的根基。这种多样生命共同生存的感触和经历带给张炜独特的生态视角,他在文章中反复提到大地多声部共存的生态格局,构成他生态散文的底色。他写道:

> 让我们还是回到生机盎然的原野上吧,回到绿色中间。那儿或者沉默或者喧哗。但总会有一种久远的强大的旋律,这是在其他地方所听不到的。自然界的大小生命一起参与弹拨一只琴,妙不可言。我相信最终还有一种矫正人心的更为深远的力量潜藏其间,那即是向善的力量。③

张炜在这段文字中明确提出,正是自然中多样化生命共存的景象,给予了人们向善的生态伦理原则,只有善意对待自然和其他生命,人所处的生态系统才能够众声喧哗,生机勃勃。

第四,生机勃勃的生命观。多样化的生命共存在生态系统中,使得自然中充满了强烈的生机,不管是严寒酷热的荒野,还是树林密布的山林,都有多样生命生存其中,带来了蓬勃的生命力。而生态美学所欣赏的就是这种来自自然的生命活力,以及孕育生命力的生态系统。"生态美学坚持一种生生本体论,也就是说,生态审美就是要审美的感受作为本体的生态系统所具有的生生之德与生生之功。"④ 正是富有生命力的生态系统,孕育了多种生命,各种生命又相互依存,共同构成了生态系统的本源活力。对于人类来

---

① 梭罗. 瓦尔登湖 [M]. 徐迟, 译. 上海:上海译文出版社, 2006: 156.
② 张炜. 护秋之夜的故事 [M]. 济南:明天出版社, 2019: 188.
③ 张炜. 去看阿尔卑斯山 [M]. 北京:台海出版社, 2019: 114.
④ 程相占. 生态美学引论 [M]. 济南:山东文艺出版社, 2021: 114.

说，人来自自然，但又改变了自然，在当下，人们过于追求技术发展和经济上行，逐渐忽略了本身来自自然的事实，变得跟自然越来越疏离，最终产生隔膜。

自然是充满生命活力的地方，无论是荒野还是山林、平原，自然中充满了各种各样的生命，散发浓郁的生机，生态散文对这种生命状态进行描写，带给读者一种生机和活力，仿佛看到各种生命鲜活地在眼前运动。比如，在立春节气，苇岸写道："立春一到，便有冬天消逝、春天降临的迹象和感觉，此时整整过了一冬的北风，到达天涯后已经返回，它们告诉站在大路旁观看的我：春天已被它们领来。看着旷野，我有一种庄稼满地的幻觉。"[①] 将生命和自然之间隐秘的联系通过文字传达出来，大地孕育生命，生命也随着一年四季跟大地产生不同的联系。当冬去春来，立足大地，便会感受到一种生命的蓬勃的力量在生发，如同种子要钻出大地一样，生命也在涌动着生长的力量。这种力量及人类产生的相应感受，不仅仅是来自身体的冲动，更是与大地和季节息息相关。生活在城市、远离大地的人很难感受到这种冲动，而"有一部分人，一生从未踏上土地"，可想而知，这部分人的生命中必然缺乏对于大地的感受和热爱，他们的精神生态也必然是缺失的、不健康的。人们只有接触过大地，从中感受过生命成长的奥秘，才能够去热爱自然，热爱他人。

韩少功对此有清醒的认识，他在散文中写道："对于人这一物种来说，大自然是人的来处和去处，是万千隔世者在眼下这一刻的隐形伪装之所。……我在无人之地从不孤单。我大叫一声，分明还听到了回声，听到了来自水波、草木、山林、破船以及石堰的遍地应答。寂静中有无边喧哗。"[②] 他在此陈述了自己的自然观，那就是人来自自然，跟自然本就有亲密联系，所以人在自然中不应该害怕。他认为，人应该恢复与自然的联系，那种寂静之中的无边喧哗也应该包含人类的声音。

生态散文的描述对象大部分是自然生态，不管是山川河流，还是花草树木、飞禽走兽，生态散文都通过灵动的文字将其表现，并把作者的主观情感揉入其中，从而使得自然万物也带上了精神的属性。这些事物，不再是实存的没有感情的物，而是带有作者心思、情感的"生命"，其最终指归是有益于人类的精神生态系统，是洗涤人类的精神世界。同样的道理，就像登山、

---

① 苇岸. 大地上的事情 [M]. 桂林：广西师范大学出版社，2014：14.
② 韩少功. 山南水北 [M]. 长沙：湖南文艺出版社，2013：312.

观水，虽然看的是山水的风景，但最终受到影响的却是观者的内心，生态散文的力量就在于把这种登山临水的感受诉诸文字，作用到读者内心，影响到他们的精神生态系统。所以阿来才会说："我的归来方式肯定不是发了财回去捐助一座寺庙或一间学校，我的方式就是用我的书，其中我要告诉的是我的独立的思考与判断。我的情感就蕴藏在全部的叙述中间。我的情感就在这样一个章节里不断离开，又不断归来。"① 他对于自己家乡山川万物的怀念，不是通过个体回归其中，而是通过文字回归。这种回归是情感、心灵的归来，是以文学的方式归来，从精神生态的角度影响读者。

自然拥有多样化的生态景观，不同的生态景观的生命组成不同。在山林、森林、河流、草原，多元生命共生，带给人们生机勃勃的感受。而在荒原、沙漠，生命种类相对少了很多，却依然焕发出生命的光彩。李娟通过对于"冬牧场"的描述，把生命在自然中的渺小形象地表现出来，由此引发读者对于生命和大自然之间关系的思考。她提到，现实之中的牧场并非如想象一样是"奶水像河一样流淌，云雀在绵羊身上筑巢孵卵"，而是"荒凉和贫瘠，寂寞和无助"。由于过度放牧以及现实中生态环境的恶化，寻求放牧的人们"还是得年复一年地服从自然的意志，南北折返不已"，并且，在这个过程中，也并非处处绿草满地，牛羊肥美。牧人们为了让牲畜吃得更好更饱，得不断地随着季节游牧在草原上，一直在奔波。她写道："春天，牧人们追逐着渐次融化的雪线北上，秋天又被大雪驱逐着渐次南下。不停地出发，不停地告别。春天接羔，夏天催膘，秋天配种，冬天孕育。"② 事实上是一刻也不能停歇，而且每到一地，尤其是冬季，面对严酷的环境，要花费大量的时间、体力去进行修葺，实属劳累。但正是这样，更能让读者体味到生命的可贵，越是荒凉的地方，生命就愈是散发出灿烂的光辉。李娟的《冬牧场》以非虚构的方式记录了牧人冬牧的故事，向世人展现了自然的严酷与冬牧的过程，并借此描述了个体在大自然面前的渺小与期盼，以及生命在荒寒下焕发的光彩，触及精神生态与自然生态之间的隐秘关系。

苇岸在《二十四节气》里多次结合中国文化传统的二十四节气论述自然，生命的力量也在节气中此消彼长、循环往复，"二十四节气的神奇、信誉与不朽的经典性质，在于它的准确甚至导致了人们这样的认识：天况、气

---

① 阿来. 大地的阶梯［M］. 西安：陕西师范大学出版社，2019：6.
② 李娟. 冬牧场［M］. 北京：新星出版社，2018：36.

象、物候在随着一个个节气的更番而准时改变"①。这是传统中国文化的神奇之处,节气与自然、物候的变化基本同步。二十四节气因此成了自然生命周期的循环表,代表着一年四季的生长周期,它们各有不同但又相互联系,下一节气往往和上一节气紧密联系并发生些微改变,就在这样的联系和变化中,二十四节气形成了一个一年四季的循环。在二十四节气中,跟春夏秋有关的节气,往往洋溢出浓郁的生命力量,比如惊蛰,"小麦已经返青,在朝阳的映照下,望着满眼清晰伸展的绒绒新绿,你会感到,不光婴儿般的麦苗,绿色自身也有生命。而在沟壑和道路两旁,青草破土而出,连片的草色已似报纸头条一样醒目。柳树伸出了鸟舌状的叶芽,杨树拱出的花蕾则让你想到幼鹿初萌的角"②。从小麦到柳树、杨树,再到麦苗、青草,浓郁的生机在散文中蓬勃欲出,带给读者一种如在其中的生机感。苇岸还特别注意不同节气之间的生命变化的对比,如在春分,他写道:"与惊蛰对照,春分最大的物候变化是:柳叶完全舒展开了,它们使令人欣悦的新绿由地面蔓延上了空间;而杨树现在则像一个赶着田野这挂满载绿色马车的、鞭子上的红缨已褪色的老车夫。"③ 他不仅对二十四节气的景色做了细致描述,还对不同节气之间的差异进行了阐述,为读者更好理解田野的生长周期和物种的生命表现提供了视角。

自然的野性不仅仅体现在生命的肆意汪洋上,还体现在环境对于原住民的影响上。久居在山林的村民,受到自然影响比较深,自身带有一种千奇百怪的生命力,天生带有一种蓬勃生长的味道,比如韩少功笔下的笑脸:

> 下乡的一大收获,是看到很多特别的笑脸,天然而且多样。每一朵笑几乎都是爆出来的,爆在小店里、村路上、渡船上,以及马帮里。描述这些笑较为困难。我在常用词汇里找不出合适的词,只能想象一只老虎的笑、一只青蛙的笑、一只山羊的笑、一条鲢鱼的笑、一头骡子的笑……对了,很多山民的笑就是这样乱相迭生,乍看让人有点惊愕,但一种野生的恣意妄为,一种原生的桀骜不驯,很快就让我由衷地欢喜。④

---

①②③ 苇岸. 大地上的事情 [M]. 桂林:广西师范大学出版社,2014:81,75,78.

④ 韩少功. 山南水北 [M]. 长沙:湖南文艺出版社,2013:21.

在韩少功的笔下,原住民的笑容呈现出跟动物交融的特征,这不是比喻,而是神似,是山民在自然环境中的同化,多样化生命造就了桀骜不驯的生长景观,而这些又传给了山民,因此出现了野性的笑容。野性的笑容来自野性的环境,这是自然的精神熏陶,也是生命蓬勃的表征。韩少功指出:"各行其是的表情出自寂寞山谷,大多是对动物、植物以及土地天空的面部反应,……他们也许没有远行和暴富的自由,但从不缺少表情的自由。一条条奔放无拘的笑纹随时绽开,足以丰富我们对笑容的记忆。"[①] 这笑容是原生的,是带有野性的,远离了被规训的社会,也不需要理性的指导,更不是镜头面前千篇一律的笑容。生态散文用细腻的笔触表达了作者的观察和看法,给读者带来新鲜的认识,尤其是山民的笑容,仿佛让读者看到了充满野性的自然叠印在山民的身上。

二、生态散文中的精神污染

在现代社会,伴随着生态污染、生态破坏,生态系统出现的问题越来越多,而相应地,社会和个体精神出现的问题也越来越多。当下社会的"病症"表现为欲望膨胀带来的无度消费、科技发展带来的人类的自大,这种膨胀、自大不仅影响了生态系统,而且异化了人类个体,导致整个地球在危险的道路上愈行愈远。在生态散文中,对于精神污染的揭露和批判比较多,散文是发自性情的文字,真情实感是其特性,所以生态散文中对于精神污染的批判往往是直抒胸臆,直指病灶。生态散文作家认识到,生态危机的引起和生态系统的恶化,其根源在于人们的精神生态出了问题,正是人类欲望的膨胀引起了无度的索取,导致自然资源的损耗和生态系统的紊乱。杨文丰指出,是人类的精神污染引发了生态污染:

> 在大自然面前,我以为所谓的"精神",已是悲悯、物我平等的姐妹,是与自然万物长相厮守共同荣辱的情怀,是慈爱、友善、远离杀机的善行,是无私纯净自在陶然的境界。今天反而是人堕入了低级"动物世界",精神家园日渐荒芜。如此情状,如此的精神空间狭窄逼仄,只能使人蜕变为沉淫肉欲的软体动物。"精神雾霾"里那所谓的"精神",即便算有,也只能是畸形的,是建立在肉体快感之上精神雾霾的分泌

---

① 韩少功. 山南水北 [M]. 长沙:湖南文艺出版社,2013:22.

物。精神雾霾在本质上其实也没有什么真正的精神，有的只是人的私利，人的欲壑。①

在现代化、城市化、工业化浪潮的推动下，技术主义、消费主义思维范式对人们的思维产生决定性的影响，人们的欲望不断膨胀，不断追求更多的物质和更"富裕"的生活，人类足迹遍布全球各地，消耗的自然资源逐年增长，最终超出了自然循环恢复的限度，引发了不可逆转的生态危机。

生态危机和精神污染是相互影响的，精神污染的产生，使得人们沉迷于物欲，自我膨胀，无法自拔，不断索取，不知满足，耗费了大量自然资源，甚至以不科学的方式去开发、发展，引发了生态危机；而精神污染的产生，又和人类的现代化、工业化、城市化有关。随着现代化进程和城市化进程的推进，人们离自然越来越远，甚至变成"信息人""电子人"，完全脱离自然，这必然引发人们精神生态的变异，产生新的精神污染。"现代人脱离自然的时间太长，自然触觉日渐萎缩，精神生态也沾染上了物质文明的侵袭。"② 缺乏了自然作为根基，生活在城市中的现代人，以及生活在信息社会的后现代人，内心缺乏来自自然的丰富品性，往往被消费、权力、欲望、技术所异化，呈现出被污染的精神状态。

生态散文的精神生态表达也体现在对当下危及精神生态稳定的事物的反思上。从生态散文的书写来看，对于危及精神生态的污染因素，批判多集中在以下两个方面。

第一，对于消费的欲望的反思和批判。在生态散文所反映出来的精神污染中，对于资本的追逐，对于利益的嗜好，对于可见物的占有，往往是造成生态污染的首要原因。"如今大多数环保主义者都视世界为一个统一体：一个不是被跨国公司资本统治，就是被风险笼罩的世界。"③ 事实上，正是对利益的追逐造成了地球生态系统的持续恶化。为了实现财富增值，各种资本主体采取多样化的手段去积累可见物，而物质财富的积累往往意味着生态资源的消耗。每一份财富，都代表着背后同等或者超越数量级的生态资源的消

---

① 杨文丰. 病盆景［M］. 北京：西苑出版社，2017：60-61.
② 赵树勤，龙其林.《瓦尔登湖》与中国当代生态散文［J］. 湘潭大学学报（哲学社会科学版），2012（1）：92-97.
③ 海斯. 地方意识与星球意识：环境想象中的全球［M］. 李贵仓，虞文心，周圣盛，等译. 北京：中国社会科学出版社，2015：32.

耗，我们吃的牛肉，是饲料、大地的贡献；我们拿到手的金条，是矿场、采矿工人、冶炼厂、各种黄金品牌可见及不可见的投入。所有对财富的追逐的欲望，最终都会落实到对生态资源的消耗上。因此，所谓的经济增长天然对生态系统不利，尤其是那些建构在大量消耗生态资源实现快速增长的事物和门类，往往会对生态系统造成不可挽回的伤害，比如砍伐树木、采掘矿产、开挖煤矿油气等。

因此，"生态意识对为了生产而生产的意识形态重新质疑，也就是质疑消费主义的资本主义"①。生态好转的关键是消费者克制自己的欲望，尽量减少对于品牌和奢侈品的追逐，减少日常生活中的浪费，尽量过简朴的生活。梭罗认为，简朴生活是人类获得生态宁静的必要前提。

> 在《瓦尔登湖》中，梭罗反复向人们申述简朴生活的意义，认为原始时代的那种简朴具有一大好处，就是能够使人类与大自然保持血肉的关联。梭罗向我们展示了简单生活对于个人与自然所具有的重要意义。他发现人们生活中的痛苦与焦躁的根源，即大多数的奢侈品以及许多所谓使生活过得舒适的东西有碍于人们的进步。为此，梭罗以自己的行动宣示了救赎之道，通过回归自然、限制欲望的策略来加以解决。②

通过一种简朴的生活，人们能够从物质源头上遏制消耗资源，同时消减欲望，获得一种朴素宁静的心理状态。《瓦尔登湖》之所以被认为是生态散文的"圣经"，在于其提供了一种关于简朴生活的实践，并充分表述了自然的精神生态价值，"梭罗的实践使我们懂得人应该避免沦为物欲的囚徒，人的灵魂只有在自然中才能保持完整"③。这是对于人与自然关系的重新思考，人类只有从简朴生活入手，才能够重新获得心灵的安宁和美丽的自然。

中国作家韩少功对当下人们的生活方式进行了深入思考，他在《山南水北》中提出："如果大家都少一些愚昧和虚荣，少一些贪欲，这些非必需的产业就不攻自破，不限自消。从这个意义上看，我们建设绿色的生态环境，实现一种绿色的消费，首先要有绿色的心理，尽可能克服我们人类自身的某

---

① 加塔利. 混沌互渗［M］. 董树宝，译. 南京：南京大学出版社，2020：134.
②③ 赵树勤，龙其林.《瓦尔登湖》与中国当代生态散文［J］. 湘潭大学学报（哲学社会科学版），2012（1）：92-97.

些精神弱点。"① 这种想法富有洞见，直抵生态危机的社会根源，认为是人类自身的精神缺陷和欲望膨胀导致了生态恶化的现状。而且，针对20世纪90年代以来中国迅速发展的市场化经济，他提出，市场化并不是样样都好，也带来了一些负面后果，"市场化潮流只是把知识迅速转化为利益，转换成好收入、大房子、日本汽车、美国绿卡，还有大家相忘于江湖后的日渐疏远，包括见面时的言不及义"②。他看到了市场化带来的经济发展，更看到了市场化带来的对一代人精神状态的改变，这种改变未必尽然是好的，一些传统的、基础的精神守则被冲击，经济的信条逐渐占据上风，给当代人造成了严重的精神污染。

韩少功还从情感和欲望区别的角度谈了对两者的认识，他提出："所谓人性，既包含情感也包含欲望。情感多与过去的事物相联，欲望多与未来的事物相联，因此情感大多是守旧，欲望大多是求新。"③ 他认为，情感更多是跟回忆有关，是眷恋；而欲望跟渴求有关，是向前。而在当下社会，关于经济的、可见物的欲望飙升，形成横扫社会的强大力量，这使得情感减退，欲望暴涨。"这个时代变化太快，无法减速和刹车的经济狂潮正铲除一切旧物，包括旧的礼仪、旧的风气、旧的衣着、旧的饮食以及旧的表情。从某种意义上说，这使我们欲望太多而情感太少，向往太多而记忆太少，一个个都成了失去母亲的文化孤儿。"④ 这种说法，契合"寻根文学"的观点，中国和中国人的根在哪里？要不要往后看，去寻找文化之根、精神之根？在《山南水北》这里，恐怕还要再加上一个自然之根，以对抗对于物质的无止境的欲望。

张炜对于这种以利益为中心、以物欲享受为要义的消费欲望也进行了反思，他认为精神的污染导致了社会的变异，进而引起各种生态问题，"现代竞争谋求和导致的发展是有极限的。这种极限往往会以两种方式表现出来：一是无止境的物欲引起自然环境与文化的双重崩溃；二是物质相对盈足之后的阶段性沮丧"⑤。他认为，不管是物欲的泛滥，还是沮丧的产生，都是人类的精神问题，"极限状态的频繁出现，说到底只是精神颓败的结果。这就势必形成一种恶性循环"⑥。欲求永远无法满足，人类摇摆在欲望和更大欲望的两端，很难真正地快乐。

究其所以，欲望的产生及追逐，其根源恰恰是资本增值的本性所造成的。对于资本来说，不断地增值是其本源动力，而完成其不断增值目标的最

---

① 韩少功. 一个人本主义者的生态观 [J]. 天涯, 2007 (1): 4-9.
②③④ 韩少功. 山南水北 [M]. 长沙: 湖南文艺出版社, 2013: 8, 29, 29.
⑤⑥ 张炜. 去看阿尔卑斯山 [M]. 北京: 台海出版社, 2019: 327.

佳途径，就是通过各种商业文化去刺激社会个体的购买欲望，通过消费神话、广告洗脑，资本以其掌控媒介的能力来推动社会消费的产生与运转，并最终影响到整个人类社会系统，使得身处其中的个体无所逃避。要么被社会抛弃，要么就接受社会制定的商业准则，将其有限的一生投入无限的欲望的满足上。从这一点上讲，自然生态、精神生态的最大敌人，并不是日益增长的人类个体和日渐枯竭的资源，而是被资本推动的不断增长的各种消费欲望。只要人们想要的比需要的多，人们就会不断地去消费、去浪费，最终毁坏的不只是生态系统，更是人类的精神生态。

第二，对于发展的欲望的反思和批判。从工业革命开始以来，靠着科学技术提供的强大助推力，人类的发展速度一日千里，以前的车马慢，现在依靠高铁飞机，一日千里不在话下。人类可以截断大江大河，筑坝发电；可以驯服大海，围海造田；还可以靠着火箭将人类送往太空，从上而下俯视蓝色的星球。在科技的推动下，几个发达国家在方方面面都实现了机械化和半自动化，耕地有机器，施肥有机器，收割还有机器，人们实现了自身技术和经济的极大进步；然而，人类是短视的，为了发展，往往忘记了生态系统其他生命的福祉，在发展的目标下做出竭泽而渔的事情。为了获得各种商品，建立工厂，占据土地，污染土壤、河流、空气，为了出行便利，不断制造钢铁怪兽——汽车，四通八达的硬化公路延伸到自然各地，尾气排放极大污染了空气；然而，煤炭、石油的资源日益减少，空气污染引发酸雨、肺病等各种问题，被污染的土壤让很多物种灭绝，人类往往只顾自己的发展，却忽视了其他物种和生态系统。李存葆在《鲸殇》中写道：

> 当人类从石屋草寰走进星级宾馆，当沐浴者的木盆变成桑拿浴，当人类的双脚从马背跨上波音747的舷梯，当征战者手中的弓刀剑镞变成洲际导弹……现代工业文明使人们在不同程度上获得物质满足的同时，也大大扩张了人的各种欲望。……有资料表明，本世纪有几百种稀禽珍兽已血染黄泉，香火断绝，还有若干种动物亦将玉楼赴召，驾鹤西去。[①]

他从"欲望"的角度思考了动物灭绝的原因，不但涉及自然生态系统被破坏，各种生命被毁灭的现实，更指出了造成这些生态灾难的根本原因在于人

---

① 李存葆. 李存葆散文 [M]. 北京：中国社会出版社，2006：11.

类追求发展的欲望。

苇岸也发表过类似的看法，他写道：

> 人类对地球的利用，就像人对生命的利用。儿童看不到人的生命是有限的，他充分浪费和挥霍生命，生命在他眼里如同一口井，里面有取之不竭的水，得不到爱惜。当他发现生命的有限与短暂时，他的生命可能已受到了损害，这是他第一次意识到死，并努力去挽救。人类对地球的使用也是这样的，消失的森林和动植物种类正是人类在意识不到地球有限时犯下的罪行。但要使全人类都能想到地球上的一切都是有限的，还需要一个长期的过程。①

从个体生命的短暂来看待地球的有限，这是生态散文的巧妙之处，通过人的生命与地球生命的类比，人的童年、青少年的挥霍时间与人类当下对地球的不加珍惜，鲜明地体现出了苇岸的生态意识。只可惜，正如他散文中提到的，人类并不是如同一个个体一样可以统一，不同地方的人类对于地球资源有限性的认识存在较大差异，更何况，在一些地方，个体生存都是问题，谁还会去关注地球的存亡呢？

所以，苇岸对人类是抱着悲观态度的：

> 人类像一个疯子或永远在恋爱的人，他根本控制不了自己。人类永远处在一个不能驻足的惯性中，虽然他渴望停顿下来，但被某种他自己制造出又控制不住的力量推动着。当人类的欲求超过自身的需要，灾难便开始了。人类对地球的攫夺永无止境，但在很大程度上不是为了生存，只是为了领先的竞争，如同长跑比赛一样，已远远超出了锻炼身体的意义，那种不惜牺牲的较量，仅为一种冠军的荣誉。由此出发，任何一个国家都只会从地球的局部着眼，只有毫无权力的科学家艺术家才会从非现实的角度出发，考虑地球的完整、平衡、未来。②

这种推动人们需求无度的内在，就是欲望，欲望就是追逐那些不是一定需要的多余物。在发展的欲望的推动下，现代社会的节奏越来越快，人们做什么

---

①② 苇岸. 大地上的事情 [M]. 桂林：广西师范大学出版社，2014：198，185.

事情都急急忙忙，生怕落后，而实际上很多事情不需要这么急这么快，慢悠悠反而可能更好。欲望泛滥的社会，整个都是焦虑的，尤其在发达的大都市，人们的节奏过快，越来越背离自然的节奏，"现代社会是启动的火车，节奏与速度愈来愈快，它不能与自然节律同步运行，这种与自然节律相脱节是现代人紧张、焦躁、不安的根源"①。社会生态和自然生态脱节，造成了精神生态的压力，反过来，精神生态的压力和紊乱，又造成了自然生态的持续污染。

阿来的家乡本来绿树成荫，百年古树林立，但是，在发展的目标下，这些百年古木被大量砍伐，最终影响到本地的生态系统，生态灾害频发：

> 公路下边，河道里浊流翻滚，黄水里翻沉碰撞发出巨大声响的，正是那些深山里被伐倒的巨树的尸体。落叶松、铁杉、云杉、冷杉、柏、桦，所有这些大树，在各自不同的海拔高度上成长了千百年，为这片土地的肥沃荣枯了几百年。但现在，它们一棵棵呻吟着倒下。先是飞鸟失去了巢穴，走兽得不到荫蔽，最后，就轮到人类自己了。②

在发展欲望的指引下，人们用耗费大量自然资源的方法获得了经济提升，但是，却没有考虑到生态系统的可持续发展和后代的福祉，于是，水土流失、地质灾害、土壤沙化，自然的报应正一波波向人类袭来。最终，出现下面这种情况：

> 我才在目睹了泸定段大渡河谷里那些漫山遍野的仙人掌时，感到这是已经破碎的大地用最后一点残存的生命力在挣扎，在呼喊，在警醒世人良知发现。但是，那种巨大残酷的存在却没人看见。刀斧走向更深的大山，河里漂满了大树的尸体。当河水流送完这些树木的时候，有一天，我们会突然发现，耳边流动的只是干燥的风的声音，而不是滋润万物与我们情感的流水的声音。几乎是所有动物都有勇气与森林和流水一道消失，只有人这种自命不凡、自以为得计的贪婪的动物，有勇气消灭森林与流水，却又没勇气与森林和流水一道消失。要知道，在地球的生命进化史上，要是没有水，没有森林，根本就不会有人类的出现。③

---

① 苇岸. 大地上的事情［M］. 桂林：广西师范大学出版社，2014：188.
②③ 阿来. 大地的阶梯［M］. 西安：陕西师范大学出版社，2019：51，56-57.

对于中国人来讲，精神污染的表现除了跟西方世界共有的欲望膨胀、物质主义、进步至上之外，还有中国几千年传下来的、活跃在民间的一些精神观念。比如，"'人不为己天诛地灭'的余毒，中庸哲学讲求不急不火，缺失紧迫感，更缺乏危机意识……人情变通，打点关系，数字虚浮，诚信缺失……"① 这些都是阻碍精神生态好转的阻力，是生态散文等生态文学艺术作品所需要批判的对象。

三、生态散文呼唤健康的精神生态系统

生态散文关注人类的精神生态系统，批判精神污染，通过精神生态系统的好转影响人类，促使自然生态和社会生态的好转。生态散文呼唤一种健康的精神生态系统，一种把精神满足和精神愉悦与自然万物关联起来的精神状态，这种精神生态建立在自然生态的稳定和社会生态的健康上面。生态散文批判人类中心主义，重新评估自然和生命的价值，用散文重构生态的精神价值。"倡导人类必须回归自然、融入自然，维护自然生态整体的利益，真切的体验关爱其他自然生命以及自然环境的境遇。"② 生态散文所呼唤的健康的精神生态系统包括四个方面的内容，即跟自然有关的情感和精神满足、反思批判的生态思维、独特的情境节点以及跨越时间的意识。

第一，跟自然有关的情感和精神满足。人们从生态散文获得的首先是跟自然有关的情感和精神满足，如芭布丝写道："每天早晨和晚上，我都会检查那些幼苗的生长情况。有时我会特别期盼，或者有些忧虑，隔几分钟就要查看一次。当我在用尺子测量一百万棵微型植物的时候，工作、家庭和异性的烦恼很容易就被抛诸脑后了。"③ 这种满足来自于对其他生命的关心，也是从其他生命生长过程中获得的满足感。人们通过阅读生态散文，从而获得精神收获，对抗精神污染，维护生态系统。"人如果无法获得精神与情感上的满足，按照人性的自然倾向就必然会追求欲望的无度满足；而人的精神与情感的满足显然无法完全从大自然中获得，他还必须从历史文化、超越精神中获得，而且后两者往往是更为关键的。"④ 自然是人们的生存基础，对自然的

---

① 杨文丰. 病盆景 [M]. 北京：西苑出版社，2017：61.
② 董国艳. 中国新时期生态散文研究 [D]. 济南：山东师范大学，2016：86.
③ 芭布丝. 我的花园、我的城市和我 [M]. 沈黛，译. 北京：商务印书馆，2014：48.
④ 汪树东. 当代中国生态文学的四个局限及可能出路 [J]. 长江文艺评论，2016(4)：20-27.

描写和情感化是文学的功能,也是生态文学艺术发挥作用的途径。通过生态文学,人们得以从自然中获取精神力量,对抗欲望带来的生态破坏。

生态散文提供有关"精神"的思考和定位,很多生态散文关注自然界和人类的心灵,寻求自然对于人类心灵的作用,探索自然界所蕴含的对于人类精神世界的启迪。张炜在《融入野地》中写道:"一种相依相伴的情感驱逐了心理上的不安。我与野地上的一切共存共生,共同经历和承受。长夜尽头,我不止一次听到了万物在诞生那一刻的痛苦嘶叫。我就这样领受了凄楚和兴奋交织的情感,让它磨砺。"[1] 这种对野地的依恋与感悟,正说明了自然对于人们的巨大的精神生态价值。此外,生态散文往往通过对于具体自然物或者自然风景的描写,来寻找自然对于人类精神的启迪。杨文丰在写到胡杨的时候指出:

> 精神是对生命意义的不竭追求,是对风沙肆虐、夜色垂涎的苦难的抗拒、反击和挺进!精神是对自身价值的体认、肯定和塑造,是对绿色之梦的永不忘怀、孕育和呵护,是立正、向前、向上和无所畏惧的求索,是追寻春天鸟儿的鸣唱、珍爱中秋明月的团圆,是独立、健康、倔强和永不退缩、至死不渝的坚守。作为胡杨,这种精神还与水、与忧患、与苦难、与人类和地球村的命运筋骨相连、血肉成亲。[2]

这段文字不但把胡杨所蕴含的精神特征表述出来,还结合生态系统进行了升华,将其由一个种类的意义上升到整个人类的精神追求,点明了胡杨给人们带来的精神财富。

第二,一个健康的精神生态系统,必然有一个勇于自我反思、自我批判的思想准则。针对人类活动造成的生态破坏,人们首先应该自我反思,从自我批判开始,审视人类自身带给生态系统的不利因素,这样才能够构造健康的精神生态,进而推动社会生态和自然生态好转。因此,中外生态散文中都不乏对人类自我的反思和批判。阿来、苇岸、卡森、利奥波德、杨文丰等散文家,都在他们各自的散文中表达了对人类自身的审视,这是人类开始生态转向的起点。

杨文丰写过很多反思人类行为的散文,在一篇题为《鉴赏年轮是残忍的

---

[1] 张炜. 去看阿尔卑斯山[M]. 北京:台海出版社,2019:142.
[2] 杨文丰. 病盆景[M]. 北京:西苑出版社,2017:86.

事》的散文中,他写道:"在今天解说年轮,谁能绕开身边日益恶化的生态环境呢?……人类,每读一面新的年轮,虽然增加一份对时间的惊悚,却丧失了一份对自然的敬畏与尊敬。……人类能够看到年轮,不仅是树的不幸,更是人类的不幸——冥冥中人类已在承受生态恶化的报应,良心在遭受天谴,尽管多数人依然麻木。"① 他在散文中指出,人们对年轮的每一次剖析,都见证了人类活动对生态的影响,比如酸雨造成年轮变薄,采矿造成的重金属会沉浸在年轮里,年轮的形状、大小、颜色、变化都沉浸和记录了人类对于自然的破坏和影响。

他还在《精神的树,神幻的树》这篇散文中提到,作为植物的"活化石",带给沙漠其他生命无穷支撑的胡杨林,面积却不断缩小,究其原因,竟然还是"人灾"。"胡杨一天天'倒下去'的原因,除了雪线不断上升,冰川不断退缩,更多的,还是由于人的盲目垦荒,地下水位的剧降所致……嗟乎!风沙肆虐,土地沙化,人潮汹涌,生态灾难汹涌蔓延……"② 而雪线的下降,岂不也跟人类活动导致的"温室效应"有关?所以,地球大部分的生态灾难都是由人类引起,最终却是由其他物种和人类共同承担。这就是生态散文提供的反思批判视角,让读者认识到人类自身的不足,从而能从自我做起,维护生态系统的动态平衡。

第三,自然给人的美和精神上的感动,往往是跟"情境"紧密联系在一起,在特定的情景中,感受到特定的情绪,或者说,特定时刻的山水风景给人以特定的情绪感受,影响到人们的精神生态,带来精神生态系统的净化。这是生态散文所描述的独特的情境节点,勾连起作者的感受和体悟,并将这种感受传达给读者。

韩少功提到对于"雨天"的感受,生动说明了情境对于个体精神和感情的影响。他写道:"雨天不便外出干活,我只能回到书桌前。如果阴云密布天色太暗,我还得拧开灯,借桌上一角暖光,在雨声中循一些骈句或散章,飘飘然落入古人昏黄的心境。"③ 这是自然引起的情境之思,是生态散文传达出的中国文化自然之美。在这个雨声引起的情境中,"一段中国的筝箫古曲,多有雨声中的幽远。一幅中国的山水古画,多有雨声中的迷蒙。……所谓情由境生和感由事发,它们也许都来自作者们在雨声中的独处"④。雨夜如同一个节点,沟通了情、景、时间,让作者、读者和古人、文化、风景串联在一

---

① ② 杨文丰. 病盆景 [M]. 北京:西苑出版社,2017:40,87.
③ ④ 韩少功. 山南水北 [M]. 长沙:湖南文艺出版社,2013:259,260.

起，体味到山水自然中的中国文化精神。这就是自然的价值，用亘古不变的自然风景或现象，勾连千年万年的人类情感，带给人们持久的想象和抚慰。这种抚慰不一定人人感受相同，但一定是超越时间甚至超越阶层的。"农民不一定有夜闲，但大多有雨闲；不一定有夜思，但大多有雨思。古人的各种知识和感怀很可能在雨声里诞生。"①

这种情境节点跟自然风景、现象密切相关，同时和个体感受、民族文化也密切相连。比如同样是下雨，韩少功想到了山水古画、箫声呜咽，而梭罗却感受到了众多生命的友谊和亲情。他写道："我正在冥思苦索之际，纷纷细雨飘落下来了，我猛地意识到，与大自然默默地一来二往，没承望会如此甜美、如此友好，在每一滴淅沥的雨声中，在我屋子周围每一个声音和每一个景点中，都有一种无穷无尽和难以表述的友情……"② 把自己对由雨水串联起的自然万物的感触表达出来，这是属于梭罗的感触，是梭罗提供给作者的情境节点。在生态散文中，大量有关情境节点的表述，将作家对于自然、文化、生命的感受展现出来，也引起了读者的共鸣，为读者理解生态系统和作者的生态情感提供了切入点，所以，情境节点是勾连自然、文化、读者和作者的桥梁，不但穿透了空间，还穿越了时间。

情境节点的产生或是因为景色，或是因为生命，作者因缘际会，进入一种超越性的情境中，以一个超越的视角来看待生命。这种超越性情境可遇不可求，常常产生在一刹那，然而带来的收获却是久远的。阿来曾经写到自己的一个瞬间："走进那片玉米地后，河水的声音消失了，眼界里的寺庙建筑也消失了。四周只有吸饱了水分与养料的绿色的叶子与青中有些泛紫的苗长的玉米那生命的呼吸。置身在这些旺盛的绿色生命中间，很多东西，包括历史与人生中一些终极的疑问都没有了任何意义。在这里，包围着你，让你真切面对的只有生命本身。"③ 在旺盛的生命包围中，阿来体味到，生命构成了生命本身的存在价值和意义，只有生命，才是自然的真谛。

第四，生态散文中，四时变换，生命轮回，都是常见的表现对象，通过对这些自然物轮回变化过程的描写，生态散文给读者提供一种超越时间和超越生命的意识，这是一种和生态循环紧密联系的意识，是属于生态文化提供给人类的独特生命观。这种意识认同生死轮回，坦承永恒和瞬息的差异，看

---

① 韩少功. 山南水北 [M]. 长沙：湖南文艺出版社，2013：260.
② 梭罗. 瓦尔登湖 [M]. 潘庆舲，译. 北京：作家出版社，2015：96.
③ 阿来. 大地的阶梯 [M]. 西安：陕西师范大学出版社，2019：279.

得到四季轮换，能接受生命的到来和离去，因此具备一种超越性，帮助主体抵抗来自时间的催促。

自然给予人们以风景和变化，衍生出人们的时间、生命、轮回思想。在四季变换中，作家认识到时间的流逝，这些流逝在不变的人造景物中是体会不到的，只能在自然中目睹和思考。"时间是我们的生命，却是一些看不见的生长和死亡，看不见的敞开和关闭，看不见的擦肩而过和蓦然回首，除了在现场留下一些黑乎乎的枯叶，不会留下任何痕迹。"① 韩少功在《时间》一文中写道："风雨稍歇，水淋淋的石板闪一片薄光。树上的枝叶东仰西伏筋疲力尽。地上有零落花瓣。草叶都挂着亮晶晶的水珠，连草丛里的蛛网也挂上了三两光点。"② 这是秋风秋雨之后的园子，花自飘零水自流，叶落满地，四季轮换。这样的季节中，生命逝去，"瓜棚已经喘息着偏偏欲倒。瓜藤上既有黑色的枯叶，也有黄色的花蕾。老黑色与嫩黄色在时间的两端拉锯，把整个秋天拉扯得惊乱而凄惶。……也许，是时间这只大兽在深秋逃跑，是日子这群大兽在深夜逃跑，给现场留下了足迹"③。秋日的景色跟生命的流逝，时间的变化和作家的心思交织在一起，衍生出了独特的生命意识，这是有关四季、循环、时间的思考，是人类主体与自然景物交媾的产物。只有在自然中，时间才是有痕迹的，花开花谢，叶长叶落，都是时间流逝的痕迹。

我们时常看到作家在文章中穿越时间，这种穿越，既有可能是"思接千古"的精神跨越，也有可能是在生态行走时碰到的过去的风物、历史而产生的记忆穿越。如阿来在行走"大地的阶梯"的时候，经常会碰到被遗弃的村落、小山谷中的山村，顿时产生一种从现代社会穿越到前现代的感觉。他写道："当你进入那些深深陷落在河谷中的村落，那些种植小麦、玉米、青稞、苹果与梨的村庄，走进那些山间分属于藏传佛教不同流派的或大或小的庙宇，又会感觉到历史，感觉到时代前进之时，某一处曾有时间的陷落。"④ 这种感觉源自前现代的风物，给行走在现代化快车道的人们提供了参考节点，让他们能够慢一慢，看一眼自己走过的道路，是否留下了什么遗憾。

相对于短暂的人类生命来讲，自然中无生命的事物往往是永恒的，如山脉、河流、平原、大地，在恒久的事物面前，人类是渺小的，这种渺小不是个体形体的渺小，而是处于时间长河缝隙中而带来的渺小。张炜写道："对

---

①②③ 韩少功. 山南水北［M］. 长沙：湖南文艺出版社，2013：264-265.
④ 阿来. 大地的阶梯［M］. 西安：陕西师范大学出版社，2019：8.

于我们而言,山脉土地,是千万年不曾更移的背景;我们正被一种永恒所衬托。"① 通过对于永恒而沉默的自然物的观察,生态散文作家试图让读者明白,我们短暂的生命是何其渺小。既然如此,为何要去狗苟蝇营,为了一点蝇头小利而让自己不快,应该把生命的重心放在那些有生存价值的、对全人类有意义的事物上。

因此,生态散文作家把自己对于生命、风景的独特感悟通过文章传达给读者,召唤读者进入独特的情境节点,去体味生命、自然和文化的交融,从而能够以一种超越性的视角来看待生态、批判污染,追寻一种健康的精神生态,这就是生态散文对于精神生态的呼唤和建构。

第 三 节　生态散文的精神生态意义

生态散文的精神生态价值丰富多样,从建设角度来说,为人类的精神生态建构提供各种精神基石,包括来自自然的各种精神启迪和作家发现的各种情境节点;从实践角度来讲,能够影响读者的精神生态系统,推动生态意识的树立和生态实践的开展,通过读者的接受和传播,为推动生态社会转型提供助力。具体来讲,生态散文的精神生态意义主要体现为两个方面。

第一,应对现代社会的精神危机,清除精神领域的污染,维护人类精神生态的健康洁净。这里所说的"精神污染",是西方学者提出的现代生态学概念,指现代工业社会的科技文明、市场经济、数字化生活给人类精神世界带来的污染与损伤②。人类活动造成的环境污染和生态失衡向人类的精神世界弥漫,造成精神世界的失衡。科学技术的发展提高了人类的物质生活水平,却没有提高人类的精神生活水平。并且,随着物质财富的累积和市场化的全面推进,人类的精神生活水平反而出现急剧下滑的趋势。究其原因,是自然生态危机向精神层面的蔓延,主要表现为"人的物化、类化、单一化、表浅化",人的"道德感、历史感的丧失,审美能力、爱的能力的丧失",其终极表现就是欲望的膨胀和对于发展的一味追求。

正如海德格尔所言,在原子弹、氢弹毁灭人类之前,人类很可能在精神

---

① 张炜. 去看阿尔卑斯山 [M]. 北京:台海出版社,2019:140.
② 迪维诺. 生态学概论 [M]. 李耶波,译. 北京:科学出版社,1987:333.

领域已经先毁掉自己。精神领域的问题只有从精神层面才能解决，通过"精神生态"的运转，人类可以调节自己的内在价值系统，从生命目标和生存意义层面去理解人类的存在。只有厘清了生命存在的目标和意义，人类才能剥离物质主义对生命的缠绕不休，平复在商业社会里躁动不安的灵魂，从容面对社会诸般诱惑，让心灵走向平和与宁静，在精神层面达到一种稳定与和谐，由此维护地球生态系统的稳定。

消除精神污染的首要途径，是要反思精神污染来自何处，是什么造成了精神污染。韩少功写道：

> 融入山水的生活，经常流汗劳动的生活，难道不是一种最自由和最清洁的生活？接近土地和五谷的生活，难道不是一种最可靠和最本真的生活？我被城市接纳和滋养了三十年，如果不故作矫情，当心怀感激和长存思念。我的很多亲人和朋友都在城市。我的工作也离不开轰轰城市。但城市不知从什么时候开始已越来越陌生，在我的急匆匆上下班的线路两旁与我越来越没有关系，很难被我细看一眼；在媒体的罪案新闻和八卦新闻中与我也格格不入，哪怕看一眼也会心生厌倦。我一直不愿被城市的高楼所挤压，不愿被城市的噪声所烧灼，不愿被城市的电梯和沙发一次次拘押。大街上汽车交织如梭的钢铁鼠流，还有楼墙上布满空调机盒子的钢铁肉斑，如同现代的鼠疫和麻风，更让我一次次惊悚，差点以为古代灾疫又一次入城。侏罗纪也出现了，水泥的巨蜥和水泥的恐龙已经以立交桥的名义，张牙舞爪扑向了我的窗口。①

在他看来，"急匆匆上下班""城市的高楼""罪案新闻和八卦新闻""电梯、沙发、汽车"大概都可以一并归为精神污染的范畴，引起他的不满与难受，故而遁入乡下。只有乡下，才是他精神舒展的地方，是精神生态能够自洽的场所。他提出："融入山水的生活，经常流汗劳动的生活，难道不是一种最自由和最清洁的生活？接近土地和五谷的生活，难道不是一种最可靠和最本真的生活？"远离城市化、现代化带来的"精神污染"，回到乡下，接近自然，精神就能回归本真与可靠。这条"归乡"路径也是不少生态散文作家所寻找到的解决精神污染的途径，国外有梭罗归隐在瓦尔登湖，国内有

---

① 韩少功. 山南水北[M]. 长沙：湖南文艺出版社，2013：3.

阎连科住在北京郊区，张炜住在万松浦书院，这些都是远离都市文明，在原野中寻求安宁的范例。自然能够平息人们内心的躁动和欲望，为人类提供有关满足和共存的启迪，通过生态散文，自然的奥义和启示得以传播，影响到读者的精神生态。

生态散文具有净化作用，能够净化读者的心灵。自然的美本来就具有洗涤人类心灵的作用，对于长期生活在城市和现代化环境中的人类，自然界是一个巨大的生命场，时时刻刻散发出生命的蓬勃气息，各种各样的生命共同生存，映照出被城市、经济、工业、现代化异化的人类心灵。在自然环境中，通过自然的风景、声音、气息，人们得以恢复被遮蔽的心灵，获得对生命的丰富认识。韩少功有一篇题为《耳醒之地》的散文，写到城里人到乡下后，从自然中听到了各种各样的声音，突然恢复了丰富的感知，心灵得以充实。他写道：

> 很多虫声和草声也都从寂静中升浮出来。一双从城市喧嚣中抽出来的耳朵，是一双苏醒的耳朵，再生的耳朵，失而复得的耳朵，突然发现了耳穴里的巨大空洞与辽阔，还有各种天籁之声的纤细、脆弱、精微以及丰富。只要停止说话，只要压下呼吸，遥远之处墙根下的一声虫鸣也可宏亮如雷，急切如鼓，延绵如潮，其音头和音尾所组成的漫长弧线，其清音声部和浊音声部的两相呼应，都朝着我的耳膜全线展开扑打而来。[1]

这段文字生动描写了久居城市的人在乡下获得的感官重生。在听到自然界各种声音时，城里人会产生一种由内到外被洗涤的感觉。这种感觉是丰富心灵的苏醒，是万千生命共鸣的触动，也是生态系统给予人们的恩赐。

刘亮程对于自然的天籁也颇为认同。他写到自己在辽阔的田野听到各种虫鸣的声音时，"生命简洁到只剩下快乐"，在田野上，各种虫子的声音此起彼伏，洗涤着人们的心灵，"时值夏季，田野上虫声、蛙声、谷物生长的声音交织在一起，像支巨大的催眠曲"。[2] 这是自然的声音，在这样的环境中，烦躁的心灵得到舒缓，人们也能获得安宁。这是来自田野的净化之声，能够舒缓人们的心灵，唤醒人们麻木的耳朵，获得对于自然万物生命繁多的感

---

[1] 韩少功. 山南水北 [M]. 长沙：湖南文艺出版社，2013：14-15.
[2] 刘亮程. 一个人的村庄 [M]. 杭州：浙江文艺出版社，2013：23.

知。"一个听烦市嚣的人，躺在田野上听听虫鸣该是多么幸福。大地的音乐会永无休止。"① 只有在田野和乡下，才能听到这种生命合唱，所以大地和其他生命存在的价值就不言而喻。

阿来专门描写了在自然中行走获得的心灵净化和提升，这是来自自然的恩赐和启示。他从成都平原走到青藏高原，探寻自己来时的道路。在回忆和探寻的过程中，自然以其繁多和美丽净化了他的心灵。"从成都平原到青藏高原，在感觉到地理阶梯抬升的同时，也会感觉到某种精神境界的提升。"② 他在走到"群山的阶梯"源头时，看到了一大片草地：

> 溪水两岸开始出现一块一块平整的草地。草地上结出一穗穗紫色果实的野高粱在风中摇摆。对我的双眼来说，这已经是一个阔别已久的景象了。我贪婪地呼吸着扑入鼻腔的清凌凌的新鲜空气，空气中充满了秋草的芬芳。天黑以前，山谷突然闪开一个巨大的空间，黑压压的杉树林也退行到很远的地方，一块几百亩大的草地出现在眼前。风在草梢上滚动，一波波地在身子的四周回旋，我再也不想走了，我感觉到双脚与内心都在渴望着休息。于是，一屁股坐了下来。风摇动着丛丛密密的草，轻轻地拍打在我的脸上。③

对于背负使命、长途跋涉的阿来来说，看到一大片绿色的草地，仿佛看到了生命之源，看到了安宁之根，让他放下了全身的重担，产生一种从内到外的放松。因此，阿来选择了躺在大地的怀抱里，并感受到身体沉浸到"异域"中去：

> （我）顺势在草地上躺了下来。这下，秋草从四面八方把我整个包围起来。草的波浪不断拂动，我就像是睡在了大片的海浪中间。
>
> 我的脸贴在地上，肥沃的泥土正散发着太阳留下的淡淡的温暖。然后，我感到泪水无声地流了出来。泪水过后，我的全身感到了一种从内到外的畅快。我就那样睡在草地上，看着黑夜降临到这片草地之上，看到星星一颗颗跳上青灰色的天幕。这时，整个世界就是这个草地，每一颗星星都挑在草梢之上。

---

① 刘亮程. 一个人的村庄 [M]. 杭州：浙江文艺出版社，2013：24.
②③ 阿来. 大地的阶梯 [M]. 西安：陕西师范大学出版社，2019：8，323.

> 黑夜降临之后，风便止息下来了，叹息着歌唱的森林也安静下来。一种没有来由的幸福之感降临到我的心房，泪水差点又一次涌出眼眶。①

来自大地、草原、黑夜还有星星的抚慰，把阿来从现实拉到了另外一个世界的"具身化情境"。在这个情境中，他的身体已经沉浸在自然给予的充满生命和美丽的"异域"，心灵和精神与自然共同跳动，得到净化和洗涤，获得了对于生命、自然的终极感悟。这种来自自然的提升是生态系统给予人们的财富，是对被城市、现代化、焦灼的生活异化的心灵的抚慰。

第二，开发精神生态资源，降低人类生活的物质成本。工业革命以来，人类社会取得巨大的物质进步，同时也对自己生存其中的生态系统造成了不可挽回的损害。随着生态灾难的频频来袭，人们开始认识到以巨大物质能量消耗为代价维持的现代社会是难以为继的，日益加剧的温室效应更是危及整个地球人类的生命安全。2009年哥本哈根世界气候大会之后，发展"低碳经济"成为一个迅速传遍世界各国的提法。然而，经济发展运行的推动及科学技术的发展，让"低碳"成为一个难以实现的目标，在很多时刻，低碳经济跟经济发展是相互矛盾的，只要人们有消费的需求，愿意过一种高物质消耗的生活，工业和经济发展的脚步就无法停止，对地球资源的损耗也就持续发生。因此，生态散文的价值之一，就在于呼唤一种健康的生活方式，以此来对抗高物质消耗的非生态生活。

其实，早在十多年前，鲁枢元就已经在文章中反复呼吁一种"低物质能量的高品位生活"，这种生活以充裕的而非过度的消费为目标，在满足生存基本条件的基础上更加注重精神与情感上的幸福和满足。这是一种"诗意化的生存"，一种审美化的生活方式②。文学艺术的创造与鉴赏可以为这种生活方式提供精神生态资源。人类的精神领域主要包括哲学、宗教、文艺三大部分，哲学偏向于抽象的分析和烦琐的论证；宗教则偏向于神秘与不可知论；而文学艺术同时具有哲学的深度和宗教的感染力与影响力，并能有效地避免二者的缺点。况且，文学艺术的根最终又是深扎在自然的土壤之中的，它是人类的一种近乎本能的精神需求，一种根本意义上的存在方式，它是人类生命的出发点，又是人类生命的制高点。它是人类精神流淌的通道，是人类文

---

① 阿来. 大地的阶梯 [M]. 西安：陕西师范大学出版社，2019：324.
② 鲁枢元. 生态批评的空间 [M]. 上海：华东师范大学出版社，2006：98.

化延续的河流，它作为人类精神的主要表征之一，天然具有改善"精神生态"的巨大作用。当下的生态危机大部分是由人类引发的，确切地说是由人们的观念偏颇与错谬引发的。解铃还须系铃人，人类引起的危机最终还要靠人类自己去解决，首要的就是改变自身的思维观念与思维模式，把人类征服自然的历史改变为人类与自然和谐共处的历史，文学艺术应以其独特优势在此过程中发挥其积极作用。

  面对由资本推动的消费社会的强大阻力，来自于精神的一切资源都是有用的，而且应该被利用起来。比如宗教，张嘉如提出："佛教的生态思想最独特之处在于它强调心/意识在生态环境里扮演的角色。……从禅的观点看，我们对物质世界的体验直接反映着我们的思维方式。……所以，在谈环境问题时，我们不能纯粹只把它当成一个外部的环境问题，它更是一个心灵层面的污染问题。"[1] 她认为，自然生态的污染跟精神生态的污染是同步的，环境问题不只是自然生态层面的问题，同时也是精神生态层面的问题。比起对自然生态和社会生态的关注，精神生态更关注人类自性的部分，是对造成生态系统紊乱的精神根源的探究。生态系统的破坏和污染，其最终根源在于人类，而人类破坏生态的行动，离不开思想层面的指向。所以，精神生态的研究意义就在于寻找人类做出破坏生态系统举动的精神根源，从源头上去净化精神生态系统，进而促使社会生态和自然生态好转。

  生态散文的兴起背后，既有自然生态遭到破坏的原因，也有人类精神生态遭遇危机的因素。故而，在生态散文中，对于生态的表现绝不局限于自然生态，更多的是对跟自然生态有关的精神的探究。"生态危机造成人的精神危机，人类的心灵陷入了恐惧、焦躁、无助的困境。于是，具有反省精神的散文作家重新认识了人与自然和谐相处的重要性……他们运用散文这种文学形式把有关人的理想和信念以及多种多样的心理矛盾和情感纠葛投射到自然的描述中，从中寻找人类心灵健康的新家园。"[2] 所以，生态散文的精神生态价值更重要的在于"寻找人类心灵健康的家园"，以此作为目标，来消除当下的精神污染。

  总之，生态散文不但表达了其对精神生态的认识，传达了自然的精神生态价值，而且还批判了人类精神世界中的精神污染，呼唤一种健康洁净的精神生态系统，为人类生态的生存提供了一条文学实践路径。

---

  [1] 张嘉如. 全球环境想象：中西生态批评实践 [M]. 镇江：江苏大学出版社，2013：215.
  [2] 石立干. 生态学视域下的新时期散文 [J]. 理论与创作. 2011（4）：126 – 128.

第 三 章
生态散文与身体美学

人类并非孤独地存在于地球之上,他总是与其他生命共同存在。从身体学的角度来看,身体是生命存在于世界的基础,我们认识到其他物种也是独立的生命,有自己的身体。人类身体是有机体的一种,而生态哲学、生态美学研究的对象就是有机体和环境的相处模式。在人类出现之前,其他有机体和环境已经相处了数十亿年,人类的出现只不过是增加了一种有机体而已,地球生态系统是各种有机体共同的家园。生态哲学的最初目标,就是研究人类作为有机体的一种,如何与其他有机体在生态系统中共同相处。此外,人类身体时刻处在生态系统中,时刻都需要水、空气、食物等各种各样的自然资源,身体是生态化的存在,须臾无法脱离生态系统。

身体在生态哲学、生态美学及生态文艺中都占据重要地位。首先,身体是生命在世的唯一方式,是生命跟世界打交道的基础,正是因为身体,生命才能在这个世界中生存。其次,对于人类来讲,一切感性活动,包括审美,都是身体的功能,比如对于生态系统的各种感受,跟眼睛、鼻子、皮肤等身体器官息息相关,正是属于身体功能的感觉、嗅觉、视觉和触觉提供了感受,被大脑感受到,人最终才产生美的认知;同样,即便是文学艺术这些非自然物,给人类提供的知识、审美,也是通过眼睛和大脑等身体器官而产生的。最后,身体是人类跟世界连接的节点,"主动的身体是建构性的角色,……它把握所遇到的事物,参与空间世界的建构,是现实因果关系的交叉点"①。人类身体是有机体,世界是有机体共同生存的环境,身体和生态系统紧密结合在一起,相互作用。不管是生态散文,还是其他文学艺术,都是人类身体的制造品,身体让文学艺术得以出现并传播。

  人类身体是生态系统中的身体,身体离不开生态系统。"主体是处于特定时空之中,有血有肉,时时刻刻与其生存环境进行着能量交换的主体;精神和思想无须占据生存空间,无须消耗自然资源,但是,思想者本人却无时无刻不处于特定环境之中,时时刻刻都需要自然资源的供给。"② 每一个身体都是生态环境中有价值的个体,跟其他有机体共同构建了有机世界,在这个世界中扮演属于自己的角色。关注身体,关注周围个体的生命需求,达到"美美与共"的目标,正是身体美学的出发点和归宿。生态美学视域中的生态散文,探索生态散文对于人类身体的表现,以及生态环境对于人类的影响。对于生态散文来讲,不同的身体、不同的环境,都会给生态文学带来不同的印记。"优越的环境产生完美的身体,完美的身体对应着敏感而富有创造力的精神,而这正是伟大艺术诞生的缘由。"③

  故而,本章从三个方面对身体与生态散文的关系展开论述。第一,身体能否成为生态美学的本体,后人类身体在未来生态文学中的位置和作用。第二,生态散文中的人类身体是如何被表现的;同时,探索在有机体与环境的关系中,人类身体究竟扮演一个什么样的角色。第三,生态散文的身体美学价值。如生态散文的书写及传播给身体美学所提供案例及实践路径是什么?差异化的身体书写的生态散文是否有明显不同?生态散文在身体美学的传播中是否成为一条独特路径?

第一节 身体本体论生态美学

  身体是生命与自然联通的节点,对身体的重新认知解除了人与自然之间隔离的状态。"梅洛庞蒂在遗作《可见与不可见》中提出,通过感知肉体的各种现象,表达人与世界的遭遇——包括与自然界的遭遇——是一种身体上

---

①③ 王晓华. 身体诗学 [M]. 北京:人民出版社,2018:30,222.
② 程相占. 生态美学引论 [M]. 济南:山东文艺出版社,2021:206.

和物质上的遭遇，……其目的是打破主体与客体的隔离状态。"① 身体是有机体，属于自然，人类身体又是能思考的身体，是人类思想的发生器。因此，人类的身体联通了自然和思想，不但是人类生存于世的基础，还构成了认识生态系统的本体。所以，"身体永远是生态身体。它只能生存于生态家园中，无法与之分离。它不是被植入其中，而就是后者的一部分"②。正是身体感受了美，发现了美，成为生态美学的本体。

身体是文学艺术的缔造者、传播者。从观察自然、发现美、发现问题、进行思考、开始创作，文学艺术的生成都要依赖身体各个器官的参与。观察和感受事物需要眼睛、鼻子、皮肤，写作需要双手，思考需要大脑，身体的各个器官共同合作，完成了文学艺术的制作。身体贯穿了文艺创作的始终："在诗性制作中，表达和言说的身体早已出场：'是身体在指示'，'是身体在说话'，是身体在知识之网中持续显现。在诗性制作中，身体是施动者，是艺术家：它书写、低语、高歌、舞蹈、表演，演绎可能的行动系列。这不正是'文'诞生的秘密吗？"③ 在身体的主导参与下，文学艺术得以诞生。

身体是人类思想发生和审美活动开展的基础。当我们在言说精神和灵魂时，其背后一定有一个身体的存在。"随着生物学和心理学的发展，思想的物质承载者逐渐显露真容；它或许就是活的、敏感的、主动的身体；'灵魂'不过是身体的部分，并不能脱离身体而远走高飞。"④ 一切行动的基础、一切审美的产生，都离不开身体的活动。哲学、美学都是人类大脑的功能，是身体实践的产物。"正是在使用工具的过程中，身体用自己的尺度去衡量世界，审美意识诞生了。如果说美学是感性学，那么，它只能归属实践的身体。"⑤ 所以，生态美学是人类身体与世界、其他生命打交道的产物，正是在与其他生命交往的过程中，身体产生各种各样的感受和体验，构成了生态审美的基础。

此外，动物身体与植物身体也是有机体，也参与、构造甚至感受世界。科学研究早已证实，动物有自己的情绪和性格。而最新的科学研究发现，植物也有自己的感觉和反应。这日益向世界揭开生命的真相——拥有自己感觉和情绪的身体。"有机体拥有感官，能够感知自己和他者；当人和他们相互

---

① 海斯. 地方意识与星球意识：环境想象中的全球 [M]. 李贵苍，虞文心，周圣盛，等译. 北京：中国社会科学出版社，2015：45.
②③④⑤ 王晓华. 身体诗学 [M]. 北京：人民出版社，2018：252，40，73，73.

感知时,双重的递进—回溯关系出现了。这是活的关系。"[①] 其他有机体虽然不一定能够审美,却是人类生态审美活动必不可少的一环,以其有机化身体参与到生态系统中,跟人类身体一起构成了生态系统的本体。

随着科学技术的发展和对生态系统认识的加深,人们进一步认识到两个事实:第一,身体不仅指人类身体,还包括一切具备主体性的智能体。第二,"后人类"身体构成了地球生态系统的本体,参与并决定了地球生态系统的走向。

当下的世界现实是人类极大改变了地球生态系统,科学技术、大众媒介成为连接人类与生态系统的介质,其本身也成为组成生态系统的一部分。"人类居住的物质环境,既不完全是个精神世界,也不完全是个生物经济系统,而是一个巨型网络,或是由多个网络构成的结合体。一方面,人类遍布这个网络系统,另外一方面,这个网络系统中最原始的自然已经被技术极大改变了。"[②] 在这样的趋势下,生态系统的本体也由有机化的身体进一步拓展,拓展到一切具备主体性的、参与、建构生态系统的存在。因为"从本体论的角度看,自我构造、自组织和自创生理论的最大意义在于揭示了宇宙运行的本体论机制:活力不是来自预先生成的理念、存在、道,而是无数交互作用的个体"[③]。只要是具备自我构造、自组织、自创生能力的个体,都是生态系统的本体基础,因此,属于有机体的人类、动植物的身体,属于无机体的人工智能、机器人,都是"世界之网"的组成部分,有机体、无机体共同构造、组成了地球生态系统。

在有机体身体本体向"后人类本体"的转变中,技术的创新发挥了关键作用。随着技术的发展,科技对世界的影响越来越大,技术、机器不再是世界的"异物",而是以参与生态运转的方式与人类、动植物、山川河流共同组成了世界,成为"世界之肉"。在当下,人类与机器、技术结合,足迹遍布世界各地,从赤道到南极,从马里亚纳海沟到珠穆朗玛峰,人类都留下了自己的足迹。机器越来越广泛参与到生态系统建构之中,从江河堤坝到风力、太阳能发电,从耕地种田到放养动物,都可以看到机器的身影。在高度

---

① 王晓华. 身体诗学 [M]. 北京:人民出版社,2018:271.
② 海斯. 地方意识与星球意识:环境想象中的全球 [M]. 李贵苍,虞文心,周圣盛,等译. 北京:中国社会科学出版社,2015:191.
③ 王晓华. 人工智能与后人类美学 [J]. 首都师范大学学报(社会科学版),2020(3):85-93.

发达的都市社会，机器的使用更加频繁，平板、手机、电脑、智能汽车、智能机器人，机器已经成为人类的亲密伙伴，并和人类一起介入生态系统的改造中，"机器界与生物界是重合的"①，越来越多的生物受到技术的影响和改造，越来越多的机器进入世界并成为网络节点。毫无疑问，"生态世界主义朝着'超人类世界'前进，这个世界不仅指自然物种界，而且指自然界相互影响和交流的各种网络及关联性"②。"超人类世界"即"后人类世界"，是指去人类中心化的社会形态。"后人类主义强调身体器官可以藉由科技的结合延伸演化出各式各样的新物种。因此，身体由传统生物学意义上的'固定本体'转变为具有灵活多变性的存在，人类由此进入了'后人类'空间。"③人工智能、智能机器将获得原来人类意义上的主体性，成为"后人类社会"的组成部分。

所以，在不久的未来，我们会看到这样一个局面：机器人生产线能够自我操纵生产机器人，生产出的机器人又可以利用机器人生产线组装新的机器人，这是一个"自创生"的完整循环。"自创生的机器，连续孕育和规定它们自己的组织和它们自己的界限"④，由此，"自创生"不再是有机体的专利，而成为人工智能和"主体性机器"的共有能力。从"自组织"到"自创生"，机器完成了自我的思考和生命延续，成为和人类一样具备智慧且能够延续的物种，也成为未来生态系统中的一员，介入并改变生态系统。这种具备智慧的机器，我们称之为"机器智能体"，同样是"后人类"。所以，未来的生态文明形态中，"自组织"的智能机器毫无疑问会成为生态系统的组成部分，以其主体性和智能性参与到地球生态系统的运转中，与各种有机生命体交往和互动，形成动态平衡，共同组成生态系统。

因此，"后人类"绝非指与机器结合的人类，而是指一切具有主体性的智能体，这些主体共同参与、建设生态系统，构成了生态系统的本体。"随着人造主体性、机器人自我、机器人主体间性在文本（如科幻小说）中的显现，后人类主体性事实上已经生成。如果它最终从文本走向实在界，那么，

---

①④ 加塔利. 混沌互渗[M]. 董树宝，译. 南京：南京大学出版社，2020：45，44.

② 海斯. 地方意识与星球意识：环境想象中的全球[M]. 李贵苍，虞文心，周圣盛，等译. 北京：中国社会科学出版社，2015：82.

③ 冉聃，蔡仲. 赛博与后人类主义[J]. 自然辩证法研究，2012（10）：72-76.

地球上将出现超越人类疆域的交互游戏。"① 在当下，这种趋势已经初露端倪。从虚拟偶像、虚拟身份到"元宇宙"，"后人类主体性"越来越接近实现的那一天。随着技术的发展，当下的人工智能"实际上也处于'认识你自己'的边缘地带，一旦这道界限被跨越，那些完全不具有人类生理特征的物质性结构也将具备把自己上升为人的能力"②。当人工智能意识到自己的主体性，它们将具有自我意识，而"一旦获得了自我意识，作为具身性存在的它们也将是感受、审美、创造的中心。即便无法与人类身体比肩并立，它们也会进入交互性游戏之中。只要能够通过模仿重构人类的具身性境况，后者就可能以同情的态度对待人类，而这意味着审美的可能性"③。因此，它们也将与人类一样，成为审美的主体，所以"后人类美学"的提出水到渠成。王晓华指出："后人类转向随时可能发生，而智能机器的出现不过凸显了本有的可能性。它们与人类主体的共同在场产生了激励性的力量，引导建构重视交互性、具身性、生态性的后人类美学。"④ "后人类"参与、改变、重构未来生态系统，这决定了"后人类"将成为生态系统的本体，决定未来生态系统的走向。

从身体本体论到"后人类"本体论，世界正是在技术的深度参与下呈现出当下的面貌。未来的生态系统，不再仅仅是有机体与环境的关系，而是智能体与世界的关系。无数具备主体性的智能体交往互动，构成世界之网。"后人类"提出的意义，并非要摒弃人类身体的价值，而是更换视角，从"后人类"的角度来看待日益封闭的人本主义思路，看到无数生命个体和智能体为世界做出的贡献，以此跳出人类中心主义的窠臼，实现各种自组织体的交互共生，构建未来世界的基础。所以，"后人类主义并不意味着设定一种被命名为'后人类'的实体性存在，而应被如其所是地领受为'在人类主义之后'，它不再将人类理解为封闭的理性主体，而是探究人类与非人类他者（智能机器和其他生命）合作的可能性"⑤。以开放性的思维和视野来看待其他生命，包括智能体，这正是"后人类"提出的初衷。

---

①③④　王晓华. 人工智能与后人类美学 [J]. 首都师范大学学报（社会科学版），2020（3）：85-93.

②　蓝江. 导言 [M] // 阿甘本. 敞开：人与动物. 蓝江，译. 南京：南京大学出版社，2019.

⑤　王晓华. 后人类美学的建构是否可能？如何可能？[J]. 河北师范大学学报（哲学社会科学版），2022（1）：122-131.

从身体本体到"后人类"本体,世界朝着多元智能体共舞的形态挺进。随着技术的创新发展,在生态整体主义的召唤下,"生态后人类"也初露端倪。王坤宇指出:

> 生态后人类是通过人工智能、基因工程、纳米技术等新媒介扩展了视野之后的人类,在微观、宏观和宇观层面对世界、自然、自我和万物再审视的基础上所产生的新的世界观、价值观和审美观。生态后人类以文化—自然一体观打通自然与人类、能量与质量、夸克与宇宙、时间与空间之间的屏蔽;以盖亚2.0和人类世等理论认清自身在生态系统中的定位,从而成为一个负责任的新人类;他是童年的终结,也是成年的开始。①

王坤宇的"生态后人类"明显更注重技术发展之后人类在生态系统中能发挥的作用,技术和智能机器的发展促使未来的人类能够更清晰定位自己,发挥创造性、审美性功能,从而为地球生态系统更好而贡献力量。但是,由这个思路生发开去,"生态后人类"还指那些能够领受并促进人与其他生命、智能体之间存在交互关系的存在,即一切依靠互动、连接促进生态系统维持动态平衡的智能体。毕竟,"后人类美学自己是一种跨越物种界限的关系美学,它所关注的将不仅仅是人类互动的场域,而且必须聚焦人类—机器相遇的界面"②。只有恰如其分认识到属于不同物种的主体间的交互关系,才能把握未来生态系统的本体和运转机制。

在人工智能和元宇宙飞速发展的今天,从生态的视野对于人类等具备主体性的不同物种有全新的认识,正是对于"后人类"的最好领会。黄逸民谈到自己对"后人类美学"的理解时指出:"它涵括了人类身体、其他生命、技术体系,倡导多元共生、相互观照、共同繁荣的基本法则,呼吁人们体验交互性的审美关系。随着生命—机器和人类—动物的界限被跨越,一种加强

---

① 王坤宇. 生态后人类刍议 [C]//"后疫情时代的生态美学发展"国际学术研讨会,2021:203.

② 王晓华. 后人类美学的建构是否可能?如何可能? [J]. 河北师范大学学报(哲学社会科学版),2022(1):122-131.

版的身体美学和生态美学已经出现，支撑着正在生成中的后人类美学。"① 所以，"后人类"美学必然是跟智能机器和生态系统相关联。首先，机器智能体和有机身体同属于生态系统中的一部分，共同组成了生态系统；其次，生态系统的规律和运行法则在"后人类世界"中一样是基础性的法则，只要"后人类"生活在地球上，存在于生态系统中，就必须遵从生态系统的运行法则行事，这是"后人类"必然属于"生态后人类"的根本原因。

　　在"后人类"社会，媒介是具有决定性作用的存在。媒介作为一种中介，其本质正是"连接"，连接人与机器、机器与机器、人与物，甚至人与世界，人类由此生活在媒介提供的世界中。"信息和通讯的技术机器运行于人类主体性的中心，不仅运行于人类的记忆、智能的深处，而且也运行于人类的感性、感受与无意识幻想的深处。"② 信息通信技术的发展，让每个个体从一出生就处在媒介世界中，各种媒介提供的信息塑造了个体，影响甚至决定了社会。而且，信息技术及相关硬件的持续发展，会把人类导向"后媒介时代"，人类日益沉浸在媒介环境、虚拟环境之中，"随着新媒介的不断发展，虚拟现实将逐渐向实感化、沉浸化、参与化发展，人体与媒介似乎正在合二为一"③。当人们的大部分生活都要借助媒介技术和媒介设备才能运行，就进入媒介"元宇宙"，在这里，人们和各种智能体通过虚拟交互对话的方式交流，就像加塔利所设想的："信息技术、计算机通信与视听传播设备的联合可能会允许跨出决定性的一步，走向后媒介时代之入口的交互性，并相应的加速了口唇性的机器性的回归。……正是通过言语，人机对话才能被建立，不仅与技术机器对话，而且与思想、感觉、商讨等机器对话。"④ 这样，媒介成为人们生存的基础，媒介决定了"后人类"的所思、所想和所为，也主导了生态系统的走向。随着当下信息化社会的普及和人工智能时代的到来，人们也在从现代化、城市化的情境中跃迁，进入以"元宇宙"为核心的虚拟互联社会，财产虚拟化、享乐虚拟化、交往虚拟化、工作虚拟化，未来更有可能是居住虚拟化、婚姻虚拟化、个体虚拟化。这是未来的趋势，自然

---

① 黄逸民. 身体、生态与后人类美学［J］. 河北师范大学学报（哲学社会科学版），2022（1）：132-141.
②④ 加塔利. 混沌互渗［M］. 董树宝，译. 南京：南京大学出版社，2020：4，107.
③ 王坤宇. 生态后人类刍议［C］//"后疫情时代的生态美学发展"国际学术研讨会，2021：197.

和土地将离大部分人越来越远，未来的"后人类"很可能生活在远离真实自然的环境中。在这种环境改变的刺激下，新的生活方式和文化习俗也将形成，这必然跟之前的形成鲜明对比。

从现在看来，人类未来的发展趋向分成两种，一种是向外探索，即对于星辰大海的持续关注，宇航技术的不断进步为人类探索地外空间提供坚实的支撑，世界各大发达国家也不断在这个方面加大投入，比如探索月球、探索火星、建设空间站、发展可回收火箭发射技术等；另外一种则是向内探索，即通过信息技术和计算机软硬件的发展来探索建构人类可进入、生存的"虚拟空间"的可能，也就是日下方兴未艾的"元宇宙"建设。无论如何，这两个方向的发展都离不开身体，正如王晓华所言："21 世纪后，身体意识和生态概念都发生了变化：第一，随着航空技术的发展，我们所能重构的世界已经超越了地球，向愈加遥远的星系扩展。第二，互联网的出现衍生出虚拟空间，身体则被抛入更加变幻莫测的场域。与此呼应，'在宇宙中的身体'和'在虚拟空间中的身体'两个意象出现了。"① 但无论是前者还是后者，"身体"都发挥着关键的作用。

对于前者来讲，是以对月球、火星及其他地外行星、星系的探索为肇始，并结合科幻小说、科幻电影等作品，呈现出宏大的地外宇宙的景观。但无论是在征途中的飞船上，还是在地外星球上，人类的身体依然是主导探索的基础，冬眠技术或黑洞穿越都无法抹去以身体为核心的探险旅程；更何况，当人们真正出发去探索地外文明的时候，在飞船上回望地球，必然会为宇宙中这颗独一无二的蓝色星球所震撼，这是人类的母亲，是自然万物的始源。尽管有一日，我们可以靠着科技发展离开地球，但对起源之地的敬畏只会更强。就像杨文丰所言：

> 当人类一步步冲向太空、奔入辽远，当一颗颗悬浮于虚空中的星球在飞船舷窗外逐渐退隐时，当人类深入浩渺无际的静寂、神秘和苍茫时，在这四顾无声息的所在，孤独得甚至可能将有些恐慌的人类，还能不弥生强烈的敬畏吗？
>
> 是的，面对眼前陌生、幽深、神秘和空茫的宇宙，人类反倒会像刚刚爬上井台的井底之蛙，回首四顾，马上会惶然惊觉自己的渺小、宇宙

---

① 王晓华. 身体诗学 [M]. 北京：人民出版社，2018：285.

的神秘。……

在未来的日子，在太空时代，对大自然的新、旧敬畏，必将成为人类社会这部喘息如牛的沉重列车脱离不得的双轨！①

对于后者来讲，是以当下方兴未艾的"元宇宙"为目标，探索人工智能、虚拟现实、信息宇宙的共同体构造。随着人工智能、虚拟现实技术的发展，"元宇宙"已经向我们招手，"元宇宙"被认为是独立于现实人类社会之外的虚拟空间，跟人类社会密切相关但又具备高度的独立性，是人类社会在虚拟空间的投影和重建。"元宇宙"被认为是"一个将人们通过多种高科技、互联网、移动通信、专门设备等关联起来的，脱胎于、平行于、独立于现实世界的人造在线虚拟世界。在其中，无论身份、感官、意识形态等个人属性，还是社会体系、经济结构、政治组织等社会属性，都能呈现出来。人们在其中拥有自己的虚拟身份，进行社交、互动、生活、工作等，获得和创造自己想要的东西"②。"元宇宙"的建设和开发并非突然发生的，而是建立在人们近50年的各种智能软硬件技术的发展上：

> 伴随着移动互联网和越来越多的无所不在的感知系统的存在，如遍布城市的摄像头和声控器，能够有效将整个城市进行实时采集和处理。智能手机的出现，更是极大促进了个体的数字化映射进程，因为智能手机已经远远超过了本身所具有的通信功能，而是整合了包括高性能计算机、高清摄像头、声音采集器、地理信息定位系统、动作感知器、生物特征采集器（如指纹、虹膜等）的复杂的感知计算通信系统。因此，智能手机极大促进了个人的数据采集，利用智能手机可以大体精准地为用户进行数据画像，由此形成了个体自然信息的大规模上载，从而构建了元宇宙的个人信息和社会交互基础。③

新媒体设备及相关软硬件的发展，是促使"元宇宙"到来的重要基础。未来，以手机为代表的高端多媒体多应用个人综合智能终端，将成为

---

① 杨文丰. 病盆景 [M]. 北京：西苑出版社，2017：245-246.
② 胡乐乐. "元宇宙"解析 [N]. 中国社会科学报，2022-04-06.
③ 何哲. 虚拟化与元宇宙：人类文明演化的奇点与治理 [J]. 电子政务，2022（1）：46-58.

"元宇宙"的基础,只要拥有这个便携设备,个体便具备进入"元宇宙"社会的基础。在未来,随着脑机接口的发展,植入式设备将取代便携式设备,人们的大脑直接与数字空间互联,每个人都同时存在两种生存状态:身体生存的现实社会,以及意识生存的"元宇宙"或者说数字空间,"元宇宙"真正到来。在"元宇宙"中,"后人类"实现了平等化交往、实时性交互,这成为未来生态系统的组成部分。各种生命体、智能体以虚拟身份的角色生活在"元宇宙"中,他们的思维快如闪电,交流更是直接高效。"元宇宙"以世界大脑、虚拟主导的角色在未来生态系统中发挥决定性作用,其中集中了全世界最聪明的人类大脑与高效智能、理性冷静的机器智能,决定了地球的未来和命运。

从后者来看,人们似乎逐渐抛弃了"肉身性身体",然而,所有"元宇宙"都无法回避一个问题——人类的主体意识是构成"元宇宙"的基础,即便在虚拟空间中,也一样有"电子人"和"虚拟身体"。对此,王晓华称前者为"在宇宙中的身体",称后者为"在虚拟空间中的身体"。他认为:"未来的生态世界将具有新的格局:人类身体、智能机器、非人类有机体会形成'三重奏',催生出跨物种的主体间性。地球的命运将取决于我们如何协调这三者的关系。显然,除了投身于对话和互动之中,人类别无选择。"[①]展望未来,当人类放弃了自己的肉身,以纯意识性的形态存在于"元宇宙"中,身体何为?或许王晓华的说法能提供一个参考答案:"在虚拟空间里,人类意象的制作重构模仿身体—生态的原初关系,其中的数字身体几乎总是对应着电子有机体,而有关病毒的演说显然援引了古典的医学叙事。……无论语境如何变化,身体—世界的关系都不会消失。"[②] 更何况,"元宇宙"的存在同样需要物质基础,需要服务器,需要电力,需要硅,而这些都是地球生态系统才能提供的。因此,无论未来身体是什么样态,对于生态系统的依赖是必不可少的,未来的"虚拟身体"或者"智能体"一样是靠着生态系统才能存在的。

"后人类"本体论生态美学的提出,并不是要去推动人类朝着赛博格发展,也不是大力呼唤智能化的机器,而是以"人类之后"的视野,去排除人类中心主义的影响,使得生态系统能够恢复多物种共存、交互的关系。"所

---

① 王晓华,朱玉川. 以身体美学重构生态文化的本体论基础:王晓华教授访谈[J]. 鄱阳湖学刊,2019(5):19-24.

② 王晓华. 身体诗学[M]. 北京:人民出版社,2018:285.

以,人类的审美活动也不应是人类在世界之外对对象的'外在显现',而应是在世界之中与世界万象本身交融互通的一种体认或体验。"① 不同身体的交融、纠缠是"后人类美学"的根本特性。不管是赛博格后人类还是具身化智能体,在未来都属于生态系统的一部分,都是编织世界之网的节点。因此,用交互的、关联的视角去看待不同物种,共同生存,这才是"后人类美学"的最终旨归。

第 二 节 生态散文中的身体表达

在生态散文中,身体被反复书写,成为母题和原型。身体占据空间,是人类存在于生态系统的唯一节点。身体提供了人类所有的感觉和知觉,是人类精神意识的来源。人类与世界打交道的基础是身体,身体是劳作者,也是体验者。

一、身体的角色

在生态散文中,身体是被反复书写的对象,正是身体,支撑起人类的在世,去体认"有机体—环境"的生态世界。在不同的生态散文中,身体呈现为不同的身份定位,有时是劳作者,有时是体验者。劳作者,是依靠身体劳动与生态系统打交道的人,通过自己的劳作,与大地、世界发生关联,产生互动。而体验者,是"生态的观看、体验"的人,用生态的视角去观看周围的一切,去体验充满有机联系的生态世界。

生态散文思考身体与自然的关系,观照身体在自然中的地位以及作用。"人类只有主动回归自然,并通过劳动等方式真正的融入自然,真切的感悟自然,做个自然之子,才能体验到自然和生命的美,才有可能达成生态和谐的状态。"② 有些生态散文作家亲自回归自然、坚持劳动,在劳作的过程中塑造自我的生态人格,比如韩少功、李娟、刘亮程、阎连科等。韩少功在散文中写道:"人是大自然的一部分,古人说身体受之父母,其实每一个人都是

---

① 王亚芹. 后人类主义与身体范式的美学思考 [J]. 山东社会科学,2020 (5):98-104.

② 董国艳. 中国新时期生态散文研究 [D]. 济南:山东师范大学,2016:87.

受之自然。照整体主义哲学的看法，人只是大自然的一个器官或一个细胞。"① 身体是连接自然和社会的节点，一方面从自然中来，需要自然；另一方面组成了社会，跟自然界并行不悖。

作为劳作者的身体是生态散文中常见的身体角色。"任何劳动都连接着一个广阔的世界，一个人如果可以深刻的阐述一种劳动，那么他就阐述了整个世界。"② 在生态作家的视野和记忆中，或多或少总会有一段跟劳动有关的身体记忆，而这段记忆往往给作家带来巨大的身体和心理感触。如李娟在冬牧场漫长的放牧过程，韩少功在湖南乡村的插队和劳作，张炜幼时的农村记忆，苇岸在乡村的劳动，阎连科在北京郊区的种菜种花等。这段身体记忆属于劳作的身体，正是身体的劳动，才把相关记忆铭刻在大脑里，时间愈久愈鲜明。

劳动的身体在大脑中铭刻了相关记忆。韩少功回忆起他插队的那段经历，用饱含感情的语言写道："那是连钢铁都在迅速消熔的一段岁月，但皮肉比钢铁更经久耐用。钯头挖伤的，锄头扎伤的，茅草割伤的，石片划伤的，毒虫咬伤的……每个人的腿上都有各种血痂，老伤叠上新伤。……我们甚至不会在意伤口，因为流血已经不能造就痛感，麻木粗糙的肌肤早就在神经反应之外。"③在劳动中，身体受到各种伤害。然而，种种创伤对于过量劳动的身体来说已经没有感觉，劳动和完成任务才是最重要的。伤疤是身体存在的标记，是记忆的重要组成部分。正是劳作，才造成了伤害，才有了疼痛，疼痛是身体的诉说，诉说自己的存在。但在异化的年代，身体的诉说往往被忽略，沉重的劳动让大脑近乎停滞，使得身体也丧失了自叙的权利。"夜色中挑担回家的时候，一边是大脑已经呼呼入睡，一边是身子还在自动前行，靠着脚趾碰触路边的青草，双脚能自动找回青草之间的路面，如同一具无魂的游尸。只有一不小心踩到水沟里去的时候，一声大叫，意识才会在水沟里猛醒，发觉眼前的草丛和淤泥。"④身体在极度疲劳的时候，往往会丧失部分功能，以保护自己，比如极度劳累后的"梦游"式行走。在那段知青下乡劳动的岁月，韩少功等留下了深刻的回忆，这些回忆跟他们的身体密切相关，记忆中留下的都是身体的状态——劳动的身体、受伤的身体、疲累的身体、失去意识的身体。身体成为记忆的中枢，连接其过去和现在。

劳动的身体成为节点，穿越时间的阻拦，勾连起过去和现在。对于韩少

---

①③④ 韩少功. 山南水北 [M]. 长沙：湖南文艺出版社，2013：323，30，30.
② 张炜. 去看阿尔卑斯山 [M]. 北京：台海出版社，2019：43.

功来说，这段知青时代的劳动记忆具有船锚的作用，时刻提醒自己曾经疯狂的身体劳作。过度劳累的身体是疲惫而麻木的，他写道："有一天，我吃着吃着饭，突然发现面前的饭钵已经空了四个……我已经往肚子一共塞下两斤，可裤袋以下的那个位置还是空空，两斤米不知道塞了哪个角落……眼下，我差不多忘记了这样的日子，一种身体各个器官各行其是的日子。"① 这是一段艰苦的岁月，曾经的身体在当时的环境中劳累至极，达到了"各个器官各行其是"，身体的多中心功能被充分发掘，大脑再也无法统一协调各个部分，变成了储存身体感受的器官。多年以后，当离开了繁重至极的劳作，身体各个器官都得到休息，统一在大脑的协调之下，他想起这段回忆，感触最深的就是身体的状态，这是属于身体自我的记忆。在当下，随着生活条件的好转和身体的养尊处优，他想起那个年代和当时的身体状态，就会如惊雷一样，重新唤起一个时代的记忆。"当知青时代的强制与绝望逐渐消解，当我身边的幸福正在追踪腐败，对不起，劳动就成了一个火热的词，重新放射出光芒，唤醒我沉睡的肌肉。"② 高强度的劳作，让身体充满了张力，当记忆被唤醒，那种富有张力甚至是疲惫不堪的状态忽然浮现，身体叩问现在，发现了当今的腐败，那是一种离开劳作的四肢不勤、五谷不分的状态，所以他说"我怀念劳动"，"我看不起不劳动的人"，最终韩少功选择了回到乡下，用劳动继续叩问生命，接触大地，唤醒自己的身体。

劳动是身体对大地和自然的回应。韩少功对当下城里的脑力劳动者进行了反思："一个脱离了体力劳动的人，会不会有一种被连根拔起没着没落的心慌？会不会在物产供养链条的最末端一不小心就枯萎？会不会成为生命实践的局外人和游离者？……'操劳'才是了解事物最恰当的方式，才能进入存在之谜——这就是一种劳动者的哲学。"③ 劳作是身体存在的方式，是认识大地、进入生命世界的途径。一个劳作的人，才是完善的人。他认为，只有劳动或接触劳动的人，才能够切实进行生命的实践，那些终日坐在电脑面前、只依靠脑力活着的人，最终脱离了"存在"。劳动是获取的最基本方式，而体力劳动，则是身体和大地交流的唯一方式。身体是人类存在于世的唯一依存，依靠劳动，身体得以确认自我的存在，个体得以回应存在的呼唤。而劳动，是生命个体通过自我感受精神的最确切的方式，在劳动中，人们得以认识大地、天空、植物，得以放飞复杂的思维，得以回应大地和生命的呼

---

①②③ 韩少功. 山南水北［M］. 长沙：湖南文艺出版社，2013：31，31，32.

唤。劳动不但是身体自我确认的途径，也是身体自我修行、脱离欲壑的道路。自然生态的保护，绝不仅仅靠着思想者的几个口号，更多的还是要依靠生态实践者的身体力行。

劳动包含体力劳动和脑力劳动，是人的本能需求。韩少功看不上一味进行脑力劳动的人，他认为只有体力劳动才是身体存在的正确方式。这跟他曾经的经历和内心的向往有关。他用文字写作，更是通过自己的身体在大地上写作，这两者并不冲突，而是构成了一个事物的两个面，互为依存，共同存在。人们在自然劳作，自然给予人们馈赠，还有对于美、生命、世界的感受，脑力劳动把这些感受化作文字，成为人类共同的财富。他写道："我立即买来了锄头和耙头，买来了草帽和胶鞋，选定了一块寂静荒坡，向想象中的满地庄稼走去。……我们要恢复手足的强壮和灵巧，恢复手心中的茧皮和面颊上的盐粉。我们要亲手创造出植物、动物以及微生物，在生命之链最原初的地方接管我们的生活，收回自己这一辈子该出力时就出力的权利。"① 他认为，劳动是人类的本性，是人类存在的美好状态。

在李娟的《冬牧场》里面，牧民都属于劳作者，劳动的身体是受人尊敬的。牧民通过使用自己的身体，与牛羊、大地打交道，获得生存物资，促进生态循环。在新什别克一家，老大是个男孩，叫热合买得罕，11 岁；老二是个女孩，叫努滚，9 岁。老大平时上学，放假之后，就承担起男人的责任，环境和身体决定了他的作用，"背雪，背粪，毫不含糊。每个清晨和黄昏，无论天气多么恶劣，他都坚持参与羊圈的清扫和铺垫工作。挥着比自己还高的铁锹，干得像模像样。劳动多么令人理直气壮"②。劳动是身体对大地进行的动作，是身体存在的运动，也是人类叩问生命、自然的路径。由于男性身体和女性身体的不同，在自然中的分工也不同，"男主外，女主内。努滚则负责打扫房间、洗碗、洗尿片，几乎也是整天闲不下来，边干活边不停地唱歌"③。身体的不同决定了分工的不同，这也是自然决定的。

在严寒冷酷的环境里，身份和地位不重要，重要的是每个身体所能发挥的作用。11 岁和 9 岁的孩子，在内地或江南可能只会上学，衣来伸手，饭来张口，但在阿勒泰地区，却发挥了自己身体所能发挥的最大作用。"才开始努滚只干家务事，不干重活。但两个星期以后，也开始跟着哥哥出去背雪背粪块了。我总是为这小小的兄妹俩背着雪从荒野深处一前一后蹒跚走来的情

---

① 韩少功. 山南水北［M］. 长沙：湖南文艺出版社，2013：33.
②③ 李娟. 冬牧场［M］. 北京：新星出版社，2018：167，169.

景所打动。等走到近处，我看到小姑娘的腰背像老人一样深深佝偻着，再有一尺多就贴着地了。"① 正是这种严酷环境中成长起来的身体，先天就培养了以劳动应对周围世界的意志，尽自己最大努力去完成身体的使命。劳动是身体的本能，是人和自然交流的桥梁。正是因为劳动，身体才能够存在于自然界。

劳动是人类身体跟大地发生联系的最佳途径，通过劳动，人的身体与大地、自然产生最密切的关联。苇岸认为，在土地上劳动的身体是最完美的身体，因为劳动唤起了人们"完全的天性"。他写道："天空已经变蓝，踩在松动的土地上，我感到肢体在伸张，血液在涌动。我想大声喊叫或急速奔跑，想拿起锄头拼命劳动一场。我常常产生这个愿望：一周中，在土地上至少劳动一天。……劳动是上帝的教育，它使我们自己与泥土和大自然发生基本的联系。"② 只有靠劳动，大地与自然才能跟人们联系起来，因为运动和汗水是大地对人类的呼吁，而丰收和绿色是大地对人们的回馈，劳作的身体能够感受到自然的脉搏，获得完整的生命意识，进入自然的循环。

如果说劳作者以劳动来建立身体与大地的联系，通过汗水感受生命的过程，那么体验者就是以身体勾连自然万物，收纳周围世界于心中。体验者本身并不劳作，更多是作为"过客"进入自然中。他们或许会在某个地方暂时参加劳动，进行"体验"，但不会进行重体力劳动，也不会长久停留。

对于大部分人来说，除了自己生存的地方，很难有机会一直在别的地方劳动，借此去认识地方，彰显身体。但是，通过身体的体验活动，人们一样可以在短时间内去接触一个地方，去进入、体验、理解这个地方的生态共同体。而身体，就是体验发生的核心和中介，同时也是体验过程中的思考中枢。实际上，生态散文中描写的很多地方，都是作者作为体验者经历的，这种经历跟文字、影像接触到的经历截然不同。文字和影像给予的体验是通过读者的眼睛、想象共同完成，而体验者参与的体验活动是全身心的，是眼睛、鼻子、耳朵、嘴巴、大脑以及整个身体的感知觉共同参与，因此一定比通过文字、影像得来的感触更丰富、更全面。中国古语云"纸上得来终觉浅，绝知此事要躬行"，就是说身体力行的体验比只通过读书获得的体验更加深刻和生动。

生态散文中的"体验"活动多种多样，有游览经过的体验，有短暂参与劳动的体验，还有跟运动、游戏有关的体验。在韩少功笔下，曾经有几次乡

---

① 李娟. 冬牧场 [M]. 北京：新星出版社，2018：169.
② 苇岸. 大地上的事情 [M]. 桂林：广西师范大学出版社，2014：15.

下烧烤和裸体游泳的体验，充满趣味。"哗哗槽片抽浅了泥坑里的水，大鱼小鳖就可能露出头来。我们在田头找点柴，烧把火，偷几棵葱，挖两块姜，找来油与盐，现场煮食的乐趣和美味断不会少。"① 这是田野中的野餐活动，是跟捕鱼、烧烤、野外美食相关的身体体验。因为是在野外，一些简单的活动和食材，却具有动人心魄的风味。捕捞属于手脚运动，美食属于口舌运动，这些都是劳动、自然、风景的联合协作，给身体留下了深刻的回忆。此外，在烧烤后，"要是在夜晚，朦胧月色下，后生们把衣服脱个精光，……使不乐的人也乐，不浪的人也浪，天体艺术令人陶醉"②。在自然中的裸露，不再是色情和禁忌，反而成为无比自然的事情，是回归到人生命之源的举动，天风夜色，清爽无比，人沉浸在自然中，身心俱悦。

即便是简单的游览，体验者也能够比在文字和影像中感受到更多自然，这是一种身体的沉浸和勾连，是属于身体的全方位感触的记忆。苇岸在写到自己去内蒙古旅游的时候说道："天下有许多极端的事物，使任何一种文字也无法完美地表达它们。同时，当我看到能最丰富地体现命名它们的词语涵义的事物时，我会久久激动不已。平日，我熟知蛮荒、昊野、莽地、大漠这些非同寻常的词，现在我认识了它们背后的、它们所表示的实体本身。"③ 亲身经历带来的是切身性体验，是直接作用于身体的感觉，也是所有文字、视频，包括虚拟现实（VR）都无法取代的体验，这是身体成为生态学中心的根本原因。通过切身性体验，生态散文作家充分体味到自然的神秘和本质，从此产生一种类似于"荒野哲学"这样支撑其生存的信念。

二、身体的延伸

身体是朴素的、干净的，无论什么样的身体，它的零部件基本都一样，由各种各样的细胞构成器官，在皮肤和骨骼的架构中组成身体。对于身体来讲，维持其存在的基础主要是两样，一个是吃饱，一个是穿暖，具体说来，就是食物和衣服。所以，在生态散文中，对于这两种事物的描写也较为常见，前者是维持身体能量的基础，后者为身体的温暖提供保障。此外，从衣服延伸出来的饰品也成为生态散文的描写对象。

身体是人类存在于世的基础，而食物则是身体存在的基础。在生态散文中，食物被反复提起。正是因为食物，身体才能获得能量，才能去行动，成

---

①② 韩少功. 山南水北［M］. 长沙：湖南文艺出版社，2013：165.
③ 苇岸. 大地上的事情［M］. 桂林：广西师范大学出版社，2014：156.

为体验者与劳作者。任何行动都需要能量，都需要食物，因此，对于食物的追寻与获取成为身体的本能之一。在生态散文中，有关吃，也反复被提起，一般分成两个层面，第一个层面是为了生存而去吃，第二个层面是为了享受而去吃。第一个层面主要满足身体的能量需求，是生存和行动的基础；第二个层面，身体已经从维持自身生存转向了满足审美需求，为了"欲望"而存在，追求的不再是能量，而是"美食"。

在第一个层面，食物是生存的必需品，尤其在贫瘠的生存环境中，食物成为身体的第一需求。"食物的力量所支撑起来的，肯定不只是肠胃的享受。刺激着旺盛食欲的，也肯定不只是生活的单调。大约所有敞露野外的生命都是如此吧。这是荒野，是几乎毫无外援的所在，人的生存意识不知不觉间紧迫异常，并趋于神经质。"① 对于荒野中的生命来说，尊严什么的都是其次的，活下来才是最重要的。就算是人类，也是第一时间保证自己活着，把吃和食物放在最重要的地位，然后是劳作、手工，最后才是歌唱、影视等娱乐活动。这是环境带给身体的潜意识，是身体对自我延续的本能需要。

越是在贫乏的条件和严酷的环境中，食物的价值就越大。比如在某些困难时期，人们为了食物可以放弃自己的尊严，用身体去交换；又比如在严寒的冬牧场，为了身体，牧人们会从小牛口中夺取母乳。食物是身体的基本需求，也在大部分时候决定了人类的集体无意识，对于饥饿的恐惧成为人类的本能，也成为决定人们生存的准则。在寒冷的冬牧场，食物回归其本源意义——填饱肚子，提供能量。"到了今天，恐怕只有在荒野里，在刀斧直接劈削开来的简单生活中，食物才只是食物吧——既不是装饰物，也不是消遣物。……食物出现在口腔里，就像爱情出现在青春里。再合理不过，再美满不过了！"② 在寂静的荒野里，食物意味着活下去，意味着生存，意味着保证身体的基本机能。所以，看见食物，吃掉它，这才是身体的本能反应，因为这意味着活下去。

简单寂静的环境里，食物对身体具有别样的诱惑，当一切娱乐活动消失，万物回归本质，食物的功能就是填饱肚子。然而，因为面对的是人，是具有感觉、思维的生命，食物在完成使命的过程中也给人类带来不同的感受。"一小把炒熟的碎麦子都香得直灌天庭。把这样的碎麦子泡进奶茶，再拌上黄油——全身心都为之投降！""拉面的存在只有一个目标：把肚子撑圆

---

①② 李娟. 冬牧场 [M]. 北京：新星出版社，2018：209，204.

了!""麦子粥则像熨斗一样把肠胃拾掇得服服帖帖。如果是加了酸奶糊的羊肉汤麦子粥,则会令肠胃里所有的消化酶拉起横幅,列队欢呼。"① 食物以其能量和美味,征服了寂寞的人,让他们深切体会到身体对能量的需求和欢呼,以及踏踏实实地由食物撑起来的生命存在感。

荒野里,身体对于食物的需求是如此执着,这是由生存环境决定的。在严酷的生存条件下,"活下去"自然就成了最重要的选择,倘若在城市,到处可以找到食物来源,自然就没必要如此执着于食物了。所以,李娟感慨道:"在荒野里,人需得抛弃多余的欲望,向动物靠拢,向植物靠拢,荒野没有侥幸,没有一丝额外之物。"② 正是在这样的环境中,生存的本能、身体的需求才会被无限放大,成为首要任务。能活着,能吃饱,已经是最好的局面,谁还去关注其他欲望,或者娱乐需求呢? 所以,"总之,我缺乏安全感。似乎除了拼命地吃,我无从把握。好像只有肚子填得满满当当,才有勇气应对一切"③。只有在完成了身体维持的保障,有多余的时间后,牧民才会关注到唱歌、电视、手机等娱乐需求,身体也才会从对自身延续的关注,转移到对于审美的需要上。

对于身体来说,衣服和饰品如同身体的外延,带来的不只是保暖御寒,更是身体本身的提升和美化。同样寒冷的冬天,既可以穿着羽绒服,也可以穿着冲锋衣,还有大棉袄、羊皮裘,虽然都是保暖作用,但其代表的身份却截然不同。如果说衣服具有的还是保暖价值之上的区别,那么饰品具有的完全就是审美意义和身份代表。不同的饰物带给身体不同的象征,金属本身贵重与否是基础意义上的区分,品牌带来的溢价才是身份比拼的关键。

越是简朴的地方,饰品越能散发明亮的光彩,这是昭示性别和特权的根基——满身亮闪闪的人,总是更能引人瞩目。李娟在《冬牧场》里写到戴着饰品的哈萨克妇人,详细描述了饰品对于她们的意义:

> 我还见过许多年迈的、辛劳一生的哈萨克妇人,她们枯老而扭曲的双手上戴满硕大耀眼的宝石戒指。这些夸张的饰物令她们黯淡的生命充满尊严,闪耀着她们朴素一生里全部的荣耀与傲慢。——这里毕竟是荒野啊,单调、空旷、沉寂、艰辛,再微小的饰物出现在这里,都忍不住用心浓烈、大放光彩。④

---

①②③④ 李娟. 冬牧场 [M]. 北京:新星出版社,2018:205,209,209,39.

荒凉贫瘠的地方，任何饰物都具有闪耀的价值，它代表着主人对美的嗜好和追求。漫长的苦难的人生，作为女人，拿来安慰自己的东西，唯有亮闪闪的饰品。这是身体的延伸，是生命的荣耀。

三、身体与自然

身体和自然相互呼应、紧密联系，生态散文不但表现了身体在生态系统中扮演的不同角色，还探索了身体与自然之间的有机联系。身体与自然之间的联系既是生命作为有机体与环境之间的呼应，也是身体本身起源于自然的本源关联。季节、自然和身体之间始终存在着有机联系，大部分生命都是春日勃发，夏日疯长，秋日丰收，冬日肃杀。身体在春日往往感到一种昂扬的内在力量，如苇岸写道："已是春天……新萌发的植物像从大地中渗出的水，还未溢出陈年的枯草丛。在这样的季节劳动，感觉舒畅和轻松。肢体运动起来了，血液涨到了每个血管的顶部，人们感觉有力量要发挥出来。"[1] 这是身体和季节之间的神秘呼应，是自然给予人类的感触基础。身体和自然的联系是一种源自生命集体无意识的神秘关联，因此，生态散文中，季节、自然、风景与身体的关系一直是被反复书写的对象，这是几千年来身体和自然形成的共鸣在文学中的出场。

身体与自然的联系主要通过身体在自然中的"在场"实现。最好是居住在自然里，与自然打交道，去看到自然，呼吸自然，触摸自然，才能够让身体联通自然，获得自然的美，回馈自然以生态循环的能量。身体的各个器官是人与自然打交道的基础，眼睛、鼻子、嘴巴、皮肤，这些感觉器官接触自然，反馈到大脑，产生知觉，最终产生人类的思维活动，自然是人类思想的根源。然而，在今天，媒介与技术的发展取代了身体与自然的直接联系，人类因此产生了与自然的隔膜。张炜指出："时至今天，似乎更没有人愿意重视知觉的奥秘。人仿佛除了接受再没有选择。语言和图画携来的讯息堆积如山，现代传递技术可以让人蹲在一隅遥视世界。谬误与真理掺拌一起抛洒，人类像挨了一场陨石雨。它损伤的是人的感知器官。"[2] 要想获得有关自然的真知，恢复身体的感触，仅仅依靠媒介和技术是不可能的。身体必须直接到自然中，用眼睛去看风景，用鼻子嗅各种气味，用皮肤感触风，这样获得的知觉才是最生动的，才能以此勾连大脑产生有关自然的知觉。只有来到自

---

[1] 苇岸. 大地上的事情[M]. 桂林：广西师范大学出版社，2014：198.
[2] 张炜. 去看阿尔卑斯山[M]. 北京：台海出版社，2019：134.

然，人类才能恢复与自然的联系，来抵抗电子信息传递给人的虚假画面，获取真实感知。

身体来源于自然，而当下的身体则与自然隔绝。尤其是那些居住在城市里的身体，他们一日三餐、一周七天都是在钢筋水泥的建筑物中度过，缺乏与自然的直接联系。更何况，随着"元宇宙"的推进，人们连钢筋水泥的城市森林都不愿穿行，更加远离了自然。这些城市人和未来的"后人类"可能会因为离开自然而承受后果。苇岸写道："我们背弃了初始，背弃了那根植于自然与土地的联系。我们蜷缩于与生命母体——自然隔绝的人造环境里，干涩而萎靡的生活着。那来自于自然之神的生气和只有弃舒适而后生的力量成了我们可望而不可即的东西。"① 在这种环境里长大的"后人类"，跟自然是隔绝的，他们无法体会到自然的律动和四季的变化，无法用身体感触到泥土的湿润和温暖，更没有办法和四季、自然共鸣，体会到生命的蓬勃与真谛。

第 三 节　生态散文的身体美学价值

美学是感性学，感觉是人类审美的来源。王晓华认为："身体是气候影响的变量，是人类性情的基础。它是被影响的影响者，是被决定的决定性因素。"② 身体在世界之中，受到周围环境的影响。身体是生活在生态系统中的身体，借此才最终形成了有关美的感受和认识。归根结底，"正由于人是身体性存在，环境对我们来说才至关重要"③。环境影响身体，身体产生感受，审美由此而生。伯梅认为："人对自然的欣赏，……是指主体置身其中，并对自己所置身的那个空间有所感触。……这种身在之感有两个维度，一个是通过身体对环境的感触，另一个是通过置身对自己的在场感的加强。"④ 他强调了身体在产生自然审美感触方面的核心作用，并和"气氛"结合起来，认为"真正对人发生审美作用，以及给人的身体带来情感震动的是气氛"⑤。这样，就把身体和环境结合起来，塑造出"在世界中"的生态审美方式。

---

① 苇岸. 大地上的事情 [M]. 桂林：广西师范大学出版社，2014：229.
②③ 王晓华. 身体诗学 [M]. 北京：人民出版社，2018：258，259.
④⑤ 程相占. 西方生态美学史 [M]. 济南：山东文艺出版社，2021：191，190.

在生态审美的过程中，身体是切入点，正是感性的身体发现了美、感受了美、回馈了美，才使得人类能够进行生态审美。"情动"是一切意识形成的基础，是人类接触自然、认识自然、获得有关自然的感受和记忆的基础。只有通过身体，人们才能够和自然打交道，获得有关自然的印象和知识。也正是通过身体，人们介入自然、改造自然，使得整个社会步入"人类世"。在生态散文中，身体的生态美学价值主要体现为对身体的三种状态的描写——劳动、交往、死亡。劳动是身体与自然沟通的实践路径；交往是身体和其他生命的交互，组成了生态系统关联共生的特征；而死亡，则是生态循环的起点和终点，是生态系统动态平衡的根基。

首先，身体的生态美学价值体现在劳动上。德国生态学家莫尔特曼认为，人类与自然环境的关系至少是由两种带根本性的关系决定的：一是劳动，一是居住的兴趣。劳动之所以成为个体生态身份确认的根源，原因在于劳动是身体的机能，是身体向自然进行的动作，是身体获取自然馈赠的根本原因。在梭罗、苇岸、张炜、韩少功等人的散文中，都反复提到人在土地上的劳动。劳作是身体获取大地食物馈赠和精神启迪的基础。"通过劳作与土地的交流过程中，人们身上潜藏已久的自然意识得以复苏，寻归精神源头的满足感洋溢在四周。……在从事农事的过程中，人们同时获得了肉体的健康和精神的欢乐。"[①] 劳动恢复人类自身的生命意识，使其体认到身体与自然的联系。

劳动是人和自然沟通的桥梁，仅仅依靠观看、欣赏，人类还无法完全与自然沟通，只有靠劳动，比如种植、耕作、收获，人类和自然的联系才能真正建立起来，人才能恢复到与自然沟通的地步。张炜在《融入野地》中提到："土地与人之间用劳动沟通起来，人在劳动中就忘记了世俗的词儿。那时人与土地以及周围的生命结为一体，看上去，人也化进了朦胧。"[②] 韩少功也对农村劳动持肯定态度，他指出："我对乡下的过度贫困心有余悸，但对那里的劳动方式念兹在兹。我还相信那种劳动的快乐，完全可以从贫苦中剥离出来——在将来的某一天，在人们觉得出力流汗是幸福和体面的某个时候。"[③] 随着生产力的发展，劳动不再是为了生存而压榨自己，而是身体延续自己的本能需要。为了维持生态系统的运转，身体将从疲劳与压榨中脱离出

---

① 龙其林.《瓦尔登湖》与张炜生态散文语言的自然属性［J］.东方论坛，2015（5）：78-81.
② 张炜.去看阿尔卑斯山［M］.北京：台海出版社，2019：137.
③ 韩少功.山南水北［M］.长沙：湖南文艺出版社，2013：165.

来，适当运用工具，通过劳动与自然发生联系、恢复关联。如韩少功所言："我重新来到乡村以后，看见柴油机抽水，电动机抽水，倒是龙骨水车不大见了。这有什么不好吗？也许很好。我得庆幸农民多了一份轻松，多了一份效率。我甚至得祝贺一种残酷的古典美终于消失。"[①] 此时，劳动不再是对身体的压榨，而是身体的本能和需求，是身体与自然万物联系的途径，是自我肯定的方式。

其次，身体的生态美学意义体现在物种之间的交往上。身体承担了人们在世基础的功能，是人们生存的唯一凭借。身体在生态系统中承担的主要功能就是交往，以生态哲学的视角来看，就是主体交互性，不同生命主体的交往构成了多样化的生态系统。对于自然生态来讲，正是交往，成全了彼此的生命，不同的生命主体在各种条件下交往，促使物质能量的流通和生态系统的运转及平衡。在社会生态中，主体交往是身体的功能，也是身体作为社会性存在的需求，交往带来了信息的交流。在精神生态中，文学艺术、语言文字都是交往的媒介，通过文字、语言、图像，各种精神主体进行交往，构造属于人类的精神生态系统。所以，在生态系统中，交往使得各种元素流通，成就共生系统的繁荣。无论是本能还是心理需求，交往都是生态系统中无法回避的事实，而交往的主体毫无疑问就是生命各自的身体。

生态的本质是有机体的共同生存，"人与其他生命都是有机体，生态世界是由有机体结缘而成"[②]。正是不同有机体的跨肉身性交往，才构成生态世界的勃勃生机。"在有机体和有机体之间，跨肉身性的互动是生命之源，当然也是文学生产的动力。"[③] 身体的交往和互动，构成了文学艺术，也是生态审美的基础。如果没有身体和其他有机体的交往，没有身体和环境的交往和互动，审美就无从产生，生态美学也无从发生。美学本就是感性学，身体美学是身体的感性学，生态美学是跟生态有关的感性学，而感知构成了美学的基础，正是感知，让美学成为可能。身体的感知建构了美学，跨物种的身体感知构成了生态美学的基础，这不是只跟人类有关的美学，而是生态系统里面所有物种身体的狂欢，是跨物种身体的交往构建了生态美学。曾繁仁提出："在生态学视野下，身体在审美活动中就不再仅仅是客体而成为了主体；它不再是被审视的对象，而成了审美经验的积极参与者。……由此出发，审美经验不再是对象性的认识活动，而是有灵性的身体与事物之间的相互作用

---

① 韩少功. 山南水北［M］. 长沙：湖南文艺出版社，2013：165.
②③ 王晓华. 身体诗学［M］. 北京：人民出版社，2018：218，266.

和交流。"① 审美是有灵性的身体与事物的交流，也就是有机体和有机体、有机体和环境之间的"交往"活动。

愈是在荒寒地带，交往的重要性就越突出，因为谁也无法保证自己能一个人抵抗严酷的自然。在《冬牧场》里，荒野中的交往具有特殊的价值，交往不只是聊天，更多是对寂寞的排遣，是信息的传播途径，还是生存的需要。"在这荒野里，谁能不好客呢？大约这世上所有地势偏僻、人烟稀少处的人们都这样吧？牧人的好客，既出于寂寞，也出于互助的人际需求。每个人都作为主人，为他人提供过食物和温暖的房间。同时他也不可能避免做客的境遇。"② 这种身体之间的交往是淳朴的，是生命对生命的需求。越是在荒野，这种交往越是简单，无非是共存、互助，只有这样才能生存。反而在城市里，在生存条件大大好转的富裕地区，人际交往变得复杂，来自更高层次的需求起到了关键作用。因为利益交往，因为权力交往，因为面子交往，各种非生存必需的交往占据了主流，也造就了富裕地区人际关系的复杂。

最后，通过对身体会消逝的思考，生态散文发现了身体的又一生态美学价值，那就是最终以消亡的方式参与到生态循环中。身体是人类在世的唯一依存，是脆弱的、会消亡的，但也正是死亡，促使生态系统的流通和运转，旧的生命消逝，新的生命出现，轮回和循环构成了生态系统的动态平衡。对于人类来说，会消亡的身体使得人们对生命更加珍惜，也因此愿意思考活着的意义和价值。生态散文中对于死亡的描写和思考也比较常见，多是跟自然、大地、其他生命联系在一起。

在李娟的《冬牧场》里，描写过一个曾经的墓葬群，在那里，最近的亡者也有七八十年了。李娟详细描写了自己拜访这个墓葬群的感触：

> 我在墓地间站了一会儿。明明天高地敞，胸口却有些闷。想到下方大地深处的骨骸，想到他们也曾活生生信马由缰，经过同一片荒野。那时，他们还不曾闭了眼睛，枯了骨肉，萎了手掌和面容……又想到，这世上尚能认得他们，心中怀念他们的人，现如今怕是也——入土了，埋在另外的遥远之处……再想到所有的容颜和姓氏都将涣散，想到每一个人的消亡与植物飞鸟的消亡一样不着痕迹……而他的确曾活生生地经过这片大地。③

---

① 曾繁仁. 生态美学基本问题研究 [M]. 北京：人民出版社，2015：45.
②③ 李娟. 冬牧场 [M]. 北京：新星出版社，2018：220，242.

死亡是身体不可更改的宿命，是存在的归宿。在人类死亡后，其身体和飞鸟、植物的身体没有区别，一样化作腐土骨殖，成为生态循环的一部分。由生到死，正是所有生命必经的路途。因此，在存在的时候留下自己的痕迹，也是每个身体的使命。当死亡来临，万籁俱寂，身体告别这个世界，不管是体验者，还是劳作者，最终都成为生态系统最微小的一分子，重新回归自然。在表面，世界是繁荣的，各种生命交往、生育；在地底，生命是寂静的，是无边的黑暗、沉默，恰如阴阳两极，构成了生命的轮回。"这时间为什么总是这么宁静呢？大约因为死亡累积得太多，因为死的事远远多于生的事吧？他们宁静了下来，怀念他们的心也渐渐归于宁静。天空下最大的静不是空旷的静，不是岁月的静，而是人的静啊。"[①] 这种宁静是死亡所带来的，也是世界的轮休。

---

① 李娟. 冬牧场［M］. 北京：新星出版社，2018：243.

第四章
生态散文与"生生美学"

薛富兴认为:"生态美学的革命性在于,它的生命观视野更为宏阔,除了人类主体之生命,其他非人类物种的生命乃至于无机物,也进入其审美视野,并且将它作为人类完善,因而真实、确当地理解自身命运之必要参照。"[①] 这也是"生生美学"的要义,即从生命本身出发,把万物化生、生生与共作为认识生态系统的根基。在中外生态散文中,有大量有关其他物种生命的篇章,生态散文作家从生命本体论角度出发,以对待伙伴的方式看待它们,发现它们的价值。"生态散文将人类与自然的关系纳入创作的主题,自然中的生命在作品中呈现出生命本身的活力与自由,它们独立于人类的生命价值得到真正的认可。"[②] 生态散文中,对其他物种生命进行观察、描写、体认的文章丰富多彩,其中不乏《瓦尔登湖》《冬牧场》《沙乡年鉴》这样的产生广泛影响的名篇。这些散文的表述对象是一个地区、一个时段的生态共同体,但是其具体内容却涉及生活在这个区域、这个时间内的各种有机生命。正是各种有机体成就了这个地区的生态活力,带来了生态美的感受。此外,生态散文对许多本身并不具有生命,但是孕育生命、哺育生命的存在也做了大量描写,赋予其丰沛的生命意识,比如大地、荒野、田野、雨雪等,将其与各种生命及生态伦理联系起来。王兆胜认为,生态散文中对于各种物

[①] 薛富兴. 生命美学与生态美学的对话 [J]. 社会科学战线, 2020(10): 155-164.

[②] 董国艳. 中国新时期生态散文研究 [D]. 济南: 山东师范大学, 2016: 88.

的描写属于"物性书写",对象包括生物与非生物两种。他指出:"中国现当代生态散文关于生物和非生物的书写很多,可谓包罗万象,难以穷尽。因为天地自然本来主要由生物和非生物这两种物质组成。"[①] 这种理论为研究生态散文提供了一个全新的视角,可以更好地理解生态散文中对于各种有机体与无机体的表达与展现。

生生美学的核心是对于生态系统创生、化育生命万物的体认,从生生美学的角度来看,发现其他生命的"美"甚至无生命物体的"美",正是生态审美的目标。在生生美学的视野中,除了那些普遍认为"美"的对象外,那些原来被认为"不美"的对象也具有生态学意义上的"美",成为生态审美欣赏的目标。比如花草、高山、树木是传统审美的欣赏对象,但是如蜣螂、动物粪便、腐烂的动物尸体等,往往不被认为是审美对象。但是,在生生美学看来,一切生态系统中存在的对象,都会因其促进生命循环的生态价值而具有"生态美"。所以,程相占指出:"生态审美所欣赏的反倒是那些平凡的、琐细的乃至丑陋的事物;在全球范围内的生态运动兴起之前,这些事物极少,甚至从来没有进入人类的审美视野之中,比如荒野、湿地、沼泽、蚂蟥等。"[②] 在生态散文中,除却一些常见的与自然美有关的动植物外,另外一些被忽略的自然生命也进入了生态审美的视野,比如蚂蚁、蜜蜂、麻雀、老鼠等,这是生态散文的使命和价值。

第一节 生生本体论生态美学

曾繁仁认为,中国生态美学研究需要有自己的话语探索,他从中国古代文化"生生"出发,提出中国生态美学以"生生"为核心进行建构,这是一种"中和论生态与生命美学",这种生态美学与当下的"后现代"理论多有相通之处。这种生生美学是跟中国特定的农耕文化和地域形态相关的,是被"中国的内陆地域与农业经济"所决定的"天人相和"的生态文化的核心。他指出,生生美学的特点表现为亲和自然、敬畏自然、顺应自然以及天

---

① 王兆胜. 中国现当代生态散文的物性书写类型[J]. 求是学刊,2022(1):141-153.

② 程相占. 生态美学引论[M]. 济南:山东文艺出版社,2021:65.

人相和、阴阳相生的生命论与有机论思想①。此外,他还指出,生生美学体现了中国文化的"有机性"与创新性②,是中国生态学者对于生态美学的贡献。

生生美学的本源在于"生命的创生",中国美学就是生命创生的美学,是创造生命的美学,因此,"生生"具有本体论的内涵。在《关于"生生美学"的几个问题》中,曾繁仁指出,"生生美学"是中国的生态美学,是"包含中国古代生态审美智慧、资源与话语的具有中国气派与中国作风的生态美学体系"。他对"生生美学"的文化特点进行了概括,总共五个方面:第一,"天人合一"的文化传统;第二,"阴阳相生"的生命美学;第三,"太极图示"的艺术思维模式;第四,总体透视的艺术特征;第五,"意在言外"的意境审美模式,对生生美学做了较为全面的总结和概括。他特别指出,生生美学是"阴阳相生"的生命美学,是跟创生、化育有关的以生命为主体的美学,鲜明指出了生生美学的生态内涵和价值。③ 生态散文中有大量有关动植物生命、孕育生命的事物的描写,从文学艺术的角度完美诠释了生生美学的内涵,所以,以生生美学为基础,对生态散文进行研究和阐释,可以较好揭示生态散文尤其是中国生态散文的主要特点。

事实上,程相占早在 2001 年中国第一届生态美学大会上就提出了"生生美学"。后来,经过不断地思考与研究,他提出"生生"是生态美学的本体论基础,"生生美学以中国传统生生思想作为哲学本体论、价值定向和文明理念,以'天地大美'作为最高审美理想,是从美学角度对当代生态运动和普适伦理运动的回应"。他指出,"生生美学"具有一种"生生本体论"立场,基本内涵是以生态学关键词"共同体"为科学基础,从中国传统"天地人三才"学说中,提炼出"人生天地间"这一哲学存在论命题,认为天地自然是孕育人及其文化创造的母体,人的使命应该是"辅天地之自然而不敢为""赞天地之化育",人与天地万物之间存在着"感而遂通"的"感应"关系,这种关系是适当的自然审美的基础。他指出,"生生美学"的主

---

① 曾繁仁. 生态美学的中国话语探索:兼论中国古代"中和论生态—生命"美学[J]. 中国文化研究, 2013 (1):66 - 71.

② 曾繁仁. 跨文化研究视野中的中国"生生"美学 [J]. 东岳论丛, 2020 (1):98 - 108.

③ 曾繁仁. 关于"生生美学"的几个问题 [J]. 济南大学学报(社会科学版), 2019 (6):8 - 12.

要特点是批判现代工业文明的"杀生"倾向、现代工业文明所造成的大量的"文弊"机器背后隐含的本体论预设。[①] 这就为生态美学找到了立足于中国文化传统的本体论基础,为中国生态美学在世界上发出自己的声音提供了理论体系。

生生美学的特点揭示了人类必须而且只能依靠生态系统存在,正是生态系统的"生生"特点支撑了包括人类在内的一切生命的存在。程相占指出:"生态系统的特性是'自本''自根''自化''自为',其基本功能就是'生生'——化育生命——包括人类在内的所有生命都是生态系统长期化育的结果。"[②] 所以,人类必须认识到自我的来源,从而去参与、维护生态系统的"生生"运转,而且,由于人类来自自然,由自然所支撑,人类和生态是自然联通的,人类对生态的参与和审美无须借助技术、机器。"人类是生态系统里众多成员当中的一种,其存在只能是存在于生态系统之中、由生态系统供养的存在,即'生态存在'。人类所有特性和能力,无不是生态系统长期孕育的结果,所以,这些能力与生态系统直接具有某种对应性,从而使得人类对于生态系统的直接感知和认知成为可能。"[③] 这也是生生美学发生的根源,审美就是人类感官对于事物的接触和把握,来自自然的人类对于自然的美天然就有一种亲近,这是本源的接近,不需要借助其他工具来催发。

由此可见,生态审美对其他物种的认识和认同来自于同是有机存在。其他物种和人类一样,都是有机生命,都具有身体,因此具有共性。正如同情来源于切身性想象,我们对于其他生命的关怀也来自情感位置上的互换,文学艺术的"共情"效果让我们能够看到其他生命的处境和悲伤,因此产生守护的动力。如王晓华所说:"我们之所以重视自然,不仅仅是为了应对危机,而且是因为人与环境拥有共同的生命元素;那些构成动植物乃至物理环境的东西也构成人类身体,能伤害'世界之肉'的就能伤害我们,这才是真正的共同感。"[④] 人和其他动植物一样,都是具有身体的共性存在,都是生活在世界里的有机体,因此,"动物和植物都向人类敞开了自身主体的身份,展示了他们在生命共同体中的原初地位"[⑤]。人类和动植物主体的交往,就是身体的交往,是生态共同体内各主体的互动。一个人只有经历了复杂的生命历

[①][②][③] 程相占. 生态美学引论 [M]. 济南:山东文艺出版社,2021:53,57,57.

[④] 王晓华,朱玉川. 以身体美学重构生态文化的本体论基础:王晓华教授访谈 [J]. 鄱阳湖学刊,2019 (5):19-24.

[⑤] 王晓华. 重构生态文化中的"身体学"[J]. 南国学术,2018 (3):518-528.

程，才会拥有对其他生命的体认和关怀，认识到正是各种生命共同构成了丰富多彩的生态世界，"生生"才是生态系统存在的根基。而脆弱正是有机身体的特性，因此人类必须呵护好共存的各种生命。就像张炜所言："懂得了生命之间互相维护的重要，对一草一木、对一切的动物，都充满了爱怜之心。……多么值得珍惜，因为这是生命，是这个世界上最宝贵也最容易摧折的东西。"[①] 共情和爱惜成为人与其他物种交往的情感基础，也是人类担负生态责任的驱动力之一。

在生态散文中，不乏对各种生命的讴歌和描写，从对生命的描述中，我们看到散文家对"它"的爱和尊重，体味到作家内心与万物生命一体的普世情感，这一点正是人们从物质自我向"生态自我"转变的基础：

> 随着人的认同感的持续扩大和不断深化，自然界其他存在与人之间的疏离感就会逐渐缩小。当我们在自然存在物中看到自我，并在自我中看到自然存在物，就证明我们达到了生态自我的阶段。当一个人达到"生态自我"的境界，他就会自然地认为，自然界中的所有事物都拥有内在价值，都有生存、繁衍和充分体现自身的权利。一切生命在生态系统中都具有平等的地位，它们都有各自的内在目的性，并不存在等级的差别。人类不过是众多物种中的一种，在自然的整体生态关系中，并不比其他物种高贵。[②]

生态散文对于动植物生命的描写不是基于主客体的二元对立模式，而是从有机互动的交往模式出发，这是一种以"生生"为基础的生命之间的互动，是有机体之间的交往和反馈。生态散文的核心关注是"对生命的关怀"，蕴含浓厚的生态伦理意识。"生态散文的核心理念是表现人与自然生态的互动、展现自然生态的伦理，因此，无论是山川河流还是鸟兽虫鱼的书写都离不开作者对自然生态的关怀。"[③] 此外，在生态散文中，有些存在虽然不具备生命特性，但是孕育、包含了生命，比如山川、河流、大海、大地，是

---

① 张炜. 去看阿尔卑斯山 [M]. 北京：台海出版社，2019：42.
② 刘栋. 生态乌托邦的构建：论苇岸、韩少功和廖鸿基生态散文中的处所意识 [J]. 佳木斯大学社会科学学报，2020（6）：122-125.
③ 陈想. 知感交融：台湾生态散文的审美特质 [J]. 太原师范学院学报（社会科学版），2019（2）：42-47.

诸多生命的摇篮，充满了蓬勃生机。从生生美学的角度来看，这些存在在生态散文中也占据重要位置，作家对它们倾注了浓浓情感，将其拟人化、"伦理化"，它们因此也具有生命形象。所以，在生态散文中，每一种生命以及承载生命的"物"都有其价值，都在生态系统中占据一定位置，跟人们在生态学意义上是平等的，共同构成了生态系统，维持了生态系统的动态平衡。

第二节 生态散文的"生生"表达

一、植物

植物与大地的关系，就如同人与父母的关系，植物来自大地，装扮大地、营养大地，而大地给予植物最坚实的依靠和最丰沛的养分，就算是荒凉的戈壁滩，依然尽其所能哺育植物。苇岸在散文中写道："树木是大地的愿望和最初的居民。哪里有树木，说明大地在那里尚未丧失信心。为了这伟大的信心，沙柳、胡杨、榆，奋勇响应。英雄们在劣境和绝地孤立地弯着躯干，以最宜的形态在此不败地生存。所有看到的人，都将大受感动。"[①] 植物除了生命与大地密切相连，对于生活在同一生态共同体的其他生命来说，植物还提供多种多样的价值。它们为食草动物提供食物，为人类提供食物，提供景观和栖居地，同时，它们的价值在生态伦理的视角下还呈现出丰富的意义，给人类的生存提供指导。

跟动物被认为是生命不同，植物在人们的认知中往往被忽略和边缘化。就像有人认为吃鱼吃肉是杀生，但从来没有人认为吃素是杀生。事实上，经过科学研究，植物也有感觉，并且可以通过信息素表达这种感觉。在生态散文中，对植物的美丽、效用歌颂描写得比较多，但较少有散文会关注植物本身也是具有感觉的生命。实际上，虽然植物在地球生态系统食物链上位于底层，却和动物、人类一样具有自己的身体乃至感觉。所以，关注植物的生命意识和主体感觉，是生态文学应该聚焦的主题。

[①] 苇岸. 大地上的事情[M]. 桂林：广西师范大学出版社，2014：157.

韩少功在散文中注意到植物被人们边缘化的现象，他写道："佛教悲怀一切有眼睛的生命，心疼世间一切'有情'——这是指所有动物，也包括人。这样一来，只有植物降了等级，冷落在悲怀的光照之外，于是牛羊大嚼青草从来不被看做屠杀，工匠砍削竹木从来不被看做酷刑。"[①] 植物和人类以及其他生命虽然在食物链上属于不同环节，但是，在生态美学的聚焦下，植物和其他生命产生互动，具备"交往"的品格，人类往往能够从植物的生长中获得启示。韩少功在散文中描述了他和植物之间的"交往"关系，他写道：

什么时候下的种，什么时候发的芽，什么时候开的花……往事历历在目。虫子差点吃掉了新芽，曾让你着急。一场大雨及时解除了旱情，曾让你欣喜。转眼间，几个瓜突然膨胀好几圈，胖娃娃一般藏在绿叶深处，不知天高地厚地大乱家规，大哭大笑又大喊大叫，必定让你惊诧莫名。[②]

植物的生命是随性的，但这种随性也遵循着自然界的规律，这种暗含天道的生命，给人类尤其是种植它的人类带来诸多感悟，仿佛印证了人类也是自然而来，属于自然一样。植物作为主体和人类及其他物种的交往不只体现在情感和精神的互动上，也体现在物质和能量的流通中。各种野生植物在阳光下肆意生长，把阳光、土地转为自身的生命，然后被食草动物吃掉，进入生物链循环中。同样，人们种植各种植物，然后或观赏，或将其做成各种器物，或吃掉，植物的生命通过人类的行为得以在生态系统中流通。从生态美学的角度来看，这种循环和流通是美的，是生命之间的深层次交往。韩少功的一段话可以恰当诠释植物和人类之间的流通，以及带来的生态审美感受：

你想象根系在黑暗的土地下嗞嗞嗞地伸长，真正侧耳去听，它们就屏住呼吸一声不响了。你想象枝叶在悄悄地伸腰踢腿挤眉弄眼，猛回头看，它们便各就各位一本正经若无其事了。……总之，它们是有表情的，有语言的，是你生活的一部分，最后来到餐桌上，进入你的口腔，成为你身体的一部分。这几乎不是吃饭，而是游子归家，是你与你自己

---

①② 韩少功. 山南水北［M］. 长沙：湖南文艺出版社，2013：47，42.

久别后的团聚，也是你与土地一次交流的结束。①

植物作为生命的价值和意义首先是提供审美的对象，其次是提供生命的基础，最后，扮演生态元素流动的中介，将阳光、大地的能量传达给食物链的顶端。对于人类来说，审美价值和实用价值是植物最重要的两个价值，而生态美学视域下的植物，还带有伦理价值，是有感情、品性的独立生命个体。本节选择生态散文中常见的两种植物意象——草、树进行分析，以观照生态散文对植物的生命意识的表达。

(一) 草

在野外，各种各样的野草成为食草动物的主要食物来源。野草是卑微的，卑微到只能匍匐在地上；野草是平凡的，平凡到只是广大无垠大地上的微小一分子；但也正是野草，构成了食物链的基础，给各种食草动物提供食粮，间接养育了地球生态系统中的大部分生命。尽管大多数草是野草，但是随着人类认识能力的提高，越来越多的野草品类被发现富含经济和药用价值，逐渐成为人们种植的对象，比如甘草、黄精、川穹等各种中药材，又比如狗牙根、冰草、黑麦草等各种绿化草。在当代，尤其是在城市中，由于绿色的稀缺，草也逐渐由容易被人们忽视的低贱植物进入人类的视野，成为关心爱护的对象。生态散文对草的描述往往从两个方面展开，一方面从生态学的视角展开，用生态审美的方法观照各种草，发现它们的生态价值和审美价值；另一方面，从生态情感的角度入手，用作家的精神生态视域去观照各种草，挖掘其蕴含的丰富的精神意义。

从生态学视角展开，对各种草进行生态审美的散文多是由具备丰富生态学知识的作家撰写。比如杨文丰，其大学学习专业是气象学，具备丰富的生态知识，他对各种草的描写都是基于生态学的知识和方法展开，一般过程是厘清植物的起源、出处、特点，然后再对其蕴含的生态价值进行挖掘，探究其对人类精神的启迪。比如他写到含羞草的时候，首先对含羞草的特性和背后蕴含的生态知识进行了描写。他写道："即便只是一片叶子，一旦被'撩拨'，所产生的生物电旋即能将刺激扩散至其他绿叶，教整株含羞草的叶子依次'害羞'，恰似集结成团队，一时脱离了孤独。"② 就对含羞草为什么会"害羞"进行了生态审美，涉及相关的科学知识。然后，他进一步引申，对

---

① 韩少功. 山南水北 [M]. 长沙：湖南文艺出版社，2013：54-55.
② 杨文丰. 病盆景 [M]. 北京：西苑出版社，2017：124.

含羞草的精神价值进行发掘:"含羞草正是依赖自己孤独的羞涩,向世人申明:美,并不仅存于那些灼人眼目的诸如牡丹、蝴蝶兰一类名花身上,也同时存在于含羞草这些小花小草之身,甚至成为它们的立身之根……"① 这就将含羞草的特性及其蕴含的精神价值挖掘出来,给读者认识、喜欢含羞草提供了实践路径。

杨文丰不但对各种植物进行生态审美,还对它们进行了生态反思。他写冬虫夏草的时候,先说明其形成的原因和生存的环境,转而从人类情感的角度对冬虫夏草中的幼虫表达了同情:"成为冬虫夏草绝不是菌的美德,而是菌的鸠占鹊巢,菌的侵略行径,菌的霸权主义……是菌将自己的幸福生活乃至未来建筑在他人的死亡之上。谁能想象得出虫的死亡过程有多痛苦?"② 这就体现了生态散文的特点,即换位考虑,站在物种的立场上去思考,自然,这种思考也带上了人类的思维和情感。他还写到另一种中药天麻,从天麻和蜜环菌的关系入手,分析了二者的纠葛:"蜜环菌与天麻,本该是天地间平等的生命,然却成为生死冤家,是否还该崇尚万物互相尊重呢?"③ 这明显带上了作家自我的想法,这既是对植物关系的思考,也是作家的反思。然而,无论是冬虫夏草还是天麻,其最终的"敌人"都是人类,是为了自身的"健康"的人类。正是人类,让野生的冬虫夏草几近绝迹,让天麻成为人们的掌中之物。他写道:"苍天有眼,就怜悯怜悯尘世吧,人,不但可大面积、任意地人工'圈植'天麻,还可将野生天麻,连根儿从地里挖起,用白花花的水、滚烫的水、奢侈的水,明目张胆地洗,刷,刮,……"④ 从描写冬虫夏草残酷的蚕食,到叙写天麻和蜜环菌的生死共生,最终指出人类对各种原本野生的植物的利用和食用才是最残忍的,这是生态散文的典型思路,从生态学知识出发,去关注各种植物的伦理价值。

从精神生态视角出发,对各种野草进行情感观照的多出自纯文学作家,比如李娟、韩少功、苇岸、阎连科等。他们具有敏锐的观察能力和丰富的情感世界,看到各种野草的时候,能够从自身精神生态系统出发,关注到野草的情状、特征,挖掘其蕴含的文化意义。李娟在《冬牧场》中描写了各种各样的野草,野草是最富有生命力的草类,而且各有特色,组成了多样化的草类生命格局。李娟根据它们各自的形态特点,赋予它们人性化的名字:

---

①②③④ 杨文丰. 病盆景[M]. 北京:西苑出版社,2017:125,13,32,34.

除了芨芨草和梭梭柴，我再也认不得这荒野中更多的植物了。但认不得的也只是它们的名字，我深深熟悉它们的模样和姿态。有一种末端无尽卷曲的圆茎草，浅青色，我为之取名"缠绵"。还有一种柔软绵薄的长草，我取名为"荡漾"。还有一种草，有着淡红或白色的细枝子，频繁分叉，每一个叉节只有一寸来长，均匀、细致而苦心的四面扭转，我取名为"抒情"。还有一种浅色草，形态是温柔的，却密密长满脆弱的细刺，防备又期待，我取名为"黑暗"。……傍晚，陌生的马群在上弦月之下奔腾过旷野。满目枯草，却毫无萧瑟败相。谁说眼下都是死去的植物？它们枝枝叶叶，完完整整，仍以继续生长的姿态逗留在冬天的大冰箱里。①

经过作家主观精神世界的观照，本来无比普通、无人问津的野草在散文中生动鲜活起来，仿佛具备自己的情感和意识。这是生态散文发现和赋予它的"主体性"，为它能够最终以主体的身份进入与各个物种交互之中做了铺垫。与李娟视野中的草在外形中各具特点不同，韩少功笔下的草木往往颇具个性，有时甚至具有"人性"，比如他写到一种藤类植物："阳转藤自然是最缺德的了。一棵乔木或一棵灌木的突然枯死，往往就是这种草藤围剿的恶果。它的叶子略近薯叶，看似忠厚。这就是它的虚伪。它对其他植物先攀附，后寄生，继之以绞杀，具有势利小人的全套手段。"② 从写植物的特性到写出其伦理象征意味，阳转藤的特色就这样被其活灵活现地表达出来，呈现出人性、情感性的特点。

在苇岸的笔下，草往往跟生长的自然环境和文化环境密切相关，体现出独特的地方韵味。他写到草的命名时候，说："俗名是事物的乳名或者小名，它们是祖先的、民间的、土著的、亲情的。它们出自民众无羁的心，在广大土地上自发地世代相沿。它们既体现事物自身的原始形象或某种特性，又流露出一地民众对故土百物的亲昵之意与随意心理。如车前草，因其叶子宽大，在我的故乡，称作'猪耳朵'。"③ 植物的命名因为地方的不同而不同，在名字上呈现出浓厚的地方文化色彩，一方水土一方草木，这既是自然生态的不同造成的，也是文化地域特色造成的。对老乡来说，就某一事物说两句

---

① 李娟. 冬牧场 [M]. 北京：新星出版社，2018：144.
② 韩少功. 山南水北 [M]. 长沙：湖南文艺出版社，2013：49.
③ 苇岸. 大地上的事情 [M]. 桂林：广西师范大学出版社，2014：23.

方言，很快就会产生认同，草木的俗名就是地域民众之间认同的基础之一。所以苇岸写道："俗名和事物仿佛与生俱来，诗意，鲜明，富于血肉气息。它们在现代文明不可抵御的今天，依然活跃在我们的庭院和大地。它们的蕴意，丰富、动人、饱含情感因素。无论什么时候，无论走到哪里，只要我们听到这样的称呼，眼前便会浮现我们遥远的童年、故乡与土地。那里是我们的母体和出发点。"[1] 草木之情，并不仅仅是生长和回报大地，也是一方水土一方人的最好体现，滋养和养育了一个地方的生命和文化。

（二）树

在植物生命图谱中，树木是靠近进化顶端的存在。与卑微、渺小、疯长的野草不同，树往往高大、坚固、静默，接受每天早上的第一缕阳光，并以其长寿见证生命轮回。树在生态散文中被反复描写，首先是作为审美对象被观照，其次被赋予了丰厚的文化含义，再者被作家将其与人性品格关联起来，衍生出自己的品格特征。

首先，树木往往是被作为审美对象观照的。从生态美学的角度看，树是极富有审美意味的植物，不仅外形好看，而且用途多样，成为植物生命的代表。树木的生长主要依靠大地与太阳，大地为树提供依托之地和各种养分，太阳为树的生长提供能量。韩少功在论及树的时候说道："几乎所有的树都是向日树，……我家林子里的很多梓树瘦弱细长，俨然有'骨感美'，其原因不是别的，是周围的树太拥挤，如果它们不拼命地拉长自己，最上端的树梢就抓不到阳光。"[2] 就像我们歌唱的"万物生长靠太阳"，植物生存的能量也主要来自太阳，太阳提供光和暖，这些都是植物成长的必需能量。所以，自然界中的植物对太阳的依赖是最基础的，也是成就整个地球生物链的根基。生态散文中的树木富有美感、多姿多彩，从树干到枝丫，再到叶子和花，树的每个部分都有自己独特的美感。冯杰在散文中写了一种悬铃木，详细描写了树的各个部分之美及最终的整体之美。他从叶子的美开始写起，一直写到果实、枝干，最终是整个外形，绚烂美丽而又挺拔高大的身姿呼之欲出，形成一道美丽的风景：

> 盛夏，一球悬铃木叶子是鹅掌般的形状，绝对能称得上一树划动的"绿鹅掌"。叶落后，就只剩下一颗颗毛茸茸的果实，悬挂在冬天的风

---

[1] 苇岸. 大地上的事情 [M]. 桂林：广西师范大学出版社，2014：24.
[2] 韩少功. 山南水北 [M]. 长沙：湖南文艺出版社，2013：45.

里，就是高悬的铜铃吧。醉铃。雪落在上面，悬铃便做了雪的空中驿站。戴着小小的雪帽子。……这种树庞大无比，似乎有多大的天空它就有多大的延伸力量，遮盖蓝天，能将一条银河里的星星都盖住。还能称得上玉树临风，最适合为城市吐绿遮阳。①

其次，树木被作家赋予种种文化内涵。树木在作家笔下也衍生出种种超越性的意味，这种超越性往往与一个民族的历史和文化传统有关，从而让树木成为一种文化象征。如杨文丰、韩少功、阿来笔下的树木大都超越了审美意义上的存在，而成为文化的象征和延续。杨文丰写到枸杞树的时候提到："最是秋天，杞园树树红，真是红得自有个性，像极了日出天边的那抹红……是渗了华夏土地精华和文化血脉，接地气，从厚实的土地深处缘茎枝不断升华，集腋了山水天地气候灵气精华的红，是最有质感、最有美药性格、可食可药的中国红！"② 先是描写了枸杞树美丽的颜色，然后赋予其文化内涵。枸杞本是一味食补同源的中药材，在他的散文中，却超越了食品和药材的价值，成为中国文化的象征，其色彩富有质感，其内涵接通中华文化血脉。韩少功写到梓树的时候说："梓树就沉稳和淳厚得多。……中国古人将木匠名为'梓匠'，将故乡名为'桑梓'，将印刷名为'付梓'，对这种梓树念念在怀，赋予它某种国粹身份和先驱地位，与它的不屈不挠和任劳任怨可能不无关系。"③ 从普通的梓树到"桑梓""付梓"，中国文化传统在其中流淌，梓树也在他的笔下活了起来，成为中国文化中生命力和顽强不息的代表。这就是生态散文开拓的精神空间——从大家习以为常的动植物生命中发掘出有关文化和精神的内涵，从而引发读者的文化共鸣，生产出文化价值。

在阿来笔下，树更多成为历史的见证与生命的守护者。他在嘉绒地区行走的时候看到一棵柏树，"院子门前，向着公路，孤独地立着一株巨大的柏树。这些河岸两边，过去，应该都是这种参天古柏的森林，中间夹杂着白桦与枫树。现在，却只剩下这株巨柏孤独地站立在骄阳下，团出了一小块厚重的阴凉"④。柏树在这里以幸存者的身份与生态体验者阿来发生了"共情"，阿来在柏树身上看到了历史，看到了生命的努力伸展，由此带给读者诗意的

---

① 冯杰. 北中原 [M]. 北京：作家出版社，2019：104，107.
② 杨文丰. 病盆景 [M]. 北京：西苑出版社，2017：161-162.
③ 韩少功. 山南水北 [M]. 长沙：湖南文艺出版社，2013：48.
④ 阿来. 大地的阶梯 [M]. 西安：陕西师范大学出版社，2019：61.

生态审美体验以及对现代化的反思。这些偶然幸存的柏树,"勾起人一点点对一个遥远的山清水秀时代若有若无的怀想,那是水流清澈的时代,那也是民间诗人们最后记载的时代"①。而如今,前现代的"桃花源"式的生活已经不存在,被现代化的经济、工业浪潮所席卷,这既是时代的必然,也是时代的悲哀。

再次,树木常和作家的内在情感世界结合,衍生出自己的人性特征。不同作家的精神世界往往大相径庭,在面对多种多样的树木时,作家从自己的精神世界和主观情感出发,赋予树木多种多样的人性内涵。例如,在韩少功笔下,葡萄、橘树等不同植物都具有自己的个性和特点,甚至能够跟大地、阳光、飞鸟、虫子配合,演出一出出剧目。他提到自己给葡萄树剪坏叶,结果,所有的葡萄叶子都落了,为什么呢?"我家的葡萄就是小姐身子丫鬟命,脾气大得很,心眼小得很。……肯定是我那一剪子惹恼了它,让它怒从心头起,恶向胆边生,来了个英勇地以死抗争。你小子剪什么剪?老娘躲不起,但死得起,不活了!"② 于是光秃秃的只剩下一截。韩少功所推测的不一定真,但葡萄在他的散文中就此鲜活起来,浮现出独特的性格。在他的笔下,各种树还常常产生跟人"对话"的潜质,比如他栽下的橘树,有几棵长势不好,农妇告诉他:"你要对它们多讲讲话么。你尤其不能分亲疏厚薄,要一碗水端平么——你对它们没有好脸色,它们就活得更没有劲头了。"③ 瓜果树木在韩少功的笔下活了起来,跟人一样具有意识,因此也有了关爱的需求、怀孕的害羞。所以,"山里的树木都具有超强的侦测能力,据说油菜结籽的时候,主人切不可轻言赞美猪油和茶油,否则油菜就会气得空壳率大增。楠竹冒笋的时候,主人也切不可轻言破篾编席一类竹艺,否则竹笋一害怕,就会呆死过去,即使已经冒出泥土,也会黑心烂根"④。这是万物有灵意识的分布和延伸,生态散文赋予树木以人性特征,从生态审美的角度提升了植物的价值层次,将其从一种提供生命所需的基础物种,变成了有自己个体意识的生命。

如果说韩少功笔下的树是带有自己个性的生命体,那么在苇岸的笔下,树则被赋予多重品性,是一代人的隐喻,是奉献、隐忍、博爱的象征。第一,树是生命延续的中转站,既从大地汲取养分,将生命延续,也向大地提供落叶,向麻雀提供场所,为生命做出贡献,像是无数代中国农民的象征。

---

① 阿来. 大地的阶梯 [M]. 西安:陕西师范大学出版社,2019:62.
②③④ 韩少功. 山南水北 [M]. 长沙:湖南文艺出版社,2013:47,50,51.

"在人类的身旁，落叶正悲壮的诀别它们的母亲。看着它们决绝的样子，我忽然想，树木养育了它们，仿佛就是为了重现此时大地上的勇士形象。"① 大地养育了树木，树木在秋季释放了落叶，那是它的孩子，回归大地，重新化为有机肥料，不但丰富大地的养分，而且滋养新的树木，这是一种生态系统的循环和奉献，因为生命的参与而具有丰富的人文意味。第二，树是默默无闻的奉献者，苇岸写到栗树的时候提到："栗树大都生在山里。……栗实成熟时，它们黄绿色的壳斗里便绽开缝隙，露出乌亮的栗核。如果没有人采集，栗树会和所有植物一样，将自己漂亮的孩子自行还给大地。"② 树木在苇岸笔下呈现出一种奉献及报恩的形象，被赋予生态伦理价值。

除了作为审美对象、文化象征、人品隐喻之外，有些树木在生态散文中也会成为反思的对象。杨文丰写盆景时对于把扭曲的树木盆景当作一种美就持批判态度，他写道："你认为盆景即便美，也是畸形美，是病盆景，犹同黛玉的病态美。所有自然物本来都是平等的，都有存在的理由，都不愿意畸形，都希望具天然美。"③ 而人们为了自己异化的欣赏心态，把好好的植物"施以绑扎，施以刀斧"，并且栽种在微型筒盆里面，让植物的根系伸展不开，从植物本身和其生长环境两个方面限制它，最终形成"病盆景"。这是被异化人类的病态审美观，杨文丰的散文对这种病态进行了剖析和批判，认为人们"爱美却制造病美"，这实际上不是美，是"丑"，由此引申到对于喜欢病盆景的人类的批判上，正是病态的精神导致病态的审美。

二、动物

生态散文中表现的动物多种多样，既有远离人类的野生动物，如远海的虎鲸、海豚，南极的企鹅、北极熊等，也有被人类保护，和人类存在一定关联的动物，如野生动物保护区和动物园中的动物，还有被人类驯服、成为人类饲养对象或者伙伴的动物，如狗、猫、羊、牛、猪、鸡等，这些生命与人类一样，都是生态系统中的有机体。这些生命与人类是共生关系，生态美学欣赏的就是各种生命的美及相互之间的交往关系，正是这些生命及互动建构了生态系统。因此，对于各种动物生命的探索和表现，对于生命之间关系的欣赏，成为生态散文的重要组成部分。王开岭认为："以人道眼光看待动物，不为别的，因为它也是一条命，也有神经和心跳，也知饥饱冷暖，也有生

---

①② 苇岸. 大地上的事情 [M]. 桂林：广西师范大学出版社，2014：11，18.
③ 杨文丰. 病盆景 [M]. 北京：西苑出版社，2017：4.

育、哺乳和母爱……若过分强调彼此异质和不可比，要么是双目失明，要么是人性撒谎。"① 生态散文描写了各种动物生命，探讨了它们存在的价值，呼唤各物种在生态系统共存的生命景观。

（一）野生动物

生态散文中描写表现的野生动物虽然不少，但大多是农村和城市常见的、跟人类存在交集的物种，比如麻雀、喜鹊、蜗牛、胡蜂、鸽子等。从生态散文的视角来描写野生动物，首先需要具备一定的生态学知识，只有这样，散文作者才能够认识这些动物在生态系统中的价值，从而用一种生态审美的视角来观察这些动物，表达这些动物之美。所以，生态学知识是生态审美生发的基础。比如芭布丝写到蜗牛和蛞蝓的时候，说："不论你多么痛恨蛞蝓和蜗牛，它们在花园里的作用是不容忽视的，它们保证了绿色空间的均衡和健康。……它们吃下动植物残骸和腐殖质，然后向土壤中排出养料。它们还会帮助植物传播种子和孢子。它们为蛙类、蟾类、鸟类和刺猬提供食物。"② 正是具备丰富的生态学知识，她才能从生态系统运转的角度来认识蛞蝓和蜗牛，认识到它们的生态学价值，并用生态的方式进行审美。生态散文的价值就在于从生态审美的视角出发来看待这些动物，描写它们，挖掘出它们的生态价值和审美价值。

1. 飞禽

随着工业化和城市化不断扩张，地球生态系统中的飞禽种类急剧减少。在《寂静的春天》中，卡森通过翔实的调查和科学的数据尖锐地指出，人类滥用农药的行为导致地区飞禽数量急剧减少，这是人类活动对自然产生不可逆转的影响的证据。中国生态散文虽然不如西方生态散文擅长用各种数据支撑起论点，但往往能在感悟式、体验式的写作中灵光乍现，获得有关飞禽与人类关系的实质。在中国生态散文中，对于飞禽的描写最多的是苇岸，其次，韩少功、李娟、张炜、杨文丰、冯杰都在散文中提到各种飞禽。

荒野的飞禽和乡村的飞禽常常不同，荒野的鸟类面对严酷的环境，其行动的首要准则就是生存。所以，荒野的飞禽更严肃、更冷酷，那是为生存战斗锻炼出来的气质，仿佛在告诉你荒芜地带生存的艰难，李娟在《冬牧场》里描写了自己见到的飞禽："在荒野的某处，总是突然传来稠密激动的鸟叫声……四面穷目，却看不到一只鸟。经常能看到的只有鹰隼之类体态硕大的

---

① 王开岭. 每个故乡都在消逝［M］. 太原：山西教育出版社，2013：14.
② 芭布丝. 我的花园、我的城市和我［M］. 沈黛，译. 北京：商务印书馆，2014：52.

猛禽，静静停踞沙丘高处，偏着头，以一只眼盯着你一步步靠近。待到足够近时，才扬起巨翅，猛然上升。"① 鸟处在荒野，生存是它们的第一本能，前面提到的密集叫声，是在没有发现人类的时候发出的；而随后提到的猛禽，在平原中就是王者，几乎没有天敌，所以对人类也并不害怕。荒野原本就属于它们，是人类的繁衍速度过快，不断地侵占它们的家园，才会让它们有了跟人类面对面的接触。而从没有跟人类打过交道的它们，自然是不怕人类的。理想的生态共处本应如此，每种生命都在自己的生态位上发挥作用，共同构成生态系统的均衡。

　　山林的飞禽更加自由、聒噪，它们生活在山林茂密的环境，危险较少，生活也有保障，并且见惯了山民，也不怕人，更不依赖人。所以，山林的飞禽在日升日落的时候丝毫不避讳地叽叽喳喳，用叫声为富有生命力的山林增添繁荣。"每天早上我都是醒在鸟声中。我躺在床上静听，大约可辨出七八种鸟。有一种鸟叫像冷笑。有一种鸟叫像凄嚎。还有一种鸟叫像小女子斗嘴，叽叽喳喳，鸡毛蒜皮，家长里短，似乎它们都把自己当做公主，把对手当做臭丫鬟。"② 山林的鸟跟人类不仅相处愉快，也会从生态系统争夺资源，对它们来说，农民种的菜跟山林长的草没什么区别，所以包括韩少功在内的山民饱受鸟多之苦。"因为鸟太多，我们的菜园一度陷入危机，几乎维持不下去。尤其初春之际，青菜鸟一来就密不可数，黑了一片天。我家豆角种了三道，还是留不下几粒种子和几棵苗。饥鸟狂食之下，菜园成了它们的公共食堂，残羹剩饭寥落无几。"③ 对于鸟来说，一切皆可食之物，它们还不能理解人类的主权和边界意识，它们只知道所有生长的东西都是属于自然的馈赠，是自己的食物。

　　而生活在平原的鸟类跟荒原、山林的飞禽又不同，荒野上的飞禽警觉、霸道，山林的鸟雀自由、聒噪，而平原上的鸟雀的生活环境，既不像荒野上一样寥无人烟，又不像山林一样到处都是躲藏的场所和提供食物的地方。平原鸟类相对来说生活富足一些，从各种树的果实，到草籽，再到农民喂鸡的饲料、种植的农作物，到处都可以找到食物，生活比较富足。它们生活在人类密度最大的田园，习惯了跟人类的相处，有时甚至跟人类构成了共生。比如燕子、麻雀、蝙蝠、布谷鸟等，燕子寄居在农户家，农户的屋檐为它们提供遮风避雨的场所；麻雀则是散养式寄生，既吃虫子，也抢农户家养鸡的饲

---

① 李娟. 冬牧场 [M]. 北京：新星出版社，2018：143.
②③ 韩少功. 山南水北 [M]. 长沙：湖南文艺出版社，2013：65，66.

料。麻雀、喜鹊、燕子等都是北方常见的飞禽，也经常出现在作家的笔下。苇岸在散文中多次提到麻雀，赋予麻雀丰富的生态意义。"在《大地上的事情》中，苇岸将麻雀看作鸟类中的平民，它们在人类的无视和伤害中顽强地繁衍不息。而更令作者怦然心动的是，麻雀以无畏的献身精神主动亲近莫测的人类，除此之外没有哪一种鸟愿意与人类建立如此密切的关系。"① 在苇岸笔下，麻雀已经超越了其生态学意义上的定位，成为具有作者精神特质的喻体，被赋予丰厚的人格韵味。苇岸对麻雀的叙说是在生态美学的视角下展开的，既具有生态学的知识和观察作为基础，又有美学、诗学的情感和想象作为依托，呈现出富有生态美学意味的生命意象。他写道：

> 麻雀在地面的时间比在树上的时间多。它们只是在吃足食物后，才飞到树上。它们将短硬的喙像北方农妇在缸沿砺刀那样，在枝上反复擦拭。麻雀蹲在枝上啼鸣，如孩子骑在父亲的肩上高声喊叫，这声音蕴含着依赖、信任、幸福和安全感。麻雀在树上就和孩子们在地上一样，它们的蹦跳就是孩子们的奔跑。而树木伸展的愿望，是给鸟儿送来一个个广场。②

这段叙说中，不但生动描写了麻雀的生活，比如在树上擦拭自己的喙，在树上蹦跳，而且还用比喻的手法把麻雀和树的关系比喻成孩子和父亲的关系，给读者以想象的契机，体认麻雀和树的亲密关系——就是孩子和父母的关系。不由得让读者联想到人们和大地的关系，也如同孩子和父母的关系一样。麻雀因此被赋予多层生态意味，它首先是鸟类，其次是跟人们、树木亲近的鸟类，最后，以它与树木的关系启发了人们去思考人类与大地的关系。

类似于这样的生态联想还有很多，比如麻雀的叫声和太阳之间的关系。"黎明，我常常被麻雀的叫声唤醒。日子久了，我发现它们总在日出前二十分钟开始啼叫。冬天日出较晚，它们叫得也晚；夏天日出早，它们叫得也早。"③ 这里，苇岸用细致的观察描绘麻雀的叫声，探讨叫声不同与日出早晚之间的关系，从生态学的视角出发，探究了其中蕴含的神秘意味，让读者不但有所感知，还仿佛看到了我们习以为常的麻雀的多重形象，提振对周围日

---

① 赵树勤，龙其林. 《瓦尔登湖》与中国当代生态散文 [J]. 湘潭大学学报（哲学社会科学版），2012（1）：92-97.

②③ 苇岸. 大地上的事情 [M]. 桂林：广西师范大学出版社，2014：5，7.

常生命的注视与重视。

　　除了提供与大地、时间的指涉关系外，麻雀在苇岸的散文中还提供了与亲情相关的指涉，增添了麻雀意象的多重含义。他写道："这是两只老雀，世界知道它们为它哺育了多少雏鸟。两只麻雀蹲在辉煌的阳光里，一副丰衣足食的样子。……它们的体态肥硕，羽毛蓬松，头缩进厚厚的脖颈里，就像冬天穿着羊皮袄的马车夫。"① 这段描写不得不让人想起农村的老人，尤其当现代化进程和城市化浪潮还没有席卷中国大地时，中国的老人晚年依附孩子，在冬天广袤的北方农村大地上，时常可见穿着厚厚棉袄的老人，蹲在墙角，晒着太阳，拉着家常，这跟老雀的形象一模一样。然而，随着城市化和现代化的进程，大量的青壮年农民进城务工或定居，北方农村要么荒废，要么变成空巢老人和留守儿童的居住地，再也难寻幸福的"老有所养"的景象，老雀般的幸福也难觅。

　　麻雀在苇岸笔下是多姿多态的，既是孩子对树木的依赖，也是时间过往的见证，还是老有所养的象征，其活泼，多变，还具有丰富的运动意识，是动物身体在田野中伸展的最佳代表，充满生命活力，常常在一瞬间让人体味到生命、运动、身体的意义。苇岸写到暴风雨中回巢的麻雀："闪电迸绽，雷霆轰鸣，分币大的雨点砸在地上，烟雾四起……就在这万物偃息的时刻，我看到一只衔虫的麻雀从远处飞回，雷雨没能拦住它，它的窝在雨幕后面的屋檐下。在它从空中降落飞进檐间的一瞬，它的姿态和蜂鸟在花丛前一样美丽。"② 麻雀的身影划过暴风雨，在苇岸笔下留下了富有张力的身影，如同高尔基笔下的海燕，成为带有抗争姿态的象征。

　　麻雀被苇岸的散文赋予多重品质，让其从一种容易被人忽视的鸟类，变成具有自己主体性的人类的伙伴，其之所以被苇岸反复书写，最主要的原因在于它是经常出现的和人类共生的野生飞禽。"麻雀与人的生活结合的这么紧密，凡是有人居住的地方便有它们。麻雀的鸣叫使我还意识到：同样存在着另一个世界，存在着另一种生活。它们有时飞到阳台上来晒太阳，这时我就会放弃手中的事情，注视它们。"③ 苇岸认为麻雀具有多重品质，平凡，普通，守诺言，亲近人类，活泼，见证时间，富有生命力，最关键的是，麻雀跟广大北方的普通农民一样，都是土地的孩子。"它们的肤色使我想到土地的颜色/它们的家族/一定同这土地一样古老/它们是留鸟/从出生起/便不愿

---

①②③　苇岸. 大地上的事情 [M]. 桂林：广西师范大学出版社，2014：9，10，226.

远离自己的村庄。"① 这个形象，正是苇岸最为推崇的跟大地相关的生命的形象，普通，平凡，富有生命力，忠于大地，见证时间，所以其在苇岸笔下一再出现也是情理之中了。而苇岸丝毫不掩盖自己对麻雀的喜爱和推崇，"国有国鸟，如果每个人都有一只鸟的话，即便是一千次，我也会选择麻雀。麻雀是我的灵魂之鸟"②。

麻雀最基本的意义是"普通，平凡"，而这正是广大中国北方普通农民的意象，再加上麻雀与北方平原的密切关系，它成了作家笔下出现最多的动物意象。冯杰把麻雀当作具备平民特点的鸟类，他写到中原乡村的麻雀形象："在北中原乡村灰瓦上，麻雀一排排布满，它们以自己的方言去环环相扣，形成另一种移动的灰瓦，它们以体温取暖，在缓缓涌动。……麻雀只是大地的一滴露水，在草隙间垂挂滴落。"③ 形象普通平凡，如同中原农村的乡民一样，在阳光下蹲在角落，吃饭或聊天，灰色的衣服，黄铜色的皮肤，厚实，凝重，构成了中原乡村的常见风景。麻雀因此获得了超越自身的象征意义，跟乡村的居民联系起来。苇岸也提到，"我把麻雀看做鸟类的'平民'，它们是鸟在世上的第一体现者。它们的淳朴和生气，散布在整个大地"④。麻雀是卑微的，也是平凡的，正是中国数千年来无数农民的形象。

喜鹊在作家的笔下也经常出现，跟麻雀不同，喜鹊由于神态优雅，喜登高枝，所以常被民间认为是吉祥鸟，其叫声"喳喳喳喳"，往往被认为是报喜盈门，在北方平原经常出现，尤其人类多的地方，喜鹊就多。杨文丰在写到喜鹊的时候，整段文字都洋溢着喜乐的气息：

> 在我见过的鸟巢中，最让我情感激荡、永远潜入生命记忆的还是那年冬末在河南，那中原大地上一棵棵白杨树上的鸟巢。这些《禽经》上所说的"仰鸣则晴，俯鸣则阴，人闻其声则喜"的民间吉祥鸟喜鹊之巢，真像一座又一座古老的乡间别墅啊！一个接一个，正隐隐约约、安详在茫茫原野高大耸立的白杨树上。这当儿，春天还在望中，白杨树尚未绽开绿叶。这一个又一个粗糙的球状鹊巢，在辽阔、空旷、沉静的天空下，在木叶尽脱硬而冷的枝杈间，竟是如此的沉静、安详，透露出喜鹊的形体和粗糙的鸣叫声那般的美丽，同时，还辐射着睥睨凡间一切的

---

①②④ 苇岸. 大地上的事情［M］. 桂林：广西师范大学出版社，2014：20，240，19.

③ 冯杰. 北中原［M］. 北京：作家出版社，2019：18.

神气，令我倍感崇敬和温暖。我以为，鹊巢，无论独巢、双巢，还是芳邻多巢，都是原野上灵动、尊贵的生命信号，是地球村，尤其是北方平原冬季令人无限神往的平静乃至祥和的最美丽、最迷人的风景。①

在杨文丰笔下，喜鹊的魅力并不只是体态和叫声，而是和民间传说、季节、环境有机融合在一起，带给读者一种"具身化感受"，从而对喜鹊从生态知识到主观情感上都有了更深一步的认识。

苇岸对飞禽的关注在所有生态散文作家中是最多的，在他的散文中，各种北方平原中常见的鸟都有出现，比如苇莺、啄木鸟、寒鸦，并分别对它们进行了描述，赋予它们文化色彩。他的散文以审美视角去观察世界、乡野，展现各种飞禽，并挖掘或赋予它们以美的象征价值。如写到苇莺的时候，苇岸写道："它们在鸣叫时，发出的是'呱、呱、叽'的声音。这种声音，通常使我想到一种曲艺艺人。……它们的命运，比莎士比亚的悲剧更能刺痛人心。"② 由叫声、生存联想到民间艺人和莎士比亚，不但将其审美化、文化化，而且鲜明表现出其自身特质。又比如，写到啄木鸟的时候，他写道："它们夏在山林，冬去平野。它们迅疾的、灵动的、优美的、波浪般起伏的飞行，使大地上到处都投下过它们漂泊的身影。"③ 前面是对"漂鸟"的解释及习性的介绍，到最后，"大地上到处都投下它们漂泊的身影"，一种流浪的文化艺人形象就呼之欲出，用审美的眼光去观照各种生命，必然会得出富有生命内涵的结果。又如，写到寒鸦时，他写道："它们像累累的果实，缀满了枝头，在冬天光裸的树上，非常醒目。"④ 这段文字如同一幅中国画，简单、生动、鲜明。

尽管飞禽给人们提供了有关共生的意义和价值，在有些利欲熏心的人眼中，飞禽并不是共生的生命，而是可以肆意猎取的对象，是食肉的来源，是可以赚钱的"物"。生态散文对这些捕猎野生飞禽赚钱的行为进行了描写，将人类的贪欲熏心和不知节制表现出来。冯杰写有捕鸟人在黄河滩猎取大雁，竟然采取了毁灭性的方法：

猎杀大雁只用另外两种：毒杀和捕杀。

---

① 杨文丰. 病盆景 [M]. 北京：西苑出版社，2017：146.
②③④ 苇岸. 大地上的事情 [M]. 桂林：广西师范大学出版社，2014：47，49，52.

>   毒杀是用一种叫呋喃丹的剧毒农药，此药毒性强，我老舅说过，在树下埋下少许"呋喃丹"，树上十年都不会生虫。可见毒性之烈。
>   村民将小麦、玉米拌上农药，洒在大雁栖息路过的黄河沙洲上。他们早上下药，下午便可去捡拾。
>   比起火铳，毒药更是毁灭性的打击。火铳只是部分击伤，而下药则是大小老幼都可药死。还有一种是将粮食拌上"呋喃丹"和火碱，大雁吃下后喉咙发渴，焦躁的要找水源拼命喝水，最后大多脖子被烧烂，死在河沿。①

这段文字细致地描写了捕鸟人的残忍，让读者读了悚然而惊。捕鸟人为了获得更好的"收成"，很多时候用的是毒药，于是，大雁大批死去，甚至浮尸河面。"2007年12月冬至来临前，在黄河长垣段，有一次毒杀大雁的行为，几天后，黄河里飘满数百只被药死的大雁，浩浩荡荡，随水漂流，为浑浊的黄河增加了厚度。"② 这是大雁生命的哀歌，是贪欲熏心的人类没有生态底线的行为，其目的也仅仅是用一只大雁所能换取的二三十元钱。生态散文对这样的令人气愤的行为做了描写，让读者充分感受到被贪婪蒙蔽心灵的捕鸟人的残忍，感受到大雁的痛苦，为产生、传播生态意识做了铺垫。

2. 蚂蚁和胡蜂

真正的生态作家总会关注一切生命，包括微小的，甚至弱势的生命。梭罗描写了大大小小数十种动物："在瓦尔登湖畔，梭罗观察飞鸟、野兽，自然界邻居们令他痴迷不已。梭罗发现，自然界的一切生命同人类一样，有着自己的尊严、价值和伦理，它们同样有喜怒哀乐。在他看来，动物与人类一样具有纯真和智慧的品性。"③ 中国的生态作家也细心观察周围的一切生物，大到骆驼、牛马，小到蚂蚁、蜜蜂，从这些物种身上发现生命的价值和对人类的启迪。

蚂蚁是地球各地都能见到的动物，弱小，群居，然而又有极强的适应力。它们在生态散文中经常出现，被赋予各种文化象征意味。如苇岸写到蚂蚁时就关注到其坚忍不拔的品性。他写到蚂蚁衔着蚜虫的尸体，被打劫后，"它并不惊慌逃走。它四下寻着它的猎物，两只触角不懈地探测。它放了

---

①② 冯杰. 北中原[M]. 北京：作家出版社，2019：371，372.
③ 赵树勤，龙其林.《瓦尔登湖》与中国当代生态散文[J]. 湘潭大学学报（哲学社会科学版），2012（1）：92-97.

土块,放过了石子和瓦砾,当它触及那只蚜虫时,便再次衔起。仿佛什么事情也未发生,它继续去完成自己庄重的生命"①。在这段描写中,蚂蚁超越了一个自然弱小的生命的表现,被生态作家赋予坚忍不拔的品性,拥有自己的使命感,百折不挠。刘亮程笔下的蚂蚁也具有相同的品性,他写到家里有两窝蚂蚁,小蚂蚁整整齐齐,大蚂蚁却到处乱跑,因此,他决定把大黄蚂蚁驱逐出境,于是设了一个陷阱,把大黄蚂蚁引到远远的地方,在"李家墙根",并且在它们的归途中挖了一个深深的坑,"下边宽上边窄,蚂蚁爬不了多高就掉下去",他以为他已经成功。可是,过了一个晚上,"从李家墙根开始,一条细细的、踩得光光的蚂蚁路,穿过了大土坑,通到了我挖的沟槽边,沿沟边向北伸了一米多,到没沟的地方,又从对面折回来,再穿过草滩、绕过柴垛和林带,一直通到我们家墙根的蚂蚁洞口"②。那窝蚂蚁最终还是回来了。蚂蚁本是弱小的动物,翻越一个深坑无异于人类爬上珠穆朗玛峰,但是蚂蚁也不愿意搬迁新家,而是选择了历尽千辛万苦回来,这带给读者一种有关决心、坚韧、家园的启示。

　　杨文丰擅长用生态学的知识去观察动物,获取启示,写作带有科普味道的散文。比如他总结蚂蚁的生存哲学的时候指出,蚂蚁有四部哲学,"第一部叫永不放弃,第二部是未雨绸缪,第三部为期待满怀,最后一部则是竭尽全力"③。把蚂蚁的生存上升到哲学的高度。此外,他还结合生态学的知识,从蚂蚁饲养作物、蚜虫,借助太阳定位,抱团自救等多个方面对蚂蚁进行了描写,把蚂蚁的生态学习性和社会学属性说得非常清楚,成为科学生态散文的典范。

　　除了蚂蚁,胡蜂也成为散文家关注的对象。在《我的邻居胡蜂》中,苇岸记载自己与胡蜂之间的动人故事。当胡蜂将巢筑在作家的书房窗外时,它们受到了苇岸诚挚的欢迎,被当作远方的客人对待。为了避免自己打扰胡蜂正常的生活,苇岸特意将靠近蜂巢的窗户彻底封上,而在已经来临的夏季里只开另一扇窗。虽然这会给作家带来诸多不便,但苇岸非但不觉麻烦还非常感激它们。苇岸详细观察了胡蜂的一生,他写道:"它们的巢在渐渐扩大,工地上的建设者不断增加。它们将生命中的两件大事非凡地结合起来,建设与繁殖和谐地同步推进。它们每建成一个巢间,即注进一卵。幼蜂破巢而出

---

① 苇岸. 大地上的事情 [M]. 桂林:广西师范大学出版社,2014:19.
② 刘亮程. 一个人的村庄 [M]. 杭州:浙江文艺出版社,2013:188.
③ 杨文丰. 病盆景 [M]. 北京:西苑出版社,2017:193.

后，立刻便会投入工作，为新的生命继续诞生加紧建设。"① 苇岸的写作总是充满生态伦理的感悟，在观察胡蜂一生的过程中，他发现了奉献和牺牲的美德，尤其"幼蜂破巢而出后，立刻便会投入工作中"，这跟复杂的人类行为形成了鲜明的对比。同样，就像雁过留痕一样，胡蜂短暂的一生过去后，也留下了不少痕迹。"它们为我留下的巢，像一只籽粒脱尽的向日葵盘或一顶农民的褪色草帽，端庄地高悬在那里。在此，我想借用一位来访的诗人的话说：这是我的家徽，是神对我的奖励。"② 观察胡蜂，体悟胡蜂，最终，苇岸用胡蜂留下的巢见证了胡蜂的一生及其价值。

从蚂蚁到胡蜂，生态作家观察这些平时不被注意的小动物，甚至与它们互动，通过交往去观察和思考，这是一种生态的共处方式。生态散文描写这些小动物，从中获取有关生命或伦理的启示，表达出超越生命和种族的生存价值。

3. 老鼠

在不同作家的散文中，总是能看到对老鼠的描写，有时是偷天大盗，有时却是可爱的生灵。但无论是哪种角色，生态散文中的老鼠并非人们习以为常的"四害"，反而是生态系统中普通的一分子，是组成生态系统的一部分，体现了生态散文的独特审美视角。

在李娟的《冬牧场》里，野鼠甚至具有一种神秘的美感："野鼠的路往往从自己的洞口开始，小心地穿插在白雪黄沙间，弯弯曲曲通向世界上最神秘的地方。……更常见的情形是，一串小脚印从一个洞口拐弯抹角地延伸到另一个洞口，难道野鼠们也会串门子？"③ 老鼠在这里被拟人化，变成了颇有灵性的生灵，有住房，有朋友，有热热闹闹的社交。这就是生态散文的出色之处，当把真情贯注到观察的对象时，对象就具有特殊的美。

在刘亮程的笔下，老鼠成为一种为了集体具有奉献精神的物种，在他的笔下，老鼠这个物种具有明确的分工，有的负责指挥，有的负责警戒，有的负责搬运，有的负责储存，有的负责剥壳，而有些老鼠，则负责充当运送工具。他写道："我曾在麦地中看见一只当搬运工具的小老鼠，它仰面朝天躺在地上，四肢紧抱着几支麦穗，另一只大老鼠用嘴咬住它的尾巴，当车一样拉着它走。……以前我在地头见过好几只脊背上没毛的死老鼠，我还以为是

---

①② 苇岸. 大地上的事情[M]. 桂林：广西师范大学出版社，2014：149，154.
③ 李娟. 冬牧场[M]. 北京：新星出版社，2018：142.

它们相互厮打致死的，现在明白了。"① 在他的笔下，这些老鼠变成了为了群体牺牲自我的典型，联想到人们为了蝇头小利大打出手，这样的老鼠形象让人油然而生一种敬佩之情。

他不但从形象上颠覆了人们对老鼠形象的认知，还从群体生存上为老鼠的存在开辟了另一种视角。他写道："我们未开垦时，这片长满苦豆和艾蒿的荒地上到处是鼠洞，老鼠靠草籽和草秆为生，过着富足安逸的生活。……这些没草籽可食的老鼠，只有靠麦粒为生。被我们视为细粮的坚硬麦粒，不知合不合老鼠的口味。老鼠吃着它胃舒不舒服。"② 短短的一段话，不但超越了人类中心主义的角度，批判了人们开拓荒地对其他物种的侵掠，而且还站在其他生命的角度去考虑，体现了鲜明的生态伦理原则，这是主体交互的思考方式，从群体交往的角度为生态系统中的其他物种的福祉考虑。

4. 青蛙和斗鱼

青蛙是农村常见的小动物，尤其在夏天，每逢夜晚，呱呱的叫声就响彻天空，这种生灵在生态散文中也常常出现，被赋予丰富的生态审美价值。在韩少功的《山南水北》中，写到了一个"智蛙"群体，这个群体住在一口水塘里，平时叫得相当欢畅，"每天晚上……发出节拍整齐和震耳欲聋的青蛙号子，一声声锲而不舍地夯击着满天星斗。星斗颤栗着和闪烁着，一寸寸向西天倾滑，直到天明前的寒星寥落"。其景其情给人一种震撼的感觉，这是乡村的生命狂欢。然而，"有时候，青蛙们突然噤声，像全钻到地底下去了"，为什么呢？因为有一个专门捕捉青蛙的人路过，奇怪的是，"青蛙居然从脚步声中辨出了宿敌的存在，居然迅速互通信息然后作出了紧急反应，各自潜伏一声不吭"。③ 这是生命的本能反应，是对人类的启示，不要以为万物愚蠢，只有人类聪明，每种生物都有自己的生存本能。

斗鱼又叫"彭加虎"，原本是中国南方农村常见的鱼类，其特点是它的鱼卵在水中形成蘑菇状的气团，如果顺着这个气团摸下去，一准抓到斗鱼。斗鱼生命力极强，但是对水体纯净度要求比较高，这种鱼过去在乡村水体多见，现在则愈来愈少。杨文丰探究了其日渐减少的原因，首先因为它是美的。"首先，是雄鱼的体纹，更体现美的秩序，美纹非常之斑斓，色彩也更强烈鲜亮，这是雄性激素所致。……而斑马状的条形体纹，微泛生命光泽的

---

①② 刘亮程. 一个人的村庄 [M]. 杭州：浙江文艺出版社，2013：50，52.
③ 韩少功. 山南水北 [M]. 长沙：湖南文艺出版社，2013：19-20.

鳞光，宛若乡村的明净朝霞，还带勿忘我梦幻似的冷峻的蓝，深厚而含蓄。"① 这是一种非常漂亮的鱼，因此受到人们的追捧，成为广受欢迎的观赏鱼，捕捞之后可以卖钱，导致其数量逐渐减少。其次，让斗鱼在乡村水体不再出现的原因是环境恶化，这是发生在最近三四十年的事情，正是中国加速现代化、城市化的进程。"在过去那并不算长的时光河流中，生态环境江河日下，竟对要求如此之地的小小的斗鱼，也不能实行'丛林法则'！这仅是广施农药导致环境恶化吗？"② 但是，真正让斗鱼在自然中逐渐消失的原因，背后都有人类的影子、人类的审美、人类的行为。

（二）圈养动物

在人类的历史进程中，尤其是在漫长的农业文明时代，各种各样的圈养动物成为陪伴人们的主要物种，鸡鸭鹅提供蛋和肉，猪主要给人们提供肉，牛羊提供肉、奶、皮，马是交通工具，骆驼是"沙漠之舟"，给人们运送货物。在广袤的大地上，各种各样的圈养动物与家宅一起，成为农牧民生存的基础。

平原上的动物跟人们共同居住在院子里，人们的行动是它们存在的基础，它们参与人们的生活，与建筑、家人、花草等共同建构了家宅。就像刘亮程所写："我的生活容下了一头驴，一条狗，一群杂花土鸡，几只咩咩叫的长胡子山羊，还有我漂亮可爱的妻子女儿。我们围起一个大院子、一个家，这个家里还会有更多生命来临：树上鸟、檐下燕子、冬夜悄然来访的野兔。"③ 这段文字生动地把乡下人和各种圈养动物的关系描写出来，人养育它们，给它们提供食物和空间，它们也"养育"了人们，给人们提供各种食物，同时还有各种声音、外形、活动构成的感知觉场，而这些，与家宅一起构成了完整的身体——身体是靠地方建构起来的。

草原上的动物是跟人们分开居住的，人住帐篷，动物住羊圈、牛棚。草原上的圈养动物很少单独放牧，都是几种搭配，一起放牧。这其中，数量最多的是羊，分为绵羊和山羊，然后是牛，再然后是马，最少的一般是骆驼。这些动物虽然一起放牧，但和而不同，往往很难安静地待在一起，就算是转场，也各有特点，充满生命躁动的气息。"在所有牲畜中，牛的眼神最好。转场途中，深夜降临之后，马安静的磨着牙，嚼着夜草；羊在黑暗中睁着眼

---

①② 杨文丰. 病盆景[M]. 北京：西苑出版社，2017：15，21.
③ 刘亮程. 一个人的村庄[M]. 杭州：浙江文艺出版社，2013：11.

睛，等待天亮；骆驼也静卧如山。只有牛，一只接一只开始鬼鬼祟祟的行动了。"① 牧民带着这些动物去放牧，就像带了一个混合兵团。在草原上，人的生存跟牛羊紧密相关，而牛羊骆驼又需要草，草是大地长出来的，人因此跟大地联系在一起。草原上的动物跟人类的联系更为密切，平原上的人们主要依靠土地而活着，动物是辅助生存资料，但不是必需的。但在草原上，人们的生存主要依靠牛羊。因此，牧民和各种圈养动物之间的关系更加密切，他们像照料亲人一样照顾动物，而动物对于人类也更依赖。虽然最终牧民要宰杀或者卖掉圈养的动物，但在这个过程中，他们相互依存，共同构成了奇特的、亲密的生存共同体。

羊是牧民的主要收入来源，是主要的经济动物，其他放牧的动物，比如牛、马、骆驼，各有所用，牛除了宰杀吃肉外，最主要的作用就是提供鲜牛奶，马主要是代步用的，骆驼就是移动的汽车，是用来运东西的。对牧民来说，每一种圈养的动物都发挥各自的作用，如同每一种生命在生态系统中都有自己的作用和价值一样。

1. 牛羊

牧民和牛羊之间的关系是亲密的。牛羊虽然是经济动物，但对牧民来说远远超越了商品的价值。在放牧期间，他们用心照料每一头牛、每一头羊，这超越了工厂制造器具的利用意义，而是伙伴间的照料，是共同生活。尤其是在冬牧场，严酷的环境让牧民和牛羊相互依存，人类为牛羊提供吃食，提供住处——盖牛圈、羊圈。而牛羊为牧民提供了饮食、住宿、穿戴等各种物品，从某种意义上说，牛羊奉献了自己的一切，为牧民提供了各种各样的保障，并且它们被卖掉后赚的钱还为人类提供生活来源。

牛羊浑身都是宝，牛羊肉可以用来吃，羊毛可以卖，羊皮可以做衣服，就连羊粪、牛粪也有自己的价值：羊粪可以用来做建筑材料，牛粪可以做燃料。在写到羊粪的时候，李娟写道：

> 连我们的睡榻也是用粪块砌起的，我们根本就生活在羊粪堆里嘛。"生活在羊粪堆"——听起来很难受，事实上羊粪实在是个好东西。它不但是我们在沙漠中唯一的建筑材料，更是难以替代的建筑材料——在寒冷漫长的冬天里，再没有什么能像动物粪便那样，神奇地、源源不断

---

① 李娟. 冬牧场［M］. 北京：新星出版社，2018：133.

地散发热量。最深刻的体会是在那些赶羊入圈的夜里,北风呼啸,冻的眼睛都快睁不开了,脸像被揍过一拳似的疼。但一靠近羊圈厚厚的羊粪墙,和平的暖意围裹上来。"①

羊粪虽然是羊的排泄物,但在寒冷严酷的环境里,却派上了大用场,给人和羊都带来了温暖,这说明生态系统的产物根本没有废物,一切皆有用,一切都可以纳入循环。不像人类制造物,尤其是塑料制品,一旦进入生态系统,不但不能产生作用,而且还阻碍、破坏了自然生态循环。对于羊来说,从头到尾都奉献给人类,从羊肉、羊毛、羊皮,到羊粪,都被人们充分利用起来。牛粪不能做建筑材料,只能做燃料。牛和人都要靠羊粪来阻挡风寒。"不但人的房子是羊粪屋,牛也借了羊的光,牛棚也是羊粪砌的。冬天里,牛粪就排不上啥用场了。谁叫牛粪那么湿,冬天里总是冻得邦邦硬。直到搬到温暖干燥的春牧场,牛粪才能代替羊粪蛋,成为我们春天里的燃料。"② 在这里,不同生命和谐共生,羊粪在冬牧场用,牛粪在春牧场用,一个用来砌墙,一个用来做燃料,而把这一切联系在一起的,就是人类。

牧民照顾牛羊,但是也宰杀、售卖牛羊,这是生存的需要。牧民的身份决定了他们要过一种四处迁徙的游牧生活,放牧是他们的工作,他们的一切都依靠放牧而获得。所以,烹羊宰牛也是他们生活的一部分,牧民杀羊吃肉,就像农民磨碎了小麦获得面粉一样。然而,尽管宰羊是使自己生存得以延续的一部分,牧民依然在漫长的游牧过程中坚守着针对生命的仪式,这代表对于生命的体认和敬畏。在准备宰羊的时候,羊群往往就已经有所预料,更加惊恐,这是生命的灵性。然而,它又无法摆脱被放牧、宰杀的命运,人类饲养牛羊,依靠牛羊,宰杀牛羊,仿佛雪山化水,滋润万物一样自然。宰羊前,羊就开始骚乱,"羊群显得比平时更加惊恐、警惕,好像看出了这次不像是被抓去抹'灭蚤灵'那么简单。那个倒霉蛋都已经就擒了仍不肯消停,上蹿下跳,叫得撕心裂肺"③。生存是生命的本能,小到蚂蚁,大到大象、鲸鱼,基本都为了活下去而努力。对于牛羊来说,尽管被宰杀是它们难逃的宿命,但当命运降临,挣扎依然是必然的,是生命对待命运的抗争。不过,再怎么抗争也无法逃脱这个命运,这只羊最终还是被宰杀,"居麻掰开羊的嘴,提着壶往它嘴里灌了一口水。他解释说,这只羊今天还没有'吃

---

①②③ 李娟. 冬牧场 [M]. 北京:新星出版社,2018:28,28,51.

饭'呢"①。这是牧民对于羊的最后尊重,是对于生命逝去的悼念。

对于羊来说,夺去它生命的人,正是养育了它的人。"宰杀它的人,曾亲手把它从春牧场的胎盘旁拾起,小心装进准备已久的温暖的毡袋,再小心系在马鞍后带回家……宰杀它的人,曾漫山遍野带着它四处寻找最茂盛多汁的青草,当它迷路时,冒着雨把它找回……这些羊都记得吗?"② 牧民曾经尽心照顾它们,和它们亲密无间,而最终的宰杀并不是贪图屠杀的快乐,而是生存所需,是生命传统的延续。所以,李娟说:"大约生命的事情就是这样的吧:终究各归其途,只要安心就好。"③ 就像宰羊之前说的那句话"你不因有罪而死,我们不为挨饿而生",这是生命的延续和流淌,是彼此之间的成全。当羊被宰杀后,因为仪式的"通灵"感,牧人与羊的遗留物相处在一起,并没有恐怖的场面出现,反而如同生命流转一样自然。"羊肉、羊骨头、羊下水全处理完毕,只剩三个羊头随意扔在床榻一角。……我一边讲话,一边无意识地抚摸它们额发光洁的脑门,却没一点'这是尸体'的意识。高兴的时候,还会揪着它们的耳朵提起来,冲它大声说:'你现在还好吗?'"④ 这是对生命的问候,在这句问候声中,宰杀的事情因为生命之间的联系而淡化。羊虽然死了,但它的生命却依靠着穿在牧人身上的皮、留在牧人胃里的肉、放在床头的头骨活了下来,生命以另一种形式转换,融入大自然的生态循环中。

对于牧人来说,羊首先是维持生存的基础,其次是需要照料的家人,就像孩子一样,病了、生娃了,都需要牧人无微不至的关怀。从生到死,羊的一生都跟牧人一起度过。不管是外伤,还是感冒,都需要牧人静心观察,细心照顾。在牧人的照料下,尽量确保每一只羊都健健康康的,然后进入生命的循环。从共情角度来看,羊的一生是悲哀的,被养,被赶来赶去,被宰杀。然而,对于牧民来说,这是他们的生活方式,这也是在信息社会、后工业社会越来越稀少的一种生活方式了。当下的畜牧业逐渐现代化,很少有人再去过传统的游牧生活了。我们发现过去的生活方式正在被现代化所泯灭,人们过得更"舒服"了,因此也更"脆弱"了。在现代化的环境里,人们不怕寒冷,拥有更好的生存条件,然而,放羊的辛苦、四季的考验,也都没有了,牧民再也不能在放牧中体味自然的客观、伟大,也无法用身体去体验生命的脆弱。那些曾经生活在自然牧场里的羊,在四处游走中过完了一生,

---

①②③④ 李娟. 冬牧场 [M]. 北京:新星出版社,2018:51,52,52,54.

这才是完美的一生，跟随四季变换，目睹春夏秋冬，它们的生命完美契合进自然中。"羊的命运如此圆满的嵌合在眼前的自然中——羊多像植物啊，在春天里生发，夏天里繁茂，在秋天留下种子，又以整个冬天收藏着这枚种子，孕育、等待……"① 而现代化的养羊业却把羊关起来，大部分都是机器化的，在一个没有四时忧患的圈养地中，给羊吃买来的饲料，用现代化的方式喂养羊群。

羊是悲哀而温顺的，富于奉献精神，用自己的生命维系着固有的平衡。"它们没有被赋予捍护自己的能力，它们惟有的自卫方式便是温驯与躲避。它们被置于造物序列的最低一级，命定与舍身连在一起。"② 苇岸的散文总是充满了诗性和神性，与李娟的非虚构呈现截然不同的风格。无论如何，羊作为经济、食用动物，的确在生态系统及人类生存中扮演重要角色，其自身的特性与象征意义也被生态散文充分发掘，让读者能够用生态伦理去观照它们。

在一般人的印象中，牛是温顺忠厚的，然而，对于牧民来说，牛在忠厚的外表下还隐藏着自己的心思。在冬牧场里，李娟的主要职责就是放牛、赶牛，但是牛不听话的居多，而且还比羊聪明，羊如同普通人一样，沉默而麻木地过完一生，被放牧，被圈养，被宰杀。牛却相对聪明，知道判断主人的意图，时不时反抗一下。"姜是老的辣，牛是老的贼。当我举起棍子追打时，大牛会先瞟一眼我的棍子，根据其粗细来判断是否需要反抗。而小牛不管三七二十一，梗着脖子斗争到底，并且无论输赢都统统当成是自己的胜利。"③ 所以赶牛的过程中充满了战斗，既有僵持，也有对抗。当母牛产子后，斗争就加剧了，因为产了子的母牛有牛奶，而这是牧民在冬天生活的重要食品，所以每天只允许小牛跟母牛相处 10 分钟吃奶，大部分时间，母牛的奶首先要供牧人食用，"一相聚就得被牧人上绑，由着嫂子和萨伊娜挤牛奶。嫂子挤之前先牵来小牛吮几口。再系住小牛，当着小牛的面开始挤奶。挤完后才放开小牛，让它啜饮最后的几口"④。这里构成了一个凄惨的共生关系，小牛需要牛奶，而牧人也需要牛奶，在这种情况下，生命的等级制就体现出来，先供等级高的生命享用，然后等级低的生命再享用。当然，人类作为等级高的生命，一定会留一点给小牛，因为这是生命延续下的基本条件。这种分配在各种生物中大概只有人类才能做得出来，在弱肉强食的规则上加上种族延

---

①③④ 李娟. 冬牧场 [M]. 北京：新星出版社，2018：75.
② 苇岸. 大地上的事情 [M]. 桂林：广西师范大学出版社，2014：54.

续的最高目标,是纯粹生存法则的改良,所以地球生态系统的改善最终一定需要人类的介入,否则即便生命都恢复,也是纯粹的荒野。

人类很容易在共生动物的生存中获得生存的意义。比如《冬牧场》里有关母牛和小牛的关系的变化,就给读者提供了一节富有启发意义的课程。母牛产子后,每天一定最先放弃吃草,急急回家,生怕自己的孩子亏了一口奶。小牛也会急急迎上去,母慈子孝。"傍晚,牛群里最先掉头回家的一定是身为母亲的奶牛。它们一动身,其他牛也只好告别枯草,陆续跟上。离家越近,牛妈妈们越是激动不已。到了最后的几百米,它们干脆跑了起来,边跑边大声呼唤。小牛也在另一个方向焦急地回应,向着各自的妈妈笔直冲去……"① 母子相见,这种欢喜全世界不可比拟。"远远的一看到牛宝宝,欢喜得——欢喜得全世间再也没有比这更欢喜的事情了!牛为什么不能站立呢?牛为什么没有双臂呢?如果可以的话,奶牛母子所展示的拥抱将是这世界上最热烈最深情的拥抱!"② 即便写到小牛断奶后,大小牛隔绝分开来放牧,小牛很快就习惯了,而一到晚上,母牛依然记挂自己的孩子,母亲的本能发挥着强大的作用。"看起来小牛很轻易地就习惯了没有妈妈这件事,可妈妈们却很难习惯没有宝宝……一到黄昏,它们仍然第一个急急忙忙往家赶。望见我们的沙窝子时,仍然焦急地呼唤不休。……很久很久以后,甚至它们也忘记小牛了,仍深深记得早早回家这件事。"③ 虽然孩子断奶了,但是挂念孩子成为母亲的本能,即便孩子长期不回家,母亲依然记得早早回家,仿佛孩子一直在等待她喂奶一样。然而,分开以后的小牛很快就忘记了妈妈。"一个月后,……正等待挤奶的黑白花奶牛不知怎么的,突然一眼认出了自己的宝宝。像突然想起了一切似的,不顾一切奔过去闻它,舔它。但小牛却无动于衷,已经不认得妈妈了。"④ 成长和离开家似乎是生命的必然,对于动物来说,离开父母,忘记父母,是生存的开始。但是这种过程对于人类来说是残酷的,即便自然环境给其他生命以生存的残酷真谛,人类却依然舐犊情深,从孩子出生到孩子成长及成家,始终尽自己所能来养育、帮助。事实上,从自然界的父母和孩子的关系,人类应该得到启示。

来自生命的赐予是最珍贵的,羊提供羊肉、羊皮,提供金钱,牛提供牛奶、牛肉,还提供牛皮制作各种器具,这是其他生命对于人类的贡献,人类以放牧来完成这种共建,一起参与的还有牧草、大地。一些简单的事物,比

---

①②③④ 李娟. 冬牧场[M]. 北京:新星出版社,2018:197,198,199,199.

如牛皮绳,是诸种生态因素共同的因缘际会。比如牧场用的最结实的绳子是牛皮绳,它可以用两年,但它的制作过程却要将近一年。"夏天宰牛后,剥下牛皮晾干。用小刀将硬邦邦的一大块牛皮一圈一圈地割成寸把宽的长条,连起来约几十米长。……牧人便把这条长长硬硬的皮条拴在马鞍后,整天拖着它到处走。这也是为了揉皮子,让大地去锻打它,使之渐渐薄软。"① 牛皮绳的成就缘自牧人、牛、马和大地共同的锻造,这是浸润了众生的一根绳子,其上是劳作的身体痕迹和大地的锻打印记,是在马儿奔跑过程中与沙地、荒草、雪地亲密接触、摩擦的成果,是生态众生的赐予,因此是所有绳子里面最结实的,它被众生成就,又以优异质量反馈众生。

田野的牛跟草原的牛不同,田野的牛是跟农民、耕田相关联的,它们没有草原、星空、同伴,因此更加忠厚老实。韩少功写道:"我还得深深感谢那些牛——在农业机械化实现以前,它们一直承受着人类粮食生产中最沉重的一分辛劳,在泥水里累的四肢颤抖,口吐白沫,目光凄凉,但仍在鞭影飞舞之下埋头拉犁向前。"② 农村的牛不像荒野的牛一样有着广阔天地,调皮捣蛋,它们在乡村只有牛棚和耕田两个地方,所以是淳朴无言的,一辈子都在为主人服务,当老了后,还会被宰杀,从干体力活到最后贡献出血肉内脏,农村的牛的一生都奉献给农民,而这种品性恰好是中国农民的象征和缩影。通过对牛羊的描写,生态散文挖掘其他物种存在的价值,为人类的生存提供了参考和启发。

2. 马

马是大型哺乳类偶蹄动物,也是新疆、西北等沙漠、草原常见的动物。其中,马常常作为人类的坐骑,跟人类关系比较亲密。在长达几千年的历史中,马始终是人们出行的首选,从草原到平原,从水乡到草地,可以说凡是有人类的地方就有马匹。马忠诚、沉默、雄俊,带有一种独特的风格和品性。

马是人们的坐骑,也是乘客的伙伴。在中国历史上,马匹是战争、朋友、可靠的象征,是牧民血液里的文化基因。尤其在草原上,马的地位更加重要。徐兆寿在文章中写了他去寻找汗血马的过程:"辽阔的昭苏,是一个天然的马场。到处都是一望无际的草原、油菜花,……白云之下,山峦之上,总有一匹马在悠闲地吃草、瞭望、呼吸、思想。每一次,我都不由自主

---

① 李娟. 冬牧场 [M]. 北京:新星出版社,2018:270.
② 韩少功. 山南水北 [M]. 长沙:湖南文艺出版社,2013:125.

地问，这是汗血马吗？"① 他追寻的汗血马不仅仅是一个品种，更代表了马中的英雄，是自由、勇敢、能力的象征，契合了徐兆寿的想象。最终，他在马场上看到了汗血马，"我站在那匹枣红马前，看见它一双明亮的眸子在看着我。它一动不动地盯着我，仿佛在向我诉说着什么。我被击中了。我从来没有如此亲近的看一匹马"②。这就是汗血马，从文化期待到现场接触，徐兆寿被这匹马所触动，情动之下，产生了切身性感受。"一刹那间，我真的有一种与它像是失散多年的兄弟般的感情涌出。我从来没有对哪一种动物产生过如此的情愫。……我是来寻根的。"③ 马与人之间产生了共鸣，共鸣的基础是文化、地方、历史。

3. 鸡鸭鹅

说起鸡鸭鹅，有过农村经历的大都会心一笑。这是乡村最常见的家禽，吃东西杂，饲养方便，能够提供鸡蛋、鸭蛋、鹅蛋。而且具有多种用途，既可以早起叫床，又可以看家护院，还能够宰杀吃肉，虽然小，可谓多能，所以自古以来就是中国乡村常见的家禽。它们在中国文学史上也占有重要地位，凡是和田园相关的诗歌，都少不了对于鸡鸭鹅的描述。从骆宾王脍炙人口的"鹅鹅鹅，曲项向天歌。白毛浮绿水，红掌拨清波"，到"竹外桃花三两枝，春江水暖鸭先知"，再到陶渊明的名句"犬吠深巷中，鸡鸣桑树颠"，这几种家禽陪伴了整个中国乡村数千年，也在中国文化中留下了无数传说。在生态散文中，鸡鸭鹅也是不可或缺的小动物，是组成乡村生态的必备物种。

鸡在韩少功的笔下不再只是作为叫床服务动物，也不是作为食用动物的存在，而是如同朋友一样，具有自己的主体性。这种主体性是建立在以一种尊重的视角去看待其他生命的基础上，当把其他生命从实用的角度抽离，用生态的视角去观看、对待的时候，就会获得一种生生与共的心理场，明白生态系统的本质是多样化生命的共存。不管这种生命多么渺小、多么卑微，在生命意义上都是平等的，都值得被认真对待。从韩少功的角度来看，这只鸡在配种、叫醒之外，还具有自己的特点和生存观。韩少功写到家里一只叛逃的鸡："其中有一只个头大，性子烈，本领高强，只是没来得及给它剪短翅膀，它就鸟一样腾空飞跃围墙。我们在后来几天还不时看到它在附近游走和窥视，但就是抓不住它，只得听任它变成野鸡，成全它不自由毋宁死的大

---

①②③ 徐兆寿. 西行悟道 [M]. 北京：作家出版社，2021：43, 43, 44.

志。"① 一只普通的家鸡，在他笔下活灵活现，写出了叛逃英雄的气质，也把这只公鸡的个性展露出来，让读者看到了家禽本身似乎也具有自己的个性。在这只鸡叛逃后，另外一只公鸡迅速长大，凸显出来，成为群鸡里面的头鸡，这只鸡的卖相首先是好的："冠头大了，脸庞红了，尾巴翘了，骨架五大三粗，全身羽毛五彩纷呈油光水亮，尤其是尾上那几条高高扬起的长羽，使它活脱脱就是戏台上的当红武生一个，华冠彩袍，金翎玉带……"② 这只鸡卖相如此好，以至于有几个农民专门前来借回去做种。从生态审美的视角来看，公鸡的品性跃然纸上，十分生动。

在生态散文中，我们能体会到作家的情感和生态伦理观。韩少功专门撰文感谢陪伴人类的生命，其中一段是写给鸡和鸭的："我不会忘记鸡和鸭。它们在生下白花花的宝贝蛋时，怀着生儿育女的美丽梦想，面红耳赤的大声歌唱，怎么也不会想到无情的人类会把它们的梦想一批批劫夺而去，送进油锅里或煎或炒，不容母亲们任何委屈和悲伤的申辩。"③ 可能对于农人来说，养鸡吃蛋是天经地义，但是如果把鸡鸭也当作有主体性的生命，放在生态共生的环境来看，它们生存和繁衍后代也是天经地义，如果没有人类，它们可以自由繁衍。有了人类之后，不但自由被束缚，而且蛋被收走吃掉，自身将来也遭宰杀，它们有什么错？最近，挪威等国家发布命令，不准在龙虾等动物活着的时候烹饪它们，必须使用痛苦较小的方式先宰杀，然后再烹饪，因为它们也"有感受，能感到痛苦"。虽然被烹饪的最终结果不变，但是由完全不把这些动物当作生命，到尊重它们的感受，人类也算是在生态主义的道路上前进一步了。

4. 蜜蜂

上文野生动物里提到了胡蜂，那是不为人们所驯化的蜂类，而蜜蜂早就为人所驯化，在长达几千年的历史中为人们提供以蜂蜜为主的各种食物。人类作为具有主动性的个体，也应该对蜜蜂友善以待，为蜜蜂的生存提供一份基础，比如，不在野外主动伤害、驱赶蜜蜂，去种一些开花植物，为蜜蜂提供蜜源，就像芭布丝所说的一样：

近年来，蜂类的数量锐减，所以亟需给这些重要的传粉动物提供一些食物来源。它们不仅生产我们涂吐司用的蜂蜜，同时对农业也起着至

---

①②③ 韩少功. 山南水北 [M]. 长沙：湖南文艺出版社，2013：59，60，125.

关重要的作用，对全球经济来说是价值数百万英镑的财富。如果没有蜂类，开花作物将濒临绝迹，我们的粮食作物都仰赖它们。所有的家庭园丁和土地租种人都需要蜂类来实现丰产。①

蜜蜂对生态系统、农田和人们的价值如此之大，所以作为生态系统的一分子，人们应该去保护蜜蜂，乃至有意识地去方便蜜蜂。然而，除了养蜂人，大部分人对于蜜蜂认识不够，对蜜蜂的友好度也不够。很多人见到蜜蜂的第一反应是担心被蜇，乃至于采取躲避、驱赶的态度，却不知蜜蜂为生态系统和人类生存立下了汗马功劳。

此外，蜜蜂虽然与人类共生，但这种共生和鸡鸭鱼鹅牛羊马不同，鸡鸭鱼鹅牛羊马是和人们深度融合，人们饲养它们，它们为人们提供肉禽蛋，形成你中有我、我中有你的共生态势。而蜜蜂，是人类利用其习性控制了它们的行动，如果没有人类，它们按照现在采花的方式照样可以生存下去。养蜂人所做的，只是按照花期带着蜜蜂四处游荡，让饲养的蜜蜂总有花可采。养蜂人是特殊的群体，是人类中和蜜蜂联系最密切的一群人，他们熟知蜜蜂的习性，熟知生存地周围的花期，是人类中掌握一部分自然密码的个体。苇岸写道：

> 放蜂人在自然的核心，他与自然一体的宁静神情，表明他便是自然的一部分。每天，他与光明一起开始工作，与大地一体沐浴阳光或风雨。他懂得自然的神秘语言，他用心同他周围的芸芸生命交谈。他仿佛一位来自历史的使者，把人类应有的友善面目，带进自然。他与自然的关系，是人类与自然最古老的一种关系。②

养蜂人成为苇岸笔下少见的跟自然亲近的人类，是人与自然沟通的使者。然而，这类人群在如今也越来越少，流浪的放蜂人日渐稀少。苇岸最欣赏的生态者形象，就是在大地流浪，跟大地打交道的人群。可惜，正如他所担心的那样，"这种关系，在今天的人类手里，正渐渐逝去"③。所以，他尤其认同放蜂人存在的价值，就如同"吹哨人""灯塔"一样，为当下人类提

---

① 芭布丝. 我的花园、我的城市和我 [M]. 沈黛，译. 北京：商务印书馆，2014：43.

②③ 苇岸. 大地上的事情 [M]. 桂林：广西师范大学出版社，2014：140.

供反思的坐标。"放蜂人……滞于现代进程之外，以往昔的陌生面貌，出现在世界面前。他孤单的存在，同时是一种警示，告诫人类：在背离自然，追求繁荣的路上，要想想自己的来历和出世的故乡。"① 放蜂人是桥梁，沟通了人与自然、人与蜜蜂，也以他们流浪的经历，为现代化、城市化的进程提供了另外一种可供参考的生存方式。

蜜蜂对于人类的意义，绝不只是提供花蜜类产品的有用性，更是从生态伦理的角度提供生存的价值和启发，它的一生折射出生命短暂的意味和浓厚的生态伦理精神。"（工蜂）一日龄，护脾保温；三日龄后，始做清理巢房……内勤工作；十五日龄后，飞出巢外，担负采集花蜜……外勤重任；三十日龄后，渐为老蜂，改做侦查蜜源或防御敌害的事情。当生命耗尽，死亡来临，它们便悄然辞别蜂场，不明去向。"② 在这一段描述中，我们看到了蜜蜂生命的短暂以及忙碌，一生都在无私奉献，临终自去，这是当下人类需要学习的协作和奉献精神。此外，"它们每次出场，要采成百上千朵花的蜜，才能装满它们那小小的蜜囊。若是归途迷路，即使最终饿死，它们自己也不取用。……它们就在我们身边，似一种光辉，时时照耀、感动和影响着我们"③。这是蜜蜂对于人类的启发，是主体交往获得的伦理价值。

（三）伙伴动物

生态散文中提及最多的伙伴动物毫无疑问是狗和猫，前者是人们看家护院好帮手，同时能担负起陪伴、撒娇的任务，是人类的朋友；后者是主司陪伴职责，卖萌撒娇，为主人提供乐趣，同时在农村地区还担负起捉老鼠的重任，也是多面手。

1. 狗

在生态散文中，出现最多的人类的伙伴动物就是狗。狗作为跟人类接触最久、最多的家养动物，自古以来就具有忠诚、可靠的品质。不管是看家护院，还是陪伴主人，狗的忠诚和智商都使其成为人类的最爱。

草原上的狗主要是牧羊犬，是人类的好帮手，聪明、坚韧、忠诚。在李娟的《冬牧场》里，有一条哈萨克牧羊犬，李娟对其花费了大量笔墨，作为主人的居麻和这条狗所占据的篇幅是一样的，甚至，居麻的篇幅还不如牧羊犬的多。在这里，体现了李娟的生态平等意识。在居麻眼中，人是最重要的，人放养牲畜，牧马，主持了一切的运转，猫狗都是人类的附属物，是工

---

①②③ 苇岸. 大地上的事情［M］. 桂林：广西师范大学出版社，2014：141-142.

具,所以,为了能够让狗长大后更好地守夜,居麻在哈萨克牧羊犬很小的时候就毫不犹豫地"用刀子割掉了小黑的耳朵,血淋淋的"①,就像处理自己的一个附属品一样。但是对于李娟来说,这样的事情不会发生,在李娟的心中,狗和人一样,都是一条生命。

这条哈萨克牧羊犬的毛色和体态就像大熊猫一样,"肥头大耳,体态硕大,皮毛又密又厚又长又卷,毛色却是黑白花的"②,所以被称为熊猫狗。熊猫狗在居麻家里是最没地位的,在冬宰时,会分给它一些下水(即动物的内脏),这时它是幸福的。但是随着寒流的到来,没有住处的熊猫狗开始过上苦日子。在寒冷的冬天,它只能卧在地窝子上面取暖,但是周围根本没有避风的地方。更可怜的是,熊猫狗怀孕了,在零下三四十度的天气,它生了四个小狗仔。如果是人类,肯定会被照顾得好好的,但居麻只给熊猫狗在羊圈挖了一个洞,就不再管了。"那两天真冷啊,赶羊回来的路上,眼珠子都冻的发疼。……熊猫狗不敢离开小狗半步,不吃不喝,缩成一小团护着小狗。狗窝太小,它身子的一部分还露在外面(那时我不知道狗窝其实已经从里面塌了一半)。真是不幸的生命。"③ 熊猫狗是悲惨的,在寒冬生产,没有足够的热乎的吃食,每天都舔着冰疙瘩。在护着小狗一周后,它实在扛不住了,回到地窝子上面窝着,而留下的小狗就可怜了。"从第二个礼拜起,熊猫狗就不同小狗过夜了,……大约奶水不够,奶头被小狗吸啜的太疼了,不敢回去。"④ 于是,剩下的六只小狗就开始整夜整夜惨叫,"不知因为冷还是因为饿,在那个敞开的羊粪堆里,小狗整夜惨叫不休。人也睡不安生,梦里都在想:不知这会冻死了几只"⑤。然而,严酷环境下的生命跟温室里的花朵截然不同,往往具有更强的生命力,小狗全都活了下来。而等待它们的,将是新一轮的看家护院、怀孕生子,然后老死。

山林的狗不像牧民的狗那样忠厚老实、忍辱负重,反而机灵聪明、宽厚待人。韩少功写到第一次去茶盘砚:"刚翻过岭,见到村子的一角,就远远听见一片狂吠。……奇怪的是,我们进村的时候,那些狗反而一声不吭了,黄的黑的大的小的老的少的一起迎上来,围着我们使劲摇尾巴,嘴里都横叼着一截树枝。"对此,村长的解释是,"这些狗从来就是这样,看见贼就开咬,看见客就封嘴巴"。韩少功大吃一惊:"世上还有这等善解人意的狗?居

---

①②③④⑤ 李娟. 冬牧场 [M]. 北京:新星出版社,2018:130,124,128,129,129.

然像古代的军队衔枚夜行,还懂得以枝封嘴安抚客人?"[①] 读者读到此恐怕也会叹为观止,且不说这些狗是否受到训练(据书中讲是生下来就如此),仅仅衔枚封嘴这一点,恐怕就是只属于这个地方的特色,也是狗跟人共生出来的特点,狗在这里怕不只是看门,还有跟人之间的超越从属关系的关联。

韩少功自家也养了一只狗,起名叫"三毛",一养十余年,直至老死,"没有查出来什么病,它就是不进食,一天天消瘦下去,直到油尽灯枯"[②]。面对无病无灾去世的三毛,他们是默然的:"面对它目光深处最后的期待,我没有能力相救。它死前的最后一个动作,是卧伏在我的一只布鞋上,发出沉重的喘息声。它是要最后抱住主人鞋上的体温和气息?"[③] 临终陪伴,感情可见一斑。三毛去世后,他把照片复印了几张,一张放在海口,一张放在乡下,他知道,三毛还是更喜欢乡下的生活。"它那双直愣愣的大眼睛,一直在寻找熟悉的花草、蝴蝶、飞鸟以及大黑牛,还有它曾经朝夕相处的咪咪。它是更喜欢山中生活的,这从它每次随我进山的欢天喜地就可以看出来。"[④] 三毛是喜欢自然的,自然中有鸟雀蝴蝶,有各种生命,生机盎然。

狗是守护者,也是夜晚村庄的主人,当大家睡下,夜晚的村庄便属于大大小小的狗,一点动静他们便会狂吠,仿佛昭示着自己守护的使命。刘亮程写道:"人一睡着,村庄变成了狗的世界……狗的声音在夜空飘来荡去,将远远近近的村庄连在一起。……明月之下,人们熟睡的躯体是听者,土墙和土墙的影子是听者,路是听者。年代久远的狗吠融入空气中,已经成寂静的一部分。"[⑤] 狗吠不再是动物的叫声,而是成为历史的见证者,穿越数千年的岁月。狗是乡下人忠诚的守卫,是家宅保卫者的形象,是最可靠的伙伴。寂静的夜晚,当人们睡去,狗替代人类,成为乡村的活动生灵,它们时刻支棱着耳朵,一旦有风吹草动,就用吠叫唤醒同类,形成黑夜中人类、村庄的屏障。

2. 猫

在人类的伙伴中,除了狗之外,最重要的恐怕就是猫了。如果说狗是保护的、忠诚的,是人类的卫士和朋友,那么猫就是陪伴的、温柔的,是人类亲密的后辈。

在李娟的《冬牧场》里,有一只梅花猫,当其他的人都在辛勤劳动,为

[①][②][③][④] 韩少功. 山南水北[M]. 长沙:湖南文艺出版社,2013:117,122,122,123.

[⑤] 刘亮程. 一个人的村庄[M]. 杭州:浙江文艺出版社,2013:5.

了生活而奔波的时候,唯一闲下来的大概就是这只猫,"梅花猫在温暖的火炉边,一会儿捂着脸睡觉,一会儿又捂着耳朵睡觉,好像全世界都在烦它"①。李娟对猫咪的羡慕是溢于言表的,然而,作为人类伙伴的梅花猫的处境远没有想象中的美好,生活对它来说处处是苦难,尤其是面对一个有点大男子主义又爱酗酒的男主人。每当居麻耍酒疯的时候,它总是第一攻击目标。居麻喜欢拿着小猫在地上摔,摔得小猫咪惨叫连连,这放在当今爱猫人士的眼中,肯定罪孽深重,但是在居麻家里,仿佛轻描淡写,没有人去管。李娟挺身而出的时候,居麻反而更起劲了。猫咪在居麻的眼中就是一个玩物,需要的时候叫过来,不需要的时候一脚踢开。这也正是传统生活方式中牧民的习惯,一切生灵,对他们来说首先是生存所需,其次才是伙伴。他们养猫,首先是为了抓老鼠,其次为了玩,最后才会照顾他们。

一次,居麻把油漆喷在小猫咪的脸上,然后迅速喷到它的四个爪子和耳朵上,最后,"小猫果然很难受,叫唤个不停,还用爪子去揉眼睛。没料到爪子上全是漆毒,揉一下,尖叫一声"②。这样的惨状,居麻不以为然。而小猫咪作为被牧民抚养的动物,丝毫没有反抗之力,只能卑微地活着。每当居麻喝酒发疯的时候,它就远远地躲开,但是房间只有二十平方米,逃不开居麻的手,于是,"那么小的小猫,才三四个月大,捏在手里狠命往地上砸"③。但是无论是毒打,还是喷漆,小猫咪却顽强地活下来,并且越来越精神,也许是生存环境锻炼了生命,小猫咪越来越大。生命远比所看到、所了解的更结实,更顽强。波斯猫有波斯猫的优越环境,而梅花猫在恶劣的冬牧场一样茁壮成长,生命的顽强不是体现在活得健康,而是在任何恶劣的环境下,只要有可能,就生存下来。

韩少功的《山南水北》里,同样有一只猫,这只猫的名字叫"咪咪",是韩少功为了对付无处不在的老鼠而养的。刚搬到农村,"每夜都不得安宁,不是面条成了碎渣,就是腊肉少去半块,连储藏室的木门也被咬去一角"。为了对付鼠害,他收养了一只小猫,在他的笔下,咪咪是英俊的,"背黄胸白,毛色鲜亮,机灵活泼"。也是调皮的,"每天早上大练武功,翻滚、拳击、鱼跃、追逐自己的尾巴,陀螺一样飞旋不停,让人看得眼花缭乱。一张椅子靠背的两道横栏,成了它反复翻墙和穿插的高低杠,难度系数不断攀高"。活泼调皮,跃然纸上。然而它又是富于个性的,"它把老鼠吓得无影无

---

①②③ 李娟. 冬牧场 [M]. 北京:新星出版社,2018:120 – 121.

踪，自以为英雄盖世，仗着自己的年少气盛，更是独立和反叛，……不管主人怎么叫，它就是不露脸，就是不应答，一点面子也不给"。① 这跟城市里的宠物猫形成了鲜明的对比。宠物猫生活在封闭的狭小的硬化空间，完全依赖主人生存，所以习得的是讨好主人的技巧，比如温顺、撒娇，也不愿意去冒险、挑战，而乡村猫自小生活在大自然，电闪雷鸣、高天流云、鸟雀飞虫、家禽老狗见得多了，也能自我独立生存，对于主人的呼应自然就没有那么上心。它还有练武功、捉老鼠等大事要做，根本不屑于去讨好主人，获得几块赏赐。在韩少功笔下，这只猫还具有自己的独特之处，那就是深深沉迷于周围的环境，"它情愿雍容矜持地蹲在墙头，观赏学校那边的广播操或者篮球赛；或是仙风道骨地蹲在院门顶上，凝望远处一片青山绿水，凝固在月光里或霞光里，如一尊久经沧桑的诗人"②。咪咪超越了一只猫的本能，在大自然中陷入猫的哲学思考中，跟主人的观察、猜想映照，构造出一个"诗猫"的形象。

第三节 无生命物的"生生"价值

在生态散文中，有大量关于无生命的自然事物、风景的描写，如大地、河流、田野、荒野、闪电、雪花等，这些风景虽然没有生命，但在孕育生命、促进生态系统循环方面发挥了不可替代的作用，具有丰富的生态伦理价值，因此成为生态散文的审美欣赏对象。在生态散文中，大地、河流等生态意象被赋予丰富多样的内涵。不同的自然景物在生态散文中展现出不同的象征意义，给人以不同的心理启示。大地和河流孕育了生命，四季循环与生命轮回相关，这些都成为生态散文中生命孕育和流通的基础。

一、大地

谈到大地，不得不提的就是美国生态散文作家利奥波德，其《沙乡年鉴》影响深广。在这本非虚构著作中，他对沙乡进行了系统观察和记录，提出了大地伦理学，"土地应该被热爱和被尊敬，是一种伦理观念的延伸。土

---

①② 韩少功. 山南水北［M］. 长沙：湖南文艺出版社，2013：111.

地产生了文化结果,这是长期以来众所周知的事实,但却总是被人所忘却"①。他反对把大地看作是无生命意识的客体和无关紧要之物。他指出:"我们蹂躏土地,是因为我们把它看成是一种属于我们的物品。"② 他认为,人应该具备对于大地的尊敬和爱护,应该把人类看成是大地母亲的孩子,"当我们把土地看成是一个我们隶属于它的共同体时,我们可能会带着热爱与尊敬来使用它"③。因此,应该把大地看成是跟人们密切相关的、值得尊敬的对象。《沙乡年鉴》的主要内容包括三个部分,其中的核心是第三部分,也是他表达有关大地伦理学的核心部分,在这一部分,"他率先把伦理道德用于人类与自然的关系之中,认为土地是一个复杂的有机体,一个由交错连接的食物链和能量循环组成的有机组织,因而人类对土地要有义务感和责任感"④。这就是利奥波德的大地伦理学,也是从生态学的角度去看待大地的伦理作用的散文书写,对后世生态散文及有关大地的文学意象产生了深远影响。

　　大地是生态散文中经常出现的意象,也是生态哲学、生态美学的原点之一。生态学者从利奥波德的论述中概括出"大地美学",这是对于土地的承认和欣赏,一切土地,不管是风景优美的田园、草地,还是裸露在外的黄土、沙漠,从生态学的角度来看都是美的,大地美学提倡"将那些典型的非景色的、非如画的、非风景的事物,诸如湿地和沼泽、沙丘、矮树、草原、河底、平原、沙漠等等,当作审美欣赏的对象进行保护、修复以及审美地管理,正如我们保存那些完好的有代表性的风景胜地一样"⑤。正是大地承载万物,养育万物,让所有生命有所依托。"大地是承受者:家宅建立于其上,道路刻印于其表面。除了家宅和道路,树木、草场、沙漠、公共建筑也会从空间中凸显出来,大地则总是承受它们的存在。承受即成全:家宅、树木、身体是重物,不能永远漂浮在空中,注定归属大地。"⑥ 大地是养育生命的坚实性依托。

---

　　①②③ 利奥波德. 沙乡年鉴[M]. 侯文蕙,译. 北京:商务印书馆,2017:英文版序.

　　④ 王立,沈传河,岳庆云. 生态美学视野中的中外文学作品[M]. 北京:人民出版社,2007:240.

　　⑤ 考利科特. 奥尔多·利奥波德的大地美学[J]. 王甜甜,译. 山东社会科学,2019(12):27-35.

　　⑥ 王晓华. 空间诗学:一个研究札记[J]. 粤港澳大湾区文学评论,2021(4):20-24.

生态散文中对大地的表现多种多样，如李娟对于荒野的描述，韩少功对于山林的歌颂，苇岸对于田野的认同，刘亮程对于草原乃至沙漠的表现，大地在生态散文作家笔下呈现出不同姿态。但是，生态散文毫无例外都将其认定是生命的起源，是对动植物及人类生命具有重要作用的根基。就像韩少功所说："什么是生命呢？什么是人呢？……只能通过土地上的种植与养殖，与大自然进行能量的交流和置换。这就是最基本的生存，就是农业的意义，是人们在任何时候都只能以土地为母的原因。"①

苇岸是对大地关注最多、表现最勤的中国生态散文作家，"他将冰冷的大地赋予活泼的有韵律的生命，追求人与大自然的和谐与统一，表达其对工业社会的反省，反对人类和自然的对立"②。苇岸对大地的表现首先是其哺育、丰收的特性，是养育万物的根基，具有浓厚的生命意识。他写道："第一场秋风已经过去了，所有结满籽粒和果实的植物都把丰足的头垂向大地，这是任何成熟者必致的谦逊之态，也是对孕育了自己的母亲一种无语的敬祝和感激。"③ 大地在这里成为默默奉献的象征，沉默无言，提供生命成熟的养分，所有的生命在成熟后向它致敬，而农民，作为劳作者，辛苦了一年，去收获自己的作品，这是他们劳作的成果，也是大地的恩赐。人类和自然就这样通过植物和大地联系在一起，生命与生命交往，共同狂欢在大地上。而大地，以其无言、奉献、博大，默默观照这一切。"它叫任何劳动都不落空，它让所有的劳动者都能看到成果，它用纯正的农民暗示我们：土地最宜养育勤劳、厚道、朴实、所求有度的人。"④ 这是大地的品性，也是对农人的寄托和信任。

在苇岸的笔下，大地具有生命，是活的，是随着季节的变化而变化的，比如，"春天了，大地像一块解冻的冰微微松动，它舒展开来，使走在上面的人能感受到体温"⑤。春天的大地是刚刚舒展开来，仿佛要在寒冷的冬天后伸个懒腰。而到了夏天，大地变得多情，"有多长时间未与泥土真正接触过了？我有意光着脚，踩在松软、湿润、略带凉意的土壤上，我感觉我已与大地溶为一体"⑥。这个时候的大地是松软湿润的，已经孕育了丰富多彩的生

---

① 韩少功. 山南水北 [M]. 长沙：湖南文艺出版社，2013：55.
② 闫永波. 绿色的呼唤：中美生态散文概况及比较 [D]. 南宁：广西民族大学，2008：12.
③④⑤⑥ 苇岸. 大地上的事情 [M]. 桂林：广西师范大学出版社，2014：27，27，196，207.

命。他认为，大地跟四季相连，随着季节而张弛，而没有见过四季中的大地的人生是不完美的。"脱离大地与农村的人享受不到季节，他们的生活再也没有四季给带来的劳逸张弛、起伏舒缓的节奏。他们是有生命的机械人。"① 苇岸以诗性的语言表达了对大地的热爱、崇敬和依恋，明确点出土地和季节对于人的完整的重要性。

大地是由泥土组成的，泥土是大地的基本元素和属性，是生命和大地发生交换的第一中介，泥土在苇岸的散文中具有特别的意义，是他认识大地、抵达大地的唯一途径。"我应该能看到生命，每天发生变化，感到泥土就在我身旁，能够战胜死亡的事物，只有泥土。"② 泥土组成了大地，是大地喷薄生命的媒介，对于各种生命来讲，从泥土中获得的养分，才是它们最终得以成立的根基。苇岸对于人与泥土的未来是担心的，他写道："人早与土壤隔绝，人再也体会不出此刻的幸福感，发展的终结是人生活在自己建造的与自然与大地隔绝的灰色棺木中。"③ 这也是一个不可更改的趋势，当未来大部分人类只依靠脑力劳动就可以获得生存所需的物资，他们对于土地是什么样的丝毫不会关心，他们将是与土地断绝联系的一代人。田野是大地展现的外形，是大地向外表达生命力的具现。四季的田野具有多样的风景，但无一例外，都是人类和各种生命共同存在的场域。"我从未感到像现在这样舒展，这感觉同春天萌动的树木一样，向着四外的空间。花喜鹊与灰喜鹊纷飞，啼声在空旷的冬天久久回荡，即使我的温暖的心间也未能留住它们。"④ 在田野上，四季和各种植物、动物交往，构成生态共同体，人类个体在这个共同体内，感受到多姿多彩的生命力，以及来自大地的力量，苇岸因此获得了生存的意义。

除了苇岸，另外一个对大地怀有深切感情的作家是张炜，他在《九月寓言》等小说里描写了人和大地的密切关系，又在《融入野地》《筑万松浦记》等散文名篇中叙述了和大地的深切缘分。张炜笔下的大地包括农田、野地，农田是人们与大地打交道的地方，野地是属于各种生命狂欢的地方。野地在张炜笔下具有拟人化的特点，他写道："只有在真正的野地里，人可以漠视平凡，发现舞蹈的仙鹤，泥土滋生一切。在那儿，人将得到所需的全部，特别是百求不得的那个安慰。野地是万物的生母，她子孙满堂却不会衰

---

①②③④ 苇岸. 大地上的事情 [M]. 桂林：广西师范大学出版社，2014：230，203，230，236.

老。她的乳汁汇流成河，涌入海洋，滋润了万千生灵。"① 在张炜的笔下，大地不仅提供了丰富的物产，还提供了生命的意义。他还创造性地描述了女人和大地的关系，在他的笔下，大地与母亲仿佛融合在一起，都是孕育生命的象征。他写道："母亲老了的时候简直丰富质朴到了极点。她越来越离不开土地，与泥土紧紧相挨，仿佛随时都要与之合而为一。……这是生在泥土上的女人。"② 女人和大地在张炜的笔下融为一体，大地孕育生命，女人也孕育生命，都是生命之源。

然而，随着现代化进程和对进步、发展的追求，人类与大地的关系日渐松弛。首先，人们用各种化学物污染大地，在有限单位内向大地索求更多，大量的化肥造成土壤板结，基因编辑让农产品变得更好，却毁坏了其自然演化的生命图谱，这些基因编辑作物以食品的方式进入人类体内，以我们还不清楚的方式缓慢改变着人类的身体。其次，人对大地进行着无度的索求，这是一种透支，在未来会付出相应的代价。"人类与地球的关系，很像人与他的生命的关系。……当他有一天觉悟，突然感到生命的短暂和有限时，他发现，他生命中许多宝贵的东西已被挥霍一空。"③ 现在的我们，就像已经有所反思的那个自我，开始看到自己的不足，然而，并不是所有人都能看到人们加速发展对地球带来的危害，生态系统的资源还在飞速损耗，煤炭、石油、树木这些资源也在逐渐枯竭。

二、河流

在生态散文中，河流是经常出现的意象。河流本就是生态系统的重要组成部分，一方面，河流灌溉了流经地的农田，与大地一起构成乡村生态系统的基础；另外一方面，河流本身又是一个生态系统，孕育了多种多样的水族生命。在生态散文中，河流除了以上两个基本功能外，其本身也往往超越了物性实存的功能，从哺育生命的角度获得生态伦理价值。

在生态散文作家笔下，河流本身具有审美的特征。徐兆寿写到弱水的时候，紧紧抓住其柔软纤细的特征，赋予其坚韧的特性。他写道："河西走廊的西段有一条河叫弱水。第一次听说时，就感叹于古人命名的诗意。大概的意思是它流得很弱，不能载舟，然而又绵绵不绝。其从祁连山上生发，一路

---

①② 张炜. 去看阿尔卑斯山 [M]. 北京：台海出版社，2019：133，120.
③ 苇岸. 大地上的事情 [M]. 桂林：广西师范大学出版社，2014：28.

柔软地漂流过来。"① 我们可以看到徐兆寿在散文中把文化（弱水名字）、河流特征（柔软）、品性（坚韧）巧妙地结合在一起，赋予弱水以超越性的生态伦理特征——柔弱坚韧的生命。他还把弱水形成的湖泊"居延海"跟东海进行对比，"你绝对不会担心东海会突然蒸发，……但是，你站在这片叫海的水上，你时刻会担心它突然间蒸发，只剩下死寂的沙漠。这靠祁连山上的积雪而融化成的水域因此而显得无比珍贵。仿佛祁连山的鲜血，只是它没有鲜红的颜色而已"②。经过与东海的对比，愈发凸显了弱水的可贵。这种可贵，一方面是因为源头的可贵，是祁连山的雪水，雪量和融化的速度都有可能决定弱水的生死；另外一方面，它流经的环境都是沙漠，中间任何一个地方断流，居延海就会消失。所以，根据生态环境，徐兆寿对弱水进行了充分的生态想象，赋予其柔弱坚韧的品质，最终将其拟人化。"它的四周仍旧是沙漠、戈壁，全是亘古的敌人，从来都是孤立无援，从来都是单枪匹马、孤身犯险，然而又那样情愿，一意孤行，故而它也是沙漠、戈壁的美丽新娘。"③ 通过这些散文描写，我们更能体会到水对于沙漠的可贵，弱水、居延海对于周围的价值，河流的生态价值因此凸显出来。

但是，随着现代化进程的推进，中国很多河流面临重重困境，要么是砍伐树木造成水土流失，河流浑浊、断流，要么是工业化发展造成水体污染，清澈的河流变得黑暗、污臭，再也无法哺育周围的生命。张炜在其散文中提到家乡的芦清河，是当地的母亲河，是他童年的回忆，曾经无比温馨。"我更喜欢的还是那条童年的河，那条河里洗净了多少调皮娃娃身上的尘土。它更容易让人亲近，让人理解。它的美是不加雕琢，也不被扰乱的。……这条河留给我的是无限的思念，是一生的温馨。"④ 然而，随着树木砍伐，河流也受到影响，"它真的在干涸、变浑。由于大量砍伐树木、开垦荒地，水土流失严重。河道里隆起一处处沙丘，河水要在这些丘陵间蜿蜒。它裹挟着那么多泥沙，负担沉重，于是就将其堆积在河床上"⑤。最终，它变得浑浊，水流变小，这也正是中国无数内陆河流的命运缩写。

三、雪

雪是生态散文中最常出现的意象，它往往出现在寒冷的冬天，代表着四季中的冬季和休养生息，也出现在高原寒冷地区，象征着严酷的生存环境中

---

①②③　徐兆寿. 西行悟道[M]. 北京：作家出版社，2021：5-6.
④⑤　张炜. 去看阿尔卑斯山[M]. 北京：台海出版社，2019：16.

的一点希望。在生态散文中，雪具有重要的地位，首先，它在冬天为各种生命提供水源，为春天生命的喷薄提供基础。《冬牧场》中，牧民为了能够吃上雪水，往往跑好几公里去找雪，雪是严寒地带的生命之源。其次，雪为人们提供有关纯洁美的一切想象，大雪覆盖的大地干净漂亮，成为生态散文审美的重要对象。

雪是冬牧场里牧民和牛羊群的生命来源。而且，与想象中大雪纷飞、遍地银白，纯净甘甜的雪水不同，阿勒泰冬牧场的雪和雪水却是"有颜色的"。首先，雪并非时刻都有，以其晶莹雪白等待着牧人，而是偶尔会有，并且只有残雪，"大风过后，沙丘的洼陷处及草根处多少会留一些积雪，但很薄，顶多一两公分厚"①。这些雪化成的水和沙土、枯草和粪渣紧密结合，因此，"化开后浑浊不堪，锅底总是沉积着一寸多厚的沙子、不忍细数的羊粪蛋，甚至还会出现马粪团这样的庞然大物"②。尽管这样，这些雪水是他们唯一的水的来源，所以不管颜色如何，照喝不误。为何理想的冬牧场大雪覆盖、雪水纯净的景象没有出现？这是自然的决定，因为去年雪灾，今年大旱，所以很少有雪，基本看起来纷纷扬扬，第二天又没有了，雪后起风，都被吹走了。就靠这浑浊的雪水，李娟和居麻一家度过了大部分的冬牧场时光。

中间终于下了一场雪，这场雪他们期盼太久了，他们眼睁睁看着云聚云散，日夜堆积，终于下了一场雪。雪之前的云是千变万化的，是自然的造物，带给他们的不只是下雪前的玄幻莫测，更是自然景色的震撼。"那些堆积如山的浩荡晚霞，有月晕的混沌夜空，阴沉沉的清晨……雪不知藏在哪里慢条斯理地酝酿着，还在左思右想……足足有一个月没有下雪了。只在一些阴霾天飘一点点轻薄的六角形雪片。"③ 对雪的期盼反映了地方的特点，只有严寒、缺水的地方才迫切需要大雪，人靠天活着在这里被演绎得淋漓尽致。最终，大雪如期来临，带来了壮观的景象和牧民的欢乐。李娟和牧民因此心生欢喜，这代表着生命之源的充沛。"眼下到处都是雪，离家几步路就可以装，不用走一公里甚至几公里的路了。而且新雪蓬松柔软，装满满一大袋子，玩儿一样就扛回家了，多么轻松！……最重要的是，新雪如此干净，化开的水晶莹剔透，令人看着就愉快。"④ 大雪带来的幸福溢于言表，不是经历了严寒、缺水的人体会不到。在平时被作为观赏对象，有时甚至成灾的大雪，在冬牧场却是幸福的来源。这样一场大雪，带来的快乐是源源不绝的，

---

①②③④ 李娟. 冬牧场 [M]. 北京：新星出版社，2018：55，55，60，61.

既有生命之源的丰裕，也有随之而来的景色的明亮，跟之前消泯掉的期待、担心一样，形成了心情和景色之间的互动。"雪停后的晴空，明朗灿烂的无从形容。似乎天上真的全都空了，真的把雪全都交给了大地。从此天空不再沉重了，不用再那么辛苦了。"①

雪提供有关纯洁和美的一切想象。苇岸偏爱雪，尤其是下雪的雪花飞舞和雪后的一层银被，象征着纯洁和孕育生命；而在张炜的散文中，雪也反复出现，成为北方具有代表性的生态意象。在苇岸的散文中，雪不仅是生命之源，还具有两个意义。首先，雪是和谐的象征，纷纷扬扬的大雪漫天飞舞，显得密密麻麻然而又充满和谐，是同类，却又同心共力，彼此不相争，共同完成自己的使命；其次，雪是纯洁的象征，北方的冬天是黑暗的，裸露的土地，光秃秃的树枝，都构成了寒冷肃杀的意象，当一场大雪过后，放眼望去，银装素裹，变得圣洁动人。苇岸在《大地上的事情》中写道："下雪时，我总想到夏天，因成熟而褪色的榆荚被风从树梢吹散。雪纷纷扬扬，给人间带来某种和谐感……它们漂泊到大地各处，它们携带的纯洁，不久即繁衍成春天动人的花朵。"②雪在这里被诗意化，是生命的使者。因为在北方，冬天植物的灌溉主要就靠雪，俗语说，"今年雪下三层被，来年枕着馒头睡"，就是说雪对于冬季青苗的重要性。张炜的散文中也反复可见雪的意象，他写到雪的美："白色，白色，活动着，沉默着的白色……它与雪的联想，它与一个生命的关系的联想，就这样生发着。"③ 他写到雪的生命价值："大雪覆盖之下，种子接受庇护，在温湿的地方慢慢领悟。终有一个春天的来临，它萌发了。积蓄起的力量一直向上，挤成一片，越来越茁壮，充满了汁水。如果没有冬雪，就难以有这样的景象。"④ 这是他对雪的感悟，是美与生命的象征。

雪不但孕育生命，还赋予生命以欢乐和有关雪的灵性。在一片洁白下，灰黑色的大地被掩盖，大地统一色调，给人们提供了有关生命和纯洁的想象，对生活于北方的人来说，冬天没有雪，这一年就仿佛缺少了什么。苇岸写道："冬天没有雪，就像土地上没有庄稼，森林里没有鸟儿。……可以没有风，没有雨，但不可以没有雪。在人类美好愿望中发生的事情都是围绕雪进行的。"⑤雪是自然物象，但因为跟生命和纯洁相关，被赋予丰富的审美品

---

① 李娟. 冬牧场 [M]. 北京：新星出版社，2018：61.
②⑤ 苇岸. 大地上的事情 [M]. 桂林：广西师范大学出版社，2014：3, 18.
③④ 张炜. 去看阿尔卑斯山 [M]. 北京：台海出版社，2019：117.

质。生态散文对常见的自然物象进行观察和描绘,从中发现其对人类和自然的意义,用审美的眼光去看待它们,获取其美学价值。雪是美的,是充满灵性的事物,由雪而制造的雪人,不但是一尊普通的雕塑,更是和童年的诸多美好联系在一起。"雪人胖墩墩的坐在院子里,煤球是眼睛,玉米核翘着做了鼻子,桔皮构成嘴,围巾和纽扣,头上戴一顶旧草帽,一幅娃娃或雪中农夫的憨厚形象。雪人的出现,使我们重温了童年,一个童话中的农家院落。"① 所以雪是重要的,是童话,是跟回忆、村落、童年勾连在一起的审美象征。

除却极度寒冷的南北极,雪往往跟季节联系在一起,和二十四节气中的大小雪紧密关联。雪赋予季节以灵动和生命,带来了纯洁。"季节也有生命。冬季仿佛进入了中年……雪片毛茸茸落在地上,积上厚厚的一层,数日不化,纯洁的世界仿佛是大地在时时向人们显现它的本来面目。"② 但是,随着现代化的进程和工业化带来的污染,现在的冬季,"仿佛老化了,沉闷、压抑、迟钝、稳重,现在冬天的雪是一种奢侈品,降得短促,溶化迅速。过去的一切都消逝了,这对儿童是一种损失"③。暖冬和极端天气的多发,让四季变得暴虐,要么极度寒冷,大雪封城,出行不便,并导致各种雪灾,要么暖冬,冬天不见一片雪,让过冬的植物缺乏雪水,形成干旱。随着人类活动加剧,未来大概率也是这两种情况,要么雪封世界,寒冷异常,要么暖冬导致干旱。雪本来是纯洁的,是儿童一切想象力的源头之一,最终却变成了灾难源头或者想象之物。世界显得越来越不正常,而这一切灾难的源头,都是人类的活动,尤其是工业化和现代化进程中人们对自然的干预和改变。人类自我破坏了原本存在于周围的美。

---

①②③ 苇岸. 大地上的事情 [M]. 桂林:广西师范大学出版社,2014:247,188,188.

第 五 章
生态散文与地方美学

地方是众多物种共存的生命家园。任何生命都需要生态系统，就像人类需要家一样。"对家的需要源于有机体的本性：恒星、石头、河水无须家宅，但有机体与他们迥然有别。作为活的存在，有机体是短暂者。短暂者要想活下去，就必须栖居于家中。一旦无家可归，短暂者就会消亡。"① 在古希腊语中，oikos 的含义就是"在家中"。对于地球上的生命来说，"大写的家就是生态体系，就是相互成全的网络。只要置身于其中，我们就在家里。在自然中就是在家中，在一个相互成全的体系里"②。一切生命都需要生态系统，这是它们的家。生命在生态系统中，应该是共同在家的状态，它们相互依存，共同成长。如果某类有机体过度发展，挤占其他有机体的生存空间，一家独大，最终将会形成毁灭整个生态系统的局面。一个人的家毕竟不是家，有成员共同生存的家才是真正的家。

地方是多样化环境发展的结果。对于生命来说，不同地方的生态环境决定了生命特质的不同。比如，北极熊只能生活在寒冷的地方，放在赤道就无法生存；骆驼只能生活在沙漠，放在森林里也无法生存。地球生态系统如此丰富多彩，提供了多样的生存环境，孕育了多种生命。而唯一一个在世界各地都能生存的物种就是人类，人类遍布各地，成为主导世界的决定性力量。这个特点使得人类必须承担起维护家园的使命，能力越大，责任就越

---

①② 王晓华. 身体诗学［M］. 北京：人民出版社，2018：218.

大，人类不但要维护生态系统的稳定以及与其他物种的共生关系，而且也要保护地方的多样性，使得各个地方都能够尽量遵其本来的形态发展，呈现出多种地方共存的多样化格局，而不是被人类改造成千篇一律的城市、乡村景观。

地方是多样化文化存在的基础。地理与文化息息相关，曾繁仁认为，中国的生态文化是一种原生性文化，与西方反思的后生性文化截然不同。中国的原生性文化是"特定的地理环境与生活模式'调适'的结果。中国广阔的黄河流域与长江流域的地理环境与传统农业社会生产与生活模式，孕育了'天人合一'的亲和自然的文化"[1]。因此，中国的生态文化、生态文学从来都是与地方、地理息息相关的。阿来在《大地的阶梯》中提到："地理从来与文化相关，复杂多变的地理往往预示着别样的生存方式、别样的人生所构成的多姿多态的文化。不一样的地理与文化对于个人来说，又往往意味着一种新的精神启示与引领。"[2] 地理环境不同，文化特点就有所区别。而不同的地理和文化，对于居住或途经该处的人类来说，又具有不同的精神启示。对于生态散文来讲，表达、促生地方风景及地方文化的发展，也是其使命之一。诚如汪树东所言："生态文学要尽可能地打破现代文明的非地方化、非自然化的生活方式，倡导一种在地化、自然化的生活方式，同时恢复文学的地方感。"[3] 只有多种多样的地方，才能构成丰富多彩的生态世界，才能和多样化的生态系统完美契合在一起。

地方美学是不同物种、环境、文化共同建构的美学，是生态美学的重要组成部分。在地方美学中，有关地方、处所、空间、家园等关键词的阐释是理解地方美学的关键，而有关地方性的解释与追求则是地方美学的实践目标，是生态散文、生态影视、生态建筑的作用途径。地方美学代表了丰富的地域特色和多类型生命共存的特征，对地方美学的探索和追寻，有助于建构差异文化多样共存的局面，"从地方文化的发展来看，地方美学的构建具有维护文化多样性、重构文化主体间性的意义"[4]。在某种意义上，地方美学中

---

[1] 曾繁仁. 跨文化研究视野中的中国"生生"美学［J］. 东岳论丛, 2020 (1): 98-108.

[2] 阿来. 大地的阶梯［M］. 西安：陕西师范大学出版社, 2019: 6.

[3] 汪树东. 当前生态文学热潮及其启示［J］. 长江丛刊, 2022 (5): 4-10.

[4] 张娜, 高小康. 后全球化时代空间与地方的关系演进及其内在理路：兼论一种地方美学的构建［J］. 探索与争鸣, 2020 (7): 87-97.

有关风景、生命、习俗的表达和建构共同构成了各种生命的"家园"。本章以地方美学为研究切入点，阐释地方、在地性、家园、处所等美学关键词，分析中外生态散文中的地方描写，归纳不同地方的魅力与特色，思考生态散文对于地方的叙写与传播，即其"在地性"作用。从当下的社会现实来看，各地越来越重视本土文化与生态景观的开发与融合，注重地方对于栖居者的互动效果，重视地方美学的建构和推广。在未来，地方和社区的独立发展会得到更大程度上的重视，在各种文化方式的引导和召唤下，地方成为呼唤和吸引栖居者的文化源头。"不同的人文社科学者，都试图设计各种策略和方案，能使不同的个人和社区依附于不同的空间，并始终使这种情感依附成为个人认同的核心部分。"① 这是当下生态美学的实践路径之一，即通过对地方文化的发掘和传播，来形成属于地方的美学、文化风格。

第一节 地方与在地性

地方作为生态批评的关键词，跟空间截然不同，地方是被有机体改造的空间，留有生命的痕迹。"地方"具有丰富的内涵。按照段义孚的观点：

> 家和家乡分别作为小尺度和中型尺度的地方，是"地方的亲切经验"的核心表征。它们具有稳定和完整的特质，是人身份认同的源泉，一直以来都被人视为世界的中心、宇宙的焦点。同时，它们都是相对于外部世界的封闭空间，是经常令人感到亲切的地方，因为它们不仅充满了我们感到熟知且真实的、已变成自身一部分的事物，而且还隐喻了承担养育责任并提供庇护与安全感的父母，故而家和家乡又与地方的其他要素，如"熟悉"和"亲切"、"永久"和"真实"、"庇护"和"安全"、"童年"与"分享"等相关联。②

---

① 海斯. 地方意识与星球意识：环境想象中的全球 [M]. 李贵仓，虞文心，周圣盛，等译. 北京：中国社会科学出版社，2015：3.
② 蔡霞."地方"：生态批评研究的新范畴——段义孚和斯奈德"地方"思想比较研究 [J]. 外语研究，2016 (2)：102 – 107.

地方是一个人所归属的空间，这个空间留下了他的活动记录和心理印记。任何时候回到地方，都能够勾起他活生生的记忆。这种记忆不只是存在于脑海中，更是和身体的感觉、触觉、嗅觉紧密相连，是身体和一个空间全方位勾连的综合感受。"自我的建构离不开地方这个语境，不存在纯粹的个体，只有在一定语境中的个体、作为地方的组成部分的并由地方所定义的个体。"[①] 生态散文作家对于自己生长的地方往往存在着来自基因的感触，这是一种深沉的爱恋，是基于身体成长的经历和文化造就的心理，是生态系统与个体在共同空间里相互作用的结果。徐兆寿在《西行悟道》里写道：

> 读博期间，每次从上海飞到兰州，看到那连绵不绝的大荒山时，从我内心的深渊里便突然涌上一股古老的泪水来，仿佛不是来自我的肌体，而是从那荒芜山河里生发的，被我硬生生咽下去。是的，我竟然爱上了这荒芜。人世间真有我这样的感情？所以，当众人遇到死海一般的黑戈壁时都昏沉沉睡去，唯有我在欣赏它的孤绝之美、空无之美、荒芜之美。[②]

这种对故乡深沉的爱在大部分生态散文中都曾经出现，证明了地方对于一个作家的重要价值，是类似于精神原乡的存在。这是对情感的召唤，"从传统情感记忆的现代变迁来看，地方美学的构建具有召唤、延续后全球空间的地方情感的意义"[③]。人类所成长的、生存的地方，与个体一起构建了其精神之根，要想了解一个人，一定要通过他的生存地去探究，这样，才能理解为何一个个体呈现出这样的而不是那样的精神气质。杨文丰认为，故乡是个体不可缺少的精神财富，是故乡成全了个体，而对于远游的人来说，乡愁就是生命的组成部分，是掺杂在生命中的精神财富。他写道："乡愁是美学，也是与故乡草木呼吸与共的情感学和心理学，却断断不能是经济学或商品学。……乡愁是否有陈年酒的味道？我想，至少还会混有乡风、乡俗、农事

---

① 海斯. 地方意识与星球意识：环境想象中的全球 [M]. 李贵仓，虞文心，周圣盛，等译. 北京：中国社会科学出版社，2015：34.

② 徐兆寿. 西行悟道 [M]. 北京：作家出版社，2021：47.

③ 张娜，高小康. 后全球化时代空间与地方的关系演进及其内在理路：兼论一种地方美学的构建 [J]. 探索与争鸣，2020（7）：87-97.

和牛粪的味道。"① 这段话以诗意的语言把地方对于个体的作用表达出来，故乡是一个人的精神财富，是心底那一抹难以忘却的记忆，是童年的全部，也是生命成长的底色。在不同的生态散文作品中，我们经常可以看到作家描写故乡、回忆故乡，更确证了地方作为一个人生存和成长之地的重要性。杨文丰还从生态学的角度指出地方和人类生命的密切关联："显然，作为人类，乡愁的上游也一样是生物学记忆——故乡（出生地）的一切，深深地储入了记忆。……你的童年在哪里，故乡就在哪里；你不在中国出生，在国外度过童年，就绝无中国式乡愁。中国式乡愁的根据地和起跑线，只能在中国。"② 这段文字从集体无意识的角度阐述了集体基因和童年记忆对于一个人的影响，更加明确地强调了童年和故乡的影响，故乡的环境、风土人情会成为影响一个人一生的根基。因此，热爱故乡、保护故乡也应该是每个个体的生命责任。

地方和"空间"的概念有密切关系：

> 地方需要空间性的地点，需要某种空间性的容器。但是与地方相对的空间还包括几何学和地形学的抽象含义，而地方却是"被赋予意义的空间"。地方是"可感价值的中心"，是个别而又"灵活"的社区，社会关系结构的设置位于其中，而且得到人们的认同。每个地方"与发现地方的具体地区不可分离"，对它的界定需要通过社会公论，也要通过物理标记。所以我们说地方的依附，而不说空间的依附。③

与空间主要指物质性的环境不同，地方与个体鲜活生动的身体感受联系在一起。地方主要指身体的在场，只有身体在场，并和周围发生联系，空间才能成为地方。所以说，地方"能够被见到、被听到、被闻到、被想象、被爱、被恨、被惧怕、被敬畏"④。在"地方"，身体是感受的核心。身体与周围环境产生互动，身体把周围一切烙印到自身，身体使得"地方"成为有人文价值、有感情的存在。空间在身体出场的情况下成为"地方"，成为人们身份认同的源泉，成为人们的栖居之所。所以，斯奈德才说："人是凭借身

---

①② 杨文丰. 病盆景[M]. 北京：西苑出版社，2017：171，178-179.
③④ 布伊尔. 环境批评的未来：环境危机与文学想象[M]. 刘蓓，译. 北京：北京大学出版社，2010：70.

体在地方生存的，人与万物都可在地方呈现本己的生存状态和本性。"① 没有身体，就没有地方，地方与身体相互成全。地方对于个人来说具有重要的意义，那是来自童年的和原始的神秘经验，是与周围自然的联系，苇岸说："我是在乡下长大的，且与我的出生地，依然保持着密切的关系。"② 正因为如此，他才会对土地变迁、田野变化敏感，才能看到许多城市人忽略的生命现象，从而恢复与自然的联系。

地方对于生态散文作家的意义就像家对于个体的意义一样，在作家眼里，一眼就能看出自己所在地方跟其他空间的不同，那是交织了风景、成长、身体记忆的空间，那是家，是个体生存的信任空间。"家宅是身体居住的地方。它是空间定位的一个原点，是个体生活世界的中心，是对安全、宁静、幸福的原初承诺。在家宅中，身体可以放心地休息（睡个好觉）、娱乐、做梦。"③ 家不仅提供安全和保障，而且提供给个体无意识的内容，就像刘亮程所说：

> 我们家屋顶上面的天空，经过多少年的炊烟熏染，已经和别处的天空大不一样。当我在远处，还看不到村庄，望不见家园的时候，便能一眼认出我们家屋顶上面的那片天空，它像一块补丁，一幅图画，不管别处的天空怎样风云变幻，它总是晴朗祥和地贴在高处，家安安稳稳坐落在下面。家园周围的这一窝子空气，多少年被我吸进呼出，也已经完全成为我自己的气息，带着我的气味和温度。④

家园的风景被身体所参与、改造，已经完全变成了属于"我"的风景，带着"我"的气息，这是属于身体的记忆，一生难忘。家的原初作用，在于庇护身体，依存于大地。后来，随着人类思维的发展，家宅发展出多种功能，但无论怎样发展，家宅对于身体的护佑和承载，依然是其本质功能，这一方面是大地的功能的延伸和细化，另一方面也是身体参与周围环境的成果。因此，在生态散文中，对于带有自然风景的家园的记忆尤为深刻，因为

---

① 蔡霞."地方"：生态批评研究的新范畴——段义孚和斯奈德"地方"思想比较研究 [J]. 外语研究，2016（2）：102 - 107.
② 苇岸. 大地上的事情 [M]. 桂林：广西师范大学出版社，2014：43.
③ 王晓华. 身体诗学 [M]. 北京：人民出版社，2018：189.
④ 刘亮程. 一个人的村庄 [M]. 杭州：浙江文艺出版社，2013：62.

这正是他们成长的空间，构成了他们生命的基调。

不同的地方赋予地方文化不同的特征，形成区域性的文化特点。地方塑造了个体，一方水土一方人，不同的地方造就了不同的群体性格。刘亮程写道："人虽非草木，家却是根，……家的位置对人一生有多重要。家安在盐碱滩，你的脚底就一辈子返潮。家住沙沟梁，有风无风你都得把眼眯缝上。不同的生活方位造就着不同的人。"① 所以，对于生态散文来讲，地方不同，意味着风景、动植物生命、人类、文化的不同，因此，生态散文的内容带有浓厚的地方特点，呈现出文化、风景、生命交融的态势。徐兆寿在《西行悟道》这本散文集中提出西部区域和西部文化呈现出一种互文的关系，正是西部的位置、环境，才产生出西部文化、文学。也正是西部的地理位置，使得西部文化、文学保存了一种原生态的特征，没有被现代化所冲击和改造。他提出："在整个西部，恰恰是由于经济落后、山川阻隔，古老的原生态文明还历历在目。……我看见现代性思维从东南沿海登陆中国内地，像光晕一样一圈圈向中国的中部荡去，又向西部扩张，但到西北的时候被当地的原生态文化有力地回击着。"② 他认为，这种阻隔和回击依托于西部地域特征，是民间文化的自发组织，是"古老中华文明的传统回音"，而这个正是"中国社会所呼唤的传统信仰和精神维度。它保存了中国文化的元气。可以说，西部是今天中华文化最后的栖息地，原生态的文明还散发着它纯正的袅袅炊烟"③。地方、生态、文化交织在一起，构成了传统文明的根据地。

跟"地方"密切相关的是各种具体的风景、生命、事物，正是这些构成了地方，构成了个体与特定空间自然景物的身体情感联系。苇岸写到喜鹊鸟巢跟北方农村的关系："真正和我们生活密不可分，在我们的视域内最为显著的鸟巢，实际是喜鹊粗糙的球状巢。这种'仰鸣则晴，俯鸣则雨，人闻其声则喜'的民间吉祥鸟，同淳朴的麻雀一道，终年祥和地围绕着我们。特别是在空旷的冬天，它们的巢很像一座座村庄，醒目地坐落在原野高大的树上。"④ 鹊巢跟人们的村庄在空间上形成一种交错，成为这个地方的人的风景和记忆，而随之而来的喜鹊、鸣叫等，共同构成一个独属华北平原农村的风景场域。

与地方相近的一个概念是"处所"，"指人所依附的特定自然区域，这

---

① 刘亮程. 一个人的村庄[M]. 杭州：浙江文艺出版社，2013：68.
②③ 徐兆寿. 西行悟道[M]. 北京：作家出版社，2021：7.
④ 苇岸. 大地上的事情[M]. 桂林：广西师范大学出版社，2014：146.

一特定自然区域既受到生存于其中的人们的呵护和影响，也决定和标记了人们的生存特征和生态身份"①。处所跟地方相比，更多是文化意义上的，强调的是地方对个体的影响，是生存环境对于存在的决定和标记，因此，处所与地方不尽相同，因为地方强调的是个体存在赋予空间的独特意义，是身体作为中心所发挥的联系作用和能动作用。对于处所来讲，"强调了特定自然区域对人的生存、人格特征、生态思想以及生态身份认同的影响"②。更多关注自然空间对于生存的群体性格的影响，而地方关注的是个体对于生存空间的"赋意"作用。所以，以处所为研究中心，关注的是自然环境对于群体共性的影响；以地方为研究中心，关注的是不同个体对于同一空间的能动作用。

地方跟亲情和童年相关，一个人的童年在其一生中具有重要的意义。如果童年过得幸福，那么成长后就会有稳定健康的心态来面对人生；如果童年悲惨，那么个体很可能会拥有一种不健康的心态。这跟心理学中的原生家庭具有相近特质，原生家庭指个体成长的家庭对其一生的影响，而生态批评意义上的地方指一个人成长和长期关联的周围环境，尤其是童年的环境和经历。说乡下人淳朴，城里人狡诈，有很大程度上跟他们童年成长的环境有关。生态散文中的地方和童年、亲人、环境往往密切相关。冯杰写到自己的乡村童年记忆时提到："新棉有一种气息，旧棉沉重像铁，这是我在乡村对棉花的感觉。童年时代，姥姥在乡村用纺车纺棉，我偎依在她身边，她腿的另一侧还卧着瞌睡的雏鸡，在青灯和月光里，纺车声嗡嗡，像乡村催眠曲，像燃一炷细香。"③ 在他的散文里，地方绝不仅仅是风景，更是跟姥姥、雏鸡、夜晚、纺车的声音联系在一起，从声、色、景、触觉全方面进入有关地方的回忆中。这是地方提供给个体的"具身化感触"，是记忆、文字与想象共同开拓的精神生态空间。

地方和故乡对于个体意义重大，是一个人成长的生命和文化基础，然而，伴随着现代化、工业化和城市化，越来越多各具特色的故乡逐渐泯灭，变成了千篇一律的"新农村"。多样性被统一性所消灭，本来依托各自风土人情的空间被统一规划的命令所改变。更何况，在千篇一律的背后，还不断有商业性、物质性对于地方性、人文性的消泯，因此，杨文丰不无担忧地指出："现实使我痛苦的明白，故乡，我的节奏缓慢、淳朴、实诚的故乡，在

---

①② 刘栋. 生态乌托邦的构建：苇岸、韩少功和廖鸿基生态散文中的处所意识[J]. 佳木斯大学社会科学学报，2020 (6)：122 – 125.
③ 冯杰. 北中原 [M]. 北京：作家出版社，2019：141.

现实生活的物质性和功利至上的大洪水面前，在土地日益市场化、城市化，在精神道义与金钱没有硝烟的较量中，已被整修、被非礼、被结扎、被篡改、被失重……"① 这段话振聋发聩，指出了经济化、现代化和城市化对于乡村的冲击和改变，曾经淳朴的农村变得日益利益化，人们在经济化和现代化的浪潮裹挟中前进，忘记了自己的出生之地的原本面貌，也忘记了人之初的根基，最终成为被经济和现代化异化的个体。

  与"地方"相比，"在地性"作为生态批评的一个关键词，作为学科归属的话最先出现在建筑学。"在地"来自英文 In-site 的翻译，原意为现场制造。建筑学中，"在地"概念强调的是建筑物本身与所处的大地以及形成于其上的文化、风土等地域特性的依附关系。"在地性艺术品强调艺术的在地性与现场性，努力把艺术体验融入到既定空间的历史性体验之中，而无意根据现场来调整艺术品的方案。这无疑挑战了资本主义市场经济把艺术品视为可流通、可交换的商品意图。"② 如果说"地方"指的是身体栖居的空间，关注的是身体在空间内的综合感受的话，"在地性"关注的则是依托于地方产生的文本，是这种文本与地方相互依存的关系，是人类通过各种材料（包括文学艺术）的塑造而影响地方的特性。"我们越来越意识到，人类主体对于我们的自然环境所产生的各种不可避免的普遍影响。无论是在自然还是在艺术中，在塑造体验的过程中，都有对于各种材料的积极转化。"③ 文本既因为地方而存在，与地方共为一体，也塑造并改变了地方，给地方增添新的内涵。韩国生态建筑家高主锡认为："景观不是建造的，而是培育的，……要产生对土地的情感，我们需要将景观语言转化为美学语言，为日常的景观体验提供包容、持久的吸引力。"④ 他鲜明地指出地方景观的塑造不仅是安排的，更是提炼的，是依托于地方的培育，是建立在对地方深厚的情感之上的。在深切认识地方的基础上，生态建筑师能够因地制宜建设生态景观。"根据生态美学原则，景观因时、因地制宜，土地被视为物质性和精神性相统一的场所，人多感官的参与设计、建造、体验景观的全部过程。人与土地彼此互动，……创造性地实现了美学理论与设计实践的有机互动。"⑤ 这是地

---

  ① 杨文丰. 病盆景［M］. 北京：西苑出版社，2017：186.

  ② 巴尔蒂尼. 论公共艺术的在地性［J］. 文艺理论研究，2016（2）：78-83.

  ③ BERLEANT A. Art and engagement［M］. Philadelphia：Temple University Press，1991：14.

  ④⑤ 程相占. 生态美学引论［M］. 济南：山东文艺出版社，2021：166，168.

方在景观设计中的演变和提升，反映出地方的核心特征。

生态文学的在地性指生态文学艺术对于地方的描写和塑造，以及由此形成的"地方"文化，这种文化传播了地方，并塑造了读者心中的"地方"，进而影响到实际地方的改造。从描写、塑造和再塑造地方的特点来讲，生态散文作家实际上就是地方的"文化设计师"。程相占指出："在生态哲学范式的指导下，生态设计师在设计过程中遵循过程秩序和演化原则，提倡地域认同、文化与个体的多样性，追求人类生态地域主义。"[①] 就像生态系统中需要多样化物种共生，才能形成生态链条，对于人类社会来讲，需要多种多样的地方，才能形成人类多姿多彩的共生系统。

生态散文作为作家真挚情感的朴实表现，最鲜明体现了"在地性"的特征。生态散文抓取和提炼各个地方的特征和精华，用生态的语言对这些地方特征加以描写和固化，进而通过传播效用加深乃至塑造地方的形象。比如李娟的"阿勒泰"散文系列，吸引了无数读者关注哈萨克牧民的生活，关注阿勒泰的地区生态，关注牧民的冬牧夏牧，这就是生态散文在地性的表现。与此同理，韩少功的《山南水北》、张炜的胶东散文等，都是依附于地方的文学创作，在他们的散文创作里面，把自己得益于地方的、对于地方的情感通过文字抒发出来，不但展现和补全了地方的精神文脉，而且在出版后，依托于图书的接受和传播，读者会带着散文中的"地方"来寻找、参观、认识这个地方。依托于读者的力量，就会在无形中推动乃至重塑"地方"，将其从现代化、城市化的浪潮中解救出来，独立成生态散文中的"地方"。这就是生态散文"在地性"所能发挥的作用，即以文学艺术"恢宏的弱效应"来改变人们的意识。

第 二 节　生态散文的地方塑造与美学价值

气候和地理环境对文学的影响作用本就不容置疑，而生态文学更是受到地方的影响。从作品与读者、世界的关系来看，作品虽然是作者根据世界写作出来，但作品的传播也塑造了读者和世界。更何况，文学对于地方的描写

---

① 程相占. 生态美学引论［M］. 济南：山东文艺出版社，2021：162.

本身就是一种提炼和塑造，就像马尔克斯的"马孔多镇"、阎连科的"耙耧山脉"、莫言的"高密东北乡"、余华的"浙江风情"、格非的"江南风韵"一样，地方在作家的笔下从实到虚，又从虚到实，成为塑造地方、传播地方的文学路径。

对于生态散文来讲，不同作家所创作的散文都带有明显的地方性。如梭罗笔下康科德镇的瓦尔登湖，利奥波德描述的威斯康星的沙乡，张炜对于胶东平原的表现，苇岸对于北京周围土地风土人情的描写，徐兆寿对于大西北的表述等。生态散文受到地方的直接影响，这种影响不仅体现在地方风貌、动植物等生态学意义上，而且还体现在民俗风情等人类学方面。地方不但构成了生态散文的地域美学特征，而且成为生态散文的精神之根——任何作家，都在某个地方长大和生存，地方是作家的精神之根。生态散文对地方的塑造往往从三个方面展开——自然风景、方言、风俗人情。在生态散文中，对于地方的表现有深有浅，主要跟生态散文作家在一个地方打交道的过程有关，有些地方是作家自小生存的地方，留下了深深的印记，因此表现起来淋漓尽致，充满元气。有些地方是作家体验、路过的一个瞬间，是运用生态意识观察的文学表现，因此浅尝辄止，但也正因此具有一种客观的距离美，能够发现一个地方的生态特点。

一、生存地：生态散文的精神之根

山脉和河流是孕育生命的地方，个体生命若从小在一个地方出生、成长，其生命的历程浸透了这个地方的痕迹，从山川草木到风雨雷电，都渗透在生命之中。一个地方的生命有一个地方的特色，这是来自大自然的印记，内化到地方生命的基因里面。生态散文在表现生命个体的在地性方面具有先天优势。散文是情感的流淌，是生命的痕迹，作家写到自己熟悉的事物时最有感觉，因此散文从写作之初就带有地方的痕迹。对主要生态散文作家在文中表现的家乡进行梳理，能够勾画出作家的生命底色和成长痕迹，探究其生态意识的来源和特征。

（一）国外散文作家的"地方"表述

国外生态散文的写作往往紧密依托于某个具体的"地方"展开，比如梭罗笔下的瓦尔登湖位于康科德镇，利奥波德笔下的沙乡农场位于威斯康星，缪尔笔下的优山美地山位于加利福尼亚州北部，迪拉德笔下的汀克溪畔位于弗吉尼亚州，另外还有巴勒斯笔下的哈德逊山谷、奥斯汀笔下的沙漠小镇、阿比笔下的沙漠、芭布丝笔下的伦敦等。这些知名的生态散文往往依托于某个具体的地方展开写作，以作者的亲身体验和探索经历为主，描写该地自然风景与风土人情，发掘地方的美和价值，给读者提供带有作者气质的自然风景和风土人情。通过生态散文的写作和出版，推动了地方的形象传播，而且以散文的形式讲述、塑造了这个地方，对地方的文化形象和未来发展也起到了推动作用。

梭罗的《瓦尔登湖》表现了康科德镇的地方风景，以瓦尔登湖为中心，对周围的风景进行了全景式的展现。这种展现紧密结合地方风景，是地方风景与作家内心的调和。他写道："我住在一个小湖边上，离康科德村以南约莫一英里半，地势比它稍高些，位于它和林肯之间那一大片树林子里，……半英里外的湖岸，如同别的地方一样，都被树木所掩盖，却成了我看得到的最遥远的地平线。"[①] 对位置、湖水、地势、树林的描写展示了湖畔森林的生态特点，瓦尔登湖的环境跃然纸上。梭罗在瓦尔登湖居住了大概两三年，把自己的居住、劳动、思考诉诸文字，产生了深远影响。《瓦尔登湖》之所以能够影响深远，与梭罗对地方的观察及其融入地方的生活方式密不可分：一方面，瓦尔登湖的地方特征给这本散文提供了丰富的内容，比如淳朴的自然风情和生机勃勃的生命景观，给读者留下了深刻印象；另一方面，梭罗在瓦尔登湖过着一种简朴的生活，这种生活方式给读者留下了深刻印象，有利于生态实践的展开。

《沙乡年鉴》以沙乡农场为载体，展示了沙乡一年四季的风景和利奥波德对于土地、植物、动物的认识。全书对于地方的展示和描述以第一部分为主，聚焦于沙乡农场一年四季的生态景观，描述了橡树、大雁、春天、草原、牧场等各种生命和自然景观，用生态学的视角展示了沙乡农场的美和价值。他对这个地方的观察和写作结合了具体的自然景物，并且充满了反思精神，比如写到人们对草原的破坏，"机械化了的人们，对植物区系是不以为然的，他们为他们的进步清除了——不论愿意或不愿意——他们必须在其上度过一生的地上景观而自豪着"[②]。对人类活动破坏自然提出了批判。利奥波德的地方描写的价值体现在对于一个人生存地方的认识和责任感上，他通过自己在沙乡农场的实践和其他地方的生态行走，强化了生态实践意识。在第三部分，他把对于自然、土地的热爱上升到伦理角度，形成了"大地伦理

---

① 梭罗. 瓦尔登湖［M］. 潘庆舲，译. 北京：作家出版社，2015：62.
② 利奥波德. 沙乡年鉴［M］. 侯文蕙，译. 北京：商务印书馆，2017：54.

学"的生态价值观,为无数生态爱好者提供了价值观。再者,利奥波德对于沙乡农场的描写,塑造了沙乡农场这样一个文学地理空间,为保护类似于沙乡农场这样的地方提供了传播效用。

巴勒斯表现的地方主要是哈德逊山谷,通过对于山谷环境、动物、植物尤其是鸟类的描写,为读者贡献了一个充满生机的"鸟之森林"。他在哈德逊山谷地区拥有一个农场,并且自己设计建造了山间石屋和河畔小屋。在这个地方,他过着农夫和作家的双重生活,用自己的笔记录了哈德逊山谷的森林、原野和各种鸟类,将"鸟之森林"勾勒出来。他的描写紧密结合地方的自然特点,将自己所见所闻与思考结合在一起,贡献了生态散文作家的描写和反思。"几天前的一个夜晚,我登上一座山去看月光下的世界。当我接近山顶时,隐居鸫在距我几十米外开始唱他的夜曲。在寂静的山野中,由地平线上的一轮满月相伴,听着这支曲子,此刻,城市的华丽与人类文明的自负都显得廉价而微不足道。"① 他不仅是哈德逊山谷的观赏者,还是沉浸者,以自己的行走和劳动融于自然。并且,他通过自己的生态散文创作,为哈德逊山谷的形象传播做出了贡献。

芭布丝的散文《我的花园、我的城市和我》主要以伦敦为表现对象,对伦敦的农场、绿地、公园及家庭园艺种植做了描写,并且通过自己的追寻,探索了城市空间与自然绿地之间的融合路径。写作的目的是在当今城市化大发展的时代,探究如何寻求绿色、自然与城市的有机融合,"它旨在揭示一座城市能在多大程度上容纳野生生物,也可能使你以新的眼光来看待高楼林立的空间,……在这个高度城市化的空间里,植物自然生长,各种生灵悠然漫步。而我,则试图在喧嚣中追求田园诗般的生活"②。她通过自己的园艺种植和对有机农场、公共绿地、公园的探索,为伦敦及其他城市的生态爱好者提供了一种与城市共存的生态生存方式。全文处处可见伦敦标志性绿地、农场的描写,把对绿色的探寻和城市的特点紧密结合在一起,贡献了一个探索构建生态城市的典范。

除上述作家外,同样以地方表现和塑造为主要内容的生态散文作家及代表作还有以西部沙漠为写作对象的奥斯汀,她的代表作是《少雨的土地》,以她在沙漠小镇12年的生活经历为背景写作而成,改变了人们对沙漠的认

---

① 巴勒斯. 醒来的森林 [M]. 程虹,译. 北京:生活·读书·新知三联书店,2012:48.

② 芭布丝. 我的花园、我的城市和我 [M]. 沈黛,译. 北京:商务印书馆,2014:8.

识。此外,还有同样以沙漠为写作对象的阿比,他的代表作是《孤独的沙漠》,从生态学的视角展示拱石国家纪念公园的美丽和价值。还有迪拉德,她的代表作是《汀克溪的朝圣者》,以自己在汀克溪畔居住一年的经历为背景,描写了这个地方的自然景观、风土人情,是其回归大自然、融入大自然的经历记录。这些生态散文作家从风景、物种、生态等多个角度对地方进行了描写和展现,塑造了生态散文中的地方,并且通过散文的传播和接受,推动了地方的发展和保护,体现了生态散文的"在地性"特点。

(二) 苇岸的华北平原

苇岸是中国生态散文作家中最为人熟知的一位,他不但以浓厚的感情描写了所处的华北平原,而且还是较早专门从事生态散文写作的作家,为中国生态散文写作打开了一扇门,他的作品流传大江南北,广为人知,成为中国生态散文作家的代表。"并不多产的苇岸在当代散文史上产生了重大影响……他奉献了一种独特的生命观和伦理观。或者可以这样表述——苇岸是较早反思都市文明病的当代作家。"① 就是这样一个影响深广的生态散文作家,在短暂的生命中不断书写自己的故乡——华北的某个平原,从家乡中获取了生存的力量和精神的源泉,这是地方对生命的赋予和塑造,也是生命对地方的描写和回馈。他在《一个人的道路——我的自述》中写道:"这个大平原的开端,给了我全部的童年和少年。与所有乡村的孩子一样,它们是由贫匮、欢乐、幻想、游戏、故事、冒险、恐惧、憧憬、农事等等构成的。我时常缅想它们,但我还从未将它们写进我的散文。"② 在苇岸看来,这个平原是他的全部童年,又进而构成了他的全部人生。他的人生跟这片平原和这片土地紧密相连,正是地方的特性渗透进他的人生、他的人品中,进而展现为他的文字:

> 在中国当代作家中,苇岸最早显露出了鲜明的处所意识。他选择在燕山脚下的昌平构建属于自己的处所,因为他生长于此,热爱并忠实于这片土地。他倾其一生悉心观察着这片土地上的自然生态的细微变化,静心倾听着自然本身的丰富蕴含,深情体味着大地上所有生命的尊严、美丽以及脆弱,用一颗宽广丰富的心灵将这片土地构筑成一个万物荣辱

---

① 刘军. 为什么是生态文学 [J]. 创作评谭, 2020 (3): 34-36.
② 苇岸. 大地上的事情 [M]. 桂林: 广西师范大学出版社, 2014: 1-2.

与共的文学世界。①

苇岸的精神世界和昌平这片土地紧密地联系在一起,在他的散文集《大地上的事情》中,他用24张照片拍摄了同一块地方的二十四节气,文字和图片相得益彰,既直观生动,又富有文人情趣,叙述了中国的二十四节气的来源、表现和变化。这是一种散文跨界写作,用文字和图片共同写作,赋予文字一种图像的力量,也给图像一种文字的悠远味道。读者不但能够从图片上直观感受到二十四节气的不同,比如春分的嫩绿、小雪的覆盖、大雪的酷寒,还能从文字上看到苇岸对于所处地方的爱和解读。

他在写到谷雨时,这样写:"麦子拔节了,此时它们的高度大约为其整体的三分之一,在土地上呈现出了立体感,就像一个十二三岁的男孩开始显露出男子天赋的挺拔体态。野兔能够隐身了,土地也像骄傲的父亲一样通过麦子感到了自己在向上延续。"② 在这里,苇岸的视野超越了图片所表现出的郁郁葱葱的麦田,而是进入通感的状态,麦子和土地之间的关系,在他的眼中表现为十二三岁的男孩同父亲之间的关系,生命在传递,爱也在延续。万物生命都和土地密切地联系,是大地提供的生命之源,对于孩子来说,父母也是生命之源,这种同构让读者产生共鸣,确认了自然生态系统和个体生命的延续传统。

麦子是北方平原农民的主要粮食,是华北平原最常见的农作物,在苇岸的散文中也反复出现,成为农民、生命、繁衍的象征。麦子一般在十一月种植,来年五月收割,五月是麦子收获的季节,也是苇岸笔下最美好的季节。他写道:"五月是一年中最好的月份。扬沙腾尘的春风终于偃息了,风和日丽,青草和麦田覆盖了地面,小鸟藏在绿荫里婉转啼鸣,新绿的叶子渐渐扩展,空间弥漫着树花的香气,农民在土地上劳动。"③ 在这样一个美好和丰收的季节,小麦和大地及农人产生了美好的联系,"麦子是土地上最优美、最典雅、最令人动情的庄稼。麦田整整齐齐摆在辽阔的大地上,仿佛一块块耀眼的黄金。麦田是五月最宝贵的财富,大地蓄积的精华。风吹麦田,麦田摇荡,麦浪把幸福送到外面的村庄"④。麦子不仅是人类果腹的食物,也因为和大地、人类、生命繁衍等事物密切相关,具有一种超越性的意义。苇岸对麦

---

① 刘栋. 生态乌托邦的构建:苇岸、韩少功和廖鸿基生态散文中的处所意识 [J]. 佳木斯大学社会科学学报,2020(6):122 – 125.

②③④ 苇岸. 大地上的事情 [M]. 桂林:广西师范大学出版社,2014:86,205,8.

子怀有深切的感情，麦子是粮食，养活了人类和无数其他各种或大或小的生命，五月的麦田金黄耀眼，这是丰收的象征，是生命的延续，代表着一年口粮的着落。对于北方农民来讲，麦子就是一切，是生存下去的希望。而麦田的风景，因为跟食物、生命、大地有密切联系，而具有多样的意味。麦田既是美的，又是有用的，既是植物，又给人们以生命的养料，是大地对农民的馈赠。通过麦子，苇岸、生命、大地与华北平原紧密联系在一起。

（三）李娟的阿勒泰

李娟的生态散文主要集中在她的非虚构作品《冬牧场》和"羊道"系列，这是属于阿勒泰地区的文字，是阿勒泰这个地方才能孵化出的作品。阿勒泰给李娟提供了丰沛的自然景观和人生经历，渗透在她的创作中，使得她的创作呈现一种写实的诗意。阿勒泰的寂寥、荒凉、寒冷带有独特的荒野气息，她的散文也集中在牛羊、冬窝子、猫狗、人等跟荒野相关的事物上，体现了鲜明的地方景观和地方文化特色。

阿勒泰地区是广袤的，在寒冷无人的冬季，任何一点跟生命有关的活动都会成为寒冷季节的温暖。尤其在冬牧场，方圆几十里只有一户人家，除了几百头羊和数十头牛，就是寥寥几个家人，所以牧人最喜欢的日子，就是有客人到访的日子。每一个客人都是弥足珍贵的，因为可以带来交流，人多的时候更热闹，几个人围着热炕喝酒或者喝奶茶、聊天，打破冬牧场的寒冷和寂静。当客人离去，寂静重来，人忍不住就会歌唱。李娟写道："放下茶碗，起身告辞的客人，门一打开，投入寒冷与广阔之中；门一合上，就传来了他的歌声。就连我，每当走出地窝子不到三步远，也总忍不住放声歌唱呢。"[①]空阔、寂寥的冬牧场，寒冷的气息弥漫，人们在这里面，在广阔的寒冷的大地上，是渺小、寂寞的，只有歌声，才能驱散这种寒冷和寂静，抚慰孤单的牧人的心，这大概也是为什么牧人中多歌手的原因——如此广阔的天地和寂寞，除了歌声还有什么可以与之对抗呢？

广袤的大地提供了生命的舞台，唯有大地，才能够给人以依靠和庇护，所以李娟的散文中充满了对大地的依赖。她提到："在这样的大地上，舒展动荡，没有高大的植物，没有坚硬的岩石，黄沙漫漫，一切坦曝无余，无可遮蔽。还能依傍什么栖居呢？当然只有深入大地了。大地是最有力的庇护所。"[②] 荒凉的大地上，植物贫瘠，动物稀少，人类为了生存，带着羊群在游

---

①② 李娟. 冬牧场［M］. 北京：新星出版社，2018：39，42.

荡，寒冷的气候给人和动物造成了威胁，这个时候，唯有大地，才值得信赖。牧民的居所，牛羊的庇护地，都是依托大地建成，地窝子陷入大地2米深，面积不到20平方米。这个小小的，甚至是脏兮兮的地方，成了四口人一只猫的全部生存空间，从做饭到睡觉，还有聊天、做针线活，全部在这个狭小的空间展开。感谢大地，提供了庇护生命的场所，是最坚实的承载。所以李娟认识到生命和大地的紧密联系："是的，唯有在荒野中，人才能强烈体会到一个词：地心引力。大地是最大的一块磁石。生命的世界只有薄薄一层，像皮肤紧紧贴附在大地之上，一步也不敢擅离。哪怕是鸟儿，有翅膀的鸟儿，大多数时间也是双脚漫步在大地上的。"① 大地对于阿勒泰地区的牧民来说就是一切，是生命孕育的场所，是生活的地方，也是提供庇护的本源。

地窝子依托于大地，是人和大地沟通后制造的生存场所，它的原料是羊粪，羊粪来自于吃草的羊，草来自于大地。大地提供了场所，提供了原料，也给生命庇护。地窝子是人和大地交流的产物，虽然简单，却充满了生命的气息。李娟写道："地窝子头埋得低低的，一动也不敢动，蜷缩在冬天的缝隙里，看起来窘迫、寒酸，但其实是宽容又有力的。它不但是人的居所，也是小虫子们的栖身地。哪怕在最冷的日子里，苍蝇、屎壳郎和蜘蛛仍围绕着我们频繁活动，隐秘的角落里更是爬虫和小飞虫的天下。这个温暖的洞穴庇护了多少寒冬里幸存的生命啊。"② 地窝子的价值在于依托大地的庇护，给生命提供生存的场所，在这个场所里，不仅有人类这个制造者，也有其他生命，共同构成了寒冷冬天的生命乐园。地窝子是牧民临时的"家"，是他们生存的地方，保护他们的周全，也是其他生命共同存在的庇护所。

事实上，牧民在固定的地方也有自己的家。但是，牧民的身份决定了他们大部分时间是在放牧的路上，而在放牧的草场，地窝子就成了他们的家，有时甚至比真正的定居地更像家。毕竟，他们一年的大部分时光都要在这个地方度过。李娟写道："这边才能算是真正的家，虽然没有牢固的房屋，没有体面的家私，没有便利的生活……但是，羊群在这边，牛、马、骆驼都在这边，所有的财富和希望都在这边。这边才是最踏实的所在。"③ 对于牧民来说，牛羊在哪里，家就在哪里。牧民的身份决定了牛羊才是他们的依靠，放牧牛羊的地方就是他们的"家"，而那些定居点，"则是单薄、冷清的，它只是一处附属之地，只能依托这边而存在"④。

---

①②③④　李娟. 冬牧场 [M]. 北京：新星出版社，2018：42，46，49，49.

寒冷也是阿勒泰冬牧场的标志性特点，对于牧民来说，一年四季，最为难熬的就是冬天，一个是冬牧场的草比较少，牛羊要走很远才能吃饱；另外一个，就是无处不在的寒冷，在阿勒泰地区，牧场的冬天最低温度可以逼近零下40摄氏度，平时冬天平均气温也在零下20摄氏度，把衣服脱了就可以直立在地面上，可见其寒冷。对于冬牧场来说，最难熬的日子不是孤独、寂寞，而是十二月底到一月份的寒冷。所以，冬牧场最苦的人是出去放牧的人，而这一般都由男人完成。严酷的环境让读者体味到阿勒泰的自然风味，也认识到牧民的不容易。严寒的天气以各种方式昭示着自然的客观无情，比如"迎风眺望远方，不到几秒钟就泪流满面，眼睛生痛。加上眼泪在冷空气中蒸腾，雾气很快糊满镜片，又很快凝固为冰凌，眼前立刻什么也看不清了"[1]。又比如，最冷那几天，居麻回来时，李娟总会去几百米外迎接，当居麻跑回家，她就慢慢把羊赶回家。就这几百米，李娟深深感受到寒冷的残酷，"赶羊回来的那一路上，脸颊冻得像被连抽了十几耳光一样疼，后脑勺更是疼得像被棍子猛击了一记"[2]。可见牧场之寒冷。但是，尽管天气严寒，牧民仍要每日带着牛羊去放牧，这是地方的四季轮回，是牛羊生命延续的必然。

经历过寒冷的牛羊，毛更御寒，肉质更鲜美，牧民的每一天都是有所收获的。更何况，寒冷的日子总会过去，每一天的寒冷都意味着寒冷的时光在流逝，意味着春天在一天天接近。"我们生活在四季的正常运行之中——这寒冷并不是晴天霹雳，不是莫名天灾，不是不知尽头的黑暗。它是这个行星的命运，是万物已然接受的规则。"[3] 寒冷的到来代表着四季的正常运行，是这个地球给予生命的历练。而且，寒冷并不是一无所用，而是能够促使生命改变自身以应对自然，这种改变是生命本身的需要。"鸟儿远走高飞，虫蛹深眠大地。其他留在大地上的，无不备下厚实的皮毛和脂肪。连我不是也罗里八嗦围裹了重重衣物吗？寒冷痛苦不堪，寒冷却理所应当，寒冷可以忍受。"[4] 正是严寒，赐予了生命以厚厚的皮毛和脂肪，让它们能够度过冬天，也给生命带来了考验，让它们学会忍受。

在寒冷的牧场，最缺的就是人气，只要家里的人都在，这个地方就是最热闹的地方。居麻的邻居新什别克一家原本只有夫妻两人，带着一个小宝宝，冷冷清清。当家里孩子放假后，一下子回来两个娃，家里就满满当当，

---

[1][2][3][4] 李娟. 冬牧场[M]. 北京：新星出版社，2018：66, 67, 70, 70.

然后整个冬窝子就散发出家的气息,热热闹闹。地方的沁人心脾,最主要的原因是栖居者的活动,正是各种活动铭刻在空间里,带来情感上的共鸣,形成了地方。冬窝子也是这样,三个人的时候冷冷清清,当孩子都回来后,家的气息一下子就散发出来。"世上最幸福的女人,是有着三个孩子的女人吧?萨伊娜边绣花边不自觉地哼歌。两个孩子渐渐也跟着一起哼。很快,睡醒的新什别克也加入了。全家人的大合唱让地窝子都震动起来。……相比之下,之前这个家多么冷清啊。冷清得像在深深的井底。"① 家人的团聚为冬窝子染上了幸福的色彩,这是地方性的体现,是活动塑造了冬窝子,使其不再只是放牧的荒野,而成为有人类足迹的地方。当然,即便是人类的活动,也无法改变荒野的本质,它仍然是自然的一部分,人类的活动在辽阔寒冷的冬牧场,是万千星光中的一点萤火虫,"热烈的歌唱和欢声笑语也像是在深深的井底。门外黄沙滚滚,寒冷无边。一家人紧紧围绕着小火炉,欢笑着,吵闹着,这欢乐和吵闹多么孤独,孩子们的成长就多么专注、无忧"②。因此,敬畏大自然是必需的,人类虽然改变了很多,但是从本质上看,依然是自然的一部分,无论狂风骇浪,还是地震山崩,当自然发生巨变时,人类是无法逃避和改变的。

在李娟跟阿勒泰地区有关的生态散文里,集中体现了她的生态观,由有机联系的生态整体观、万物平等的生态生命观和超越传统的生态审美观共同构成。首先,李娟将和谐视为最高的生态理想,以生态整体的利益为最高价值;其次,李娟认为每一个生命体都有自己的独立价值和生存地位,要以平等的态度面对所有生命,尊重生命本身的"善"及其独立的价值;最后,李娟的自然审美遵循生态整体性原则,对原生态的自然物给予了肯定的审美判断。③ 但是,在李娟的大部分散文里,她很少直接陈述自己的生态观、世界观,而是通过她的爱好、她的观察、她的生命经历潜移默化地表达出来,娓娓道来,因此分外动人。

(四) 韩少功的八溪峒

韩少功的散文具有明显的"地方"意识,在他的散文里,地方的风土人情以文字的形式呈现出来,栩栩如生。韩少功的《山南水北》呈现出独特的地方意识和精神气质,正如龙其林所言:"传统文化中老庄思想的浸润和古老的巫楚文化的双重激荡,以及西方现代生态观念的影响,使他形成了一种

---

①② 李娟. 冬牧场[M]. 北京:新星出版社,2018:165.
③ 邹璐. 李娟散文的生态审美研究[D]. 郑州:郑州大学,2020:I.

亲近自然、维护生态、营造人与自然和谐胜境的生态意识，这构成了其生态散文的内在尺度。"[1] 在《山南水北》里面，内容大致可以分成三个部分，第一部分讲的是八溪峒的动物植物和自然风景，第二部分讲的是村子周围的人和故事，第三部分讲的是曾经的知青经历。韩少功散文中的生命都是"在地"的，他的猫咪花花，他的小狗三毛，他种的豆角、青菜、茄子、西红柿，这些东西都以文字的形式在读者面前活了过来，成为生态散文在地性的明证。韩少功散文中多有对周围动植物生命的描写，浸透了他的生态观和生命观。他的散文描写展现了他对周围自然万物的体察，这种体察不是观察，不是旁观，而是参与，是建构。比如他种菜、喂狗、喂猫、埋葬狗、做干菜，诸如此类等等，都是韩少功自我生命糅合进周围自然万物的过程，这种糅合，才是"物我一体""人我交融"，是生态散文"在地性"的表现典范。

在第一部分，韩少功的散文写的是一个小村庄的风景以及动植物生命。这个村庄同中国大地千千万万个村庄一样，是卑微而渺小的。而正是这千千万万个渺小的、在纸质地图上无法看到的村庄，串联起中国的山山水水。在这些小村庄里，村民更是渺小，甚至卫星地图也拍不到人类的身影。因此，韩少功产生了穿越时空的感慨："我这才知道，村庄太小了，人更是没有位置和痕迹。那些平时看起来巨大无比的幸福或痛苦，记忆或者忘却，功业或者遗憾，一旦进入经度与纬度的坐标，一旦置于高空俯瞰的目光之下，就会在寂静的山河之间毫无踪迹——似乎从来没有发生过，也永远不会发生。"[2] 悲伤或者痛苦对于一个人来讲或许是巨大的，但对于广袤的地球和宇宙来说却是如此渺小，有的时候甚至连一个村庄也影响不了。

但是，不同的个体的精神和心情，却又往往和生活的村庄、风景紧密联系在一起，而且不同的主体看待同样的自然风光会产生不同的感受。生活在湖南乡村的村民，和回湖南定居的韩少功，在他们的眼中，风光相同，但含义绝不相同，这也是生态散文作家的价值所在。在同样的自然风光中，生态散文作家看到了生态的内涵，看到了生态文化，看到了万物互联的内在特征。尤其对于中国生态散文作家来讲，山水本就是中国文化传统的重要组成部分，通过生态散文，他们将传统的山水和生态的当代文化结合，写出了别具一格的散文。韩少功第一次回到山村的时候，写到自己的感受：

---

[1] 龙其林. 生态中国：文学呈现与跨文化研究 [M]. 北京：北京大学出版社，2019：43.

[2] 韩少功. 山南水北 [M]. 长沙：湖南文艺出版社，2013：5.

巴童浑不寝，夜半有行舟。这是杜甫的诗。独行潭底影，数息身边树。这是贾长江的诗。云间迷树影，雾里失峰形。这是王勃的诗。野旷天低树，江清月近人。这是孟浩然的诗。芦荻荒寒野水平，四周唧唧夜虫声。这是《阅微草堂笔记》中俞君祺的诗。……机船剪破一匹匹水中的山林倒影，绕过一个个湖心荒岛，进入了老山一道越来越窄的皱褶，沉落在两山间一道越来越窄的天空之下。我感觉到这船不光是在空间里航行，而是在中国历史文化的画廊里巡游，驶入古人幽深的诗境。[①]

在韩少功的散文里，自然之美绝不仅仅是悦目，更是在精神上洗涤了他，而作为文人，他思接千古，借助自然之境沉浸到从古至今的诗歌境界，从自然美上升到人文自然交融的生态美，给读者带来洗涤心灵的效果。

他的散文以描写动植物、人物为主，纯粹描写自然景观的不多，上面推窗而望的景观算一个。另外一个比较富有"在地性"特点的是访问被废弃的"无人区"。他写到去探访无人区，过了千石峒，就到了无人区，主人不知何故离开这里，或是外出打工，或是有了更方便的住处，因此舍弃了这深山的房宅，但再度造访，看到这些房舍、田埂、木犁，仿佛穿越了时空，"不难想象，前面那条溪边的青石板，以前也有过捣衣的声音，有过黄昏时分耳环或手镯的一闪。前面那座小石桥，以前也有过老牛带着小牛归来，牛背上可能停栖着静静的蝴蝶。这山静林幽之处，以前一定有过灯光温暖的窗口。在明晃晃的月夜或者雪夜，一定还有过纺车或摇篮吱呀吱呀的声音滚过水碾和水堰"[②]。居人已去，唯留旧物，物是人非事事休。风景虽然没有多少变化，但是人去楼空，主体的离去，让留下主体劳作痕迹的物件被搁置，沉浸在自然中，具有穿越时空的功能，代表了记忆和感受，是地方成形的根基。

在第二部分，韩少功主要讲了他所安居地方周围的各色人等，广泛来讲，就是风土人情，从村支书，到贤爹，到贺乡长，再到各色人等，每个人身上都带有地方浓厚的印记，比如说一些共同特征，像有一些刁蛮，爱占便宜，小聪明，喜欢打探事情，然后又都屈从于道德律法，要面子等等，正是这些活生生的人类，构成了富有特色的乡土。这种乡土虽然建构在一方水一方山上，但最终体现为一方人，韩少功与这些人的交往，正是他跟这方宗族

---

①② 韩少功. 山南水北［M］. 长沙：湖南文艺出版社，2013：2，203.

社会的交往：

　　韩少功用了近三分之二的篇章，对八溪峒的社会生态进行描写，展现乡村的世态人情。韩少功对此的解释是：乡村不仅仅是风景画，不仅仅有浪漫主义消费的保留节目，还有自然中的人。这些人五花八门，其各不相同的生产方式和生活方式，其生老病死、喜怒哀乐、沉浮福祸的平凡故事，同样是自然的一部分。这些人不是隐居两年的梭罗，更不是咬咬牙狠狠心待上三两周的仿梭罗，而是在这里搭上一辈子，因此他们的行迹构成了对自然更直接、更深入、更可靠、更活化、更具有历史感和生命感的诠释。①

　　在这一部分，地方的风景跟人物甚至人性都紧密结合在一起，一方水土一方文化。比如，在谈到"孝道"的时候，韩少功有一段精彩的论述："在这里，一种中国人视之为传统核心的孝道，一种慎终怀远乃至厚古薄今，在成为一种文化态度之前，其实早已是农民实际生活的情境规定，是睹物思情和触景生情的自然。"② 是周围的土地、自然养育了亲人，又是同样的土地收纳了他们，他们虽然死了，却葬在屋前屋后，以坟包的形式继续存在，如同一个个永恒的无言的存在，静默地注视，这是死后生命与生前的交融，是自然介入的生命循环。

　　地方也是自带道德属性的，如韩少功所言，罪犯为什么常常把家乡排除在作案区之外？大概率是因为地方的乡里乡亲和风土人情，让从小在此长大的罪犯有种无法下手的感觉，毕竟，稍微有点人性的罪犯，偷谁也不会偷自己的"家"。"回到家乡的人们，彼此之间熟门熟路，知根知底，抬头不见低头见，亲友关系盘根错节，无形的做人底线不难约定俗成。……乡村的道德监控还来自人世彼岸：家中的牌位，路口的坟墓，不时传阅和续写的族谱，大大扩充了一个多元化的监控联盟。"③ 这个联盟来自宗亲，属于地方，是一方水土衍生出来的文化关系网，有时甚至代替法律行使职能，是属于地方的法规。

　　地方的道德属性不只是控制罪犯，还体现在人际交往上，比如"走动"

---

　　① 刘栋. 生态乌托邦的构建：苇岸、韩少功和廖鸿基生态散文中的处所意识 [J]. 佳木斯大学社会科学学报，2020（6）：122-125.
　　②③ 韩少功. 山南水北 [M]. 长沙：湖南文艺出版社，2013：76，78.

是必需的，正是在走动中，人与人之间的联系变得紧密而牢固，但在城市，"走动"不是必要选项，如果能够靠电话、微信、邮件解决的，"走动"就不用了。在地方上绝不如此，正因为是长期在一个村子，任何一件小事，即便电话能解决的，也要"走动"，这样一来显得尊重，二来也提供了更多可交流的内容，日月短长，就在这些交流中度过，这是独属乡村、地方的交往方式。韩少功写到，在乡村，不管是否大事，上门都是必需的，"上门与不上门的区别，在于给不给面子。面子在这里并不抽象，是一种物质性要件，即人脸的真切到位"①。这种"情分""情面"往往跟地方紧密关联，一个地方的人，本身就具有生态学意义上的关联，更不用说彼此间不是邻居就是朋友，三辈以上还是宗亲。

在八溪峒，大家是没有隐私的，因为地方太小，口口相传成为信息的主要交流方式，原因是"乡村里读书人不多，笔墨也少见，各种信息鲜有笔载，多由口传。口传者一坐到火塘边，面对着漫长的闲冬，喝上一口谷酒，大概不能不强化一点刺激。对于取乐者来说，说得是否有据不那么重要，说得是否有趣倒很重要"②。这就是属于乡村的独特的信息传播，人和人之间的交流成为主要的信息来源。对于小乡村来说，没有隐私，有的只是大家津津乐道的事情。所以意见不但传播得快，而且七传八传，往往变样。这是因为乡村小，人生短，世界简单。"残火闪烁，烟雾缭绕，火屑星子飞舞着向上窜。火塘是熬冬的场所，自然成了闲人们的聚集之地，成了神话的生产之地。对于很多农民来说，山村是他们的过去，也是他们的未来。这一点已经足够。"③ 这种传播特点在某种意义上编织了一张联系之网，使得大家都能约定俗成按照这个网络的规则行事，这跟生态系统的运行规律是异曲同工的。这跟城市形成鲜明对比，城市是尽量给居民提供一个安全的独立的空间，各自的家庭是最牢固的堡垒，家里的事情隔一堵墙的邻居可能都不知道，更不用说同小区不同楼的居民，就算是成千上万的人待在一个共同的密闭空间——购物中心，大家彼此照面却不相识，成为"近距离的陌生人"。对于农民来说，困守一方，做一个只看到周围世界的个体，一样也是度过余生，而且能够跟地方更紧密地结合，从土地到粮食、山林鸟兽，都会成为生活的一部分。虽然这样的生活不如城市那样繁华和"精彩"，但植根于家园，也未尝不是一种生态化的生存方式，组成了当代世界多样的生存途径。

①②③ 韩少功. 山南水北 [M]. 长沙：湖南文艺出版社，2013：107，285，286.

当然，从个体隐私的角度来讲，在乡村生活也并非完全幸福，因为个体时时刻刻都暴露在大家的视野之下，接受着有形无形的言语审判和精神制裁，所以，韩少功对此进行反思："互相熟悉的程度使人们的生活长久处于曝光状态。我们无法隐名更无法逃脱，身上肩负着太多来自乡亲们肉眼的目光。这样，即便在一个山坡上独自翻地，即便四野空阔无人，我也感到自己是一个公共场所的雕像，日长月久地示众，多少有点累。"① 所以，从文明发展的角度来看，越文明的时代和地方，对个人的隐私就越尊重。但是，个人的隐私越得到保存，就意味着公共空间的约束作用就越弱，个人就越有可能在密闭的空间里做出任何超乎想象的事情。所以，乡村人朴实，城市变态多，这句话也是有几分道理的。从生态美学的角度来讲，个体互联的公共网络能够起到制约其中节点的作用，是比较好的生活方式，所以，现在城市也在大力发展"社区"，提倡平等、互助，把人与人之间的交往网络建立起来，以对抗"千百万人中的孤独症"。

第三部分主要讲述了韩少功与这方水土的"情缘"，这份情缘根源始于他曾经的插队。那段青春岁月本应该激昂大义，最终却被打发到这个小山沟里。然而正是这个小山沟，给他们的青春留下了自然的色彩，那些农作物、动物，那些乡亲，还有在乡村晚风、明月、星星、狗叫、蛙叫、虫鸣陪伴下的无数青春躁动的夜晚，是一段珍贵的回忆。通过这段回忆，韩少功能够重返现场，抚摸旧址，忆古思今。当然，所有过往皆不可复原，韩少功能做的，也就是通过这些旧风景，来审查旧时的往事，来看待当下的发展，从而获得一个见证人的身份，见证历史，见证当下，见证自我。

（五）阿来的嘉绒藏区

在阿来的笔下，念念不忘的就是他出生、成长的嘉绒藏区。阿来对于地方的价值有自己独特的认识，他认为，地理决定文化，文化塑造精神，不一样的地理环境塑造了不一样的文化，而在不同地方成长的人，自然就带上了这个区域的精神气质。他指出："地理从来与文化相关，复杂多变的地理往往预示着别样的生存方式、别样的人生所构成的多姿多态的文化。不一样的地理与文化对个人来说，又往往意味着一种新的精神启示与引领。"② 因此，位于藏区的嘉绒，这个高原和盆地交叉的地带，所孕育的文化跟汉文化和纯粹高原的藏文化必然存在差异，这种差异的根源是各种各样的地理环境，表

---

① 韩少功. 山南水北 [M]. 长沙：湖南文艺出版社，2013：139.
② 阿来. 大地的阶梯 [M]. 西安：陕西师范大学出版社，2019：7.

现出来就是在这块土地上的活动、民俗、风情,以及由此形成的群体精神气质。

嘉绒是阿来出生、成长的地方,属于藏区和汉区的交界处,主要是藏族文化,同时也带有过渡地带文化变化的特征。按照阿来的说法,"单就纯意义学的观点而言,'嘉'是汉人或者汉区的意思,'绒'是河谷地带的农作区。两个词根合成一个词,字面的意思当然就是靠近汉地的农耕区"①。按照地理位置来讲,"嘉绒这个农耕区则大部分集中在长江水系的大渡河中上游和岷江上游北向的支流这些宽广的流域上"②。正是这样一个交界之处,构成了阿来笔下的精神故乡。这个汉藏交界的地段,地势有高有低,充满了迷人的自然魅力:"在阳光下闪烁的灼人光芒的大片岩石消失了,代之而起的是大片大片的树林:枫树、白桦、马尾松、灰白皮的云杉、紫红皮的铁杉。风吹动树林,大片的阳光就像落在湖面上一样,在树叶上闪烁迷人的光芒。"③这是一幅多么美丽的自然景色,在这样的环境中穿行,身体最大程度沉浸在自然里,精神世界也得到丰富和提升。阿来成长在这样的环境中,30 余年的经历让他对这片土地怀有深刻的情感。如同苇岸热爱华北农村一样,阿来深深地热爱养育他的嘉绒地区。

这片地区有他的童年,这是一个仿佛与世隔绝的地方,安静、美丽,构成了阿来的生命底色。"当我坐下来,采摘草莓,一颗颗扔进嘴里的时候,恍然又回到了牧羊的童年,放学后采摘野菜的童年。"④ 童年是一个人对世界最初的记忆,沉浸了他对世界的认识和印象,也构成了此后一生的生命情感基调。如果童年在山清水秀的地方长大,不受到生存压迫与人心污染,那么个体的一生往往是健康向上的,有一双善良的、发现美的眼睛,也懂得如何去爱。就像阿来,成长在风景秀丽的嘉绒地区,童年留下了有关自然的图像和记忆,奠定了善和美的基调。他写道:"我庆幸在我故乡的嘉绒土地上,还有着许多如此宽阔的人间净土,但是,对于我的双眼,对于我的双脚,对于我的内心来说,到达这些净土的荒凉的时间与空间都太长太远了。在这种时候,我不会阻止自己流出感激的泪水。"⑤ 这样一个充满美和生命活力的地方组成他童年的丰富回忆,成为他至今为止内心的一方净土。

然而,这个地段既充满了迷人的自然魅力,也在人类活动的身影下饱受摧残,成为一个充满矛盾的地方。"在汉藏交界的地区,在四川盆地向青藏

---

①② 阿来. 大地的阶梯 [M]. 西安:陕西师范大学出版社,2019:14.
③④⑤ 阿来. 大地的阶梯 [M]. 西安:陕西师范大学出版社,2019:168 – 169.

高原攀升的群山渐渐峭拔的地方,总会有这样一个荒凉的、大自然遭到深重践踏的地带。……这些地区,历史上曾经都是森林满被,和风细雨,当在长达上千年的战火与人类的刀斧之后,美丽的自然变出了一副狰狞的面孔。"① 自然的美丽本是天生,但在人类的开采、砍伐下,美丽的自然灭绝,新生的植被再也不可能如原来一样牢牢抓住地表,泥石流、水土流失等地质灾害频发,人类的活动是这一切的罪魁祸首。

(六) 刘亮程的"黄沙梁"

刘亮程在散文中反复书写的地方是村庄"黄沙梁"。这不仅是一个实际存在的地方,更是一个符号化、象征化的空间,是刘亮程的精神原乡。在刘亮程笔下,"黄沙梁"超越了实际存在,成为精神空间,是他回忆、思考的基础,是他以一种超越性视角来看待人与人、人与自然、人与世界的凭依。"借助黄沙梁这一微小环境揭示作家对于世界的认知,以及个体生命与世界的关系。"② 在刘亮程笔下,黄沙梁绝不只是西北的一个小村庄,更是北方村庄的一个缩影,是无数成长在北方农村的人心中的故乡,这一点,让刘亮程的散文具有普遍性和超越性。

刘亮程对黄沙梁怀有浓厚的情感,这是他成长的地方,是他所有的童年和青少年记忆归属之地,他深深热爱这个地方。"我熟悉你褐黄深厚的壤土,略带碱味的水和干燥温馨的空气,熟悉你天空的每一朵云,夜夜挂在头顶的那几颗星星。我熟悉你沟梁起伏的田野上的每一样生物,傍晚袅袅的炊烟中人说话的声音、牛哞声,开门和关门的声音……"③ 黄沙梁对他来说不只是记忆中的空间,而是身体感触积累的具体经验。这个村庄是他在世的唯一归属,是他生存的浓缩,"在一个村庄生活久了,就会感到时间在你身上慢了下来,而在其他事物身上飞快地流逝着"④。身体是人在世的唯一实存,而身体栖居的地方就是故乡,是身体感触、介入、改造的空间。对此,刘亮程有一段精彩的描述:"我们用一生的时间在心中构筑自己的村庄……这个村庄不存在偏僻和远近。对我而言,它是精神和心灵的。我们的肉体可以跟随时间不由自主地进入现代,而精神和心灵却有它自己的栖居年代。我们无法迁

---

① 阿来. 大地的阶梯 [M]. 西安:陕西师范大学出版社,2019:48.

② 于祎. 存在之痛:论刘亮程的哲学化散文创作 [J]. 中国现代文学研究丛刊,2021 (9):134-142.

③④ 刘亮程. 一个人的村庄 [M]. 杭州:浙江文艺出版社,2013:257,59.

移它。"① 黄沙梁对他来讲是精神之根,构筑了他生命的基础。

对于刘亮程来说,故乡的意义大于一切,是他唯一的"信仰",在这里,他才能找到与世界打交道的依靠,找到自己与其他人、其他生命,与大地、山脉、花草虫鸟交往的途径。借助故乡,他找到了自我与世界沟通的路径。黄沙梁对他来说,不只是出生地,更是超越性的信仰,是精神原乡,是回归之地。所以他发出心底的呼声:"我的故乡母亲啊,当我在生命的远方消失,我没有别的去处,只有回到你这里——黄沙梁啊。我没有天堂,只有故土。"② 对于一辈子生活在这个村庄的老人来说,生死都在这个地方,浓缩的景物也穿透了时间,成为他们从生到死的唯一依靠。"我时常看到一些老人,在晴朗的天气里,背着手,在村外的田野里转悠。他们不仅仅是看庄稼的长势,也在瞅一块墓地。他们都是些幸福的人,在一个村庄的一间房子里,生活到老,知道自己快死了,在离家不远的地方,择一块墓地。"③ 这种情形,让人想起电影《告诉他们,我乘白鹤去了》中的老马和他的同伴,一生都生活在一个地方,从生到死,都在这里,这个地方构成了他们的全部。对他们来说,死在这个地方也是一种幸福,是一种完满的人生,这就是一个地方对于一个人的全部意义所在。对于这些死于自己一生所处的村庄的老人来讲,如果能够埋在村子附近,也是幸福的,"虽说是离世,也离得不远。坟头和房顶日夜相望,儿女的脚步声在周围的田地间走动,说话声、鸡鸣狗吠声时时传来。这样的死没有一丝悲哀,只像是搬一次家。"④ 这种离世,跟陶渊明的"托体同山阿"何其类似,自然,完美,没有遗憾。

黄沙梁只是西北一个普通的小村子,但正是这样一个小村子,塑造了刘亮程,塑造了他的生命根基或者说精神特质。他写到村子对他的影响:"那时我并不知道这个小村庄对我的一生有多大意义。它像做一件泥活一样完成了我。在我像一团泥巴可以捏来塑去的那时,它把我顺手往模子里一扔,随意捣揉一番,一块叫刘二的土块便成形了。"⑤ 语言虽然简单质朴,却把村子对他的影响细致描写出来,这是一生的影响,以后无论身处何地,都无法改变这最根源的塑造。所以,"尽管我以后去过许多地方,在另外的土地和人群中生活多年,它们最终没有改变我"⑥。黄沙梁已经成为他的精神原乡,即

---

① 刘亮程. 对一个村庄的认识 [J]. 作家,1997 (2):57.
② 刘亮程. 一个人的村庄 [M]. 杭州:浙江文艺出版社,2013:257.
③④ 刘亮程. 一个人的村庄 [M]. 杭州:浙江文艺出版社,2013:61.
⑤⑥ 刘亮程. 一个人的村庄 [M]. 杭州:浙江文艺出版社,2013:263.

便他的家已经破损,"你们家房子都让冯三住坏了。门楼去年秋天让猪拱倒了。房子就剩下一间,另两间早几年就塌掉了"①。但是,他觉得家还在这里,而自己的人生正在一步步接近这个家、这个村子。这种接近,不只是回到物质性存在的家园,更是回到精神意义上的家,是他个体生发的源头。

(七) 青青的河南乡村

青青的生态散文和中原大地的一个小乡村紧密联系在一起,她出生在南阳的一个村子,从小跟外婆长大,外婆家在村子的最西头,房子就在田野地里。这种成长环境,让青青从小就对田野和乡村带有一种依恋,文字中充满了对于乡野的怀念与赞美。在她的文字中,最经常出现的就是乡村的夜晚:

> 夏夜里就睡在大梨树下面,萤火虫儿成群从草丛里冒出来,低低的飞着,星群在更高远的天空里,好像也在游动着。在我恍惚入梦的时候,我几乎分不清,哪些是星群,哪些是萤火虫。夏天的夜里会有猫头鹰低沉的咕嘟咕嘟的叫声,还有月光在木槿花上掠过的沙沙声,草蚊子偶尔的嗡嗡声……
>
> 如果是雨后,田野和水沟里的青蛙高低相和,叫得可欢了。"呱——啊——呱"田野因了这声音变得更加宽阔与广大,星垂平野,月笼轻纱,青蛙的叫声被更广大的原野与黑夜吸收了,再回到我耳朵里就像梦幻一样若有若无。如果在秋夜,田野里蟋蟀和秋娘的叫声密集而又明亮,大地缓慢地升高,人也跟着上升。蛩鸣虫唱,黑夜漫长,人在梦里梦外都是恍惚不定的,好像躺在一张旋转上升的巨幅魔毯上,浮在高高的秋夜中。②

黑夜与寂静,能够让我们听到大自然的声音,还可以听到更广阔的宇宙的声音。这是属于自然的寂静,是现代化之外的声音狂欢。只有在田野、在自然,才能够体味黑暗和寂静带来的生命繁荣。这种繁荣属于秋虫、青蛙、萤火虫,是各种生命彰显于大地上的痕迹。此时,人类作为一个参与者、旁观者,以自己的身体加入自然圈中,与诸生命共同狂欢。

---

① 刘亮程. 一个人的村庄 [M]. 杭州:浙江文艺出版社,2013:262.
② 青青. 王屋山居手记 [M]. 杭州:浙江文艺出版社,2021:7-8.

山村的夜晚在青青的散文中反复出现。她写道："先是青色的黄昏，像轻纱一样徐徐降临，鸟儿们在竹林里锐声尖叫归巢的欢乐。天色转为宝蓝，深蓝，如果有新月的话，已经可以看到弯弯的微笑一般的眼睛，温柔而安静的注视人间。接下来，在母亲的呼唤声、牛羊的叫唤声中，黑暗先经轻纱笼罩……"① 把乡村夜晚来临的层次感写得非常清晰。在她的散文里，夜晚不只是一种意象，更是一种象征，代表着乡村、前现代、童年，是我们失去的珍贵之物。

（八）徐兆寿的河西走廊

在徐兆寿的散文中，对于以凉州为主的河西走廊的描写比比皆是。他生长于这个地方，从小见惯了风沙、戈壁，在他血液中流淌的基因里也有西北游牧和定居民族的双重元素。他写道："小时候，我生活的凉州的西北部是一片戈壁。青色的细碎的小石子密密麻麻铺到天边，无边无际。那时候以为，整个世界都是戈壁。"② 通过对戈壁和沙子的描写，徐兆寿的生存、成长空间被鲜明地勾勒出来，那就是西北的沙漠边、戈壁滩，是荒芜、空荡的地方，比不上东南沿海那样植被繁茂、生命多样，但正是这样荒芜的地方，孕育了独特的生命意识和生态文化。

戈壁赋予了这里生存的人类独特的生命意识和生命感受，那是一种对于荒芜、空无、虚无的感受和思考，以及由此带来的对于超越性存在的仰望。徐兆寿写道："浩大的戈壁仿佛万年前被屠城的王城一样，它的铜墙铁壁被推倒，便成了我眼里神秘的戈壁。神在流浪。夜晚，当我抬头凝望一直向西升高的戈壁时，便看见鬼火缭绕，影影绰绰，繁星下降到地上。戈壁与天空竟然是一个世界。"③ 戈壁的空旷和寂寥成为徐兆寿的童年无意识，在他成长过程中不断跳出来，带给他一种属于戈壁的情感记忆。这种记忆也铭刻在无数生活在这个地方的人心中，成为他们生命的印记。

徐兆寿认为，比起森林、绿地、平原、水田，戈壁和荒漠有其独到的存在价值，那就是提供荒芜和虚无。如果说绿色提供了生命、丰富多彩的物种，那么黄色、荒漠、戈壁则提供了空无，提供了跟丰富相对的贫瘠，成为见证物种多样的另一面。他提出："戈壁、沙漠的存在仍然是非常有意义的。我知道，人们一定会质问我，它有什么意义？在大沙漠中，能存活生物极少。但我说的不是对生命的实在的意义，我说的是对生命存在的另一重意

---

① 青青. 王屋山居手记［M］. 杭州：浙江文艺出版社，2021：14.
②③ 徐兆寿. 西行悟道［M］. 北京：作家出版社，2021：48，56.

义：虚无的意义。"[1] 就像"知白守黑"一样，戈壁和荒漠的空无见证了森林、田野的繁华，所以，"实与虚是相互依存的。大地是实，天空则是虚。只有大地，没有天空，我们会怎样？绿色的生态是实，荒芜的生态就是虚"[2]。正是荒芜见证了繁华，空旷见证了极多，荒漠和戈壁见证了东南的多样物种，为生命提供了关于荒芜和虚的实在空间。徐兆寿认为："生命中必须有一块地是荒芜的，它不是供我们来用的，而是供我们实在的心休息的，供我们功利的心超越的，供我们迷茫的心来这里问道的。整个世界也一样。世界不过是我们的放大体而已。"[3] 在庞大的中国版图上，确实需要一块戈壁、沙漠为多样化的物种提供缓冲，提供一种别样的生态地块，孕育出别样的生命意识和文化。

凉州给徐兆寿的绝不只是高原的荒凉与孤寂，一样有丰富多彩的童年和自然记忆。他回忆自己的童年的时候写道："在凉州辽阔的大地上，我度过了无边无际童年和青少年时期。现在，我想不起来多少学习的痛苦经历，能想起来的全是在戈壁和大地上的奔跑……高高的杨树，清凉的溪水，熟睡着的村庄，永无止境的游戏，黑夜里对于鬼神的讯问，等等。"[4] 丰富的自然经历和神秘的传统鬼神文化，构成了徐兆寿的文化生命底色，也成为他散文写作的重要内容。在他的生态散文中，不乏对于西北荒原的描写和思考，尤其是对以地域特点为主的西北文化的思考。他认为，西北地域孕育了西北文化，而西北文化是当下中国唯一没有被现代化所影响和改变的文化，地域的偏僻使得文化具备抵抗的特质，西北文化因此保留了中国传统文化的精神和元气。

在对凉州和河西走廊进行叙写时，他专门提到河西走廊的风。他认为，河西走廊的风对于当地人来说是自然而然的存在，就像白天的太阳，晚上的月亮、星星一样，河西走廊的风常年存在，并且没有带来污染，就是如沙子、戈壁一样的自然存在。"有一种风已经成为空气。那是冬天和春天时，在旷野上行走，阳光明亮，但仍然有一股强大的风在大地上运行，轰隆隆地走过，但你看不到它吹起任何的尘土。……那是一种在高空中夜以继日运行的风，只有在中国的河西走廊上才有的风。"[5] 风和戈壁、沙漠一样，构成了作家的成长经历背景，是地方区域赋予作家的人生经历和自然经验，也构成了其散文写作的重要内容。

---

[1][2][3][4][5] 徐兆寿. 西行悟道 [M]. 北京：作家出版社，2021：56, 56, 57, 52, 53.

二、途经地：生态散文的精神扫描

在生态散文创作中，对作家出生、成长的地方的描写比较多，也有一些作家不但描写自己生存的地方，还描写了旅途见闻，借助在各地的生态行走，丰富自己的生态知识，增加自己的生态切身体验，以生态审美的眼光去看待所经过的一切，发现了多种多样的生态风景，传播了生态地方的审美价值。

张炜多次出国，在北欧、美国行走，留下了大量的散文作品。他在《梦一样的莱茵河》里面写道："暮色里的莱茵河如诗如画。一条河的美丽除了它本身的壮观，更重要的大概还是依赖于两岸的景色。河行千里，山谷和平原都让河脉串为一体了。举目望去，变化多端的峰峦、密不透风的树林，覆盖了一切的草地，一切都让人感到一种特别的欣悦。"[1] 然而，这样美丽的莱茵河也在现代化、工业化的过程中受到了冲击和伤害，虽然随着生态保护的进行，莱茵河渐渐恢复了原来的模样，但是曾经的生态伤害依然留下了痕迹，如工业化的气息。"莱茵河暗绿色的波涛拍着堤岸，送来一股奇怪的气息。多少船只来来往往，从高大的铁桥下穿过去。船上彩旗在风中一齐抖动。汽笛声低沉短促，像是怕惊扰了两岸的沉睡。河水传来的那股气息，我渐渐明白了是工业大都市的气味。"[2] 工业化和城市化正是现代化的两大标志，工业大都市就是现代化挺进的桥头堡，它的气味和汽油、钢铁、机械的味道密切相关。在工业大都市中的自然，必然带有现代化的气息，这是人造的、污染的、景观化的气息。所以，莱茵河不再是来自雪山的自然河流，而是带有都市味道的现代社会的河流，是带有工业化、废弃物、化工内容的河流。因此，"河里看不到一个游泳的人。那不是天气的关系，而是人们惧怕污染过的河水，认为在这条河里泡过会生皮肤癌"[3]。无论中外，现代化的代价是相似的，那就是作为人们生命之源的自然被破坏、污染，而这种污染一定会以生态循环的方式返归人类身上。

苇岸在《大地上的事情》中也提到了他多次进行生态行走，去经历不同的地方，发现大地的美，思考各种自然景物的价值和意义。他写到去草原旅行的时候经过内蒙古的村庄："我相信，再也看不到与大地结合的这么亲密的村庄了。它的土地颜色，它被广漠的沙化荒原衬托的形状，使我联想起种

---

[1][2][3] 张炜. 去看阿尔卑斯山 [M]. 北京：台海出版社，2019：15，16，17.

子萌芽拱起的地表。看着这样的景象，我彻底理解了居住在这里的人们，理解了他们为什么会有那样的礼貌、秉性和习惯。"① 地方的建筑和地方风景、人情、人性紧密结合在一起，从有机统一的角度传达出整体形象，给旅行者留下了丰富的多层次观感，这既是地方存在的意义，也是生态散文观察、描写的目的——向大多数没有到达过这个地方的人展现这个地方。这是一种文字的风景，是文化上的空间，是精神上的异域。

三、生态散文的地方美学价值

生态散文对地方风景、方言、风俗人情的选择和表现塑造了读者眼中的"地方"，为他们提供了有关这个地方的一切。地方在生态散文中常以各种面目出现，带给读者以新鲜感。借助散文，这些地方被描述、塑造、传播，让读者对于该地方以及这个地方的人有了更进一步的了解，甚至产生探寻这个地方的冲动。这种塑造不但传播了地方的风土人情，而且以一种"在地性"的方式缓慢改变着地方，形成了作家和读者的精神之地。因此，在生态散文中，出现了大量的"原乡"，那是生态散文作家成长或生存的地方，也是他们着力表现的地方，更是读者眼中属于各位作家的精神故乡。

在中外生态散文中，比较有代表性的是如下几个地方：梭罗的瓦尔登湖、利奥波德的沙乡农场、巴勒斯的哈德逊河谷、刘亮程的"黄沙梁"、张炜的胶东平原的"野地"、苇岸的华北平原的农村、李娟的阿勒泰的"牧场"、韩少功的"八溪峒"、阿来的"嘉绒"和徐兆寿的凉州。这些地方已经不仅仅是实存的属于地理位置上的位置和空间，而是浸透了生态散文作家情感和想象的文学故乡，是属于生态文学的"地方"，带有浓厚的地方风情和情感印记。这些"地方"，在被读者阅读后形成了属于他们的对书中描述的地理空间的理解和想象，甚至推动他们去探究和追寻。这样，"地方"就不仅仅是文学中的空间，更成为传播地方形象甚至推动实存地方空间构造的力量，这正是文学艺术的现实力量。

生态散文对地方的传播一方面是基于作家的认识；另一方面具有正本清源的作用，是矫正媒介塑造和民众想象的一条路径。比如对于西藏，一方面是阿来们体验的西藏，是属于原住民的西藏；另一方面，是属于各种旅行介绍、人文游记、电影拍摄中的西藏，是想象的西藏。但是，借助生态散文，

---

① 苇岸. 大地上的事情［M］. 桂林：广西师范大学出版社，2014：156.

原住民的西藏被真实地呈现出来，西藏的真正形象得以传播。所以，阿来在散文中明确提出："在中国有两个概念的西藏。一个是居住在西藏的人们的西藏，平实，强大，同样充满着人间悲欢的西藏。……另一个是远离西藏的人们的西藏，神秘，遥远，比纯净的雪山本身更加具有形而上的特征……"①他写作的目的，就是揭开蒙在西藏身上的神秘面纱，给读者呈现西藏人的西藏以及他的阿坝藏区。他写道："阿坝地区作为整个藏族聚居区的一个组成部分，一直以来，在整个藏族聚居区当中是被忽略的。……想在这本书中做一些阿坝地区的地理与历史的描述。"② 通过他的写作，真实的西藏、阿坝才被读者认知，嘉绒地区的形象被这本书所确立、传播。阿来以行走的方式回归本源之地，用具身性体验组织文字，形成了嘉绒地区的自然生态场域，不但提供了真实的嘉绒风景与文化民俗，而且用生态审美的方式完成了嘉绒地区的文化形象构建与传播。

　　从地方美学的角度来看，只有"地方"才是浸透了有机体和环境之间感情的空间，是各种有机体生存、改造的空间，也是生态散文的表现之源。借助"地方"的经历，生态散文作家表达了自己对故乡的情感，从生态和文学的角度表现了自己的"家园"，为读者摆脱媒介想象的地方提供了真实路径，不但促进了真实地方的形象传播，而且促使更多人去关注、体验这个地方。生态散文在此发挥了"在地性"的作用，为地方的形象传播和进一步改变提供了文学助力，这正是生态散文的地方美学价值所在。

---

①② 阿来. 大地的阶梯[M]. 西安：陕西师范大学出版社，2019：339，342.

第 六 章
生态散文的现代化反思

在国外，现代化的进程是伴随着工业革命开始的，随着工业革命的发展，机器和工厂遍地开花，人的创造性通过工业革命、技术进步快速释放出来，推动了整个世界进入现代化的浪潮中。在中国，现代化的进程更多是伴随着改革开放开始，机器的普及带来了生产力的变革，带来了现代化的第一波浪潮；从20世纪90年代末开始，互联网技术的发展应用，以及电脑、电视等硬件的发展和成熟，带来了现代化的第二波浪潮；2010年以来，随着信息技术的进一步发展，以及手机、平板、电脑等硬件的更新换代，后现代化社会来临，信息社会取代工业社会，成为当下社会的实际样态。

生态散文产生的重要原因是对现实生态危机的回应，从整个世界的角度来看，现代化进程的过程是不平衡的，当西方国家已经进入信息互联社会，探索外太空和"元宇宙"的时候，非洲一些国家还处于前现代社会，生产力极度低下，机器的使用也没有普及；同样，在中国，当沿海城市已经高度发达，建设出非常智能的城市生活样态，中西部地区还处在传统农业、畜牧社会向现代社会转变的过程中。所以，世界呈现出三种社会形态同时出现、交错勾结的态势。在现代化过程中，生态危机随之出现。"生态危机的表征之一是自然资源短缺所造成的资源争夺乃至战争，人与人之间的关系也因此而紧张、恶化；生态危机的表征之二是'环境非公正'愈演愈烈，即弱势社会群体所处的环境更加恶化，遭受到的生态危机更加深重。"① 而生态散文，作为对现实高度敏感的文学形式，对于这些问题给予了直接回应。一方面批判生态污染，尤其是现代化浪潮带来的各种问题；另一方面关怀弱势群体，尤其是那些不能发声人群以及被忽视的动植物生命。"生态散文作为新兴的一种文学样式在后现代的世界文化语境中产生并取得一定程度的发展，其现实触发点正是伴随着现代工业化进程而日益严重的生态危机这一严峻问题。"② 出于对这种交错发展不平衡态势的观照和思考，生态散文以自己的文体方式提出了批判和思考。

在生态散文中，对于现代化往往持一种批判的态度，生态散文作家更多看到了前现代的美好和现代化带来的对自然的破坏，以及对于后现代的不信任和隔膜。在生态散文中，有较多散文呈现出批判和怀旧的情绪，尤其是梭罗、韩少功、苇岸等生态散文作家，对于原始的、淳朴的生活方式较为眷恋。相对来说，芭布丝、李娟、徐兆寿、刘亮程、阿来进行的则是一种批判性的思考。生态散文对现代化、工业化的表现、反思主要体现在三个方面，一个是对现代化、工业化进程造成的生态污染的批判，一个是对推进现代化、工业化的思维方式的反思和批判，还有一个是对气候异常的表现和反思。

第一节 现代与后现代：生态散文的反思

无论如何，现代化的浪潮已经席卷全国，就算在一些偏远地区，我们依然能从各种细节里面看到现代化的浪潮滚滚而过，影响了一代又一代人：

> 新时期以来的中国大陆，在改革开放的大潮下，在以经济建设为中心的引领下，工业化进程不断深化，科学技术和现代工业文明高速发展，我国取得巨大的经济发展，国人的物质生活水平和生存境遇都得到了极大的改善，但由于长期以来忽视生态的保护，陷入了前所未有的生态危机之中，人与自然、人与人的关系出现了疏远、冲突乃至全面的割

---

① 程相占. 生态美学引论 [M]. 济南：山东文艺出版社，2021：81.
② 董国艳. 中国新时期生态散文研究 [D]. 济南：山东师范大学，2016：27.

裂。人不得不面临各式各样的生态危机问题，诸如水土流失、江河断流、树木被滥伐、灭绝的物种不断增多、几乎成为常态的雾霾天气等等。①

而这些，都是生态散文表现的对象，是生态散文对与当下社会现实的思考。

在李娟的《冬牧场》里，前现代社会是原始的游牧社会，是逐草而居，但随着现代化的社会进展和生态文明的建设，游牧社会注定要被终结。国家推行退牧还草，对于自然的保护与后代子孙的生存和整个国家的环境息息相关。居麻成长于前现代社会，但随着现代化浪潮的来临，他的孩子、家庭也不可避免进入了这个浪潮之中，发生了种种改变。李娟作为一个见证者，用《冬牧场》这本非虚构散文集记录了现代化和生态建设对于游牧民族的冲击。她写道："我的眼睛比镜头更清晰更丰满地留住了一切——这最后的游牧景观，这最深处最沉默的生活。这个已经不是很传统的游牧家庭，已经有了电视机，已经能追逐最流行的歌曲。"② 牧民的生活受到现代化的冲击，改变是必然的，从卫星电话到电视、手机，现代化的社会以其便利逐渐改变、瓦解传统的生活方式，这个过程是不可逆的。

现代化带来的冲击是全面的，伴随着工业化、城市化，传统的乡村生活和习俗被逐渐改变。苇岸的散文写道："在蔑视一切的经济的巨大步伐下，鸟巢与土地、植被、大气、水，有着同一莫测的命运。在过去短暂的一二十年间，每个关注自然和熟知乡村的人，都已亲身感受或目睹了它们前所未有的沧海桑田性的变迁。"③ 这种变化首先是不可逆转的；其次也的确带来了很多事物的消亡，比如一些传统的生活方式、器物、居住地。生态散文作家对这种变化往往感到遗憾甚至是抗拒的，这是因为传统的生活方式跟现代化的生活方式相比更加生态。

然而，传统必然不是一下子就消亡的，在漫长的改变过程中，传统与现代并存，出现了杂合交融的态势，也让来自传统的思想、智慧，融入现代生活中。"我看到哼着流行歌曲的加玛，走在暮色中时，顺手捡起路边一副完整的马头骨。她一直走向沙丘最高处的铁架子，再踮着脚，把马头骨挂在铁架子上……这又是最深沉的传统，只为马头骨是高贵之物，不容践踏，应放

---

① 董国艳. 中国新时期生态散文研究 [D]. 济南：山东师范大学，2016：27.
② 李娟. 冬牧场 [M]. 北京：新星出版社，2018：265.
③ 苇岸. 大地上的事情 [M]. 桂林：广西师范大学出版社，2014：147.

置高处。"① 这是传统的流淌，还有邻居家的萨伊娜，每次在小喀拉哈西被绑入摇篮之前，"总会先掏出打火机，打出火苗在摇篮里晃一晃，驱除邪灵。这也是传统"②。传统与现代在游牧民族身上融合。当然，现代化的浪潮一定会淹没前现代，这是历史的必然，然而在这个过程中，能够做到有保留的改变才是最优的。如果把前现代的一切东西都抛弃，那么随之而来的现代社会就失去了根基。

相比较于李娟，徐兆寿的批判性反思意味更强一点，他提到：

> 几十年来，我生活的故乡西部被一股名为现代性的飓风疯狂地吹拂着。高原上的一切都被否定或篡改。曾经它是华夏文明的太祖山，元气生发的地方，信仰诞生的地方，史诗讲述的地方……可是，现在不是了。现在它是蛮荒之神，被自负的现代文明赶往八荒之外。而高原上的人们从此迷失了方向，他们再也不看星空，不看北斗七星，不看风物的成住坏死，甚至不再相信善恶轮回。他们只听一个名为现代性之神的命令，欣喜地看着手中的表，不再关注太阳和月亮的变化；只需要听每天的天气预报，不再去深究天地的消息，万物的声音，甚至不再感受自己生命的感觉……世界已经失去其妙，一切都交给了机器。③

现代化的冲击让蛮荒之地元气大伤，现代性逐渐改变了戈壁所在的地方，人们离自然越来越远。原来时间看的是日升日落，天气看的是天空和月亮，现在则把一切交给钟表和天气预报。现代性以细微的方式走进人们的日常生活，影响和改变着人们的生存。在这个过程中，我们丢失的不只是与自然的直接联系，那些根植于原初自然的生活方式、文化传统也发生着改变，它们被现代性冲击、异化，最终丢失。徐兆寿对此忧虑重重，他写道："现在的我们住在高楼大厦，祠堂早已遗弃。我们用'现代'一词骄傲地与先祖们划清了界线，视他们为朽物。我们把原来祖先的位置让给子女，却把它叫爱。我们把父母丢弃在远方，并咒骂孝道乃愚昧。"④ 现代化冲击了传统的生活、文化，连一些有益的文化、生活方式也被边缘化，这是人类的损失。

生态散文对现代化的批判和反思主要集中在两个方面，一个是对现代化以及"进步"观的反思和批判，一个是对工业化及技术化思维的反思和批判。

---

①② 李娟. 冬牧场［M］. 北京：新星出版社，2018：265.
③④ 徐兆寿. 西行悟道［M］. 北京：作家出版社，2021：234，235.

一、对现代化"进步观"的反思

现代化的进程不可逆转，这是常识，然而，进行什么样的现代化，在现代化中应该保留什么、丢弃什么，却是我们可以选择的。生态散文作家从多个方面思考了现代化，提出了不同的思路。张炜认为，现代化的过程中要注意保留民族文化，不要被全球化浪潮所异化。他指出："一个民族巩固自我的道德伦理优势，培植和强化自己的个性，就会成为现代狂涛中不沉的岛屿。文化的繁生性曾经使一个民族丰腴起来，最终也能够挽救和改写一个民族衰变的历史。"[①] 他认为，精神的繁荣能够让一个民族在现代化浪潮中保持独立，从而屹立在世界之林。众所周知，现代化进程已经开始，不可逆转，更何况，现在信息化、后现代化进程已经在逐渐取代现代化进程。所以，回到前现代是不可能的。当下我们所能留下以及缅怀的，无非是前现代流传下来的一些生存智慧，比如天人合一、天人感应、敬畏自然等。因此，要充分利用这些智慧，保留传统文化的底蕴，这样才能在当今时代保持自我生存的文化根基。

实际上，现代化的生活方式比前现代更便利，而结合了生态文明建设的现代社会是理想的社会生活方式。李娟认为："无论如何，生命需要保障，世人都需要平等地受用现代生活。一定要定居，羊群一定要停下来。不只是牧人，连大地也承受不了了。羊多草少、超载过牧的状况令脆弱的环境正在迅速恶化。"[②] 所以，生态的现代化或者说以生态文明时代取代现代化、后现代化非常必要。我们要反对的是那种以"进步""发展"为唯一目标的现代化。

在人类追求现代化进程的背后，是人类对于进步和发展的无穷欲望。关于进步与经济增长的关系，庞廷有一段精彩的陈述：

> 欧洲人把人类视为处在一种特殊位置上，在分离的"自然世界"之外，他们可以不受惩罚地去开发这个自然世界。科学思想的影响在于一种约简的思维方式——强调观察和理解一个系统的各个部分，而不是关注其整体。他们认识到了自己的物质性地位和知识水平已经超越了前辈，并把这称之为"进步"。更高的物质消费水平和更强大的改变自然

---

① 张炜. 去看阿尔卑斯山 [M]. 北京：台海出版社，2019：328.
② 李娟. 冬牧场 [M]. 北京：新星出版社，2018：275.

世界的能力被视为是重大的进展。进步被定义为有利,是所有的人类社会在未来都应该去追求的东西,所以,进步在根本上就与经济增长联系起来了。①

进步不仅意味着经济的发展和知识的增多,同时也意味着改变自然的能力的增强,而最关键的是,进步被定义为"有利",被定义为人类社会"都应该去追求的东西"。这样,进步就成为技术发展、经济增长的内在动因,工业化进程和城市化进程也是人类在"进步"欲望驱使下而推动进行的。因此,以"进步"为名义的各种举动就被认为是应该追求的,是人类社会向上向前发展的总趋势。麦可基本指出:"如果地球上存在着一个为所有成功的政治家,无论是社会主义者,还是法西斯主义者或资本主义者共同承认的观念的话,那就是:'经济增长'是好的,是组织良好的人类行动的正当目的。"② 尽管"经济增长"可能带来种种弊端,然而它毕竟是社会的"进步",这些弊端只是我们发展经济过程中必须付出的一些小代价而已。

我们国家曾经有过一段时间,以"现代化建设"的名义,进行资源型开发,砍伐树木,挖矿采掘,的确在一段时间推动了经济总量的增长,然而,这种增长带来的代价却是难以弥补的。树木的砍伐导致了水土流失、土壤沙化,挖掘矿山影响了植被、土地,相关产业的发展污染了空气、水体,人们在追求现代化的过程中付出的代价有点大。以阿来故乡所在的嘉绒地区来讲,有一段时间"大炼钢铁",后来又搞"现代化建设",砍伐了大量原生树木,导致植被破坏,泥石流等次生灾害频发,并且影响了局部天气,造成了对农作物的恶劣影响。在原生林没被砍伐时,"每到向晚时分,山间便会回荡起海水涨潮般的林涛,但是,现在的森林已经很难发出这种激荡着无比生命的澎湃声音了"③。现在的情况是这样的:

等到河水把风与雨带到河谷里的最后一点泥沙冲刷干净时,这些曾经生机勃勃的群山就要完全死去了。这正在走向死亡的世界不是一个狭

---

① 庞廷. 绿色世界史:环境与伟大文明的衰落[M]. 王毅,张学广,译. 上海:上海人民出版社,2002:179-180.
② 麦克基本. 自然的终结[M]. 孙晓春,马树林,译. 长春:吉林人民出版社,2000:168.
③ 阿来. 大地的阶梯[M]. 西安:陕西师范大学出版社,2019:195.

小的地理概念，那是从四川盆地边缘纵深向青藏高原边缘的阶梯形群山达两三百公里的一个巨大伤痕。

一个难以愈合的伤痕。

虽然这个伤痕地带也曾有过民族间的冲突与一些战争，但这些冲突与战争大多发生在冷兵器时代，还不至于造成如此巨大的生态灾难。这个伤痕的形成，就是进入现代史的近百年间，人类以和平的方式，以建设的名义，以大多数人的幸福与生存的名义，无休止索取的结果。①

阿来批判了现代化进程带来的破坏，以沉重的心情诉说了原生山林消失的代价，人们被现代化、经济发展等目标所左右，过度砍伐，破坏植被，最终变成了原住民的原罪。尽管如此，在当下生态文明建设如火如荼的时刻，还是有一些偏僻的地方，为了发展经济，做出了竭泽而渔的事情。这充分说明经济发展与生态保护是存在一定矛盾的，如何解决二者的矛盾是当下亟须研究的课题。

如果说"进步"的观念推动了人们追求经济增长的话，进步的标志与动力则是技术的发展。"新技术的发明，更复杂的生产过程和更多能源的利用，可以被看作进步——人类社会通过彻底的创造发明来控制和改变环境以满足自己需要的能力增长，以及回应挑战和参与解决问题的潜力。"② 进步这个概念与技术发展和经济增长紧密地联系在一起，但是，"从生态学角度看，该过程表现为满足人类统一基本需要的一系列更为复杂和损害环境的方式"③。在生态批评的视域中，进步意味着对自然的戕害和生态危机的加剧。对于"进步"的渴望虽然使得我们拥有的物质变得丰富，但我们的心灵却呈现出贫乏的状态；各种知识（信息）日趋增多，但这些知识大部分是一种"快餐性质"的存在，用完即失去了意义，成为垃圾；人类的物质水平在"进步"欲望的驱使下不断提高，心灵境界却逐步下滑，精神出现单一化的趋势。在商业文化的推动下，能够创造经济效益的文化商品逐渐占据文化的主流，而能够极大丰富人类精神的文学艺术却在当下走向了没落。那些丰富人类心灵，反映人类天真、淳朴、善良及提高人类丰富想象力的文本日渐被排挤到边缘。在"进步"观的驱使下，对利润和增长的追逐成为个体前进的至

---

① 阿来. 大地的阶梯[M]. 西安：陕西师范大学出版社，2019：57–58.
②③ 庞廷. 绿色世界史：环境与伟大文明的衰落[M]. 王毅，张学广，译. 上海：上海人民出版社，2002：419.

高目标与唯一动力，人类被金钱和欲望所异化，社会进入全面注重经济增长的阶段——金钱万能，任何与利润沾不上边的精神都遭到排斥。

然而，进步与发展并不一定总是好的。第一，进步并不总是与幸福联系在一起，生活在农耕时代的人类虽然生产力较低，却过着宁静幸福的生活，而生活在文明高度结晶的城市，人类却无法摆脱离开自然后产生的心灵孤寂。人们无一不在渴望着社会的进步，渴望着更加舒适的物质生活，渴望着进步带来的"幸福"，当下社会的宣传也总是将"进步"与"幸福"连在一起，"人们在宣传进步时总是说它能带给更多的人更美好的幸福；但是也许进步，这一现代的标志，真正的含义是指由更少的（而且是不断减少的）人就可以使社会进步这辆列车运转、加速、爬坡，曾几何时需要社会大众来协商、征服的事物，只要更少的人就可以解决"[1]。也就是说，进步意味着更少的人走上了金字塔的顶端，更多的人被放置在金字塔的底层。进步以确定一小部分人的价值来剥夺一大部分人的价值，人类越"进步"，被剥夺存在价值的个体就越多，幸福只属于极少数人，大多数人在追逐"进步"过程中掉进了社会的底层，社会的进步和绝大部分人存在意义的丧失联系在一起。

第二，进步并非就意味着一种向前向上的发展。在农耕时代缓慢的生活节奏里没有进步这个概念，所以人们才能安然生活在大地上。在进入工业社会前，进步也不意味着一种前进和向上的意义。既然进步不意味着前进，何苦又要去追求进步。"进步"这个观念也只是在工业革命之后才成为一个正面的词汇，是在同科学技术联姻后发掘出来的表达人类美好意愿的欺骗性词汇，"在古代世界，没有什么进步的观念，历史通常被视为根本没有什么特定的方向，如果它有的话，那也是一个从黄金时代衰败下来的故事"[2]。卢梭早在17世纪就提出，人类文明的每一次"进步"，都意味着人类天性的"退步"。当代意义上的进步，也只不过是在工业革命和科学技术催生下的某个方面的发展而已，而这些方面的发展往往意味着其余方面的失落。人类生活的确更加便利，但人类的幸福并不见得增加多少，人类社会也并没有向上向前发展。反而因为欲望太多，人类备感焦虑，因为一心向上，人类离自然越来越远。现在因为对进步的企求太高，人类正在毁灭自己生存的根基，进步

---

[1] 鲍曼. 废弃的生命：现代性及其弃儿 [M]. 谷蕾，胡欣，译. 南京：江苏人民出版社，2006：8.

[2] 庞廷. 绿色世界史：环境与伟大文明的衰落 [M]. 王毅，张学广，译. 上海：上海人民出版社，2002：167.

的观念从这种意义上看正是一种退步。

在当代社会，与"进步"同样被认作具有正面意义的一个概念就是"发展"。发展在工业社会被认为是人类社会向前行走的必然的道路，然而，由于涉及对生态系统的破坏，"发展"这个概念并非那么光彩。"发展"被认作是进步趋势，"从前工业社会向工业化社会的转变过程被涂脂抹粉地称为发展。对于这种发展，人们不仅把它看作是称心如意的，而且看作是不可避免的，如果更多的人要得到养育的话，如果似乎贪得无厌的渴求更高的物质水准也得到满足的话"①。发展体现在生产力和物质水平的提高上，然而在生态资源和生态系统上却付出了更大的代价。

事实上，在人类漫长的文明历程中，"进步观"并不占据主导地位，只是在理性主义、二分法和进化论出现后，"进步"才成为一个占据主导地位的正面的观念。与现代社会把"进步"和"发展"当作正面词汇不同的是，"进步"在前现代和后现代的词汇体系中并非一个完全正面的词语。前现代社会的文化体系是一种循环观，万事万物生生死死都处在一个循环体系中，他们没有"进步"的学说；而在后现代社会中，"进步"甚至是一个负面的词汇，因为后现代体系中的社会是一个复杂的系统，所有因素的产生与发展都与其他因素存在着千丝万缕的联系，某一因素的过度发展必然影响其他因素的发展，从而影响整体系统的发展，因而是不被容许的，就像人类的"进步"势必影响到生态系统的整体稳定，甚至有可能让地球生态系统崩溃一样。即便是在现代思想体系中，"进步"也并非一个完全正面意义上的词汇，"'进步'在伦理学意义上往往包藏着人性中许多不良的东西，如贪婪、虚荣、极端的享乐主义与利己主义等"②。只是在现代社会的某些方面，进步才会被当作完全正面的向上的发展。陈心想认为：

> 在人类漫长的历史上，似乎只在近现代人类思想里才出现了"进步观"。至少在中华文明里源自《易经》的"六十四卦"以及后来的"五行学说""六十年一甲子"等等都是如白昼和四季一样的循环论。而为近现代催生出"进步观"的力量有两支：其一是，技术的进展和物质的

---

① 庞廷. 绿色世界史: 环境与伟大文明的衰落 [M]. 王毅, 张学广, 译. 上海: 上海人民出版社, 2002: 421.

② 鲁枢元. 生态批评的视阈 [J]. 渤海大学学报（哲学社会科学版）, 2007 (6): 5-20.

增长，人类社会与文明猛然从静态变为动态，从缓慢变为疾行，这是进步观产生的社会历史基础；其二是，与这些变化伴随的思想家们对意识形态的重塑，从培根、笛卡尔、圣西门、孔德，到穆勒、黑格尔和马克思，从理性、历史、科学等多个方面论证了进步的不可阻挡。而达尔文主义思潮的加入，因为他排列出了从低等动物、鱼类、两栖类、爬行类、哺乳类，直到人类，这样一个进化系列谱系，使得文明与社会的进步从物种的进化那里找到了根源和基础。①

从黑格尔、笛卡尔、培根，到达尔文主义催生的单向发展思维模式促使人类将进步和发展定义为单向道的、无限向上的一个过程，无论这个过程是直线还是曲线上升的，它始终是一个上升的、向前的过程。因此，在这种思维模式中，"进步"与"发展"也始终是人类社会的必然道路。我们循着这种思路，在对"进步"和"发展"的向往中去追求一个完美的秩序。这正是现代性思维范式的表现："现代性的核心问题在于它疯狂地寻求完美的秩序，A 就是 A，它不能是 B。"② 在人们的现代化追求过程中，始终认为"发展"和"进步"能将人类带领进一个完美的社会，即便中途是曲折的，结果也必然是美好的。在这种思维模式影响下，"发展"和"进步"被当作现代国家最正当的追求，为了这个目标，把自然看作谋取资源的客体，牺牲一些自然资源也在情理之中。这种思维趋势给文明社会带来一种困惑，即一方面在追求过程中体味到社会的"进步"，另一方面却造成越来越多无法解决的问题，有些问题甚至让人类产生深深的无力感。比如早在二十世纪七八十年代西方社会就认识到汽车尾气会污染大气，因此呼吁限制排放和削减汽车产量，但是到了今天，汽车的产量却是一路飙升。为追求一种完美的社会秩序，人类在发展的道路上狂歌猛进，将经济与科技的"发展"和"进步"放到首要位置，从而忽略了伦理、道德方面的束缚，进入到一种对于"进步""发展"的无度的、上瘾的追求之中。

这种对发展和进步"无度的、上瘾的追求"正是一种现代性的思维范式。这种追求的背后有一种信仰，认为人类的苦难可以通过人类的努力得到拯救，放在现代化工业社会中，即任何问题都可以通过科学技术的发展得到

---

① 陈心想. 解密天启：读《神似祖先》[J]. 读书, 2010 (9): 78–85.
② BEIHARZ. 解读鲍曼的社会理论 [M] // 鲍曼. 被围困的社会. 郇建立, 译. 南京: 江苏人民出版社, 2005: 274.

解决。"现代性坚定地认为任何的人类苦难都是有救的，它认为随着时间的流逝，解决方法将会被找到并实施，所有迄今为止未得到满足的人类需要都将会被满足，科学及其实际的运用（即技术）迟早会提升人类现实使之与人类潜能的水平相等。"[1] 这种思维范式把人类的进步当作唯一的不可逆转的过程，认为整个人类进程就是一个上升的进步过程，肇始于19世纪40年代的"启蒙运动"是这种思维范式的社会表现，"启蒙运动"认为人类在之前的社会中一直处在被蒙蔽的阶段，必须利用科学精神来对"愚昧的"人类进行启蒙，"启蒙"就是让"科学之光"来照亮"黑暗蒙昧的人类社会"，这个过程的确促生了民主制度和科学技术的发展，然而，也给人类带来了焦虑和忧思，"启蒙思想的另一面，不是朝着'光明'和'进步'，而是回到它的背面，它的阴影和由此给人类的心灵带来的忧郁和焦虑"[2]。当科学和文明把人类的"蒙昧"驱逐之后，却没有一个可以支撑人存在于世的精神支柱来代替，起初，人类期望科学可以代替上帝，扮演一个被信仰的角色，来支撑人的存在。然而，在科学对于"事实""真相"无度的追求过程中，却产生了大量挑战人类伦理道德底线的事物。比如"克隆人""转基因生物"，这些事物的出现让人类再也无法对自己的生存意义产生信任感——当生命可以被科学任意改变，这种生命的存在便失去了终极意义。

在对经济增长和科技发展的追求中，日渐严重的生态危机已经引起部分人类的反思，但是，"这样的反思远远没有替代近2 000年来在西方思想中根深蒂固的将分离的'自然界'看作供人类利用的基本哲学，以及将持续的工业化和进一步经济增长看作（或强以为）任何环境改善的前提条件的经济探究。"[3] 所有的反思都不曾触动，更不用说改变工业化进程和经济增长的道路，如果不能改变将工业化作为人类前进的唯一方式的想法，不能改变把经济增长作为社会的主要追求这种思维方式，现在所做的一切只不过是隔靴搔痒，或多或少解决点表面问题而已，我们的生态系统不可能得到根本好转。我们总面对这样一个悖论，要满足心中不断增长的欲望实现物质的进步，就似乎要破坏我们生命的根基，如果想保护我们生命的根基，我们又必须放弃

---

[1] 鲍曼. 废弃的生命：现代性及其弃儿 [M]. 谷蕾，胡欣，译. 南京：江苏人民出版社，2006：29.

[2] 尚杰. 尚杰讲卢梭 [M]. 北京：北京大学出版社，2008：7.

[3] 庞廷. 绿色世界史：环境与伟大文明的衰落 [M]. 王毅，张学广，译. 上海：上海人民出版社，2002：422.

现在"高物质能量"的生活方式，去选择一种"低物质能量"的生活方式。在商业文化盛行的当代社会，这种"低物质能量"的生活方式如此不受欢迎，因此，地球也只能走上人类所主导的"发展""进步"的道路，透支子孙后代的资源来支付现在20%人口的奢华生活。

现在的生态现实表明，经济的增长并没有如亚当·斯密所说的那样，在实现自己增长的同时也促进社会利益的增长。在当代社会，企业为了利润的最大化，往往试图将成本降到最低。而降低成本的做法一方面是提高生产效率，另一方面就是将部分成本转移到生态环境中，因此，注重工业和经济的发展意味着对生态环境造成破坏，而全球经济都试图寻求飞跃，也就意味着给全球的生态环境带来了极大的破坏。满目疮痍的地球生态用频发的气候灾难向我们提出警告：经济增长并非解决所有问题的万能良药。当国家为了经济增长而破坏我们生存的家园，生命沦落为经济发展的奴隶时，这样的经济增长又有什么用呢？更何况，经济增长并非是无度的、始终向前的，它也有个极限。这个极限是同地球生态资源量密切相关的，事实上，每年世界增长的财富总量同我们从生态系统获得的生态资源总量是相等的，即我们所得的财富都是从生态系统中获得的，生态系统中的资源总量是有限的，比起人类渴望的无限经济增长来讲，生态系统的有限资源根本无法满足人类的需求。随着越来越严峻的生态现实，经济增长也面临瓶颈。丹尼尔指出：

> 经济增长也有一个社会极限的问题，随着自我利益对其他价值观的超越，人类社会、政治体系、文化制度，甚至伦理规范也会感到压力重重，并且日渐迷失或者扭曲。此外，资本主义社会本末倒置地看重那些能炫耀主人地位的物品，而相对轻视生活必需品，因而漠视人类基本需求。[1]

现代化追求"进步"带来的危害是明显的，生态散文对于现代化"进步"大多持一种反对态度，用文字描述了"进步"带来的后果，警醒沉迷于现代化"进步"的人类。作家青青写道："中国移动、中国联通、中国网通、中国电信，它们都在一刻不停地发射信号，扩大自己的网络覆盖范围。这些网络通过发射塔、Wi-Fi、手机，如蜘蛛网一样网住了所有人，我们都

---

[1] 科尔曼. 生态政治：建设一个绿色社会[M]. 梅俊杰, 译. 上海：上海译文出版社, 2006: 69.

如网中黏住了翅膀的小虫子，挣扎踢腾，最后束手就擒。"① 青青敏锐地看到当代信息化社会的潜藏面目，道出芸芸众生的真相，我们看起来一个个属于自己，然而只要在社会中、在城市中，就无法逃脱现代化、技术发展织就的网络，每个人都身处其中，无法逃离。

苇岸对于发展与进步也持一种反思批判的态度，他写道：

> 发展与进步已不是无止境的了，因为人类生存的基础（地球）并不是无限的，有许多迹象已向人们预示，地球将会枯竭。几代人以后，"未来"也许将不存在。在我短短的生命历程中，自然环境发生了多大的变化：河水断流、水井干枯、鸟类稀少、冬天无雪、土地缩小、空气污浊。许多令人缅怀的事物永远消逝了，更长的时间还将发生什么变化？②

现代化带来的危害，除了织就一张铺天盖地的大网外，对于自然生态的破坏和改变也非常严重。在青青眼里，现代化的最大罪过之一就是对于黑暗、寂静的破坏。随着技术发展，现代化的进程布满了全球各地，那些原来属于自然的地域被现代化的先锋占据，加上电线杆，通上路灯，那些原来与世隔绝的"桃花源"，也在硬化的公路、条石铁轨的铁路面前向现代化展开。曾经属于自然，属于人类的安宁、寂静、黑暗，被现代化、技术、城市化撕碎，赤裸裸地展现出来。"在槐花开的五月，我进了南山。南山到处都是游客，他们骑摩托车，骑自行车，还有成团的人在捋槐花，南山槐花节的横幅在路口上飘扬着。所有的山都被旅游了，宁静也随之打破，随着人流与旅游开发，噪声开始侵入。"③作为自然馈赠之物，寂静与黑暗大概是最久远而且让人迷醉的。寂静的山野带有一种迷人的味道，反馈给生命内心的安宁。对于生命来讲，如果每日之中没有一番寂静的时光，心灵必然会躁动。但是，寂静对于现代人来说越来越难，生活在现代化的生活中，每日见到的是高楼大厦、钢铁洪流，听到的是喇叭人声，哪里去寻找来自自然的寂静呢？

黑暗和寂静是自然和原野赋予人类的礼物，"所有出生在乡村或者山村的人都有这个经历，黄昏来临，月光如水，虫子们开始了一天最快乐的鸣

---

①③ 青青. 王屋山居手记［M］. 杭州：浙江文艺出版社，2021：22 - 23, 4.
② 苇岸. 大地上的事情［M］. 桂林：广西师范大学出版社，2014：209.

唱。这时候的大地是那样温暖寂静，好像一个慵懒的母亲，自由而放松"①。大地上虽然有虫子鸣叫，但是这是生命的欢唱，是万物和谐相处的共鸣曲，比起汽车的鸣笛、人群的嘈杂，是更让人安宁的声音。而黑暗，是自然生命最深沉的休息时间，是伴随万物安息的过程。在山里，现代化还没有普及的地方，黑暗如约而来，带给大地诸种生命以宁静。"躺在山谷的木床上，外面星斗低垂，黑暗无边，好像突然身体就像晒过大太阳的棉花一样又暄又软。此刻有特别神秘的感受，就是自由的心脏与大山的心脏同时跳动，身体轻软而膨大，好像变成了一团白云，然后就沉沉的跌入睡眠。"② 但是，在城市，这种黑暗、寂静是不存在的，城市的夜晚是躁动的，外面有永不熄灭的路灯，包括小区的灯光，破坏着舒睡需要的黑夜，而屋子里，有各种各样的现代化电器，散发出或低或高的噪声，影响着安宁需要的寂静。在城市的夜里，更不要想看到星斗低垂，各种各样的灯光秀——或者说"光污染"无处不在，人造环境取代了生命印记中的自然环境。都市人不可能再享受到黑暗、寂静，他们都在现代化的浪潮中被改造，要么失眠，要么重新接纳现代化作为集体无意识，成长为脱离自然的一代。青青的作品中多次提到黑暗，以及对于黑暗的留恋和怀念，这是对现代化的反思，正是现代化的高歌猛进，导致寂静、黑暗的诸种自然馈赠物的消失。

现代化是不可抗拒的，不管是繁华的都市，还是偏远的牧场，现代化都会以各种方式展现自己。比如在荒凉的冬牧场里，现代化以工具的方式展现，牧民有卫星电话，可以联系外界，这就是现代化的标志。另外，卫星锅和电视的出现，也是现代化的成果，对于冬牧场的牧民来说，这两样东西简直是荒凉漫长的冬牧场最好的娱乐工具了。于是，"在冬窝子里看电视，多奢侈啊。在这里荒凉粗犷之地看电视，多么超现实"③。大家在忙完手里的事情后，不约而同都挤在电视机前面，那是超越冬窝子的另外一个世界，大家听不懂汉语，就由李娟来翻译。电视机带给牧民冲击，各种不同的节目换来换去，如同拖拉机一样轰轰隆隆碾来碾去，所到之处，破碎混乱。"电视把外面的世界带进了荒野，撕开了这荒野的沉静。然而，它令牧人们惊羡外面世界的同时，又觉得那样的世界可笑极了。"④ 可笑的是那些狗血的剧情，连淳朴的牧人都能看出虚假来，每个电视台却都在毫不羞愧地播放，这是精神的鸦片，是愚人的把戏。

---

①② 青青. 王屋山居手记[M]. 杭州：浙江文艺出版社，2021：4, 23.
③④ 李娟. 冬牧场[M]. 北京：新星出版社，2018：156, 158.

若是一味追逐"发展"与"进步",我们就势必会割裂生命同自然的联系,走入孤独的境地。地球生态系统已经在当下追逐进步的浪潮中濒临崩溃,生态资源已经处在枯竭的边缘,如果我们还是绝不放弃对"进步"的追求,我们或许还没有达到自己的目标,就已经陨落在这个被我们折腾得满目疮痍的地球上。只有在生态学观点指导下进行发展,人们前进的每一步才能与自然的变化紧密相连,既满足人类发展的需要,又和自然生态系统相互依存。

二、对工业化的反思与批判

现代化与工业化是齐头并进的,率先走工业化道路的国家物质总量迅速提高,国力大幅度增强,成为世界上的"发达国家",国民的物质生活水平比较丰富,这些国家成为发展中国家的楷模。发展中国家遵循着发达国家走过的道路努力前进,冀求有朝一日也能如同这些国家一样国富民强。然而,地球剩余的为数不多的资源已无法支持发展中国家全部走上现代化道路,工业化带来气候异常和各种污染,愈来愈频繁的生态灾难则提醒着人类地球生态系统已经濒临崩溃。如若所有的国家都沿着工业化道路前进,到头来不但未必实现国富民强的梦想,反而会危及现世的生存,并为子孙后代留下一个疮痍满目的地球。

(一) 工业化的危害

工业的发展导致人与自然的分离,公路和汽车都是人与自然隔离的象征,汽车如同钢铁外壳,隔开了人与自然的直接接触;而公路,就像一条条怪兽,分隔开融为一体的自然。苇岸对此有过精彩描述:"大路是把自然分割开来的东西,小路在自然之中。我躲开大路就是躲开污染之源的汽车,躲开为逐利而来去匆匆的脸上失去善意与安详的行人,躲开妨碍我深入事物本质、寻求万物联系的东西。"① 工业化发展的每一步,人都与自然远了一步。

如果说不断出现的工厂是初期工业化的表征,那么越来越多的汽车就是后工业化时期的标志。汽车是人们制造的大型钢铁工具,是小康和中产区别于社会底层的象征,以其安全便捷成为现代人中短途出行首选。在美国等发达资本主义国家,每个家庭都有至少一到两辆汽车。即便在中国这个尚处于发展中的国家,也有越来越多的家庭拥有汽车。据统计,截至 2022 年 3 月,

---

① 苇岸. 大地上的事情 [M]. 桂林:广西师范大学出版社,2014:248.

全国机动车保有量达到 4 亿辆，汽车 3 亿辆，拥有驾照人数是 4.5 亿人。①可以说，汽车已经成为大多数家庭的必备用具。然而，在享受汽车出行便利的时候，大多数人并不知道，作为后工业社会的代表，汽车尾气的排放造成了巨大的空气污染。而空气污染是危害地球生命健康、破坏大气层、危及生态系统的主要凶手之一。杨文丰将汽车尾气形象地称为"尾气蛇"，他指出：

> 你（尾气蛇）气味怪异，还热、黏、稠、脏，你恶毒山河大地。谁敢奢望你的尾气管，是深山汩汩洁净的泉眼。你冷暖在地球近地面，在拉拢"乌合之众"悬浮颗粒物，弥漫凝重，亲密接触并吸附金属粉尘，制造致癌物，衍生病原微生物。……说得精准些，尾气蛇从你的鼻子深入肺部后，滞留呼吸道，会引发呼吸系统疾病，酿生恶性肿瘤。……尾气蛇的有些物质，潜藏在你体内即便过去了十年，还可能诱发癌症。②

他用形象的语言和生态学的知识，把汽车尾气的毒害描述得非常生动。如今，世界各国尤其是发达国家也意识到汽车尾气的危害，大力推行电动汽车。然而，一方面汽油车保有量大，短短一二十年电动汽车很难取代汽油车，一样会造成巨大的空气污染。另一方面，电动车虽然是靠电能等绿色能源驱动，但是电能生产的缺口巨大，仅仅靠风能、水能等绿色能源难以满足，势必要用到存在巨大的风险的核能，以及存在巨大污染的煤炭。此外，发展电动车需要更多的电池原材料，因此需要开采更多矿产，对地球生态系统同样会造成损害。但是，人类自从享受了汽车的便利后，就很少再会从地球整体生态系统出发思考问题，很少会有人为了生态系统的福祉而放弃汽车带来的便利。更何况，汽车产业的蓬勃发展正好跟经济发展相得益彰，没有哪个国家或企业会轻易放弃汽车带来的利润。所以，杨文丰发出感慨：

> 难在经济躯体与汽车，早已"如胶似漆"。绑在汽车身上的资本逐利伦理，就像蛇的眼睛，能自行脱落吗？汽车，依然在地球上一天天增多……今天，人类社会，已然被裹挟上技术主义的大车，民众骨血里已

---

① 河北高速交警秦皇岛支队. 全国机动车保有量突破 4 亿辆，一季度新注册登记新能源汽车 111 万辆［EB/OL］.（2022 - 04 - 12）［2022 - 07 - 01］. https://www.thepaper.cn/newsDetail_forward_17586771.

② 杨文丰. 病盆景［M］. 北京：西苑出版社，2017：64 - 65.

经高度依赖汽车,甚至早奉汽车为"神"。人类,是陷入想刹车却难以刹车,也刹不住车的窘境了!①

因此,工业化和资本逐利联合,导致汽车行业蓬勃发展,而这个产业带来的经济利润,势必会导致汽车行业进一步发展,汽车进一步变多,而地球,也在汽车增多的过程中不堪重负。

工业的发展导致本地自然生态的破坏。在开始工业化过程后,除极个别地区因此得到腾飞、经济发达外,大部分地区往往并没有迅速富裕,反而在发展过程中因为过于急切而陷入生态灾难中。而且有更多的地区,成为向发达地区输送原材料的产地,本地却并没有得到提升。阿来以嘉绒地区的矿产开采为例子,尖锐地指出了这一点。他写道:"经济学的书籍或经济学家都会告诉我们,工业的兴起,除了这个行业本身,还会带动整个地区的经济发展。但在实际生活中,……这种工业给远的什么地方带来了繁荣,但在这里,更多的是自然被摧毁。工业依然与大多数人的生活无关。"② 现代化、工业化、城市化总是密切联系的,地球资源总量就这么多,对于资源的开采和利用是现代化的根基,而工业化就是现代化的途径和工具。因此,工业化发展不平衡的特点越来越明显,经济发达地区享用资源,并且不为此付出任何代价;经济不发达地区输送资源,并且赔上本地的生态发展作为代价。

工业的发展导致化工污染,化工污染又导致各种次生生态灾难,比如空气污染以及由此导致的酸雨,给各种植物及人类都带来巨大危害。国内生态散文对此多有描写,如徐刚、李存葆的散文等,对现代化、工业化导致的生态破坏和生态污染进行了揭露和批判,杨文丰的散文专门介绍了空气污染和酸雨之间的关系以及二者造成的破坏:"树冠上的天空,已不清不明,即便清明时节,纷纷的也不再只有雨,还多粉尘。……粤、桂、蜀、黔,已成了中国西南、华南酸雨区,十雨九酸。"③这段文字对化工粉尘的危害和酸雨形成的原因做了清晰的说明,让读者认识到粉尘、酸雨等生态灾害的最终根源在于人类的化工产业、汽车尾气。

张炜也在散文中提到工业污染造成酸雨,酸雨又导致了生态破坏。他写到自己外出到波恩的时候看到一片松林,高大的棕红色的树木默默立在山坡上。他以为是壮观的树林风景,却没想到,是一片遭受酸雨后死去的树木。

---

①③ 杨文丰. 病盆景 [M]. 北京:西苑出版社,2017:66,132.
② 阿来. 大地的阶梯 [M]. 西安:陕西师范大学出版社,2019:73.

"那是死去的一片松树——它们是被酸雨慢慢淋死的。……酸雨首先使它们失明,然后是残酷的剥蚀。最后的时刻来到了,它们终于没有来得及与人们告别。实际上也无须告别。因为酸雨的创造者不是天空,不是上帝,而是人类自己。"① 正是人类的工业发展创造了化学污染,这些污染进入自然生态循环,导致酸雨,酸雨又导致树木成片死去,是人类自己毁灭了这片松林,而人类也生活在这样的环境中。所以,任何为了追求经济发展而进行的工业活动,都有可能造成生态系统的破坏,而这些破坏和污染,一定会返还到人类自身。

越是工业发达的地方,污染往往越严重,这是工业化社会不可言说的伤痛。"鲁尔区是联邦德国的工业发达地带,是发生经济奇迹的地方。……一片又一片焦干的棕红色树木沉默在那儿,挺立着,无声无息。它们……成了一具多么完美的死亡标本。注视着鲁尔区的这些标本,任何人都会有一种悲壮的感觉。"② 这种感觉源自人类对自身行为的反思,然而,这种反思在现代化、工业化的浪潮面前显得无比渺小,对于 GDP 数字的追求,对于经济发展的渴望湮灭了人们对于自身、周边环境的思考,直至土壤、水体污染,人们的健康受到威胁,决策者才会幡然醒悟,然而这个时候往往已经造成了不可挽回的生态损伤。

(二) 技术化的思维方式

工业革命开始后,世界上大多数国家将工业化作为本国发展的唯一方针。这与工业化进程背后的思维方式的转变有关,在农耕文明及之前的时代,人类的思维方式偏向于感性思维,而工业时代开始后,人类的机械性思维就占据了主导地位。这一点,可以从丹尼尔对钟表在工业化过程中发挥的作用的分析中窥见一斑:

> 从 18 世纪起,随着钟摆和分针的出现,时钟可用来管理新近造就的城市无产阶级的工作。工厂生活的条理化和日渐严重的机械化需要一支知道何时上班、何时下班、如何度过当日每时的循规蹈矩的劳动队伍。久而久之,衡量工作业绩的能力已渐臻完善,时至今日,电脑监督工人的工作已可精确到每一秒。对新兴的资产阶级而言,钟表变成了地位的象征,渗透到了生活的每个方面。钟表,以及对流逝时光不断增强

---

①② 张炜. 去看阿尔卑斯山 [M]. 北京:台海出版社,2019:21-22,23.

的意识进一步使日常生活纳入了机械世界观的框架之内。①

如果说工业革命和随之而来的工业化进程是我们看得到的转变，那么，思维方式的转变则是一种我们看不到的转变：一种以法则、数据、逻辑为代表的技术思维方式逐渐代替了农业文明朦胧、神秘的有机思维方式，主导了整个社会。霍克海默在《理性的黯然失色》里提出："工具理性是一种限于工具而非目的之领域的理性……也正是它，指导着当代西方的工业文明。……在工具理性中，人作为主体，高居于所有的客体之上，把世界看作是一个可以被操作和统治的集合体。"② 在这种理念的指导下，人类那种原始、感性、神秘的思维方式成了落后的、该被抛弃的方式和手段，整齐划一的、量化的技术思维方式主导了人类，但是"当科学陈述其法则和介绍其数据时，它很少关注我们之中某一个人会遇到什么问题，特殊而唯一的个体只能独自面对可悲的无知留下的伤痛"③。人类每一个个体都不尽相同，用统一的思维方式来规范这些个体，必将出现偏差。更让人不可接受的是，科学技术发展中起主导作用的工具理性甚至没有考虑到人类的未来，而只是将目光局限在眼前，失去了历史作为参照物，我们如何能够把握住自己现在的步伐，不让自己走向歧途呢？

这种思维方式的转变随着工业化进程和科学技术的发展加速进行。在工业社会，科学不仅影响我们的日常生活，更影响了我们的思维方式。"无论我们赞美科学还是害怕它，无论我们是接受它的含义和实用性还是拒绝它，我们都必须承认，科学渗入了我们的生活，而且以比绝大多数人认为的还要多的途径影响了我们的思维方式。"④ 生态散文作家敏锐地看到这一点，对此提出质疑和批判："科技方面的突破性进展促进了人们的现代思维，特别是所谓的'理性思维'。但它对于人的情感世界却是越来越细致和琐碎的分

---

① 科尔曼. 生态政治：建设一个绿色社会 [M]. 梅俊杰，译. 上海：上海译文出版社，2006：199.

② 庞廷. 绿色世界史：环境与伟大文明的衰落 [M]. 王毅，张学广，译. 上海：上海人民出版社，2002：译者序6.

③ 莫斯科维奇. 还自然之魅：对生态运动的思考 [M]. 庄晨燕，邱寅晨，译. 北京：生活·读书·新知三联书店，2005：142.

④ 拉兹洛. 微漪之塘：宇宙进化的新图景 [M]. 钱兆华，译. 北京：社会科学文献出版社，2001：导言2.

割。"① 理性思维让事物走向无限的划分和细分之中，在此过程中，对于细节的发现的确大大增强，但是各个部分之间的联系、各种生命共同的生存基础却日益被边缘化、被忽略。

在这个过程中，表面上的改变是工业和技术发展带来的生活改变，而深层的改变则是我们思维方式的改变。拉兹洛认为，前者的改变是"硬"因素，后者的改变是"软"因素。对于我们有着深远影响的正是"软"因素的改变。"进入我们生活的科学要素并不仅仅是技术应用，而且还有像我们对自然、人类和世界的看法这些'软'因素。科学所产生的概念……影响我们对个人价值和社会价值的评估。它们还渗入我们称之为人类意识（我们直接经验的基础）的观念、感情、价值观和志向。"② 科学技术并非只是人类发展的工具，它带来人类价值观的一系列转变，它们本身就体现着价值判断。科技携带的价值观导致人类自我价值观的强化，罗尔斯顿把这种自我价值观的强化称为只注重人类的价值。他认为："我们已过深地陷入这样一种观点：世界上存在的一切价值，无论是道德价值、艺术价值还是其他任何价值，都是人类的价值，是由我们加以选择或构建出来的价值，是我们的努力造出来的价值。现代的哲学伦理学已使我们失去了对非人类价值的敏感。"③ 科技的成就来源于人自身的创造性，其所携带的价值观也大大加强了人类对自我价值的确认和自信。当科学技术作为万能工具而被崇拜神化的时候，其价值观也走向普世的效果，带来一系列后果。"技术的后果与影响是内在于技术的，它们埋藏在技术之中，而不管设计者是否完全意识到它们。技术精神这样一种永不停歇的浮士德精神，可能正是诱使人类把灵魂抵押给了它的魔鬼。"④ 对于进步和发展永无止境的追求正是技术得以无限前进的内在动因，同时不断发展的技术也给了人们一种错觉——人类永远可以保持进步的态势。人们就在这样一种追求进步的虔诚中，迷失在技术的漩涡里。

技术思维表现为一种机械论的世界图式，美国学者麦茜特将机械论的世界图式概括为五个方面：①物质由粒子组成；②宇宙是一种自然的秩序；

---

① 张炜. 去看阿尔卑斯山 [M]. 北京：台海出版社，2019：221.
② 拉兹洛. 微漪之塘：宇宙进化的新图景 [M]. 钱兆华，译. 北京：社会科学文献出版社，2001：导言 2-3.
③ 罗尔斯顿. 哲学走向荒野 [M]. 刘耳，叶平，译. 长春：吉林人民出版社，2000：64.
④ 庞廷. 绿色世界史：环境与伟大文明的衰落 [M]. 王毅，张学广，译. 上海：上海人民出版社，2002：译者序 10.

③知识和信息可以从自然界中抽象出来；④问题可以分析成能用数学来处理的部分；⑤感觉材料是分离的。① 麦茜特指出，这样的预设"使人类操纵和控制自然成为可能"②。这几点成为技术思维的主要组成部分，也是技术思维指导下的人类向自然进军的根本原因。

技术思维的特点之一是注重对"真相"的探索，以局部研究代替整体关注，它执着于自己的研究对象，以实现研究目标为最高目的，"吾爱吾师，吾更爱真理"成为科学精神的真实写照。在这种精神的影响下，科学技术取得了飞速发展，取得了很多成果。然而，我们是否过于注重对科学目标的追寻，从而忽略了科学研究可能造成的伦理道德的没落？生态散文思索了科学精神的负面影响，探讨了技术发展在改变人类生活同时带来的思维改变，主要思考的方面有两点：第一，对人工智能发展的忧虑。聚焦于技术发展尤其是智能技术的发展所带来的不可预料的影响可知，尽管迄今为止尚未出现过具有自主智能的机器产品，但是随着技术的不断发展和科学家的不断努力，具有自我意识的智能机器的出现已经是在意料之中。第二，对科学精神的反思。科学应该在伦理、道德、宗教的监督下进行，这样才能保证人类社会的正常发展。如果科学只是一味追求一种发展和进步，那么，这种无度的发展比愚昧的停滞更为可怕，因为后者只是可能让人类停滞不前，而前者却有可能毁灭整个人类。那种以冷冰冰"求索真理"为目标的科学精神主要表现在技术的发展上，技术的发展助长了人类的工具理性，却忽视了价值理性。人类在技术思维的影响下，越来越忽视伦理的约束作用，进入一种单向思维模式中。

技术思维的特点之二是注重对于"效率"的提高，追求更高的效率意味着生产力的提高，是工业和技术的主要目标。比如公路的修建和汽车的发明，使得之前两三个月才能到达的目的地，如今一两天就能到达，这就是效率的提高，是"更快，更方便"。韩少功对此有着辩证的批判和思考，他首先承认技术发展带来的便利，"毫无疑问，速度带来了效率，有时可以让我们分身无数，一天之内可以现身各地，搞定好几项谈判或者游览"③。然后，他对这种高效率的生活方式提出了反思："汽车使我成了盲人，除了办公室和居室，我几乎什么也没看见；除了交通标志，我什么也顾不上看。可以肯

---

①② 麦茜特. 自然之死：妇女、生态和科学革命 [M]. 吴国盛，吴小英，曹南燕，译. 长春：吉林人民出版社，1999：224 – 225，249 – 250.

③ 韩少功. 山南水北 [M]. 长沙：湖南文艺出版社，2013：293.

定，如果过于依赖汽车，我们的盲区就会逐渐扩大和蔓延，最后把视野挤成一条缝，只能看到下一个慌乱的路标，看到下一项匆忙的差事。"① 技术的发展促进效率提升，然而却让事物以更密集的方式出现在人们面前，路途中的美被忽略，人们从上车起就奔准目标，很难有机会如以前一样欣赏途中之美。"我们看不清自己身边的街道和田野，看不清自己身边的世界。或者说，世界上只会剩下最后一个汽车王国，其公民以驾照为护照，囚禁在车速的牢笼里。"② 直奔目标的汽车高速旅途，往往会让人们的思维方式简化，看不到过程的复杂，从而失去了与路途自然环境的有机联系。所以现代化、工业化带来的结果，是人们的思维被不断简化，简化为目标与结果，过程的意义被忽略。

现代化社会，旅途风景被简化为汽车、高铁外面一闪而过的快镜头，或飞机下缩小的山川湖海，旅客忽视了途中自然的复杂和多样，更不用说充分欣赏它们的美。而旅游，则是圈起来一块又一块土地，以一种程式化的方式让旅客体验被其他旅客同样体验的过程，看似旅游，实际是工业化流水线的复制。韩少功指出："旅游者的看大多重复，不过是把大多数已经出现在媒体的场景，来一次现场的核对和印证；……被交通工具规定了观察线路，被旅游设施规定了观察方位，被讲解员规定了观察时的联想，还有'到此一游'的摆拍地点以及固定的笑容。"③ 这完全是程式化的工业流程，但旅客乐此不疲，因为他们的思想也被大众媒介程式化了。

技术思维是一种简化的思维方式："'现代科学'形式是一种简化唯物主义……它把社会中几乎所有的社会关系定义为利己主义者之间的契约形式，把所有和自然的关系定义为工具关系。"④ 这种简化的思维方式肇始于笛卡尔的二元分判，成形于马克思的"劳动"学说，经牛顿、弗洛伊德的补充，成为人类和自然分离的思想根源。笛卡尔的这种思维方式成为科学思维的典范，从此，将对象"切碎了看"成为科学研究的标准步骤。笛卡尔曾生动地描述道，世界是一台机器，它是由可以相互分割的构件构成的机械系统，所有构件还可以分割为更基本的构件，因而世界没有目的，没有生命，没有精神。吴国盛将笛卡尔的机械论自然观概括为：①自然与人是完全不同的两类东西，人是自然界的旁观者；②自然界只有物质和运动，一切感性事

---

①②③ 韩少功. 山南水北 [M]. 长沙：湖南文艺出版社，2013：293，294，302.
④ 陈静. 盖尔：生态形成的科学、伦理和政治 [N]. 中国社会科学报，2009 - 08 - 18.

物均由物质的运动造成；③所有运动本质上都是机械位移运动；④宏观的感性事物由微观的物质微粒构成；⑤自然界一切物体包括人体都是某种机械；⑥自然界这部大机器是上帝制造的，而且一旦造好并给予第一推动就不再干预。[①] 这种思维方式带来的是一种分裂的世界观，弥漫在各种生命、生命与自然之间的联系被无视了，人类以自己为主体，把周围的一切可接触的事物都当作可以"切开看"的对象，自然也难逃这种思维范式，成为被人任意宰割的研究和改造对象。

第二节 对科技至上的反思和批判

现代化进程中最大的助力一方面来自工业革命，另一方面就是科学技术的发展。这两方面在提升人类生产力和经济总量的同时，带来了各种污染和气候灾难。如果工业化进程中没有大量消耗石油、煤炭等资源，大气中也就不可能有如此多的废气，而工业制造出来的汽车、冰箱等各种机器都成为吞吐能源、排泄废物的罪魁祸首，工业化进程成为人类破坏生态系统的最重要原因。历史已经表明，工业革命开始以来的200余年正是人类进军大自然速度最快、破坏地球生态系统最为彻底的200年。生态散文对科学技术的反思比较多，比如《寂静的春天》《沙乡年鉴》《病盆景》等，都对当时或当下的科技发展提出了质疑和反思，这也是生态散文关注的重要方面。

人们以为科学技术可以为世界插上快速腾飞的翅膀，却往往失之偏颇，只看到技术带来的便利，忽视了科技发展带来的负面影响。比如杨文丰指出："人掌握的技术愈多，就愈迷幻入技术主义的阴云，愈陷落于自己制造的病灶；表面看人是披着五彩朝暾在昂首阔步地进步，而从本质上看却是在一步步滑入落日的余光。"[②] 他对科技发展持一种不信任的态度，用反思和批判的目光看待科技。另外一个持相近态度的是苇岸，他指出：

> 启蒙运动使人类认为可以通过科学来创造自己的未来。科学的每一次成功，也带来了副作用：麻醉剂和牛痘等医疗技术进步，降低了婴儿

---

① 吴国盛. 科学的历程 [M]. 长沙：湖南科学技术出版社，1997：405.
② 杨文丰. 病盆景 [M]. 北京：西苑出版社，2017：9.

死亡率、延长了人的寿命，同时出现了人口剧增的问题；省力机器等工业的进步，污染了空气；农药的作用使作物增产，却又污染了水源。等等。那么，地球遭受破坏，科学无疑是罪魁。①

科学技术的发展如同一把双刃剑，既有利于人们生活，甚至有利于保护环境，但同时，在有意无意的情况下，也会对生态系统造成破坏。比如在《寂静的春天》里，卡森就追问农药对于环境的污染；同样道理，核弹的发明、化工企业的进步，在带来方便生活和经济发展的同时，毫无例外都给环境造成了沉重的负担。最关键的是，当人们一心发展科技的时候，却对科技有可能造成的不利后果没有完全的预案，一旦发生超越发展初衷的科技副作用，人们将无能应对。"现代社会的技术发展已经进入一个特殊阶段，即，技术发展造成的意外的副作用，连技术本身都无法控制，因此，现代社会无法保护自身……"② 几次世界性的风险，比如切尔诺贝利核电站泄漏、福岛核电站泄漏等，都是跟科技有关，是人类追求科技更新的副作用，造成了大面积的人类生存危机和环境危机。人类活动造成了整个地球生态环境的巨大变化，不断灭绝的物种提醒着人们地球生态系统岌岌可危。然而，对于大多数人来说，他们的生活远离这些物种的生存环境，这些"灭绝"似乎与他们关系不大。而且，那些还在温饱线生存的人们，生存和经济的压力让他们把自身放在第一位，更不会去考虑保护环境。

所以，如何制衡一味发展科技带来的副作用，如何在科学伦理、生态伦理的指导下发展科技，是当下社会亟须解决的问题。生态散文认为，正是人类精神的失衡和衰败才导致了科技的无度发展。张炜指出："飞速发展的技术与精神的极度衰落，生成了我们这个失衡的世界。我们越来越对技术失去了控制，这就是我们悲观的根源。"③ 科技发展带来诸种便利，但是也把世界拉进资源损耗的恶性循环中。在散文《去看阿尔卑斯山》里，张伟提到阿尔卑斯的空气干净，这绝不是因为偏离世界，而是因为最严格的管控措施："M先生告诉大家，阿尔卑斯地区有空气纯化监视设备，这儿的空气必须纯正清新。还有，湖中绝不准许以油为燃料的船只经过——你们看到那几个全

---

① 苇岸. 大地上的事情 [M]. 桂林：广西师范大学出版社，2014：237.
② 海斯. 地方意识与星球意识：环境想象中的全球 [M]. 李贵仓，虞文心，周圣盛，等译. 北京：中国社会科学出版社，2015：200.
③ 张炜. 去看阿尔卑斯山 [M]. 北京：台海出版社，2019：316.

是木船了吧？"① 这些例子告诉人们，干净的自然环境更多的是靠人们的维护。

在这个过程中，科技的发展为工业提供了最强大的助力。虽然科技的发展不以破坏自然生态系统为直接目的，但它所提供的各种方法和工具却成为人类进军自然的有力武器。如果没有工业化进程，人类尚与自然处在一种和缓的矛盾中，科技发展给工业化进程装上了加速器，也给人与自然的矛盾装上了加速器。工业化进程和科技发展就像两位一体的火车，车头是科技的不断发展，车身是工业化的浪潮，人类搭载这列火车，在前进的道路上愈来愈快，将自然蛮荒之地变为文明的领域，却对方向和终点毫无概念。科技的飞速发展为进入工业社会的人类生活提供了惊人的改变：虽然没有翅膀，人类却能借助飞机翱翔在广阔的天空；虽然没有鱼鳃，人类却能借助潜水艇在海洋内自由穿行；过去经年累月方能抵达的目的地，现在借助火车飞机等现代交通工具几天甚至几小时就能到达，人类的生活愈加便利。不断发展的科技和层出不穷的发明还带来了巨大的经济效益，拥有最新最高端的科技就意味着拥有了庞大的经济收益，科学家和尖端科技因此成为市场上的抢手货。随着不断出现并付诸现实的新发明，科学技术以其强大的力量改变着人类生活甚至整个世界的面貌——世界上很少有科技办不到的事情，只要人们能想到，科技就能做到，科技被证明是万能的，它正在成为我们新的信仰。它取代了传统的上帝，被放在神祇的位置上。杨文丰敏锐地发现了这个现象，他指出：

> 宗教上的神失却与否在今天已不再重要，重要的是人类心中业已在供奉一尊至高无上而又特殊的大神——"科技神"！而且正越供越高，越供越大。任何神祇，其实都是人类自己的制造。然而，人类对科技神的态度却有所不同：一方面对之顶礼膜拜，心甘情愿匍匐于地，心甘情愿接受奴役；另一方面又殚精竭虑欲掌控之，占有之。人类供奉科技神的目的无非是为了彻底占有科技神，将科技神化作自己手中的权柄。②

这段话尖锐地指出当代人类的"造神"运动，以往的宗教被唯物主义和科技主义推下神坛，然后科技以其强大的技术、数据为支撑走上神坛，成为

---

① 张炜. 去看阿尔卑斯山 [M]. 北京：台海出版社，2019：11.
② 杨文丰. 病盆景 [M]. 北京：西苑出版社，2017：214.

后工业社会和信息社会人们的新信仰。

科学技术之所以受到推崇并逐渐取代上帝成为"神",最重要的原因就是科技发展能够推动社会进步的说法。在工业革命的起步阶段,工业和技术被认为是让人类获得幸福的主要手段。"据希望,它能够结束匮乏、饥饿、痛苦和贫困。在技术和科学的支持下,它使生活更容易、更轻松和更安全。它总是想实现这个目标,但至今也'尚未实现'。"① 科学技术的发展解放了人类的双手,把人类从种种物理限制中最大限度地解放出来,让人类的衣食住行更加便利。但是,我们也在这个过程中付出了不可忽视的代价。"在这些技巧和仪器代替活的经验的同时,我们必须付出代价,因为我们将渐渐依赖那些增补物,以至于记忆力减退,不再相信自己的双眼,离开文字的记载和仪器,我们就不会作判断。"② 当我们的生活都依赖于科技提供的便利时,就不是我们在主导科技,而是科学技术主导了我们。人类必须保留自己一些作为人的特征,而不是将之都交付于机器,这样人类还能最终保持一点自主性。

人类在科技发展过程中的失落更多地表现在精神方面。虽然我们在物质方面取得了巨大进步,人类生活也更加便利,但是我们精神上是否比以前感觉更加幸福?我们是否总是觉得心中充满了无法满足的欲望?雅思贝尔斯认为,随着科技的发展,人类的精神方面却出现了萎缩。他严厉地指责了"技术进步中的精神萎缩":"人所取得的惊人进步使它能够在很大程度上支配自然,赋予物质世界以符合自己意愿的形式。但是,这些进步不仅有人口的巨大进步相伴随,而且有无数人的精神萎缩相伴随,而谁也无法要求这些人对他们的生活的起源和进程的现实负起责任。"③ 人们选择了凸显自己改造能力的科学技术,同时就意味着至少放弃了部分内敛约束自己的道德规则。科技给社会提供发展的物质动力,却碾碎了传统形成的约束藩篱。马克思指出:

> 在我们这个时代,每一种事物好像都包含有自己的反面。我们看到……技术的胜利,似乎是以道德的败坏为代价换来的。随着人类日益控制自然,个人却似乎愈益成为别人的奴隶或自身卑劣行为的奴隶。甚

---

① 鲍曼. 被围困的社会[M]. 郇建立,译. 南京:江苏人民出版社,2005:138.
② 尚杰. 尚杰讲卢梭[M]. 北京:北京大学出版社,2008:98.
③ 雅斯贝尔斯. 时代的精神状况[M]. 王德峰,译. 上海:上海译文出版社,2008:166.

至科学的纯洁光辉仿佛也只能在愚昧无知的黑暗背景上闪耀。我们的一切发现和进步,似乎结果是使物质力量成为有智慧的生命,而人的生命则化为愚钝的物质力量。①

科学技术的发展总是以传统道德伦理的解构为代价的,在人类凭借科学技术向自然进军的过程中,心灵逐渐丧失其自身的丰富性,变得愈来愈"科学化、理性化":"科技进步使我们的生活变得丑陋,我们的关系变得冷漠,应运而生的所有新生事物都具有反人性的一面,使得丰富变得贫乏。"② 在追求发展和进步的过程中,人类的智力和制造能力迅速发展,梦、非理性、感性却渐渐被放逐,所谓"科学的"纯洁光辉在照亮"黑暗愚昧"的同时,也把滋养人类心灵的"暗昧"给消灭掉。当人类把智慧的力量转移给物质(智能机器)时,人类自身成为简单化的受害者。萨克塞在其《生态哲学》一书中提出:"人在知识和道德上能够做到既掌握技术而又不受其诱惑吗?迅速的发展和不断增长的复杂性都使我们难以具有通观全面的能力。"③ 人类乘着科学这列火车滚滚向前,却有些不能分辨前进的方向——当社会高度物质化,人类会以什么样的形态而存在呢?杨文丰指出:"科技主义已像脱缰狂奔上原野的野马,正以前所未有的范围、层次和深度,在改变人与自然、人与社会以及人与人的关系。……科技主义对美的伤害乃至消解,已成为世界性问题。"④ 科技解剖了美,却忽视了美所具有的感触性、模糊性,比如现在学界流行用神经科学去解释审美,却无法解释审美产生感触那一刻的综合情境。

所以,现代社会的学者对飞速发展的科技总是抱有一种怀疑的心理。莫斯科维奇对技术持有悲观的看法,他指出:"技术本是科学的应用,现在却以过度缺省的方式主宰并塑造我们的世界。"⑤ 技术本来是科学为了方便人类而发展起来的应用,然而,技术却以其普遍的应用反过来主宰了我们的世界,他对技术并不抱有美好的期待,"现代科学技术的特点在于用机器复制

---

① 中共中央马克思恩格斯列宁斯大林著作编译局. 马克思恩格斯选集:第一卷 [M]. 北京:人民出版社,1995:775.
②⑤ 莫斯科维奇. 还自然之魅:对生态运动的思考 [M]. 庄晨燕,邱寅晨,译. 北京:生活·读书·新知三联书店,2005:110,153.
③ 萨克塞. 生态哲学 [M]. 文韬,佩云,译. 北京:东方出版社,1991:168.
④ 杨文丰. 病盆景 [M]. 北京:西苑出版社,2017:214.

并实现人类的特质和技能,以'自动性'复制'有机性',将主动性和意向性的反应变为条件反射,直到使生命机械化。这种自动性机器的最终实现,就是要淘汰它们所模仿的身体,即人类"①。当我们的一切生存都依靠科技提供的便利时,我们的生存便被科技所主宰,我们制造了机器来生产物品,本身就将这种能力转移给机器,洗碗机、洗衣机、微波炉、吸尘器、手机等这些便利我们生活的科技产品的普及,意味着我们相关能力的萎缩,当有朝一日机器不归我们控制时,我们连最基本的生存都成问题。过去的人类还有种种技能来进行荒野生存,而如果将现在的人类剥去种种科技产品放在荒野,又能有几个生存下来?谁又能保证未来的日子里,我们必然能够一直这样靠着各种机器舒适地生活下去?说我们正在被机器和技术控制绝不是危言耸听,我们现在离这样的日子已经不远了。生态散文对技术主义进行了不遗余力的批判,也对技术导致的人类异化进行了反思。杨文丰在散文中指出:

> 这个尘世,技术主义已经甚嚣尘上,人类长期以来被套入了形形色色的技术圈套(利益圈套)。这能怪罪我们吗?这些技术圈套,还是人类自造,看上去都很温柔、美妙,都体现"人定胜天",从本质看,却严重悖于人的自然属性,激化机器与人的情感矛盾,与人体功能发生冲突,至少会异化或弱化人的自然属性,丧失人的生命本能,违反自然的本原伦理,会深刻异化人的思想及灵魂,人在不知不觉中,已被绑架!②

科技的发展最终一定会导致人的异化。这种异化,一方面反映在人类的各种功能日益被各种工具所替代,人被工具和人工智能异化;另一方面,人被异化同时也发生在精神领域,在人与机器逐渐结合的过程中,人类精神日益脱离自然,变成技术主义的思维方式。科技异化人类造成的最大损失是人与自然的剥离,与自然的剥离包括两方面,首先,工业化发展破坏我们生存的本源。作为工业发展带来的副作用,我们在生态方面付出的代价不容小觑。"通常,如果一个物种与其周围的环境过于不适应,那么,该物种就会灭绝,而生态系统则会延续下去。人类现在的行为却可能将生态系统推向崩

---

① 莫斯科维奇. 还自然之魅:对生态运动的思考 [M]. 庄晨燕,邱寅晨,译. 北京:生活·读书·新知三联书店,2005:序11.
② 杨文丰. 病盆景 [M]. 北京:西苑出版社,2017:74.

溃，使差不多所有的物种都毁灭。"① 天地间充塞着人造化学毒品，深海里掩埋着无法分解的核废料和各种塑料，人类一心发展科技带来的后果完全有可能把人类和地球生态系统一起送入毁灭的深渊，如 2011 年 3 月日本发生的福岛核电站泄漏事故，引起了全球恐慌。

其次，符号化世界破坏我们同自然的一体感。标准的未来城市居民的生活离自然越来越远，他们将会部分或者完全进入一个符号世界——所有的活动都是以符号方式进行的，人类生活在一个信息（虚拟）世界中。日本哲学家尾关周二忧心忡忡地指出："电子媒体给信息通信带来质和量的飞跃，使人类主体的社会性和共同性得以发展，但它是抽象的、常常被异化的方式，同时又增加了人工符号环境。因此，如此下去，人与自然、人与人之间的活生生的感性的、身体的联系反倒会变得淡化。"② 人类的精神世界本应该丰富多彩、充满灵性，但在后工业社会信息化的氛围中，人的精神却被技术所符号化、信息化，成为接近机器思维的意识流，从而丧失了人的感性的、丰富的一面。这样发展下去，人类将进入平面的信息社会。张炜也对此进行了反思，"新科技使传播效率大幅度提高，声像和文字信息每天都在成吨的进行抛撒轰炸。这对于一个人保持精神上的独立，其伤害是致命的"③。我们处在一个符号化的环境中，接触到的都是各种媒介提供给我们的各种各样的信息，缺乏与大自然的真正接触，自然就不会有健康的身体和心灵。

当下，问题的核心在于能够左右人类社会未来发展方向的权贵阶层、知识阶层都是居住在城里，他们享有先进科技所提供的一切便利。在这个社会中，人类依靠机器生活，以信息交换为自己主要生活方式，这是一种非常焦虑的电子社会。人人只关注自身健康和假期的享乐型社会以及充斥着信息奴隶和电子公认的信息社会都会是非常焦虑的社会。人类丰富的心灵被电子信息无限狭隘化，进入单一层面的流动，这种单一层面的信息流动同人类基因中丰富的自然本性相抵触，从而让处于其中的个体总是感到焦虑无比。鲍曼指出："我们的祖先都是直接目睹了他们的行动带来的绝大多数后果，因为

---

① 罗尔斯顿. 哲学走向荒野 [M]. 刘耳，叶平，译. 长春：吉林人民出版社，2000：49.
② 尾关周二. 共生的理想：现代交往与共生、共同的思想 [M]. 卞崇道，刘荣，周秀静，译. 北京：中央编译出版社，1996：83.
③ 张炜. 去看阿尔卑斯山 [M]. 北京：台海出版社，2019：215.

这些后果很少在他们的肉眼所及范围之外。"① 这种直接目睹带给我们踏踏实实的感觉，我们与这个世界切身接触，密切相关，因此我们需要对这个世界负责。当科技发展到一定程度，我们对世界的了解只能通过各种信息符号，我们对世界的干预也只能通过各种机器和技术手段时，我们与世界事实上处在一种剥离的状态，世界与我们不再是一体了，我们成为世界中包着一层技术外壳的特殊物体，这个时候，那些离我们很远但对我们的未来影响很大的事件就只是我们接受信息的屏幕上的几个符号，人类面对着几个符号，如何能够去切身体味其所代表的重大含义呢？

从这个意义上讲，科学技术的发展其实是对自然的背叛。前现代时期，人类还在为自然的威力而战战兢兢。自从现代化开始以后，人类就凭借工业基础和科技发展开始对自然进行征服，现代人类利用科学技术增强了自身力量，向原来"神秘"的自然进军，进军的"成果"是巨大的，人类文明的"圣迹"播撒到原来是蛮荒之地的世界各处，城市如雨后春笋般遍地开花，人类的脚步也伸到了自然腹地，然而，人类在这个过程中犯下了巨大错误：

> 现代科学技术尤其是基于计算机的信息技术的巨大进展，第二次背叛了自然，使人类相信将城市和农村的物质生活与自然割裂，也足以满足自身的需要。这是非常严重的一个错误。人性在深度和广度上远远超越任何现有文明的成果。人类的精神之根通过智力发育中很多隐藏的通道深深地延伸到了自然世界。如果我们不能理解使我们成为人的美学和宗教特质的起源和意义，也就不能发挥出所有的潜质。②

如果说农业文明是背叛自然的开始，工业革命和科技发展则是对自然一次更严重的背叛，人类在这次背叛后试图脱离自然，将人类社会作为独立于自然之维的特殊存在发展下去。科学技术是这个独立存在的支点之一，"在古代，人的属性主要体现于文化，而在现代，人的属性主要体现于科学；但全部的文化与全部的科学，都起源于人类为克服自然的阻碍所做的努力"③。

---

① 鲍曼. 被围困的社会 [M]. 郇建立, 译. 南京：江苏人民出版社，2005：226.
② 威尔逊. 造物：拯救地球生灵的呼吁 [M]. 马涛, 沈炎, 李博, 译. 上海：上海人民出版社，2018：11-12.
③ 罗尔斯顿. 哲学走向荒野 [M]. 刘耳, 叶平, 译. 长春：吉林人民出版社，2000：147.

通过科技，人类在很多方面用依赖机器和技术取代了依赖自然。以钟表取代大自然计时为例，人类在这个过程中获得了精确度，却失去了与大自然的联系。"在制造分秒的时候，钟表把时间从人类的活动中分离开来，并且使人们相信时间是可以以精确而可计量的单位独立存在的。……在这个过程中，我们学会了漠视日出日落和季节更替，因为在一个由分分秒秒组成的世界中，大自然的权威已经被取代了。"① 随着技术的发展和科学的进步，社会走向"全控社会"，社会各个方面都朝着尽可能精确和可以量化的程度发展。"全控社会可能直接或间接地具有各种形式，完成因生活而出现的各种功能，从食品到娱乐，从性爱到友谊，从出生到死亡，表现出无可比拟的统计精度和扼杀一切反叛的狂热。许多为我们所用并令我们骄傲的美好事物，在全控社会中都归入陋习和怪行的范畴。"② 社会越来越理性化，一切不能被量化的事物都被视为阻碍社会进步的力量，以蔬菜买卖为例，过去蔬菜只是随随便便摆放在摊子上任人挑拣，大家购买是因为想吃。现在却包装精美，并必然附上一份精确的营养成分表，大家购买是因为它能提供所标明的营养成分。从生存的食品之一到现在的提供营养素的商品，蔬菜实现了一个从生命组成到理性鉴别的变化，它的本质没有变，变的是人类在全控社会中对于量化的无度需求——商品贴上量化的标签后才能进入消费者的可接受范围内。在这种趋势下，各种指标应运而生，生命的必需品被置入客体研究的层面加以标签化后予以返还，原始的、神秘的事物逐渐消亡，我们不是在吃食物，而是在吃营养素；我们不是在生活，而是在量化的社会中不断地接触各种标签。

第三节 对气候异常的展现与反思

从 20 世纪下半叶开始，因为气候异常造成的生态灾难事件越来越多，1998—2000 年期间，拉尼娜现象在南部非洲引起暴风雨和洪灾，在肯尼亚和坦桑尼亚引起干旱，在菲律宾和印度尼西亚酿成洪灾，在南美洲的南部地区造成异常的潮湿天气，在美国西部造成洪灾和雪灾，同时造成我国 1998 年

---

① 波兹曼. 娱乐至死 [M]. 章艳, 译. 桂林: 广西师范大学出版社, 2004: 13-14.
② 莫斯科维奇. 还自然之魅: 对生态运动的思考 [M]. 庄晨燕, 邱寅晨, 译. 北京: 生活·读书·新知三联书店, 2005: 106.

的特大洪水灾难，这些气候灾难在短短的几年时间内频繁发生，给世界各国造成了巨大的经济损失。科学家们追根溯源，发现大部分气候异常现象同地球温室效应加剧引起的全球变暖有关，而温室效应的源头在人类身上，在于工业社会人类的生产生活方式上。"为了满足我们对更好的生活的追求，为了满足我们对温暖的房子、持续的经济增长的追求，以及我们对能够使大多数人从繁重的农耕劳动中解放出来的高效农业的追求，我们生产出了二氧化碳和其他气体。"① 统计数据表明，自工业革命以来，额外产生的温室气体较太阳辐射输出的影响而言，它对气候变化的影响已经高出了 10 倍。人类步入工业社会后形成的生产方式与生活方式造成了温室效应的加剧，改变了我们的天气。灾难不由天决定，而由我们自己引起。"我们已经改变了大气，而改变了的大气终将使天气发生改变。气温和降雨将不再是完全意义上的纯粹自然力量的活动，将部分地成为我们的习惯、我们的经济、我们的生活方式的产物。"② 生态散文对各种气候异常现象进行了描述，深入思考引起气候异常的原因。展现在生态散文中的气候异常现象多种多样，既有化工污染引起的酸雨，也有因为土壤沙化导致的沙尘暴，有工业生产、汽车尾气导致的雾霾。

伦敦是全球最早进行工业革命的城市，但也正因为这样，也是全球最早遭受工业污染的城市，曾经被称为"雾城"，发生过令世界震惊的雾霾事件。杨文丰在散文中对此做过细致的描述：

> 1952 年 12 月 5 日"伦敦雾霾"。那天，伦敦大气湿度陡增，风无力扬起米字旗，全城烟尘弥漫。尽管市民紧闭门窗，黄褐色的烟雾还是无孔不入。地铁以外，所有的交通工具已全部瘫痪。人们难辨方向。行人甚至已无法看到自己的双脚。到医院看病的人群长得看不到尽头。救护车需火把引路方能勉强行驶。……英国政府随后公布的雾霾报告显示，这场伦敦雾霾，至少导致了 4 000 人死亡，至当年底，死亡人数飙升到 1.2 万。③

雾霾的原因主要是工业生产和居民燃煤取暖，气候湿重，导致含有大量

---

①② 麦克基本. 自然的终结 [M]. 孙晓春，马树林，译. 长春：吉林人民出版社，2000：44，43.

③ 杨文丰. 病盆景 [M]. 北京：西苑出版社，2017：60.

有害物质的烟雾笼罩上空，人们生活在其中，等于沉浸在废气之中，引起大量人群的呼吸道感染。在中国，雾霾现象在最近三四十年也时有发生。雾霾高发于冬春季节，多发于冬天，火电厂和煤炭取暖全力运转，各种污染物排到空中不容易被吹散，就形成了雾霾。雾霾的主要污染颗粒是二氧化硫、氮氧化物和可吸入颗粒，对人体的伤害非常大。每年春天，中国北方的大部分城市，尤其是依靠火电厂发电和暖气取暖的城市，都会形成大面积雾霾。杨文丰写道："中国国土的许多版图，都被锁入雾霾。雾霾内，是大地上艰于呼吸的人。""遮天的雾霾已留下数亿中国人空茫忧恐的目光。雾霾使中国的生态环境引起了世界的热切关注。"① 最近数十年，中国采取了种种政策来减少雾霾，包括减少火电厂使用，减少汽车尾气排放，中国的雾霾现象有所改善。但是，想要完全消除雾霾，必须关闭所有污染源，而这势必造成经济下滑以及人类生活水平降低，代价是目前的中国无法承受的，所以，未来几年，雾霾现象会减轻，但依然会在北方大部分城市出现。

在改善环境、减轻雾霾方面，曾经的"雾城"伦敦做了许多有益探索，出台了一系列空气污染防控法案，对各种废气排放进行严格限制，制定了明确的处罚措施，广植绿地，抑制汽车发展。到1980年，伦敦的雾日已经降到了一年5天，伦敦逐渐摆脱了工业污染。然而，在全球生态环境变化的影响下，一个地区的局部改善很难起到多大作用。尽管伦敦的"雾城"帽子被摘掉了，但是在全球变暖的大背景下，伦敦依然存在着各种各样的气候异常情况。比如芭布丝在散文中写到赤蛱蝶在冬天四处飞舞，这是不符合它们的生存情况的，是气候异常导致的：

> 这个时节最吸引眼球、最不同寻常的事就是赤蛱蝶的突然现身。这种蝴蝶通常在外屋的幽暗角落等隐蔽处过冬，但天气暖和的时候，它们会再度活跃起来，人们就能看到它们四处飞舞。天气异常影响了许多物种的冬眠模式，有时出人意料的高温会吸引它们在严冬外出冒险。很难想象这样一个雪夜会出现这种情况，但这种现象已经越来越普遍。②

正是人类的活动导致温室效应，导致暖冬与寒冬的交替，也让地球的物种受到持续影响，甚至改变了它们的生存习惯。比如修建水坝对淡水鱼洄游

---

① 杨文丰. 病盆景 [M]. 北京：西苑出版社，2017：48，50.
② 芭布丝. 我的花园、我的城市和我 [M]. 沈黛，译. 北京：商务印书馆，2014：22.

的阻碍，有一半的鱼类受到影响。又比如温室效应导致北极冰山融化，北极熊的生存地越来越小，走向了灭绝的道路。还有各地的旅游景点开发，对于当地山林水系的野生动物的影响，它们要么适应人类，改变自己习性，与人类共生，如各种猴子；要么被迫背井离乡，甚至走向灭绝。比如河南云华蝙蝠洞中的蝙蝠，在当地开发5年后灭绝一半。另外，滇池污染导致滇池蝾螈灭绝。一个个物种在人类的开发活动中濒危或灭绝。

对于中国来讲，最近二三十年气候异常最明显的另外一个表现是"沙尘暴"，多出现于四五月，暖气流和寒潮轮番拉锯，易形成大风，而北方植被破坏，被沙化的土壤被风吹到大气中，就形成了沙尘暴。每当秋冬春季节，沙尘暴弥漫整个中国北方上空，在卫星拍摄的图片上看得清清楚楚。广袤的中国北方大地上空一片黄云，那是来自沙漠的沙土，在风的吹拂下，旅行数千里，曾经一度抵达到江苏和上海，让半个中国的人民苦不堪言。"沙尘暴"并非自然生成的现象，而是最近三四十年，随着过度放牧、砍伐树木、开采矿产，最终导致水土流失，地面的黄土没有植物固定，被风吹到空中，形成了举世闻名的"沙尘暴"。徐兆寿在《西行悟道》中对于"沙尘暴"做了生动的描述，让人们看到气候异常带来的可怕后果。他写道：

> 1993年的一个春天的下午，诗人许斌看到，在民勤城的北方，突然间天黑了。大家都不知为什么，正在议论时，那黑暗已经裹着风沙将他们包围。那比我曾经感受到的黑夜还要黑暗的白昼，他们竟然看不到两米之外说话的人。他们这才意识到是一场从未见过的黑暗。他们只好摸索着回到家里，并摸到手电，但那手电也只是照到两三米之内的地方。他们终于恐慌了，一生都没有遇到过这样的恐怖。那时，正好是孩子们放学的时刻。兴高采烈的孩子们被这黑暗吓哭了，他们看不到前方的路，只好摸着黑暗一边哭一边走。就这样，很多孩子走进了不远处的水渠里，没有多久，稚嫩的双手和绝望的哭声便消失了。[①]

这是对生态灾难的残酷描述，在一场史无前例的沙尘暴中，民勤的居民陡然陷入了白昼的黑暗中，很多孩子因此失去性命，而这一切的罪魁祸首，是由人们的活动导致的沙漠化、水土流失。这场沙尘暴从那年之后就年年出

---

① 徐兆寿. 西行悟道 [M]. 北京：作家出版社，2021：53.

来，并且一路向东。"那场黑暗后来也漫延到兰州，并一直吹向上海。人们给它命名为'沙尘暴'。它像撒旦一样，从腾格里沙漠和巴丹吉林沙漠里钻出来，站在半空中，然后，携着死神向民勤、武威、兰州、西安、上海一路进发。"[1] 沙尘暴之所以能够一路向东，一方面是因为起源地沙漠化和大风天气；另外一方面就是途经之地森林植被的破坏，导致路途中没有阻挡、吸收的屏障。

气候异常现象不仅是生态系统受到破坏后的一种反映，更是地球本身对人类发出的警告。杨文丰对气候异常做出了自己的反思，他提出："是否只为当代人的幸福就可以肆意耗尽子孙后代的资源？雾霾已使空气走向商品化，还要多久将爆发列强抢夺空气之战？还有多久空气会变成'火药库'？"[2] 正是人类自我的行动导致雾霾，进而导致人类自己承担代价。麦克基本认为，人类活动带来的不仅仅是气候异常这一种现象，同时更造成了不可低估的深远影响，他指出：

> 除去世界范围内的核战争以外，全球变暖象征着大量的可以想象得到的改变：通过改变我们这颗行星上的温度，我们无情的影响了它的动植物分布体系，影响了它的降雨。气候物理学显示，距人类最远的南北极也即将发生最极端的改变。工业化的副产品——污染物——已经成为促使地球发生各种改变的最强大的力量。这种改变在量的意义上是如此巨大，以至于它将演变为质的改变。[3]

生态系统并不只是一个客观的外在环境，它是一个复杂的有机系统，养育了千万种生命，其本身也由于这万万千千的生命而变得具有灵性。因此，当我们凭借自己的智慧肆无忌惮地对生态系统予以索取的时候，却不知已经将我们的母亲激怒，未知的灭顶之灾正在蓄积之中，而气候异常带来的灾难只不过是前奏而已。如果我们一意孤行，地球带给人类的将不再是简单的气候灾难。罗尔斯顿指出："环境科学发现自然的野蛮远不像先前人们想象的那样任意和低效，并建议我们不要仅仅是带着一种敬畏，而也应该带着

---

[1] 徐兆寿. 西行悟道[M]. 北京：作家出版社，2021：54.
[2] 杨文丰. 病盆景[M]. 北京：西苑出版社，2017：59.
[3] 麦克基本. 自然的终结[M]. 孙晓春，马树林，译. 长春：吉林人民出版社，2000：13.

'爱、尊重与赞美'去看待生态系统。"① 面对哺育我们的地球母亲，将其当作拥有生命和灵魂的活体也在情理之中。如果人类凭借自己的能力去肆意改变自然，必将引起地球母亲的震怒，后果可能是给人类带来灭顶之灾。杨文丰曾在散文中以沉痛的笔调记叙了苏门答腊大海啸带来的灾难：

> 2004年12月26日，星期六，中国农历猴年之尾，西元圣诞翌日，距离雅加达西北1 620千米，印尼苏门答腊岛西北近海海底地下40千米，发生了一场里氏9级的大地震。地震发生后约半小时，大海——这平时的柔性巨人，略略收缩了一下拳头，海水就从海岸线猛退了近300米，继而以每秒200米的速度，挟雷携电，轰轰然，冲上苏门答腊岛的亚齐省海滩，浪潮壁立，潮高十米，排山倒海；一小时之后，海潮在泰国南部普吉岛登陆；两小时后殃及印度和斯里兰卡；最后，浪冲东非索马里……近20万人葬身海底！②

这是人类的浩劫，是最近几年自然灾害中后果最严重的。虽然地震并非人类活动的结果，但是由此引发的巨大灾难中的很多后果本可以减轻甚至避免。"倘若海边的红树林数十年来不遭受连续的砍伐……珊瑚礁不被大量地开采破坏，假如这些天然屏障在，海啸就会相继受到珊瑚礁和红树林的抵挡，速度变慢，能量减弱。"③ 因此，是人类活动的加剧导致灾难的扩大化。并且，人类不只是破坏了原本的沿海生态，还犯下了很多不该犯的错误，进一步导致灾难的扩大化。"倘若人类不在沿海筑那么多的度假别墅，不燃烧那么多的矿物燃料致使吸热气体增多，温室效应增大，气温上升……海岸线就不至于被侵蚀得百孔千疮……"④ 所以，尽管是自然灾害，但人类的活动起到放大器的作用，最终引发了震惊全球的灾难事件。

事实上，在近200年中，气候灾难的发生多与人类的活动有关，并不是自然运行的正常结果。气候异常现象频发更多的是人祸而不是天灾，是自然生态平衡被破坏的结果。生态散文表现的焦点不仅是气候灾难，更是对气候灾难形成原因的探索——对灾难形成背后人类因素的探索。这些因素既包括人类破坏自然生态系统的举动，比如砍伐森林、开垦荒野，这些造成植被覆

---

① 罗尔斯顿. 哲学走向荒野 [M]. 刘耳，叶平，译. 长春：吉林人民出版社，2000：31.

②③④ 杨文丰. 病盆景 [M]. 北京：西苑出版社，2017：238，241，241.

盖率迅速减少，大地裸露日益严重，水土日益流失和日益沙漠化，于是旱则赤地千里，黄沙滚滚；涝则洪水横流，浊浪滔天；也包括人类在工业社会的选择：自从工业革命开始，尤其二十世纪五六十年代以来，地球的气候变化显得非比寻常[1]：海啸、干旱、冻雨、暴雪、沙尘暴，气候异常以其愈来愈频繁的灾难性降临考验着人类的生存能力，带给人类社会一次又一次巨大损失，极端天气呈现"常态化"的趋势。人类进入工业社会，生产力飞速发展，科学技术取得了显著提高，但气候异常现象反而越来越多。

　　生态散文表达了对于人类活动导致气候异常的忧虑和批判。阿来在《大地的阶梯》中指出，为了发展经济，有一段时间嘉绒地区砍伐了大量的原生林，最终导致气候异常和生态灾难。主要危害有三点：第一，原生林被砍伐后导致森林资源的枯竭和泥石流的增多，次生林无法完全阻止水土流失。尽管有次生林，但是由于在山地生长时间短，比不上原生林数十年、数百年扎根山地，无法阻止水土流失，因此多发泥石流灾害。第二，原生林之后的次生林"蕴蓄水量、保持水土和调节气候的功能已经大大减弱了"。这甚至影响到山里的气候，比如"夏天的雨水和冬天的风越来越暴烈，……夏天的洪水总是轻易就涨满河道，……而一到冬天，一些四季长流而且水量稳定的溪流，就只剩下满涧累累的巨石了"。这是对于当地生态系统的影响。水流的减弱和变化直接影响到岸边农田和农民的生活。第三，树木砍伐、更替带来的灾害是对农作物的影响。"森林调节气温的作用越来越弱，秋天的霜冻比过去提前了。霜冻的结果，是许多作物不能完全成熟。……每当麦子灌浆的时候，霜冻就来了。于是，麦子便陡然终止了成熟的过程，迅速枯黄。……装进粮柜的都是些干瘪难看的麦粒。"而这样的麦粒，因为缺乏阳光与温度，必然做不出好吃的食物，最终，成品的馍馍"里面是黑乎乎的一团，鼻腔里充溢的不再是四溢的麦香，而是一种与霉烂的感觉相关联的甘甜味道，不由得使人皱起了眉毛。吃到嘴里，的的确确难以下咽"。[2] 人们破坏原生态的自然，最终导致地方生态系统的气候异常和各种生态灾难，破坏生态的后果最终由人类自己承担。

---

　　[1] "厄尔尼诺现象"一般每隔 2~7 年出现一次。但是 20 世纪 90 年代后，这种现象却越来越频繁。不仅如此，随周期缩短而来的是"厄尔尼诺现象"滞留时间的延长。见自然之友. 厄尔尼诺和拉尼娜现象频繁出现［M］//20 世纪环境警示录. 北京：华夏出版社，2001.

　　[2] 阿来. 大地的阶梯［M］. 西安：陕西师范大学出版社，2019：195-196.

近 50 年的科学研究已证明，温室效应与全球气候异常存在着必然的联系，要防止气候异常带来的灾难的加剧，最根本的还是防止全球变暖，而防止温室效应的进一步积累是阻止全球变暖的唯一途径。生态散文批判的矛头主要指向工业部门和能源部门，认为正是能源部门及汽车等大剂量排放二氧化碳，才造成温室效应加剧，让全球气温升高。事实上，全球变暖还有另外一个原因，即森林的大面积被毁，使得其调节气温的作用减少，本来进入大气中的二氧化碳约有 2/3 的量可被植物吸收，但是由于森林面积急剧减少，森林吸收二氧化碳的量及送入大气中的氧气的量均显著下降。这依然同人类有着密切关系，人口增长需要大量的土地，发展经济也需要大量的资源，因此人类砍伐森林、破坏植被。温室效应加剧造成的气候变暖不仅导致地球表面温度上升，冰川融化，海平面上升，沿海城市和农田被淹没，而且也会引起海洋温度升高，促使强烈的热带风暴形成，使得极端天气事件的频率更快，强度更大。近些年不断发生的气候灾难预告了更大的灾难在酝酿之中。温室效应所造成的全球气候的变化，必将给人类带来灾难，其影响是长期的、大范围的，关系到整个人类的生存。而温室效应的加剧却是人类破坏生态环境而引起的灾害，事实上，人类生存的威胁还是来自人类自身，从气候灾难的频率加快，到核战争的阴影和地球资源短缺，人类正将自己导入一个危险的处境。

按照美国昆虫学家威尔逊的估计，如果我们不及时采取措施阻止全球变暖的发生，那么到 2050 年左右，不仅人类面临生存危机，地球上的生命种类也会大幅度减少。"依照当前气候变化的趋势，到 21 世纪中叶，它（全球变暖）将会成为地球上四分之一动、植物物种走向灭绝的最主要原因。"[①] 不管是为了我们自己还是为了和我们一起生存在地球上的生命，我们都应该做出改变。正是我们的现代化的生存方式导致全球变暖的加快，导致全球气候异常现象频发的问题。"尤其值得提出的是，全球极端天气气候事件的大量产生，其原因不仅涉及自然界的各种'自然'变迁，更重要的是关涉到人类行为方式以及社会历史进程。正是人类对大自然行为的失策、失控、失敬，最终招致大自然的报复。"[②] 改变已经是迫在眉睫的事情，然而，尽管全

---

① 威尔逊. 造物：拯救地球生灵的呼吁 [M]. 马涛, 沈炎, 李博, 译. 上海：上海人民出版社，2009：66.

② 潘启雯. 莫道"天"不语，寒暑总关情：极端天气气候事件"常态化"的反思与应对 [N]. 中国社会科学报，2010 - 08 - 05.

球各地的生态运动如火如荼地展开，可持续能源运动并没有能够很好地开展，来自工业和能源部门的阻力重重，更重要的是改变会延缓经济的增长速度。

科尔曼认为，有三个原因共同延缓了人类改变能源利用方式的努力："一是对变迁的抗拒，尤其是治理大多数社区的官僚机构所体现的抗拒；二是'更多即更好'这一思维定势阴魂不散，它实为我们文化的根本特征；三是既得利益公司的反对，这些公司从现有能源及耗能产品的销售中获取着巨大的利益。"① 结合他的观点，从生态散文所表现的内容来看，主要是来自社会政治、文化、经济的力量阻止了可持续能源运动的开展，具体表现为：第一，政治上很多政府墨守成规，生怕激进的能源改革运动会触及他们统治的基础，从而引起政府倒台；第二，文化上工业革命开始以来固有文化理念根深蒂固，表现为工具理性和无限进步发展观，对新兴的生态文化理念持抗拒和排挤的态度；第三，经济上主要表现为既得利益公司尤其是能源公司的强力反对，他们在旧有的能源开采和利用模式里面谋取大量利润，而生态的、可持续的能源模式会使他们的当前利益大幅度减少。在这三种因素的共同作用下，能源改革面临着重重困难，如果能源利用方式不加以改变，就无法从根本上解决温室效应带来的问题。无论是现有生活方式还是能源利用方式，都有一个现代性思维范式在背后起着支撑作用，因此，必须首先改变人类思维中对工业、能源、生态的现有认识，从人类的精神层面着手进行改善，进而逐渐影响到人类的实践层面。所以，解决气候异常，首先要考虑的就是人类精神意识层面的改变。

生态散文批判了一味发展现代化和工业化带来的各种生态危害，尤其是集中表达了对于过于追求"进步""发展"的反思，表达了对于推动现代化、工业化进程背后的思维范式的反思，主要对简化思维、技术思维范式进行了反思和批判。在反思和批判的基础上，生态散文倡导一种有机性的思维方式和生态型的生存方式，推进读者关注生命，关注自然，以一种有机关联的发展观来纾缓现代化进程带给生态系统的伤害。

---

① 科尔曼. 生态政治：建设一个绿色社会 [M]. 梅俊杰，译. 上海：上海译文出版社，2006：186.

第 七 章
生态散文的城市化反思

城市是生态散文的重要表现对象，不过，在生态散文中，对自然的表现主要是以歌颂为主，尤其是原生态自然和人与自然交融的地带，往往成为生态散文的颂扬对象。而城市在生态散文中往往是被批判的对象，是反思和讨伐的目标。城市和城市化被认为是影响和破坏自然生态系统的重要根源，在生态散文中往往被表现为"反乌托邦"的形象。但是，在主流意识形态和人类文明史上，城市又代表了"人类文明的最高成就"，是人类发展进步的结晶。这就导致城市在生态散文中成为一种富有张力的存在，一方面，生态散文批判城市和城市化对自然生态的破坏；另外一方面，有相当一部分生态散文作家居住在城市，享受着城市带来的交通、就医的便利。因此，有关城市的生态散文主要存在着两种趋向，一种是以否定为主，认为城市的存在对自然构成了威胁，城市成为"自然的毒瘤"，如韩少功、鲁枢元、青青、苇岸的散文。另外一种，则是批判性肯定，如芭布丝、凯莉、阿来的散文，这些散文"呈现城市生态之美，调适人与城市之间的情感，表达人们对未来生态城市的向往"[1]。对于后者来讲，作家们认识到城市是人类无法回避的生存空间，城市人需要探索如何在城市中生态地生存。

在生态散文中，对城市的批判与反思占据多数。首先，大部分生态散文作家出身于农村，对于传统乡村文明有一种来自童年和本能的亲近，虽然这

---

[1] 郭茂全. 城市生态散文的思想内蕴与文化意义 [J]. 重庆广播电视大学学报, 2020（5）：69-75.

批作家后来基本都居住在城市，但是，正是童年的乡村经历使他们能够从田野、自然的角度出发，批判城市的弊端和城市化带来的破坏和污染。其次，城市和城市化的过程的确对周边可居住地造成了破坏，尤其是快速城市化进程往往简单粗暴，以钢筋水泥迅速吞噬农田为主要手段，很多时候无法兼顾环保，造成了明显的生态破坏。最后，城市的存在形态决定了城市人把主要精力放在经济活动上，这就无形中迎合了人们膨胀的欲望，构成了对生态系统造成巨大压力的消费社会意识形态。所以，城市在生态散文中总是负面和被批判的。

当然，也有一部分成长于城市的生态散文作家对城市生态寄予厚望，希望绿色能和城市共存，创造绿色生态型城市。他们充分认识到现代城市人无法返回自然的现实，力求在城市发掘出生态型的生存方式和生存环境，对这批人来说，"城市是现代人的家园，生态城市是作家的城市愿景"[①]。

第 一 节　城市扩张的影响

城市是人类文明的精华，代表了人类利用技术改造自然的最高成就。世界正处于城市化迅速发展的时代，据统计，拉丁美洲是目前世界城市化程度最高的地区，80%的人口生活在城市中；包括英国、德国、法国在内的西欧城市化程度仅次于拉美，75%的人口生活在城市中。这些地区现代化程度比较高，经济发达，人们物质生活优裕，以致给人类造成一种印象——城市化程度与现代化程度直接相连。城市化程度成为衡量一个国家现代化程度的重要标准，无数发展中国家将城市化作为国家发展的重要战略。在发展中国家城市规划的蓝图中，城市被整整齐齐地划分为大大小小的工作区、居住区、休闲区，几百万人在基本统一的时间上下班，在基本统一的时间用餐，在基本统一的地点休闲娱乐，交通便利，生活快捷。这种整齐划一的生活形态岂不正是历史上无数思想家描述过的"乌托邦"社会？"所谓的乌托邦并不是

---

① 郭茂全. 城市生态散文的思想内蕴与文化意义 [J]. 重庆广播电视大学学报，2020（5）：69-75.

发明不存在的东西,而是以另一种方式来看待现有的一切,并提前进行构想。"① 以此"乌托邦"为目标,为了达到这个美好的社会形态,发展中国家纷纷掀起一轮又一轮城市化进程,以求尽早进入这个美好的"乌托邦"社会。

阿来曾经在散文中设想这样一个"城市乌托邦"形象,在这里,"洁净、文明、繁荣、幸福,每一个字眼都在那些灯火里闪烁诱人的光芒。……但是,这一切仅仅是一种不切实际的理想"②。然而,在城市化的过程中,人们逐渐发现,城市并非理想的"乌托邦",城市社会不一定处处美好,反而存在很多问题。虽然城市被划分为几个大的区域,公路也四通八达,却出现了交通堵塞、空气污染、治安混乱等诸种问题。除去极少数富裕阶层外,生命在城市中并没有得到开发阶层之前所许诺的保障,反而陷入了困窘挣扎的境地。上下班的车流人流拥挤浪费的大把时间,求医问药的高昂费用让一般城市居民无法承担,空气污染和水污染带来的对生命的威胁,贫民区存在的治安问题在每个城市都有,这些让现代化的"城市乌托邦"陷入了困境。

事实上,城市最终往往发展成为"反乌托邦"的形象。所谓"反乌托邦","是在乌托邦的基础上演化出来并与之意思相反的一个新词,通常用来指一个虚构的、在不远的将来的社会,在这个虚构的未来社会里,当前社会的一些趋向演变成了令人心悸的噩梦"③。为什么我们怀着美好的愿望去建设人类文明高度集中的城市,最终却发现把自我送入重重困境?在生态散文中,城市成为一种负面形象的代表,成为"反乌托邦"的代名词。也就是说,我们怀着"乌托邦"的梦想,却走入了"反乌托邦"的社会,原因何在?至少有三方面的因素。

首先,城市化进程破坏了"可居区",制造生命荒漠。城市的兴起虽然不是工业化所导致,但是城市的快速发展与工业化浪潮有着密切的联系。随着工业化的推进,需要大量的人力集中在一起从事相关行业,现代化的城市应运而生。较大的城市最初都是工业化集聚地,是工人以及相关人群聚集的地方,比如中国的长春、吉林是钢铁业发展的城市,可以说,凡是较大的城市,基本都跟某个或数个行业相关。一直到工业化晚期,随着环保理念的普

---

① 莫斯科维奇. 还自然之魅:对生态运动的思考 [M]. 庄晨燕,邱寅晨,译. 北京:生活·读书·新知三联书店,2005:86.
② 阿来. 大地的阶梯 [M]. 西安:陕西师范大学出版社,2019:255.
③ 米尔佐夫. 视觉文化导论 [M]. 倪伟,译. 南京:江苏人民出版社,2006:247.

及和高端制造业、信息业的发展，才出现了以信息技术、金融、旅游等行业为中心的城市，使得城市从工业化浪潮中彻底摆脱出来。然而，在以往数百年的时间里，工业化和城市化如同现代化的一体两翼，极大改变了人们的生活生存方式，也破坏了生态系统，造成了多种多样的生态灾难。

在城市化的进程中，大片森林被砍伐以提供木材和土地，农田被城市的水泥地面直接覆盖，农民被新的"圈地运动"赶出农村，成为城市贫民。"当被人从世代聚居的家园赶出时，那些不幸者从此失去了生活的意义、秩序和条理，再也无法以农耕谋生，最终往往沦落在迅速成长的城市里，一贫如洗。"① 人类将坚硬的城市作为文明的象征伸向自然，却把生命起源地的自然逼向了绝境。"城市规模无限扩大的同时，乡村面貌也日益多样化，城市人口急剧膨胀，乡村人口却越来越少。……我们生活的动植物世界在未来或许会变为一片荒漠。"② 越多的城市被建设出来，更多的生命荒漠被随之制造。鲍曼认为，人类城市的扩建正是建立在对可发展地区的毁灭上的，人类不断发展城市作为人口聚居的主要地区，同时却不断地把能作为可居住地区的草原、农田、湿地、森林化作荒漠，城市作为人类居住地区的发展与扩大是以数倍的可居住地区的毁灭为代价的。"就物理空间和人类居住空间的蔓延而言，我们的星球确实已经满载。但与之相反，人口稀疏地区的面积，或者被认为根本不适合人类居住以及不能支持人类生命的无人区的面积，却在增加而不是缩小。"③ 这个过程中，由于可居住地区的减少和荒漠地区的扩大，生态系统不再稳定，"过去，人口稀少的地理环境充当着一种安全机制的作用，然而，现在的真空区正在逐渐消失，地球非常有限的地区会出现不稳定"④。可居住的地区在人类城市化的进程中被人类或开发或毁坏，开发出来的居住区却在人类发展的过程中逐渐不安全起来。

韩少功认为，城市虽然给城市人带来了种种好处，但是也让城镇化的人群失去了乡村体验和乡村文化，变得被文明"虚伪"化。此外，城镇的扩张

---

① 科尔曼. 生态政治：建设一个绿色社会 [M]. 梅俊杰，译. 上海：上海译文出版社，2006：85.
② 莫斯科维奇. 还自然之魅：对生态运动的思考 [M]. 庄晨燕，邱寅晨，译. 北京：生活·读书·新知三联书店，2005：24.
③ 鲍曼. 废弃的生命：现代性及其弃儿 [M]. 谷蕾，胡欣，译. 南京：江苏人民出版社，2006：5.
④ 卡普兰. 地理学上的报复：上 [J]. 蔡文健，译. 国外社会科学文摘，2009（11）：14-17.

只是让部分人受益,大量乡村在城市化的过程中,随着生产要素向城市流通,被边缘化或者被掠夺。他指出:"现代化就是工业化和都市化,是生产要素向核心地区不断集中。这一过程可以让一部分乡村搭车,比如让郊区农民收益。但大部分乡村在一般情况下只可能更边缘化和依附化。"① 所以,伴随着中国城市化浪潮的兴起和城市化程度扩展的是中国大量的农村边缘化乃至消亡。首先,"农村青年靠父母出钱读了高中,读了大学,但读完就被城市吸收了"②,农村后继无人;然后,知识水平不高的青壮年劳动力去城市打工,赚了钱,在小县城或小城市定居,留下空巢老人。这些老人一旦死亡,往往意味着居住地的消亡。这一幕,在中西部无数农村曾经或正在上演。

其次,城市化过程是一个人类自我围困的过程。城市中的大部分居民虽然不是住在棚户区和贫民窟,但是钢筋水泥的笼子阻碍了他们对自然的直接感知。城市是柏油路和钢筋水泥建筑的世界,人类就生活在这样一个硬化的世界里。工厂和汽车排放的尾气让他们很少看到幽远深邃的蓝天,夜晚华丽明亮的路灯也让天空偶尔一现的星星暗淡无光。巨大的城市仿佛水泥的迷宫,我们很少看到绿地,更不用说郁郁葱葱的原野了。在城市里面长大的人类,由于缺少和生命之源的自然的直接联系,日益走入自我封闭的境地;现代社会的"宅男""宅女"越来越多,他们从身体到心灵日渐把自己禁锢在坚硬的建筑物中。庞廷敏锐地看到了这一点,"城市是高度人工的环境,大城市的迅速扩展已经引起环境的严重恶化。大城市变成'百万人孤独的住在一起'的地方"③。孤独的城市人脱离了自然,为了安全生活在混凝土的庇护中。技术越发展,人类的建筑越完善,人们就越乐意待在建筑物中。事实上,他们从住宿到工作,一直到作为休闲的周末购物,基本都是在建筑物中穿梭。"一代代建立起来的建筑物是邪恶的,因为它的目的是要保证人所不能得到的安全。设计越系统,人们在里面就越感到无法呼吸;越要建造的无缝可钻,就越不可避免地成为人类的地牢。……由于生存恐惧而采取的措施,本身对生存就是个威胁。"④ 城市人就生活在这样的地牢里。

城市里的孩子也是在这样的地牢里面长大。"混凝土时代的孩子出生在

---

①② 韩少功. 山南水北[M]. 长沙:湖南文艺出版社,2013:319,320.

③ 庞廷. 绿色世界史:环境与伟大文明的衰落[M]. 王毅,张学广,译. 上海:上海人民出版社,2002:338.

④ 鲍曼. 废弃的生命:现代性及其弃儿[M]. 谷蕾,胡欣,译. 南京:江苏人民出版社,2006:46.

高楼的夹缝中，接受教育的学校淹没在机场和高速路的噪音中，他们能看到的风景就是高楼的海洋。"[1] 我们的后代生活在城市中，逐渐脱离了与自然的联系，成为一个在混凝土里面长大的"新人类"。这批"新人类"的意识中掺杂了大量的现代事件，这些事件成为新的集体无意识。虎豹狼犬、狂风暴雨造成的不安已经成为遥远的回忆，反而是对刀、枪、汽车、电源插座的恐惧逐渐增加，因为这些事物（非自然事物）所造成的伤害事件日渐增多，逐渐成为城市人的集体无意识。这些意识正在逐步取代人类对自然的记忆，因此城市人对自然也就没有什么感情。与农村居民对人与自然的亲密关系的体悟不同，城市人和自然处在一种疏离、陌生的状态。他们生活在水泥建筑里，浸润在消费文化中，在各种机器的帮助下展开人生，已经变成"单向度的人"。

在生态散文中，作家普遍对城市都抱有一种疏离或者反对的态度。韩少功认为城市是陌生的牢笼、巨大的束缚，所以对城市天生亲近不起来。他写道："我居住长沙或者海口的时候，也总是选址在郊区，好像城市是巨大的漩涡……只要我捏住钥匙串的手稍稍一松，我就会飞离一张张不再属于我的房门，在呼啦啦的风暴中腾空而去，被离心力扔向遥远的地方。"[2] 这种和城市的疏离感正源于城市带给个体的不安全感。尤其对于在农村长大、自小和山水土地接触的人来说，钢筋水泥的高楼大厦和坚硬的柏油路带来巨大的疏离感，接触不到充满生命的自然，远离自由、清洁的劳动，自然就失去了自己的根。徐兆寿对于城市也持批判和反思的态度，他对比了乡村生活和城市生活，描写了乡村中的美好和生活在城市中的焦虑。"小时候，冬天的早晨，我和二弟从被窝里爬起，便哈着热气跑到院门前看日出。仿佛太阳在召唤我们，我们都应命而起，而出。……但后来我们被城市殖民，远离大地，远离自然，甚至远离太阳。不分昼夜地作息，每天在头痛中醒来，眩晕，恶心，伴随着隐隐的愤怒。"[3] 他描写乡村给人带来的良好的作息习惯，以及因此带来的健康心态和身体，批判了城市带给人们无形的压力，比如头痛、眩晕、恶心，以及"隐隐的愤怒"。生活在城市中的人读到这段话大都会心一笑，城市带给人们无形的压力的确存在，车流滚滚，步伐匆匆，人们在城市里无

---

[1] 莫斯科维奇. 还自然之魅：对生态运动的思考 [M]. 庄晨燕，邱寅晨，译. 北京：生活·读书·新知三联书店，2005：58-59.
[2] 韩少功. 山南水北 [M]. 长沙：湖南文艺出版社，2013：7.
[3] 徐兆寿. 西行悟道 [M]. 北京：作家出版社，2021：3.

形中都会被带入快节奏，仿佛不如此就无法生存一样，这就是环境对人类的影响。

城市剥夺了人们的"暗夜权"。城市不仅给人类制造了一座巨大的围困之地，还将自然与人类剥离，代之以高度依赖能源的人工景观。在城市中，从来没有自然意义上的夜晚，一到晚上，各种路灯、景观灯亮起，城市如同白昼，月亮都显得暗淡，更不用说看到星星在天空闪耀了。韩少功用比较激烈的语气批判了城市的"光污染"，他写道："城里人能够看到什么月亮？即使偶尔看到远远天空上一丸灰白，但暗淡于无数路灯之中，磨损于各种噪音之中，稍纵即逝在丛林般的水泥高楼之间，不过像死鱼眼睛一只，丢弃在五光十色的垃圾里。"① 城市的光污染最近几年愈发严重，伴随着城市化浪潮和城市景观工程的推进，城里人的确很少能在夜晚看到月亮。而月亮，是自然中夜晚最亮的光源，是跟无数生命的集体意识联系在一起的神秘存在，也和人类的心情，乃至女性的生理周期相连。在芭布丝笔下，夜晚带给人们丰富的生命感受：

夜间的户外有许多奇遇等待发生。白昼的色彩逐渐消散，夜色四合，各种阴影变得更加明显。我们的眼睛所见有所不同，耳朵和鼻子变得更加灵敏。雕像般的影子拖得很长，跨过草坪，爬到了墙上。叶色浅淡的植物和白色的花朵开始在幽光里散发光芒。浓烈的香味越来越重，弥散在空气里，吸引了蛾类前来畅饮夜晚的花蜜。②

这种感受在白天无法体味到，在灯火通明、车水马龙的繁华街道也难以看到。只有在偏僻的地方，或者在农村，才能够体味到夜晚的丰富和充实。而现在，发达城市的夜晚到处是光明一片，来自月亮的联系和牵引也在日渐淡化。月亮的淡化不但影响了城里小孩的集体记忆，而且对女性的身体也有潜在的影响。韩少功对城市是深恶痛绝的，他认为："城里人是没有月光的人，因此几乎没有真正的夜晚，已经把夜晚做成了黑暗的白天，只有无眠白天与有眠白天的交替，工作白天和睡觉白天的交替。"③他也是在回到乡村后，才深切体味到黑夜的寂静和魅力，体味到月亮的神奇。"我就是在三十多年的漫长白天之后来到了一个真正的夜晚，看月亮从树荫里筛下的满地光斑，

---

①③ 韩少功. 山南水北[M]. 长沙：湖南文艺出版社，2013：42.
② 芭布丝. 我的花园、我的城市和我[M]. 沈黛，译. 北京：商务印书馆，2014：71.

明灭闪烁,聚散相续;听月光在树林里叮叮当当地飘落,在草坡上和湖面上哗啦哗啦地拥挤。"① 这种和自然相聚的过程是美丽的,看着月亮和星星重新出现在天空,再也没有城市的光污染,没有高楼大厦的围困,从而获得了自我的真正放松。所以他最终得出结论:"所谓城市,无非是逃避上帝的地方,是没有上帝召见和盘问的地方。"② 那么,哪里才是上帝眷顾的地方呢?在韩少功的散文里,答案就是农村,是沉浸在自然、月色中的乡村。为此,他专门装修了一个大大的凉台,"像一只巨大的托盘,把一片片月光贪婪地收揽和积蓄,然后供我有一下没一下地扑打着蒲扇,躺在竹床上随着光浪浮游"③。在这里,他离弃了给他带来失眠的城市,回到星空笼罩的乡下,他看到了宇宙的繁荣,"北斗星出现了,牛郎织女也出现了,银河系繁星如云密如雾,无限深广的宇宙和穷无天体的奥秘哗啦啦垮塌下来,把我黑咕隆咚地一口完全吞下"④。这是与宇宙的神秘接触,是生命的完全敞开,在这样的夜晚,身体才能够与星光、月光产生呼应,衍生出属于自我生命的感悟。

最后,城市化与消费文化相生相伴。城市化与消费文化的关系,集中表现在两个方面,第一个是城市化进程与土地成为商品的过程同步发生;第二个是城市化进程与消费文化的渗透相辅相成。在城市化的过程中,为了达到"现代化"国家的平均城市人口比例,发展中国家往往利用开发农民土地的手段来增加城市面积,扩充城市人口。在此过程中,原本用作耕田的土地被政府所强占,成为商品,农民被强迫进入城市,沦落为城市的最底层。这个过程按照科尔曼的说法,是经济发展的资本主义对农耕文明的一次侵袭:

> 对原土地的抢夺及商品土地的出现迫使农民大众告别农耕遗产,并同时催生了作为商品的劳动。圈地运动彻底扫除了世代相延的、因袭传统的可持续社群,修复这种社会的任何冲动都被在法律强制的劳动面前碰得头破血流。最后,以村落和家族为形式的互助纽带被重拳砸碎,劳动者的生活必需重新塑造,以响应工业资本主义的需要。……当土地被视为商品,人类社群与自然浑然一体的有机联系不复存在时,自然环境和人类社会便双双走向大祸临头的境地。⑤

---

①②③④ 韩少功. 山南水北 [M]. 长沙:湖南文艺出版社,2013:43.
⑤ 科尔曼. 生态政治:建设一个绿色社会 [M]. 梅俊杰,译. 上海:上海译文出版社,2006:87.

土地变成商品，既是经济发展对人与自然和谐关系的一种破坏，也是消费文化对旧有传统的一种清扫。对城市化的追求伴随着对消费增长的推崇，消费增长的背后是资本自身增殖的要求。按照主流经济学理论，城市化进程必然带动消费的增长。"所谓城市化的过程就是要把一个阶层结构从金字塔的形状改变成为橄榄形。就中国而言，主要是把农村的结构迅速地改编成城市阶层的结构。大量减少农民，转移农民是提高消费和改变农民收入情况主要的渠道。"① 通过城市化这个过程，让更多的农民进入城市，这意味着更多的人进入消费高度集中的社会。通过把更多的个体纳入消费经济的体系，国家的经济就可以达到"加速"发展的目标。

然而，在消费文化充斥的城市中生存，等于在金钱的社会中奋斗，只有具备一定的经济基础，才能在拥挤的城市中享有绿色环境权。这些优美的环境，在城市化进程如此大规模进行之前是可以随处享用的——而且，不用付费。现在的我们，需要掏钱消费原本随处可见的自然——这自然的质量比过去也不知道差了多少倍，之前是山清水秀，是碧水蓝天的自然呈现，而现在，则是人工化自然的集中面世。在城市中多多少少残存的一点自然，亦被开发商用围墙圈起，如果没有足够的金钱购买风景区附近的楼盘，就无法享受优美的自然。富人享受着优美的环境，穷人却在条件恶劣的贫民区苦苦挣扎。奥康纳认为："城市的繁荣是以牺牲自然界为代价的，资本主义是生态系统的最大破坏者，穷人是生态灾难的最大承受者，穷人阶层与富人阶层之间不平等在进一步扩大。"②

如前所述，在城市变作"欲望之都"的进程中，其背后强大的推动力量主要来自经济发展的需要，发展经济需要消费，消费需要商品，需要消费者，而城市化进程在最大程度上恰好满足了这种需要，土地变成商品的过程使得消费的观念深入人心，而大量增长的城市人口又使得城市的消费系统运行得更加快捷，由此产生了更多的经济效益，最终推动经济的进一步发展。只不过，这种发展的代价基本上都由生态系统和占人口最多的社会最底层来承担，在这种发展机制的背后，是人类中心主义和利润中心论的影响。"现代科学技术发展中，人的利益是唯一的标准。它以人统治自然为指导思想，

---

① 王婷. 后危机时代调整社会结构更重要：陆学艺、李培林、孙立平三人谈[N]. 中国社会科学报，2010-01-28.

② 奥康纳. 自然的理由：生态学马克思主义研究[M]. 唐正东，臧佩洪，译. 南京：南京大学出版社，2003：200.

以人类中心主义为价值方向……以最有利人类追求物质利益的方式来安排自然。"① 在这种观点里，被利益驱动的人类以科技为工具，将城市化作为向自然进军的一种有效方式，一座座集中体现人类文明的城市成为人类在自然中的庞大堡垒，人和自然不再是和谐的关系，而是对抗，是利益的纷争。

城市化进程中一味地追求经济发展的做法破坏了自然生态。从这个角度来看，城市是自然的毒瘤，城市的每一次发展扩大都是对自然的进一步摧残，而经济的每一点增长都意味着对自然更进一步的损害。作为城市化进程的根本动力和全球市场发展的首要目标，经济增长被放到最重要的地位。然而，经济增长并不总是好的。"经济增长不是发展经济的唯一目标，经济模式中还要列入社会和环境的目标，包括经济发展所必需的、相互联系的三个持续性：生态持续性，经济持续性，社会持续性。在这里，经济增长不等于发展，增长并不都是有益的。"② 但是各个国家为了追求经济上的富强，却不惜冒着毁灭家园的风险而大力发展经济。经济发展的总量都是以消耗生态系统中相对数量的资源为代价的，没有什么经济可以促进经济发展的神话，所有的金融发展和暴富神话都是泡沫性的，最终的根基依然来自对自然资源的损耗。如此看来，以损耗数十亿年来积累的自然资源为代价来获得人类物种中少数人的一时富裕，并搭赔上其他物种的存在和子孙后代的幸福，这种做法有点竭泽而渔、焚林而猎的味道。

从"乌托邦"到"反乌托邦"，城市承载了人类太多的理想和痛苦，除了我们从生态散文得到的认识，鲁枢元的分析或许能给我们另外一点启示。"乌托邦本来期待不断创新的科学技术带给人们更多的福祉，不料科学技术的持续发展虽然带来物质的极端丰富，却剥夺了人的本真天性，把人变成了机器和工具；乌托邦本来期待各项规章制度、严格社会分工、健全社会机构以利于社会的安定团结，结果却使极权主义得势，个人自由消失，思想受到无形的钳制，精神生活与情感生活陷入到极度的贫乏、单调、麻木之中。"③

---

①② 余谋昌. 生态哲学 [M]. 西安：陕西人民教育出版社，2000：126，106.
③ 鲁枢元. 古典乌托邦·乌托邦·反乌托邦：读陶渊明札记 [J]. 阅江学刊，2010（4）：143-148.

第二节　生态散文的反思

生态散文中，有相当一部分散文涉及城市的存在，尤其是在田园写作及现代化反思的散文中，城市往往成为反思和批判的对象，认为城市破坏了乡村，给生态系统带来巨大的压力。此外，还有文章借助城市与乡村的对比，历数城市的多种罪状，凸显城市的弊端，宣扬乡村的美好。还有一部分散文专注于探讨城市化带给人们的精神压力，对现代人的精神的污染。

一、对城市的反思与批判

在推进城市化的进程中，往往容易简单粗暴一刀切，导致全国各地甚至全球各地城市美学风格高度统一，都是高楼大厦、硬化马路，各种玻璃幕墙在白天反射阳光，到了夜晚灯景开始，城市里五光十色。然而，这种高度统一化的城市美学风格常常破坏了本应该属于各地的文化特色。阿来认为，新城市"从外观上看去，便显得与这片土地格格不入，毫不相关"[1]。这是来自工业化和现代化的异化景观。这种城市景观建设往往高度同质化，明显悖异于周围环境。"很多新的城镇，在从四川盆地到青藏高原这些渐次升高的谷地中出现时，总是显得粗暴而强横，在自然界面前不能保持一种谦逊的姿态，不能或者根本就是没有考虑过要与周围的自然和人文环境保持一种协调的姿态。"[2] 最终，高度同质化的城市工业美学形成，对周围产生了巨大的冲击，仿佛一颗颗毒瘤生长在大地的躯体上。

在生态散文作家眼中，城市是怪兽一样的存在。城市吞噬乡村的土地，将其硬化；消耗周围的土地资源，提聚周围物产供应自己；造成气候变化，庞大的城市造成"热岛效应"，影响周围气候；制造污染物和废弃物，排放废水废气，造成污染，巨量的生活垃圾难以消化，焚烧污染空气，填埋污染土地；城市是生命的"荒漠"，在大部分城市，除了人类，其他生命很难适应这样的生存环境。"我们有大片区域被钢铁和砖块肆意占领，在这些地方，

---

[1][2] 阿来. 大地的阶梯 [M]. 西安：陕西师范大学出版社，2019：204.

你完全有可能忘记这地球上除了人类以外，还有其他生命存在。"① 在城市的"荒漠"中，人们只为自己而奔波，钩心斗角，为了生存资源去蝇营狗苟，更不用说去关注其他生命，体味共生、繁荣的要义。所以城市是人类聚居的"怪兽"，到处吞噬资源。它的发展壮大，正是以对周围环境的消耗和污染为代价。生态散文作家发现了这一点，对城市的破坏和无节制发展提出了批判。

  城市运转的根基，即利用资本、欲望、人性构成资源、物质循环，让无数城市居民投入这个循环，为了生存、住房、欲望而去行动，靠工作赚钱成为这个循环链条中的一分子，从而维持城市的运转。这种循环是脱离生命本性的，工作、规则意味着对于人性的压抑，遵守各种工作、条例虽然意味着稳定，但是从某种意义上讲也是对天性的背离。跟自然带给人们的野性不同，城市带给人们异化。苇岸对城市的态度是悲观的，他看到了城市对人性的异化，他指出："城市会使人变得凶残，因为它使人腐化堕落。山、海和森林，使人变得粗野。它们只发展这种野性，却不毁灭人性。"② 城市带给人们变异，脱离淳朴自然的本性，为了生存和欲望蝇营狗苟，而生活在乡下的人们却因为和自然接轨，或多或少都具有来自自然的品性，不管是野性还是淳朴善良，都远非被异化、腐化的城市人性可比。苇岸在散文中写道："水泥建筑代表物质文明，也代表无情的人际关系。原始的自然环境在消失，人类的朴素的情感在沦丧。"③ 他看到城市化带来的绝不只是建筑物的改变和环境的改变，更是人情、人性的改变，传统朴素的乡村文化、人情来往在城市化的背景下改变，人们变得理性、算计和冷漠。所以有学者评价苇岸："在苇岸倡导并实践简朴生活观念的表象下，其实更深刻地隐藏着他对于现代工业文明致命缺陷的清醒认识，现代物质文明的迅猛发展已经对人类居住的地球环境造成了严峻的威胁。"④

  鲁枢元也多次提出，发展城市是对淳朴人性的异化，这种异化首先体现在人类的生存环境上。"眼下，住在大城市里的人们，远离自然的原野，四周全是砖石，没有了风中的树林，没有了林中的飞鸟，没有了河里的游鱼，

---

  ① 芭布丝. 我的花园、我的城市和我 [M]. 沈黛, 译. 北京: 商务印书馆, 2014: 100.
  ②③ 苇岸. 大地上的事情 [M]. 桂林: 广西师范大学出版社, 2014: 205, 194.
  ④ 赵树勤, 龙其林. 《瓦尔登湖》与中国当代生态散文 [J]. 湘潭大学学报（哲学社会科学版）, 2012（1）: 92-97.

甚至也没有了清新亮丽的阳光。花木被栽到盆里，飞鸟被关在笼里，游鱼被装在缸里，阳光被湮没在灰尘与废气里。"① 远离了自然，城里人进入钢筋水泥构筑的生存空间，身体的感受必然不同，没有了田野、河流、山林，生命日益进入封闭的疆域。城市里，人们看似是主人，实际上成为自己创造的怪物的奴隶，张炜指出："现代人陷入了一个可怕的困境，就是不得不居于自己亲手创造的一个怪物的体内——这是一个急剧繁衍的大都市。这里空气污浊，噪音刺耳，交通堵塞，食物陈旧，人流拥挤，已经无法体面地生活，却又一时离不开。人自己成了一座城市的奴隶，而不是主人。"② 城市仿佛活了过来，成为一个庞然大物，靠着无数城市人按照既定的规则、轨道运行得以维持运转，在这个怪物体内，人们没有多少自由，人性也被压抑、异化。

青青在《王屋山居手记》里数次对城市进行了反思。她在写到王屋山的夜晚的时候提到："我在城市里已经无法寻到寂静。无尽的人流，拥堵的车流，即使是在深夜，大街上仍然是拥挤的。在城市，我永远都感觉像是个过客，找不到安定的存在感……"③ 城市就像一个巨大的钢筋水泥怪兽，肚子里装满了高度拥挤的各类人工装置，高楼大厦，车水马龙，一点一滴塞满了城市。从居住的小区，到出行的汽车、公交、地铁，到工作的中心商务区（CBD）、厂房，人们在各种钢铁怪兽中生活，远离自然和田野。面对方兴未艾的城市化运动，青青认为："中国人其实正在失去最可贵的资源，那就是内心的宁静和大自然里不受现代化噪声污染的寂静，在轰轰烈烈的城市化运动中，寂静正快速退缩。"④ 她敏锐地从声音这个角度看到现代化和城市化的不足，看到日益消失的来自大自然的"寂静"，事实上，这种"寂静"的丧失代表自然的不断消亡。青青认为是资本的力量导致这种后果，城市在资本的裹挟下日益壮大，吞噬周围的自然生态资源。

韩少功关注到在城市化浪潮中变成城里人的人群，关注他们与祖先、乡土的失联。"都市人大多移居他乡，是一只只断了线的风筝随风飘荡。先辈对于我们来说，常常只是一些描述远方和虚无的词语，不是经常可以听到的鞭炮、嗅到的香火、摸到的坟土和青草的实在。"⑤ 相对于城里人因失去自然而逐渐失去传统以及对传统的切身感受，留居在乡下的人却能透过田野和宗

---

① 鲁枢元. 生态批评的空间 [M]. 上海：华东师范大学出版社，2006：39.
② 张炜. 筑万松浦记 [M]. 青岛：青岛出版社，2010：297.
③④ 青青. 王屋山居手记 [M]. 杭州：浙江文艺出版社，2021：8, 12.
⑤ 韩少功. 山南水北 [M]. 长沙：湖南文艺出版社，2013：75.

亲感受到切切实实的血缘和万物联系，保持自己有机互联的生命本性。"定居故乡者一直与前辈为邻，一直是广义的守灵人：出门就可能是父母的坟地，爬上坡可能就是祖父母的坟地，转下坳可能就是曾祖父母的坟地，钻过竹林还可能有伯父伯母叔父叔母的坟地。"① 这是属于乡村的地域场，跟血缘宗亲紧密相关，几千年的传统生活方式和民俗文化，让人们和同乡、亲戚、土地紧密联系在一起，构成了一个"生态共同体"，因此也会在内心产生照顾、爱护这个共同体的意识。而这些，恰恰是生活在钢筋水泥中的城市人所缺乏的，他们没有与自然息息相关的生存经验，故而缺乏紧密相连的生命意识。

二、城市与乡村的对比

还有一部分写到城市的生态散文立足乡村，从城乡对比的角度来看待城市，并且多从乡村的好来反衬城市的弊端。如乡村具有有机主义的神秘联系，而城市是孤独的钢铁大厦；乡村有浓厚的亲情互助氛围，而城市更多是单独生活，自我围困；又如乡村人性淳朴，自然善良，而城市尔虞我诈，蝇营狗苟。立足乡村的角度去看城市，的确能发现城市的不足。乡村是自然的、美丽的，跟大自然紧密接触，蓝天白云，青山绿水，各种动物、植物杂居，人们能够全方位感受到生态系统多元共生的局面，而城市是人类高度集中的聚居地，道路硬化，灯光璀璨，在其中熙熙攘攘生存的基本上都是人类。

生态作家大多都有一个跟乡村有关的童年，在他们的散文中，这段乡村经历给予了他们一生用之不尽的财富。有的作家甚至认为是乡村给予了灵魂，城市只是提供了一个身份而已。冯杰写道："童年在乡村度过，我的体会是，城市给了我一张面庞，乡村给了我一个灵魂。乡村让我倾听到草木的声音，月光的声音，宛若耳语。而在城市里，我听到的是另一种声音。"② 韩少功也认为童年在乡村度过必然会有更多的收获，他碰到一个步行上学的八九岁孩子，攀谈之后，发现这个孩子每周要在山林之间步行三四个小时去上学。他认为孩子这段经历其实不算是辛苦，因为山林给了他丰富的内容。"我确实知道，在他的行走、他的生活中，一定从自然中收获了我完全不了解的丰富东西。"③ 乡村用草木、家畜、飞禽、亲人织造了一张有关身体与环

---

①③ 韩少功. 山南水北 [M]. 长沙：湖南文艺出版社，2013：75 - 76，315.
② 冯杰. 北中原 [M]. 北京：作家出版社，2019：170.

境的大网，把个体的生命基调牢牢固定在生命成长的初期，这对于个体成长的影响是巨大的。

韩少功多次通过城乡对比，表达自己对乡村的喜好和对城市的质疑。他写道："都市里的钢铁、水泥、塑料等等全是无机物，由人工发明和生产，没有奇迹和神秘可言，几本数理化足以解释一切。……人是那个人造世界的新任上帝，不再需要其他上帝。"① 表达了对城市的鄙夷，尤其认为人类高度集中，跟其他生命联系的方式就是食用其尸体。而写到农村的时候，他指出："乡村虽然也有人造品，但更接近一个自然的世界。乡下人不但缺乏足够的钱来享用科学，而且还时时面对着生物圈的变化多端，面对着植物、动物、微生物的奇妙造化，包括它们基因图谱里无法破译的空白和乱码。"② 既然无法摆脱无知，自然就有敬畏和信仰，也因此衍生出了"人在做，天在看"的神秘主义感受，故而对自然保持了尊敬，知道了爱护生命，尊重循环，而这些恰恰是生态的有机主义整体观，是城市人所缺少的生活经历和思想意识。

张炜在《去看阿尔卑斯山》一文中提到他在山下小村子里的感受："小房子挺精神的。整个村庄像用清水洗刷过，洁净的待在谷地里。从一座座城市中穿过，每到了小村庄就感到亲切。它使人想到东方，想到东方的生活。这儿的宁静和自然，这儿的独特的气质，是在汉堡和不来梅那种城市寻找不到的。"③ 生态散文通过对山村的描写凸显城市的欠缺，这种干净、精神、亲切正是现代工业化城市所缺少的。城市的人居住在钢筋水泥里面，即便在同一幢楼，也不一定能够相互熟悉，关上门，就是各自的天地。反之，在乡村里，虽然相隔数十米甚至几百米，鸡犬相闻，就会有一种依托于同一片大地的相通感，相互之间十分熟悉。乡村代表的是自然，是较少人工改造的地方，是跟城市完全不同的场所。在这里，人们感受到自然的伟大与力量，借此知道自己的渺小，从而对自然产生崇敬之情。更何况，在人类的基因里，流淌着来自原始人类的血液，他们生活在原野山脉中，与大地结下了不解之缘。城市是工业文明的代表，即便是随后广受称道的园林城市，其底子也依然是工业化的代表，只不过模仿自然，试图披上一层绿色的外衣而已。

此外，还有一部分散文关注城市对于乡村的影响。在城市化、工业化过程中，城市的相关风格对乡村产生了巨大影响，韩少功在散文中写到，有一段时间，农村流行把房屋造成城市楼房的风格，"流行的高等民宅都是两层

---

①② 韩少功. 山南水北 [M]. 长沙：湖南文艺出版社，2013：91.
③ 张炜. 去看阿尔卑斯山 [M]. 北京：台海出版社，2019：9.

楼，三层预制水泥板，包括隔热的天花板和架空防潮的地板。瓷砖墙、琉璃瓦、铝合金门窗等等也是必不可少。如果在大门前再戳上两根罗马柱，再戳个维纳斯，就差不多是城市里的星级 KTV 包厢了，就是天天豪宴和夜夜笙歌之地了"①。这是模仿城市的乡村化豪宅，取其外表，得其豪气。然而，这种"豪宅"却不太实用，有点水土不服。"这种楼房也没有烧柴取暖的地方，没有养猪和圈牛的地方，没有堆放农具和谷物的地方。"② 城市化、工业化的美学设计流落到乡村，突破了乡村实用主义，出现明显的割裂和冲撞。一方面彰显了城市化的工业设计美学的巨大影响，另一方面也表明乡村被现代化冲击后失去了自我。

冯杰也在散文中批判城市的审美风格造成乡村的千篇一律。他形象地把这种影响称之为"国在山河破"，因为"新建设的乡村千篇一律，新房屋千孔一面，没有精致细节，我考察过新农村，高悬的匾额一百个都是'家和万事兴'，一百个都是'厚德载物'，一百个都是'宁静致远'"③。被城市影响的乡村出现了程式化的特征，完全丧失了中国传统乡村依托山水、自成特色的风格。所以，冯杰对这样的复制是深恶痛绝的，他指出："我走过一些乡村，看到那些开发商把原来的石头房扒掉改成大理石不锈钢，复制出来的雷同集体在大煞风景。"④ 这是乡村的失落。在良好的生态建设规划中，城市和乡村应该各自承担自己的功能，呈现出不同的风景。而且城市的生活方式和乡村的生活方式本自不同，如果硬生生按照城市的模样来改造乡村，最终只会把整个国家弄得不伦不类。冯杰认为，城市和乡村并不对立，二者都有其存在的价值，也发挥着关联但不同的作用。他指出，理想的乡村模式"是一种干净乡村，朴素乡村，原色，本真，朴实，哪怕一枝梨花，一声狗吠，也逐渐在接近诗性和神性"⑤。乡村依托田园和山水，自然是不同于城市的生态和风格。

当然，从现代文明的角度来看，城市的文化是集中而丰富的，电影、电视、戏剧、话剧、报刊还有各种亚文化，这些都构成了城市文化，这一点是简单的乡村提供不了的。然而，乡村的青山绿水、自然生命，与天地的亲密，这是城市所无法提供的。城市提供了丰富的人造文化大餐，却无法提供身处自然的丰富体验和由此产生的内在意识。因此，生态国家的组成形态应该是生态城市和生态乡村各美其美，共同组成生态社会的存在基础。

---

①② 韩少功. 山南水北 [M]. 长沙：湖南文艺出版社，2013：227.
③④⑤ 冯杰. 北中原 [M]. 北京：作家出版社，2019：400.

第 三 节　城市生态散文的实践与展望

在生态散文中,大部分对于城市的态度是批判和反思的。的确,城市化和工业化犹如一体两翼,推动了现代化进程的飞速前进,并迅速把世界上一半多的人类从农村人变成了城里人。而且,城市化目前还在加速,把更多的可耕地纳入城市范畴,破坏绿地,硬化路面。然而,我们无法忽视的一个事实是城市已经成为大部分发达国家中主要人群的吞吐地。"事实上,尽管许多人文学者对城市发展中的城市文明病与城市生态环境危机忧心忡忡,但谁也无法改变现代社会的城市化进程,在现实层面,'走向荒野''融入野地''重返自然'的浪漫理想终究很难实现。"[1] 因此,生态散文应该面对这个现实,在批判城市不足的同时去推动城市的改变,使之变得更加"生态宜居",这才是生态散文的使命。最近数十年,一批散文直面不可逆转的城市化进程,探索"绿色城市""城市绿地"的建设,讨论当代人如何在城市中实现生态地生存。这批散文被称为"城市生态散文",其内涵是"以城市的自然生态空间为重要表现对象、以人与城市的生态关联为表现重心的生态散文。城市生态散文的表现对象不仅包括城市中的植物、动物,还包括城市的海滨、流域、湿地、园林等"[2]。代表性作品有芭布丝的《我的花园、我的城市和我》、怀特的《消失的花园——在费城寻找自然》、阿来的《草木的理想国——成都物候记》等。

这其中,最具代表性的散文集是英国散文作家芭布丝的《我的花园、我的城市和我》,以自己在伦敦的园艺种植、追寻绿地和农场为主要描写对象,叙述了如何在城市狭小空间内营造生态生存的生活方式。在这本散文集里,她用一年的时间在阳台上种菜,用细腻的笔触描写了绿色阳台的生成和价值,并通过菜、昆虫、松鼠、乌鸦与她的共生经历,向读者展现了一个城市园艺者如何与城市的其他生命共存、共生。散文集中,她还描写了自己对于

---

[1] 郭茂全. 城市生态散文的思想内蕴与文化意义 [J]. 重庆广播电视大学学报,2020 (5):69–75.

[2] 郭茂全. 生态批评视域下的城市生态散文创作研究 [J]. 南宁师范大学学报(哲学社会科学版),2021 (2):1–12.

伦敦这座城市各种公共绿地和城市农场的探寻，阐释了当代城市的生态转型可能。

她对城市生态的探索与实践的根源是自己对于自然、城市的爱。她写道："绿色空间、野生生物和我的家乡伦敦的每个细节，就是最令我振奋的三个事儿。当一切都陷入阴暗，我还可以躲进这些隐蔽的地方——在这里，满眼都是密实的绿叶和流动的伦敦风景。还有——我的屋顶。"① 绿色、城市和生命成为她最关注的三件事，也是构成城市生态的三个关键因素。缺乏绿色和其他生命的城市不是生态城市，只有充满绿色，能够在街头巷尾看得到四季变换的植物生命，听得到鸟鸣的城市才是生态城市。她热爱城市，然而又时常因为感受到城市的坚硬而难过。"我无法想象哪一种幸福能摆脱与这座城市的关联，但有时候我又为自己身处混凝土和玻璃之间感到有些悲哀。……我双眼满含热泪地走着，永不熄灭的街灯在我眼前模糊成了一团团炽热的蒸汽。"② 正是因为这样又爱又恨的情感，她才选择了尽己所能，去营造一个绿色空间，从而为建设生态城市贡献自己微薄的一份力量。

她认为，判断一个城市是否生态，最关键的是看这个城市能在多大程度上接受各种生命，这也是她尝试创作这本散文集的原因。"它旨在揭示一座城市能在多大程度上容纳野生生物，也可能使你以新的眼光来看待高楼林立的空间。同时它也是一首赞歌，歌颂园艺带给人们的满足感，哪怕你已经对它感到绝望。"③ 她认为一个理想的城市生态空间，应该是人和各种生命和谐地生活在一起，尽管高楼林立，混凝土和硬化路呈放射状铺满城市，但是只要这个城市有绿色植物，有各种野生动物，大家能够和谐地生活在一起，就不妨碍这个城市成为生态城市。她提出了自己的城市"乌托邦"——"在这个高度城市化的空间里，植物自然生长，各种生灵悠然漫步，而我，则试图在喧嚣中追求田园诗般的生活"④。而实现这种田园生活的基础，就是尽可能多的城里人从事园艺种植，发现城市绿地、农场的美。她认为，伦敦已经初步表现出生态城市的特点："绿色空间的美景，尤其是从其中望出去的景象，是伦敦最美好的事物之一，也许在冬季更是如此。这是一座可以令你长时间伫立、凝视市区起伏蔓延的城市，各种古老和现代的建筑和纪念碑组成

---

①②③④ 芭布丝. 我的花园、我的城市和我 [M]. 沈黛, 译. 北京: 商务印书馆, 2014: 7, 101, 8, 8.

的街景中布满绿树芳草,令人赞叹不已。"① 当城市建筑和绿色生命共生,混凝土和动植物有机交融,生态城市的雏形便显现出来。

在绿色城市中,各种动植物生命和人类及各种建筑共同生存,彼此依赖。各种道旁树成为不同鸟儿的家,公共绿地成为昆虫、野生鸟类、流浪猫狗的栖居地,而对于生态城市来讲,不同家庭的花园甚至阳台往往也成为各种小生命的生存地。在芭布丝的阳台上,自从她开始种植各种植物以来,各种生命开始渐次出现,"屋顶已经成为附近一些野生生物的落脚点。……有一对乌鸫经常来造访,还有一只松鼠,喜欢在我的篱笆柱上休息,或者在花盆间穿梭"②。如果没有这个绿色空间,她可能就看不到这些小生物出现在眼前。

城市是人类文明的结晶,其成立的初衷是为了保护人类,让人类获得更加便利的生活。经过几千年的发展,城市已经从人类的聚居地变成多功能的庞大人类空间。然而,随着人类城市越来越多、越来越大,自然面积逐渐减少,动植物物种逐渐灭绝。只有树立发展生态城市的目标,才能使城市的功能由保护人类转向包容人类与其他生命共生。在未来,绿色城市、生态城市是发展大势,只有这样,人们才不至于过多抢占其他物种的生存空间。在城市中,适合与人类共生的主要是各种无害动植物,比如小型鸟类、各种昆虫、小型兽类等。目前,全球各地以生态理念发展的城市大多呈现出欣欣向荣的景象,比如新加坡、日内瓦、华沙、维也纳、巴塞罗那、苏州、厦门、湖州等。伦敦在芭布丝的笔下也是一座生态城市:

> 在伦敦栖息的野生生物种类之丰富,使我感到无与伦比的兴奋。它们竟然能在这样一个充斥钢筋水泥的环境中生存、适应,乃至欣欣向荣,实在是太伟大了。这几周,人们看到有只海豹在圣萨维尔码头活动,这个泰晤士河上的小码头距离伦敦塔桥仅有几分钟的路程。大多数时候,它会拖着身体爬上河中一个有阳光的台子。这个台子过去是一只天鹅的地盘,现在它可不乐意了。③

或许是面对了共同的困境,芭布丝的生态理想与现实处境显示出与中国数千年前的田园诗人陶渊明的高度相通。对于二人来讲,尽管时代不同,所

---

①②③ 芭布丝. 我的花园、我的城市和我 [M]. 沈黛,译. 北京:商务印书馆,2014:24,31,32.

处的环境也不同，但在面对自然、绿色、生命的时候，他们却在无形的精神中深深契合。陶渊明向往田园，42 岁挂冠离职，生活潦倒却精神富裕。并写下了流传千古的诗歌《饮酒》（其五）：

  结庐在人境，而无车马喧。问君何能尔？心远地自偏。
  采菊东篱下，悠然见南山。山气日夕佳，飞鸟相与还。
  此中有真意，欲辨已忘言。

  在这首诗中，他表达了一种理想的人生境界，那就是生态化生存，身处闹市但心境平静。即便是破庐陋境，依然能通过心灵的调试获得安宁，其依据就是远方的自然风景与美丽的天气物候变化。而对于芭布丝而言，她只是在大都市伦敦生活的普通人，平时生活算不上富裕，甚至有些窘迫。但是，她热爱绿色，借助于 3 平方米的阳台，她获得了人生的宁静和心灵的富裕。她多次提到阳台花园带给她的精神安宁："这个屋顶花园并不僻静，但正因如此，才更有意思。我认为它像是漂浮于城市的尘嚣之上，既不脱离整体，又有一些疏离。"① "这是一个热闹的场所，在许多窗口的注视下，在几条航班航道下方，被道路和各种家庭聚会的噪声所侵扰，但它仍然是我认为最宁静的地方。"② 这些表述跟"问君何能尔？心远地自偏"的意思何其相似，同样是闹市，但是因为自然，因为绿色，个体在喧闹的空间获得心灵的宁静，这是自然和生命的力量，也是在城市生态生存的必备素质。

  对于城市个体来讲，最好的选择是去创造各自的绿色空间，如果大家都能够把自己的绿色空间经营好，等于为营造整个城市的生态空间提供了基础。芭布丝指出：

  伦敦有五分之一的面积是花园，如果把这三百多万座花园全部集中起来，总面积相当于 268 个海德公园。这是一个蕴含无限潜力的巨大空间。我们都知道，植物能够吸收二氧化碳，许多人在乘坐飞机之后，都选择种树来消除自己对环境的歉疚。但绿色空间不仅仅是吸收二氧化碳的海绵，它还能提供阴凉，并吸收多余的水分。在城市里，水泥筑成的

---

①② 芭布丝. 我的花园、我的城市和我 [M]. 沈黛，译. 北京：商务印书馆，2014：12, 95.

峡谷和砖砌的崖壁使人们更加真切地感受到全球变暖的效应。硬表面会吸收热量，这就是说高楼热得更快，而冷却却需要很长时间。城市热岛效应具有杀伤力。硬表面不吸水，所以出现洪水的风险会增加。突发的暴雨会使城市街道变成汪洋，人们无处可躲。因此在天气炎热或多雨的时候，能够吸热、吸水的绿色城市空间就有了用武之地。[1]

园艺种植的第一个价值体现在生态责任的承担上。在院子、屋顶或阳台开辟自己的种植园，进行种植活动，营造生态空间。这种行为不只是个体的自我需求，而且是城市居民对于当今时代生态危机的回应，是作为生态个体应该承担的责任，"在一个气候变化、物种不断消亡的时代，花园流失是城市的悲剧。野生生物需要花园提供的栖息地，城市中的人们也需要这样随处可见的户外空间来获取有益健康的安宁"[2]。因此，拥有自己的绿色空间是利人利己的，不但能为城市提供绿色，对抗"热岛效应"，还能够为个体自己和其他居民提供丰富的生态价值。推而广之，如果所有的个人、团体、企业都能够尽自己所能去营造绿色空间，那么整个城市的生态必将朝着更好的方向发展。所以，芭布丝还根据生态学知识设想了这样一个情形："想象一下，假如所有的公司都能在它们的屋顶建造花园。像这次一样的热浪就远不会这样严重——这些绿化表面将会消除一部分混凝土产生的热岛效应。"[3] 在城市进行绿色种植是一种生态责任感的体现。

园艺种植的第二个价值体现在自我的心灵调适上，有利于个体的精神生态健康。在生态空间的陪伴下，个体才有可能体味到城市中稀缺的生命气息，才可以理解"共生"的含义，从而获得与繁华都市生态共生的感受。"在这里，我可以静悄悄地偷看狐狸在几栋房子之间窜来窜去，也可以欣赏蜘蛛网上晶莹的露珠。这是我感觉最自在的地方，也是我对这座城市感到最亲切的地方，仿佛我拥有了自己的一方小天地，同时我也成为整个城市体系的一部分。"[4] 在自己的绿色空间里，个体获得了生命的宁静。同时，个体还能借此以生态的视角来观察城市，观察建筑街道中间的其他动植物生命，产生融于城市又独立于城市的感受。因此，如果想要在城市绿色生存，获得心灵的宁静，种植各种绿色植物、营造生态空间是必需的。在自己的生态空间中，个体不但能够获取有关生态的感悟，而且还能凭此在城市背景下融入生

---

[1][2][3][4] 芭布丝. 我的花园、我的城市和我 [M]. 沈黛, 译. 北京: 商务印书馆, 2014: 14, 16, 100, 95.

态，获得独立的生存空间。芭布丝写道："我上周难得地休了两天假，在屋顶上沐浴着早春的阳光，草草地种了一些水仙，看它们在轻风里摇曳，偶尔瞄两眼楼下邻居家的雪滴花，享用着新鲜制作的咖啡——太完美了。"① 这就是典型的城市个体的生态生存，在这里，既有绿色植物提供的微生态系统，也有城市提供的便利——阳台、咖啡，宁静的午后时光。

园艺种植的第三个价值体现在个体为城市生态系统所做的贡献上。种植不但能让个体通过劳动感受到生命变化的气息，也给其他动植物生命提供生存的契机，从而与人类共生在一起，并为城市个体理解生态系统平衡和共生的要义提供基础。芭布丝专门指出城市园艺种植对于其他动物的价值："事实上，在这个食物和藏身点匮乏的季节，我的屋顶上现有的一些植物给野生动物们帮了大忙。对于挑战严寒的昆虫来说，帚石南是一个很好的蜜源，而我的薰衣草丛不仅提供了冬季难能可贵的造型和色彩，它还为有需要的动物们提供了宝贵的庇护场所。"② 通过生态个体的种植和劳动，城市里的一些野生动物得以获取生存基础，反过来又促进了城市生态的循环，有利于城市和生态更好地融合在一起，维持动态平衡。所以，城市生态散文对于城市的描写绝不局限于描写绿色，而是描写生活在城市的生态个体的行为及品质。通过对生态个体的展现，读者不仅能知晓生态城市的表现和特点，还能了解如何促进、维持城市生态的运转。

城市中，各种生命往往经历了环境的变化和选择，呈现出跟原生状态不一样的特点，变得更加适应城市，这是生命和城市双向选择的结果。这种改变在人类居住区经常出现，比如麻雀与人类在平原的共生关系，苇岸的散文中多有写到。又比如燕子、蜜蜂与人类的共生关系，也是农村经常见到的。但在城市中，这种变化更加明显，很多动植物为了适应以钢筋水泥为主的城市改变了自己，而许多城市也为了适应当地环境而进行了布局上的改变，呈现出"在地性"的特征。就动植物改变自己适应城市来讲，有在各大城市广场等人投喂的鸽子，而人类饲养的猫狗更是呈现出与人类共生的特点。就植物来讲，各种道旁树、各种市花，都是适应城市的代表。芭布丝在散文中描写了一种改变自身适应城市的物种——英国梧桐。她写道：

英国梧桐是伦敦最常见的树种——枝干宽阔而高大的英国梧桐遍布

---

①② 芭布丝. 我的花园、我的城市和我 [M]. 沈黛, 译. 北京：商务印书馆，2014：42，22.

所有的公园和广场，也种在从市中心到郊区的各条道路两旁。英国梧桐片状剥落的树干是它在伦敦兴盛的主要原因。它能通过蜕皮防止自身受到污染。光滑的叶片也有同样的作用——光亮表面上的污垢很容易被雨水冲走，而伦敦是个雨量丰沛的地方。它的树冠上挂满毛茸茸的球果，冬天的时候，一串串在光秃秃的树枝上摇晃，看起来尤其醒目。①

我们可以从这段文字看出，英国梧桐为了适应伦敦的城市环境——污染、多雨，而改变了自身的性状——可以剥皮的树干、光滑的叶面。这正是人类城市对动植物的改变，那些能够适应城市生存的物种被保留，而不能适应的则被淘汰。除了植物，动物中也有因为环境改变而被迫适应城市生活的，芭布丝提到一种以前只出现在野外的动物——游隼。她写道："游隼喜爱伦敦的地形，因为这里与它们的原生环境相似。它们喜欢悬崖峭壁，而城市里的高楼构成的形状与之类似——这里有无数人造的岩架，非常适合筑巢、进食。由于人类的捕杀和环境污染，它们在英国已经濒临灭绝。但它们在伦敦成功地生存下来了。"②尽管高楼大厦与它们的原生环境类似，但是若非原生环境遭到破坏，相信游隼不会飞到城市中筑巢，毕竟，野外空阔的原野有利于它们发现食物和捕猎，而城市到处是高楼大厦、电线杆，还有各种路灯，严重影响它们的生存。都是因为生存所迫，加上伦敦对于绿色空间的营造，游隼才不得已到城市中生活，否则面临的就是灭绝的境地。

要想成为生态城市，除了生态个体树立生态责任，进行生态实践，营造更多绿色花园和绿色阳台外，对于整个城市来说，公园也是必需的。在城市尤其是特大城市中，要有尽量多的公园，这样才能调节城市扩张带来的生态改变，形成生态共生的绿色空间。所以，公园成为城市生态散文的描写主角，芭布丝多次在散文中写到公园。她认为，公园可以发挥较大作用。首先，公园可以为动植物提供栖息地，"摄政公园和肯辛顿公园……那里比其他地方要暖和一些，地上已经开始长出成片的早春小花，使人无限欣喜，但最吸引人之处在于，此时会出现一些值得关注的鸟类"③。她看到了公园的价值，受到城市环境的影响，"热岛效应"导致公园里的植物更早开花，但也因此吸引了各种生命。公园是高楼大厦和繁华的商业地段的生态调节器，不

---

①②③ 芭布丝. 我的花园、我的城市和我［M］. 沈黛, 译. 北京: 商务印书馆, 2014: 25, 57–58, 33.

但能够为钢筋混凝土城市提供大片的绿意，而且为除了人类以外的其他生物提供栖息地。

其次，公园为城里人提供生态体验场所，使得他们能够与其他生命碰面，改变被现代城市所"硬化"的冷漠心灵。"卡姆利街自然公园的活力及其隐蔽性，使其成为一个避难所。无论你多少次走过它弯曲的小路，或者凝视那里芦苇丛生的池塘，你都会赞叹，在这样一个场所，竟然有如此生机盎然的自然景象。"① 在这样的生态场所，生命繁荣，自然静好，城市人能够在这里获得安宁。此外，正是因为有类似肯辛顿公园的存在，那些原来只在野外生存的鸟儿也会出现在城市中心，被城里人看到、感受到。"谁能想到呢？伦敦的中心区会有成群的苍鹭在一片嘈杂中哺育幼鸟，还有一堆灰林鸮正在养育一窝新生的后代，而且白天的时候，我们就能够清楚地看到这些美丽的成员们。"② 正是公园，成全了城里人，使得他们能够看到其他生命的存在，从而获得有关生态的感触和经验。

最后，公园代表了一个生态城市的性格。比如在中国苏州，巨大的金鸡湖风景区跟周围高耸的建筑紧密结合在一起，在苏州标志性的建筑东方之门上可以鸟瞰整个湖区。天气好的时候，水波不兴，白鹭纷飞，芦苇在风中摇荡，动物、植物和城市建筑紧密结合在一起，形成生态宜居的人文景观。在金鸡湖景区，独属于苏州的城市生态风景——湖水、白鹭、垂柳、芦苇，各种特色物种勾勒出苏州城市公园的特点。同样，在不同城市，不一样的动植物风景反映出不一样的城市品质。如芭布丝写到伦敦的芬斯伯里公园，"这座公园的好处是它已经得到确立，它是长久的。这些随意生长的绿色植物与那些壮观的历史建筑一样，是伦敦的城市性格的重要组成部分，它们也应当受到同样的重视和保护"③。公园的风景与周围的历史遗存共同构成了城市的性格，这是未来生态城市的组成形态。

在公园之外，生态城市中重要的绿色空间就是公共绿地和有机农场了。公共绿地是指散布在城市道路两旁的道旁树、灌木丛还有草地，这是美化城市、减轻噪声的绿色屏障。良好的公共绿地设计不但能够发挥吸收噪声、减轻污染的作用，还能作为生态景观来营造生态城市。芭布丝提到她在城市中接触到的公共绿地："被风吹掉的叶子落得到处都是。虽然天空阴沉，但昨天在绿树成行的南岸散步的时候，感觉像是走在一片金色的

---

①②③ 芭布丝. 我的花园、我的城市和我 [M]. 沈黛，译. 北京：商务印书馆，2014：73，35，99.

河滨森林里。黄色的英国梧桐树叶纷纷落下，为路面铺上一层柔软的毯子，为它染上秋天的颜色。在刚刚落下的落叶间行走总是一件乐事。"① 从生态的实用价值到生态的审美价值，公共绿地在生态散文作家笔下蕴含着多个层面的价值。所以，才有城市去评选"市树""市花"，选择最能表现一个城市风格的植物，其不但为城市的绿化做出贡献，也象征了一个城市的品质和追求。

公共绿地是非常必要的，毕竟集中绿色植物的公园并不是随处可见，总需要经过一段距离后才能抵达，而公共绿地，作为小面积、宜种植和宜成活的绿色植物带，能够随时随地满足人们对于绿色的需求。在生态城市中，公共绿地到处可见，为城市人提供宁静优美的生态景观。芭布丝写到自己在公共绿地边行走时的悠闲心情："我沿着步道散步，只见垂柳在泛着银光的绿波中投下游移不定的阴影……人们在悠闲漫步，有成双成对的，有带着孩子的，有牵着狗的，也有孤身一人的。一派深秋景象，宁静而优美。"② 在公共绿地的陪伴下，人们同城市、绿色有机融合在一起，呈现出一种生态共生的美好景观。因此，增大公共绿地的范围和密度是必需的。

城市的有机农场是指建设在城市空间的农田，是人类农作物种植与城市空间的糅合。这些农场不仅给市民提供绿色有机食物，也给他们提供参观、采摘的机会，让市民能够在城市近距离接触到农业，体验种植的价值。芭布丝写道："伦敦所有的都市农场都是免费的。我们缓缓地走着……身后的背景是钢铁结构的多克兰。这是一个不太和谐却又美好的空间——我从未想过可以站在一片连绵起伏、绵羊遍地的土地上，背后却是高耸的金丝雀码头。"③ 这是典型的现代生态城市的场景，农田和城市共生，绿色与钢铁共存。伦敦是发展比较好的生态城市，在大部分城市里，农场往往出现在郊区或者周围的农村，以种植蔬菜等来供养城市。农场出现在城市的最大阻碍就是卫生问题，虽然农场种植的瓜果蔬菜很美味，但是各种家畜家禽生活在城市中间会带来一系列的卫生问题。因此很多城市把农场安排在郊区或者偏远的城区，这样，既不影响城市的卫生，还能较为方便地为城市人提供各种粮食作物以及农产品，而且，还可以通过发展农场旅游，吸引城市人来体验农村生活，从而为城市生活提供更多的有机体验。

发展公园、公共绿地、城市农场的目的，并不是把城市变成野生动植物

---

①②③ 芭布丝. 我的花园、我的城市和我 [M]. 沈黛, 译. 北京: 商务印书馆, 2014: 108, 112, 63.

的天堂,而是探索未来人类的发展方向。毕竟,城市化趋势方兴未艾,未来会有越来越多的人生活在城市中。据统计,到 2050 年,全球人口数量将达到 97 亿,其中至少有一半将生活在城市中。城市越来越多,越来越大。到那个时候,动植物是否在城市中销声匿迹?又或者,通过发展生态城市,为绿色植物和其他动物尽可能地提供适合的生存环境,使人类能够和更多生命种类生活在一起,从而体味到生态系统的丰富多样,也能够让城市的孩子在一个绿色有机的环境中长大。在未来理想的生态城市里,公园、绿地、城市农场和市民各自的绿色空间交错在城市混凝土建筑中,钢筋水泥和动植物生命共生,人们在其中生活、穿行、工作,在动植物的帮助下脱离城市带给人们的疏离和冷漠,获取共生的生态要义。

第八章
生态散文与生态语言

生态美学的范式包括三个要点，"哲学范式、美学原则、美学语言"[①]。这其中，哲学范式是思想基础和认识基础，美学原则是进行文学艺术创作的指导宗旨，而美学语言就是生态文艺的语言表达，即生态语言。生态语言是跟自然有关，体现生态意识、生态观念的语言。它有两个层面的内涵，第一个层面是生态语言的根源，即跟自然有关，体现生态意识、生态观念，是生态语言的内容层面；第二个层面是生态语言的表现特征，即淳朴自然、有机关联、自由野性的特点，是生态语言的形式层面。

赵奎英认为："从最基本的意义上说，生态语言是人在与自然环境相互作用的基础上生成地体现了一种全息性关系和生态意识、生态观念，或有利于表现或促进人的生态意识、生态观念的语言。"[②]她的定义关注到生态语言与自然之间的密切联系。而英国语言学家斯提布指出："生态语言学具有超学科属性，应突破学科的限制使之成为推动多种生命可持续互动的生态运动，生态语言应从更加广阔的视阈以自身的特点推动生态观念的生成与深化。"[③]斯提布的定义聚焦了生态语言学的跨学科属性与应用价值，他认为生

[①] 程相占. 生态美学引论［M］. 济南：山东文艺出版社，2021：161.

[②] 赵奎英. 从生态语言学批评看迟子建的《额尔古纳河右岸》［J］. 云南大学学报（社会科学版），2019（4）：90-97.

[③] 何伟，魏榕，STIBBE A. 生态语言学的超学科发展：阿伦·斯提布教授访谈录［J］. 外语研究，2018（2）：22-26.

态语言应该突破学科限制，发挥更大作用，推动生态观念及生态运动的进一步发展。

生态散文作为生态文学的代表性文体，在生态语言的创造和应用方面有自己独特的贡献。生态散文中使用的语言干净、纯粹，同时又充满生机。这种语言跟理性主义、技术主义带来的越来越抽象化的语言截然不同。苇岸认为："在精神领域，人类的文字表述也呈现了一个从'有机'蜕变为'无机'，愈来愈趋向抽象、思辨、晦涩、空洞的过程。"① 而生态语言是对这种抽象晦涩语言的反拨，是人类重新回归自然淳朴的途径。生态语言既具有一种质朴的美，也具有一种野性的美。生态语言是富有生命力的，呈现出一种元气充沛的效果。就像张炜所说："我所追求的语言是能够通行四方、源发于山脉和土壤的某种东西，它活泼如生命，坚硬如顽石，有形无形，有声无声。它就洒落在野地上，潜隐在万物间。"② 生态语言来自高山、草原、大地、河流，是丰沛的生命力流动的语言。张炜还特别提到："真正的艺术始终具有直抵人性深处的力量，必会因独特而触目，并进而根植于人的心灵。从作品规模上看，它不会因为篇幅的短小而显得单薄，也不会因为字数的累叠而变得冗长，而总是给人饱满丰腴的感觉。"③ 这种力量来自然和大地，表现为动人的生态语言，具有丰厚的生命属性和感人力量。

生态语言的本质性特征，是语言与自然万物的对应性关系，即词语不再是空洞的、虚无的，而是具体的、实指的，每一个词语都对应相应的物。因为自然万物是生动可感的，所以生态语言也是具体可感的。福柯认为语言对于物具有重要意义，是认识物、表征物的途径，"物的认知图式需要在特定的认识型中进行，而认识型是特定话语的具体化，在词与物的关系中，词在不断地构建着物的秩序形态"④。生态语言对于生态系统的价值体现在它所带来的命名与改变上，正是生态语言的使用和推广，有关生态的言说才不断生成和传播，使得生态意识、生态观念被构建，影响到越来越多的个体。所以，生态语言不只是生态学与语言学的研究对象，更是一种审美工具，推动生态意识的表达和传播，推动生态运动的深化。本章以生态散文中生态语言的形成与特征为主要线索，探索生态语言的生成逻辑与形式表现，分析其对社会的影响。

---

① 苇岸. 大地上的事情 [M]. 桂林：广西师范大学出版社, 2014：163.
②③ 张炜. 去看阿尔卑斯山 [M]. 北京：台海出版社, 2019：135, 359.
④ 吴承笃. 返身于物与多元共生：生态语言的生态性反思 [J]. 南京社会科学, 2019（8）：121-125, 138.

第一节 生态语言的形成与特征

生态散文中生态语言的形成与梭罗和他的《瓦尔登湖》紧密相关,梭罗的散文语言奠定了生态语言的风格基础。程虹认为:"梭罗提倡使用一种与泥土接壤的语言,认为他的句子应当像农夫播种一样自然。他宁愿保持文章的嫩绿新鲜,甚至有些不够成熟,而不要雕琢古板的精细。"① 这是来自大自然的语言,正是从梭罗开始,这种与自然紧密相连的语言风格才开始在散文中出现和推广。

生态语言是对自然语言的直接表述。梭罗认为,自然有自己的生命和自己的语言,因此,把自然的本来状态用人类的语言表达出来,就是最贴近自然的陈述,也就是生态语言。"他认为自然与人类一样拥有自己的语言,有自己的声音。……运用这样一种更贴近自然的语言,即用自然的语言来表达自然。这样能够使得读者在阅读中更容易融入作者的写作情境,置身于自然体验中以听见真正的自然之声。"② 梭罗还认为人与自然、人与其他生命的交流可以靠着自然的语言来进行。

广泛来讲,这种自然语言包括自然界的各种声音、景观和生命的动作、行动。生态语言与自然风景密切相关,比如大地、湖水、林地、花草,各种各样优美自然的风景有机融合在生态系统中,以一种多彩复合的生态景观为梭罗提供了有关自然的认识和感悟,反映到语言中,就是富有生命力的生态语言。"他将自己的散文创作与自然的内在弦调统一,在与自然的交融、沟通中领悟到自然的节奏、韵律、色彩和情感,并将其自然地流泻在笔端,因而铺写出与大地泥土一样充满生气、灵动的文字。"③ 这是一种来自土地、泥土、湖水的语言,是淳朴自然、有机统一的生态语言,充满了真情实感。

从狭义来说,自然语言以声音为主。动物的声音在自然中传播,形成了

---

① 程虹. 寻归荒野 [M]. 北京:生活·读书·新知三联书店,2001:109.
② 李莉,曾繁仁."褐色语法"与生态语言:梭罗自然写作探讨 [J]. 西南民族大学学报(人文社会科学版),2021 (7):208 – 213.
③ 龙其林.《瓦尔登湖》与张炜生态散文语言的自然属性 [J]. 东方论坛,2015 (5):78 – 81.

自然的语言系列。如张炜写道："林子里有一万种声音，只要用心去听，就会明白整个大海滩上有多少生灵在叹气、说话、争吵、讲故事和商量事情。"① 把林子里各种生命的声音及互动用生态语言描述出来。同样组成自然语言的，还有风吹雨打的声音、落叶飒飒的声音、湖水拍岸的声音。大自然以其丰富多彩的声音奏响了自然的交响乐。而"倾听自然万物的声音，使他发现了一个新奇的自然世界，并通过语言使其以文本的形式得以表达"②。这种文本表达的语言就是生态语言。比如，梭罗写到潜水鸟，"秋天，潜水鸟像往常一样来了，在湖里褪毛、戏水，我还没有起床，就听到它们的狂笑声，在树林子里回响着"③。用朴实的语言、连续的短句把潜水鸟的动作、声音和印象生动表现出来，潜水鸟的动作、声音直接和他的语言呼应，体现出充满活力的语言风格。这是生态语言对自然语言的传递，生态语言源自自然，是与自然密切相关的人类书面语言。

梭罗之后的生态散文作家不断地进入自然、感受自然、表达自然，在生态散文写作中运用生态语言。通过不同作家的创作实践，生态散文的生态语言逐渐成形，表现为四个特征：①淳朴自然；②有机交互；③词物对应；④与地方密切相关。

生态语言的第一个特征是淳朴自然。来自自然的美浸润在生态散文里，带来一种充满活力的语言风格，给人类精神生态带来健康、洁净、活力。梭罗、苇岸、张炜在生态语言的运用和表达方面具有代表性。梭罗的语言是朴素自然的，是来自大地和自然的品性在闪耀。苇岸提到："我更倾心于梭罗的这种自由、信意，像土地一样朴素开放的文字方式。"④ 这是对梭罗散文语言风格的最好总结，朴素、开放、自由，仿佛是自然在读者面前直接呈现。龙其林认为："梭罗用润泽而质朴的语言告诫我们，应该努力去恢复人类与自然和谐的原初状态，使自然得以保持初始的完整与肃穆，使人在荒野中保持精神与肉体的统一，从而实现对于自然和对于自我的双重拯救。"⑤ 梭罗在表达自己对于生活方式的看法时写道："绝大多数奢侈品，以及许多所谓使

---

① 张炜. 我的原野盛宴［M］. 北京：人民文学出版社，2020：178.
② 李莉，曾繁仁. "褐色语法"与生态语言：梭罗自然写作探讨［J］. 西南民族大学学报（人文社会科学版），2021（7）：208－213.
③ 梭罗. 瓦尔登湖［M］. 潘庆舲，译. 北京：作家出版社，2015：172.
④ 苇岸. 大地上的事情［M］. 桂林：广西师范大学出版社，2014：162.
⑤ 龙其林.《瓦尔登湖》与张炜生态散文语言的自然属性［J］. 东方论坛，2015（5）：78－81.

生活舒适的物品，不仅不是必不可缺的，而且还极大地有碍于人类进步。就奢侈和舒适来说，最聪明的人的生活，甚至比穷人过的还要简单、朴素。"①这段话用非常朴素的语言将道理清楚明白地讲出，淳朴自然而又韵味无穷，体现了生态语言的特点。

国内以运用生态语言著称的散文作家，一个是苇岸，另一个是张炜。张炜的生态散文充满深情和激情，往往用质朴的语言表达出对于大地、生命、原野浓厚的感情。他写到庄稼，"麦茬间的另一种颜色，是绿色的小玉米苗儿。一茬让给了另一茬。庄稼，这就是庄稼。谁熟悉农事？谁为之心动？谁在这旷阔无边的大野上耕作终生却又敏悟常思？苍穹下多少生命，多少波动不停的角落，生生不息，没有尽头"②。把对于农民、田野的感情以激情的语言、迭奏的句子表达出来，富有感情而又与大地紧密相连。因此，龙其林认为，张炜的生态散文提供了一种"泥土"的属性，"在张炜这里，语言具有了一种来自泥土的天然属性，它不再仅仅是人类之间交流的工具，而成了浸润于自然界的幸运儿的禀赋，它直抵精神的深处和自然和妙处"③。这种来自自然的语言品性表达了自然的元气和奥秘，为人们的精神生态系统增加了健康纯净的美。

生态语言的第二个特征是有机交互，包括三个方面内容：有机的、多元的、交互的。首先，生态语言是"有机"的，是跟自然紧密联系在一起的。自然中的山水、动植物以文字的形式在散文中复活，生态语言因此具有来自自然的生命活力。"梭罗的语言观具有有机整体的特点，在梭罗看来，用以表现各种生命存在的语言如同人与自然一般也是有机的，如植物的生长的过程一般具有整体性。"④苇岸在《我与梭罗》里面也提到：

> 梭罗的文字是"有机"的，这是我喜爱他的著作的原因之一。我说的文字的"有机"，主要是指在这样的著述中，文字本身仿佛是活的，富于质感和血温，思想不是直陈而是借助与之对应的自然事物进行表述

---

① 梭罗. 瓦尔登湖［M］. 潘庆舲，译. 北京：作家出版社，2015：9.
② 张炜. 去看阿尔卑斯山［M］. 北京：台海出版社，2019：121.
③ 龙其林.《瓦尔登湖》与张炜生态散文语言的自然属性［J］. 东方论坛，2015（5）：78-81.
④ 李莉，曾繁仁. "褐色语法"与生态语言：梭罗自然写作探讨［J］. 西南民族大学学报（人文社会科学版），2021（7）：208-213.

（以利于更多的人理解和接受），体现了精神世界人与万物原初的和谐统一。这是古典著作（无论文学还是哲学）的不朽特征。……他的行文新鲜、生动、瑰美、智巧，整部著作魅力无穷。①

这段话对梭罗语言文字的有机特点做了精确的描述。梭罗的语言是充满活力和富有魅力的。这种活力、魅力跟科学语言和理性主义完全不同，科学是数据，来源于观察、实验，依靠数据来说服人；理性是说理，来自思考，依靠逻辑来说服人。而生态散文的语言则是"富于质感和血温"，依靠审美来感染人。

生态语言的有机性使得生态散文的审美效用更强。龙其林指出："当代生态散文重新恢复了语言的有机性，通过呈现出自然的本质力量，保持着人与自然的天然亲近。这种保持人与自然交流、沟通于双方之间的语言不是空洞的、抽象的无机化语言，而是洋溢着大地芳香、借助自然事物进行表达的有机语言。"② 这种有机语言使得生态散文富有美感和感染力，具有审美熏陶的效果。审美熏陶是文学艺术的重要功用，也是生态散文对精神生态起到作用的重要途径。读这样的有机文字，会在无形中受到影响。张炜在散文中对艺术拯救精神也有所论述，他提到："只有艺术中凝结了大自然那么多的隐秘。所以我认为光荣从来属于那些最激动人心的诗人。人类总是通过艺术的隧道去触摸时间之谜，去印证生命的奥秘。自然中的全部都可通过艺术之手的拨动而进入人的视野。"③ 正是文学艺术联通了自然的奥秘，把自然的真谛用生态语言呈现给读者。那些脱离了自然的艺术都是伪艺术，不具有生态性，缺乏生命力。

生态语言的有机性表现为充满生命力。语言可以反映人与生态的关系，生态散文作为叙写生态、描写生态的文体，其语言特点是亲近自然、野性质朴。自然本身充满了生命力，反映在生态散文中，生态语言也充满了生命力。这种生命力表现在生命的生生不息上，各种动植物生命在自然中生生不息、循环往复，植物可以感受春夏秋冬的四季轮回，顺应自然规律准时发芽、开花、结果、丰收，也可以刻上一轮又一轮的岁月痕迹，展现为树木中

---

① 苇岸. 大地上的事情 [M]. 桂林：广西师范大学出版社，2014：164.
② 龙其林. 生态中国：文学呈现与跨文化研究 [M]. 北京：北京大学出版社，2019：38.
③ 张炜. 去看阿尔卑斯山 [M]. 北京：台海出版社，2019：144.

的年轮,见证生命脉动的周期;动物也在自然的影响下生生不息,发情,追逐,求偶,孵蛋,破壳,哺育,充满了生命的气息和力量。这些生命的蓬勃生机和循环不息表现在生态语言中,就形成了生态语言野性蓬勃的特点。张炜写道:"它们字字都有了生命,并且放出生命的野性气味儿。……什么语言都是现成的,藏在事物的内部。你听到它了,它活动起来了,那时你就捕捉它。语言,特别是艺术语言,必须有生命,能动,能迸溅和跳跃。它们确实在有生命的物体内部,在那里面潜伏。"[①] 生态语言描写了自然生命勃发的特征,自身也带上了生机勃发的特征,富有生命力。

生态语言的有机性还表现为"交互共生"。自然的各物种共同存在于生态系统,彼此之间通过不同的生态链连接在一起,形成了交互共生的特点。生态语言作为人类对生态系统认识的思维表达方式,也是"交互共生"的。"从生态语言的角度来看,语言并非由理性主宰的语言一种,言说的主体也非仅限于人类。万物以自己的方式言说,在自然界形成和谐的共鸣。"[②] 不同物种都在自然界发出自己的声音,彼此的声音共同存在,形成了多声部的共鸣。生态语言对自然语言的这种"共鸣"进行表现,就展现为生态语言交互共生的特点。毕竟,在生态系统中,生态有机主义是自然的真义,由此促生了生态语言的核心特征"有机交互",生态语言"一方面与生物多样性相联系,不断实现自身的发展变化;另一方面从自然中汲取语言发展的新力量,推动不同语言之间的对话,确保语言的不断生成"[③]。这是来自生态系统的影响,是自然语言在生态语言中的投射,促使生态语言不断发展,并且始终与自然界中的事物一一对应。

生态语言的第三个特征是词物对应,指词语与自然万物的一一对应,比如红花就对应现实中红色的花朵,太阳就对应地球上空每天升起的太阳,自然万物融入词语中,呈现在个体面前,使个体获得有关自然的认识。这种词物对应是真实可感的,为人类认识自然提供具体事物,并且,多样化的自然物在生态语言中被呈现,形成了人们认识自然的具身化情境。生态散文有关自然的言说都是使用这种词物对应的生态语言,用切实可感的语言交流有关自然的知识与信息。词物对应的生态语言特征使得生态散文在描写时往往质

---

① 龙其林.《瓦尔登湖》与张炜生态散文语言的自然属性[J]. 东方论坛,2015(5):78-81.

②③ 吴承笃. 返身于物与多元共生:生态语言的生态性反思[J]. 南京社会科学,2019(8):121-125,138.

朴动人，传达出强烈的生态情感。如张炜写道："一个人这时会被深深感动。他像一棵树一样，在一方泥土上萌生。他的一切最初都来自这里，这里是他一生探究不尽的一个源路。人实际上不过是一棵会移动的树。他的激动、欲望，都是这片泥土给予的。"① 把人与地方的关系和树木与大地的关系联系起来，以准确的、真实可感的词语叙写了人与土地的深厚关系，带给读者浓厚的情感基调。

但是，随着人类抽象思维和科学技术的发展，词物分离的现象越来越严重。比如，"太阳"可能不只是太阳，很多语境下指领导人，而小红花也不仅仅指红色的花朵，指的是奖励。在此过程中，随着词与自然物的分离，人跟自然也慢慢分离。事实上，在当代，随着人类抽象思维能力的提升和社会的信息化进程，完全恢复语言文字形成初期的词物对应并不可能，人类无法返回用绘画文字指代自然万物的时期。此时，"诗性语言"的出现就成了人类恢复与自然关联的最佳途径。"诗性语言是沟通自然与文化的直接通道，也是生态语言具有生态性的基础。……诗性语言把事物纳入意识之中，创造具体的感性意象并使之成为相似实体的共相，物的本真性与意义的普遍性结合在一起。"② 因此，物和抽象语言就找到了连接点，即用诗性语言（也即有关生态的"美的语言"）来连接物自身和人类文明，用词与物的对应表征人和自然的一体化关系。生态文学等生态语言艺术因此成为人类关注自然、建构生态性的关键。

生态语言的第四个特征是必然跟故乡紧密联系在一起，是来自故乡、童年的记忆沉淀后的生发，和乡土乡情、童年往事藕断丝连。在生态散文中，越是描写故乡的、童年的内容，其语言就越生态、越动人。如刘亮程在描写村庄时写道："我不知道这个村庄，真正多大，我住在它的一个角上。我也不知道这个村里，到底住着多少人。……村庄四周是无垠的荒野和地，地和荒野尽头是另外的村庄和荒野。"③ 以简单质朴的语言描写了他所居住的村庄，却又在其中传达出超越性的意义，使读者想到自己的栖居地，以及其对自我的价值。这就是生态语言的魅力，当生态语言跟故乡、地方联系在一起的时候，就获得了对于自然、生命的现象学直观，生态散文直接透过现象，

---

① 张炜. 去看阿尔卑斯山 [M]. 北京：台海出版社，2019：133.

② 吴承笃. 返身于物与多元共生：生态语言的生态性反思 [J]. 南京社会科学，2019（8）：121 - 125，138.

③ 刘亮程. 一个人的村庄 [M]. 杭州：浙江文艺出版社，2013：69.

描写了故乡对于一个人的本源意义。

故乡对于散文作家的意义是重大的，其风土人情、自然风景都浸透在散文创作中，并通过生态语言表现出来。杨文丰写道："写作，被我一直当做精神家园而经营，我的写作源头无法不是源自故乡。我的系列'自然笔记'——以精神和生命营建的精神家园，维系的自然物候、自然风情、自然生态、自然精神、自然哲学，无不与故乡的山水气息相通。"① 在散文作家的语言中，浸透了乡愁。这是对儿时故乡的思念，对个体精神原乡的反映，浓厚并且充满地方气息。

生态散文写作中运用的生态语言更深情、更美，更接近自然语言的本质，是作家对于自我生存、经历的自然的情感表达，这种质朴、蓬勃、野性的语言特点使生态散文具备一种审美直观和情感浸染的能力，能够直接作用于读者的心灵，发挥文学艺术"恢宏的弱效应"作用，将生态意识和生态审美传递给读者，进而发挥更大的社会影响。

第二节 生态语言的价值和影响

自从人类开始用语言交流后，语言成为人们认识世界和认识自我的重要工具，随着文字的发明和流传，文字成为个体建立与世界的联系的重要途径。生态语言可以建构及巩固人与自然的关系，对于生态系统好转有着不可忽视的推动作用。生态语言的价值和影响主要表现在两个方面：第一，生态语言对于人类生态思维形成的作用；第二，生态语言与地理环境的互动和影响。

第一，语言是人类思维的表达方式，语言的运用可以影响乃至塑造人类的思维，这是生态语言发挥社会影响的路径所在。生态语言的使用和推广可以影响读者的世界观、价值观，进而影响生态系统。例如，非生态语言强调人类中心主义、主客二分、等级制，这些都会导致人类的思维趋向于非生态，思维影响行动，进而导致生态破坏。而生态语言强调生态整体主义和"有机共生"的世界观，个体通过阅读、使用生态语言，认识到生态系统的

---

① 杨文丰. 病盆景［M］. 北京：西苑出版社，2017：187.

要义在于稳定和平衡，进而做出有利于生态系统稳定的举动。

在中国传统文化中，存在着一种有机联系的语言观。中国古人把周围环境当作大宇宙，把人体当作小宇宙，中国文化存在着"天人感应"的传统，反映在语言中，就是一种个体与自然、季节联系起来的生态语言。中国当代散文传承了这一语言特点，在中国生态散文中，作家常常把人的生命与季节联系起来，认为四季循环与人的一生有神秘的联系。这是一种有机的思维方式，表现在语言上就是常用比喻、象征、拟人的修辞手法，赋予季节和时间以生命色彩。在中国生态散文中，我们经常可以看到作家表达这样的观点：四季更替符合生态系统循环的要义，跟生命轮回紧密联系在一起，因此具有生命的特性。这是中国文化传统中大小宇宙相呼应的延伸，也是生态美学生生本体论的文学表现。比如，在苇岸的笔下，不同季节都有自己的生命特点：春季万物萌动，夏季成熟可亲，秋季丰收，冬季肃杀。春天是苇岸笔下最具有生命气息的季节，他写道：

> 三月是万物的起源，植物从三月出发就像人从自己出发，温暖与光明从太阳出发。三月是一条河，两岸是冬天和春天。三月是牛犊、马驹、羊羔、婴儿和黎明。三月的人信心百倍，同远行者启程前一样。在三月你感到有某种东西在临近，无须乞求和努力便向你走来的东西。三月连婴儿也会胆大，三月的房间最空，影子变浓。三月让人们产生劳动的冲动，土地像待嫁的姑娘，周围响着萌芽展开的声音（恐惧从黑暗出发，阴影从光出发，理想从现实出发）。三月的村庄像篮子，接纳阳光，老人在墙根下走动（三月少女最多情）。总之你感觉三月像一只花蕾，三月本身就是开放。三月让人想远处，三月有人打点行装。到了年终，通向乡村的每条大道上都有归家的人。三月需要做的事很多。①

在这段散文中，苇岸用生态语言表达了对三月的感触和向往，把三月的气质和春天的气息淋漓尽致表现出来，并且将春天、生命、婴儿、黎明等诸般生命和非生命物体关联在一起，赋予春天以浓厚的生命气息。通过生态语言表达情感和想象，赋予季节以生命的象征，如"三月的村庄像篮子""像一只花蕾"，而这些，都是饱含生命气息的事物，让人们对季节所拥有的特

---

① 苇岸. 大地上的事情［M］. 桂林：广西师范大学出版社，2014：252.

性获得直观性的感受，这就是生态语言的魅力。

张炜也有对于四季更替循环的类似表达，他写道："一个人的一生如果分成四季，那么它的春天有着稚嫩的生长，生气勃勃的初始；在茂长的夏季，却是尽心尽意的，毫无顾忌的一场蓬勃灿烂；到了秋季，则是一种普遍的成熟，……那个冷酷而严肃的冬季，使他变得比过去冷静了。"[①] 对于中国读者来讲，春夏秋冬四季的特征的确会让人们将其跟传统文化联系起来，联想到人一生经历的生命阶段。因此，季节在此也具有浓厚的生命意识，这是独属于中国生态散文的语言表达。

第二，语言和世界存在着双向互动，语言影响人类思维和活动，同样，世界的变化也通过语言表达出来。生态语言影响人类的生态思维，而生态环境的变化也会影响到生态语言。比如，在21世纪之前，宇宙主要指围绕地球并把地球包裹在内的天文空间，而现在，宇宙不仅指实存的地球所处的空间，还包括了虚拟的空间，比如"元宇宙"的使用就是指人类通过各种技术营造的生存的虚拟空间，"宇宙"的含义由原来的客观实存的天文地理空间变成了虚拟存在的意识生存空间，这就是世界变化对于语言的影响。生态散文写作使用生态语言，就是尽量把有利于生态系统的存在通过生态语言表达出来，影响人类的思维，推动人类进行生态实践。

此外，人类使用生态语言，本身也是构建理想生态世界的行动。"人通过生态语言的言说回应着世界万物的生成与变化，而人作为生态整体中的有机的一员，言说这一行为本身也是生成与变化的一部分。"[②] 在生态散文中，对于生态语言的使用推动了作者对生态系统的认识和思考，为他们传达生态意识、推进生态实践提供了最佳路径。如鲁枢元在论及精神污染的时候写道："人们在背离荒野的道路上走到了今天，走进了现代化的大都市，走进全球电子化、市场化的无形网络……人们却遇到了始料不及的麻烦，不但基本的生存条件遭遇严重的损伤和污染，甚至人类的本能与天性都已经开始偏离自然，变得畸形、乖张起来。"[③] 以准确清晰的语言把当下的生态问题和人们的精神污染表现出来，并隐喻了二者之间的逻辑关系，为读者提供了有关

---

① 张炜. 去看阿尔卑斯山 [M]. 北京：台海出版社，2019：245 – 246.

② 吴承笃. 返身于物与多元共生：生态语言的生态性反思 [J]. 南京社会科学，2019 (8)：121 – 125，138.

③ 鲁枢元. 心中的旷野：关于生态与精神的散记 [M]. 上海：学林出版社，2007：题记 1.

生态的认识和反思视角,这就是生态语言的使用范例。

生态语言关注那些有利于保护生态系统的话语,在文本中使用并推广这些话语。生态散文中有大量有关环保的描写,这是生态语言的使用和推广路径之一,如"人类在大自然中的位置能否逐步得到调整,是否能逐步摆正,衡量标准只有一个,这就是:看一看这天幕下的全人类,对大自然的敬畏,尤其是新敬畏,能否日益得到强化"[1]。这段话用淳朴的语言去关注生态现状、追问生态未来,体现了生态语言的特性。赵奎英认为:"生态语言学研究的最终目标,就是通过研究和重建语言环境与语言生态,通过在更广大的'超出人类世界的宇宙'视域中探索和重塑生态的语言观念、语言结构、语言实践和语言功能,重建人与自然之间的和谐共生关系,以促进宇宙生态共同体的建立。"[2] 这是对生态语言的定位和呼唤,期盼通过生态语言的使用,唤起使用者的生态意识,重新界定人与自然的有机交互关系。

---

[1] 杨文丰. 病盆景[M]. 北京:西苑出版社,2017:247.
[2] 赵奎英. 生态语言学批评与研究的五大动向[J]. 南京社会科学,2019(8):112–120.

第 九 章
生态散文的审美价值和社会影响

　　生态危机深切影响到这个时代，文学艺术是时代的传声筒，生态散文理所应当要去关注生态、关注人与自然的关系。深究起来，散文对生态的关注不只是观念上的，更有介入和干预的意味，一是因为散文有直面现实、直抒胸臆的特征，对于现实更敏感、更直接；二是因为散文更能直观反映作家的内心情感，代表了作家的良心、个性。

　　生态散文的定位，首先是作家借助于生态知识来创作散文，观众也借助于生态知识来欣赏散文。其次，作家在写作生态散文时，生态伦理也起到关键作用，生态散文的重要价值之一就是培养、激起读者的生态伦理，培养读者的生态责任感和共情心。从精神生态的角度来看，生态危机主要影响的也是人类社会的公平正义以及人类的精神状态。程相占指出："生态危机的表征之一是自然资源短缺所造成的资源争夺乃至战争，人与人之间的关系也因此而紧张、恶化；生态危机的表征之二是'环境非公正'愈演愈烈，即弱势社会群体所处的环境更加恶化，遭受到的生态危机更加深重。"[①] 所以，对于生态散文的研究，最终必然落实到其中蕴含的生态意识对于社会的影响，落实到生态散文的创作是否有利于生态意识的传递和生态责任的树立，是否能够促使读者从"消费的生活方式"转型到"生态的生活方式"，是否有利于建构生态社区乃至生态社会，最终实现生态正义和生态公平。

---

① 程相占. 生态美学引论［M］. 济南：山东文艺出版社，2021：81.

龙其林认为："生态问题从其社会根源上看其实是人性、人格和伦理的问题。当人类文明发展到一定阶段，尤其是在近现代科学技术最大幅度地张扬了人类意志之后，这种环境问题愈加严重。扭转生态危机的关键，在于能否改变人类所习惯的以人类自己为中心来看待生命、自然和世界的思维方式、价值观念与文化传统。"① 而生态散文的在地性或者说社会价值，就是针对这个问题提供的答案。生态散文的主要价值在于对读者意识的影响上。通过阅读生态散文，读者能够了解各种生态问题，进而认识自然，热爱生态系统，最终通过行动对自然环境产生各种影响，这就是生态散文的实践路径。

第一节 生态散文的"伦理—审美"范式

生态散文提供给读者的，除了审美意义上的文学文本，还有生态意识、生态知识和生态伦理，后者正是生态散文区别于其他散文的主要特征。

生态散文的审美价值在于唤醒受众的生态伦理意识。在生态散文中，生态伦理与文学审美是相辅相成的。"生态学改变了人们的伦理观念，催生了生态伦理学（又称环境伦理学），而生态伦理观念又在很大程度上影响甚至塑造了新型的审美体验。究其实质而言，伦理是对于他者的态度和准则，是对于'我该做什么'这个问题的回答。"② 在中国，传统的生活伦理较为保守而且深入人心。中国人的日常生活伦理中把生存当作最重要的，比如"好死不如赖活着"，而且，传统伦理中往往对于吃特别注重，"民以食为天"，很多动植物生命在传统观念中都是作为各种各样的食材出现的。大家对生态伦理往往是冷漠的，这就使得生态理念的推广受到很多阻力，尤其是对于普通个体而言，他们看不到整体生态系统健康运行的价值，行事往往从自我生存角度出发，不利于生态系统的保护。因此，"生态文学应当对此表现出浓厚的兴趣，使在现实生活中无法获得普遍认同的生态伦理在文学世界里获得巨大的表现空间"③。随着生态散文的写作、传播和推广，读者越来越多，生态伦理也能传播开来。

---

①③ 龙其林. 生态中国：文学呈现与跨文化研究 [M]. 北京：北京大学出版社，2019：45, 49.

② 程相占. 生态美学引论 [M]. 济南：山东文艺出版社，2021：36.

生态伦理的核心是什么呢？程相占认为：

  生态伦理学的核心要点是扩展伦理共同体的范围和边界，将"他者"的范围从人扩展到地球共同体及其所有成员并关怀其健康，从而改变人类对于人类之外其他事物的态度和准则：从占有与掠夺到尊重与关怀。这种转变深刻影响了人们的审美偏好和对于审美对象的选择，诸如荒野、湿地、蚂蟥等，开始成为能够带来丰富审美体验的审美对象。①

加塔利提出，艺术的目的是"远离科学范式，接近伦理—审美范式。……使人文科学和社会科学从科学范式转向伦理—审美范式"②。生态文学在这方面责任更重，生态伦理的特点是关怀生态，关怀其他物种，关怀家园，以第一责任人的身份生活在生态系统中。"伦理—审美范式"是生态文学的核心范式，这是生态文学产生社会影响的基础。对生态散文来讲，"伦理—审美范式"意味着散文作家在充分尊重生态价值、认同生态价值的基础上展开散文写作，"将伦理学视为第一哲学，因为人对世界的伦理态度永远处于首要位置上"③。这样，生态散文的整体特点，不但是审美地看待生态系统，更是表达生态系统的伦理诉求。而且，生态散文创作的目的也发生由对生态的审美到运用审美手段去推动读者的思维范式的改变。所以，生态散文的实践诉求，是读者能够接受生态意识，具有生态关怀，付诸生态实践，如节约能源、保护环境、不随手扔垃圾，推动周围生态环境的改善。

生态散文的审美价值之一，即以生态的视角审美，提倡生态伦理，推广生态伦理，促使读者在审美的氛围下生成生态意识，担负生态责任。通过提倡、推广生态伦理，可以"切实有效地应对威胁全球的生态危机，使生态系统内部的规律内化为人类社会所应遵循的行为规范和道德信条"④。通过生态散文的写作和传播，"伦理—审美范式"被树立起来，成为生态社会的主导范式。加塔利认为："当代世界——陷入生态、人口、城市的困境——未能以一种与人类利益相容的方式来接受那些动摇它的、异乎寻常的科学技术的突变。经济的、社会的、政治的、道德的、传统的罗盘接二连三的出毛病。

---

  ①③ 程相占. 生态美学引论 [M]. 济南：山东文艺出版社，2021：36，154.
  ② 加塔利. 混沌互渗 [M]. 董树宝，译. 南京：南京大学出版社，2020：9，12.
  ④ 龙其林. 生态中国：文学呈现与跨文化研究 [M]. 北京：北京大学出版社，2019：48.

重建价值轴、人类关系和生产活动的基本合目的性变得日益迫切。"[①] 而解决这个问题的关键,就在于用"伦理—审美范式"取代科学范式,从而以审美的方式来抵抗、重组资本对人类、生态系统的压迫,实现生态系统的动态平衡。因此,加塔利提出:"当审美方式剥夺旧的科学范式时,审美范式变成了自由的全部可能的形式的范式。……诗歌、音乐、造型艺术、电影——尤其以其行为的或表述行为的形态——拥有一个重要的、可占据的位置,通过它们的特有贡献,并作为新的社会实践和分析实践内部的参照范式。"[②] 包含生态散文在内的生态文艺是对抗资本、机器的主力,通过生态文艺,人们可以以审美对抗异化,实现人类在生态系统中和谐生存。

生态散文的创作是基于生态学知识进行的文学创作,既要有生态伦理关怀,也要符合审美艺术的标准。生态散文的生态伦理意识,彰显了创作者的生态责任观和生态散文的社会价值。生态散文蕴含的生态伦理,其主要价值在于影响读者,促使读者产生、接受生态意识。此外,基于生态学而产生的生态伦理,对于生态散文作家也有比较大的影响。比如一些作家之前并不从事生态散文创作,在受到生态伦理影响后开始从事生态散文创作。像苇岸、韩少功、张炜等作家,一开始并不写生态散文,但由于目睹生态破坏和生态危机的现状,受到其他生态文学作品中蕴含的生态意识、生态伦理的影响,开始从事生态散文创作。此外,生态伦理对生态散文作家的影响还体现在他们审美对象的变化上,让他们能够从生态整体主义的视角来看待一些现象,比如狼、藏羚羊、蜣螂、蚂蚁,甚至老鼠、麻雀,可能从传统美学的角度来说并不是美的,但是在富含生态伦理意识的作家来看,就具有生态美的特点,成为生态审美的观赏对象。

生态系统是复杂性系统,有万物互联和多元共生的特点。因此,由生态系统衍生的生态伦理也突破了传统的善恶二元论,呈现出生态整体主义的特点。在生态伦理原则中,没有绝对的类似于人类社会的善恶二分,而是以对生态系统是否有用、有效作为判断其伦理价值的依据。比如老虎、狮子等猛兽,处在食物链的顶层,以捕食其他食草动物为生,从人类生命伦理的角度来看,这些猛兽是残忍的,是靠猎杀其他物种生命生存的。但是,从生态系统平衡和生态循环的角度来看,正是这些猛兽的捕猎,使得生态系统趋于平衡。比如狮子在草原上的捕猎,让大型食草动物的活力更强,那些运动能力

---

①② 加塔利. 混沌互渗[M]. 董树宝,译. 南京:南京大学出版社,2020:101.

强的留下来，身体差的被捕食、淘汰，促进了整个物种的优化生存。如果缺乏了某个物种，往往会造成食物链和生态系统的崩溃。比如，在澳大利亚，本来对于人类来说可爱的兔子却泛滥成灾。澳大利亚原来没有兔子，英国人把兔子带到澳大利亚，但是这个地方没有捕食兔子的猛兽，食物链是不完整的。最后，兔子迅速泛滥起来，其生殖能力强，食量大，大量啃食野草、树皮，最终对澳大利亚的生态环境造成了严重破坏。澳大利亚政府每年为整治"兔灾"付出了大量的人力物力，效果却并不好。从这个例子可以看出，生态伦理的基础绝不是依据人类的善恶观，而是依据生态整体主义，其建立核心是看其是否有利于"生态系统自身的完整、稳定以及系统内部的生物多样性"[①]。

生态散文为读者提供一种包含生态知识和审美体验上的生态经验，这种阅读经验为读者提供了启发生态思考的沉浸氛围。对于生态散文来说，表达生态美、传达生态审美体验尤其重要，那种简单地用生态学知识来判断生态散文优劣的做法是不对的。美学是感性学，审美体验对于感性主体来讲尤为重要，生态散文的价值就在于能够通过生动形象的语言文字，给观众提供丰富的生态审美体验。集体无意识让人们渴望接触自然、欣赏自然，但是大城市动辄千万人，城市庞大，出行不便，很多人没有时间去自然中进行沉浸式体验。生态散文提供的自然片段，成为他们了解自然、感受自然美的最佳替代品。伴随着这种美学上的体验，生态意识以柔软的方式植入他们的心灵，在潜移默化中发挥作用，这比直接的生态法规更加牢靠。生态散文提供的生态审美经验和情感经验捆绑在一起，当读者面临类似的场景时，那种情感经验具现，来自心灵的本能会超越理性和思考，促使他们做出符合生态的举动。生态散文中有大量关于生态伦理的篇章，探讨了动物生存权、植物生存权、生态系统完整性的价值等诸多问题，为生态伦理的传播和深化提供了最佳载体。

苇岸的生态散文富含生态伦理意识，这种意识并不是直白地灌输给读者，而是使用生态语言，以文学的形式传达。苇岸在生态散文中表达的生态伦理意识主要有生生不息、万物互联等。他在《大地上的事情》中写道："麦子拔节了，此时它们的高度大约为其整体的三分之一，在土地上呈现出了立体感，就像一个十二三岁的男孩开始显露出了男子天赋的挺拔体态。野

---

① 程相占. 生态美学引论[M]. 济南：山东文艺出版社，2021：21.

兔能够隐身了，土地也像骄傲的父亲一样通过麦子感到了自己在向上。"① 这是一段经典的描写，借助麦子和土地的关系联想到男孩和父亲的关系，其共同特点就在于生命的孕育和传递，大地无言，父亲往往也是沉默的，但是正是沉默的大地和父亲，支撑起了头顶的一片天。读者能够很明显从中体味到麦子和大地之间的亲密联系，这是与人类父子之间亲密关系的共鸣。通过这段描写，读者理解了植物和大地之间的关联，进而认识到大地、植物、生命传递等对于人类的重要性，建构起责任和感恩的伦理观。

苇岸在散文中多次提到生命的循环及对人类的启迪。他在散文中描写了叶落归根回报大地、老雀颐养天年、麦子和大地的生命传递等。还写了二十四节气跟一年四季的对应，时间的轮回和循环。此外，他提到太阳的光芒从早到晚的变化，人类对应的生命循环构成呼应关系。"阳光在早晨从橙红到金黄、银白的次第变化，实际即体现了其从童年、少年到成年的自然生命履历。"② 这是一种生态循环的伦理意识，苇岸看到循环不已的自然规律，挖掘、表现、思考，并在文中推广，传达给读者一种"生生不息"的生态伦理观。

除了"生命循环"意识外，苇岸的散文中还表现出一种浓厚的"万物互联"生态伦理意识，即一个物种总是与其他物种相关联，总是带有其他物种或时间的质素在其中。他写到秋日的白桦林："我去看白桦林时，是在秋天。……世界上有许多事物，往往是一种事物向另一种事物转化时的过渡。它们由于既不属于前者，又不属于后者，便获得了自身的独立价值；它们由于既包含了前者，又包含了后者，从而更加饱满和丰富。"③ 这是事物的"中间状态"，实际上，有生命的事物从出生这一刻起，就无时无刻不处在"中间状态"，上一秒的成长构成现在的状态，现在的样貌是下一秒的前奏。这是一种"关联"的意识，就像伯格森所说，"人不能两次踏入同一条河流中"，生命始终在变化，所有生命现在的状态都是跟过去和未来密切相关。在生态散文中，所有"中间状态"或者说"中间色"都富有丰厚的美学意蕴，一方面是事物生长、运动的自然展露，另外一方面也让读者认识到事物始终处在关联状态。

生生不息和万物互联都是生态系统展现出的生态伦理原则，这是生态作家根据各种自然现象或者生命成长获得属于人类的感悟，是跨主体性交往的

---

①②③ 苇岸. 大地上的事情 [M]. 桂林：广西师范大学出版社，2014：86，86，127.

结果，也是世界对人类重要性的明证。此外，生态散文还从自然中发掘了其他生态伦理，比如学会放弃、正直坦诚等。苇岸写道："在白桦林的生命历程中，为了利于成长，它们总会果断舍弃那些侧枝和旧叶。我想我的一生也需要这样，如果我把渐渐获得的一切都紧紧抓住不放，我怎么能够再走向更远的地方？"① 这是从植物成长中获得的人生感悟，对于个体来说，是学会取舍，放弃那些不重要的东西，对于整个"有机体—环境"的生存世界来说，就是人类要学会放弃那些无关紧要的东西，才能让整个生态社会绿色发展，比如毛皮大衣、奢侈品等。苇岸还写道："我一直崇尚白桦树挺拔的形象，看着眼前的白桦林，我领悟了一个道理：正与直是它们赖以生存的首要条件，哪棵树在生长中偏离了这个方向，即意味着失去阳光和死亡。正是由于每棵树都正直向上生长，它们各自占据的空间才不多，它们才能聚成森林，和睦平安地在一起生活。"② 这里，苇岸巧妙借用了白桦树正直生长及所需空间不多故而成林的自然特征，提出人们也应该正直向上，满足自己的需要即可，这样才能以社会群体的样貌和睦平安地在一起生活，这是属于典型的从植物获取生态伦理的尝试。

此外，新的生态伦理还应该包括对自然的敬畏，这是以科学的态度去敬畏自然，就如杨文丰所言："我向往中的人类对自然的新敬畏，是一种复合型的敬畏，是人类对自然之'灵'——自然万物的科学本质和规律，对沧桑正道，不但能尊重，而且能顺应的敬畏；是能通过预警机制，自觉避让自然父性殃害的敬畏。"③ 在这里，自然不再是科学解剖的客体，而是成为值得尊敬的复杂性系统。当人们把自然当作万物之源，当作各种生命产生的自组织复杂系统，人们就会对它产生敬畏——该是多么复杂的运行机制，才能产生出如此多的生物种类，并维持万事万物动态平衡。因此，人类必须对自然保持敬畏，这样才能够作为自然万物中的一类，或者说迄今为止能力最强的一种物种，担负起自己的责任来。"人类在大自然中的位置能否逐步得到调整，是否能逐步摆正，衡量标准只有一个，这就是：看一看这天幕下的全人类，对大自然的敬畏，尤其是新敬畏，能否日益得到强化。"④ 只有从每个个体自我出发，越了解、越尊重，自然生态系统才能动态运转，维持平衡。

生态散文和生态美学的最终目标，是通过文学艺术作品唤起读者的生态伦理意识，从而确立"生态"在他们心目中的原初地位，能够以一种"有

---

①② 苇岸. 大地上的事情 [M]. 桂林：广西师范大学出版社，2014：128，129.
③④ 杨文丰. 病盆景 [M]. 北京：西苑出版社，2017：245，247.

机—关怀"的视角去看待世界万物,尤其是看待有生命的物体,建构各种生命之间的主体交往互动,恢复原初自然的万物互联。当然,这种生态伦理和万物互联并非原始社会的懵懂联系,而是在经历了工业化、现代化、后现代等进程之后的新的阶段的联系。这种联系,是建构在"人类纪"的基础上,"我们人类业已步入一个人类世时代,人类已经成为改变地质和生态的主导力量。人类首先是生态危机的始作俑者,全球范围内的环境污染、地球变暖、能源危机、土地荒漠化和生物多样性沦丧,等等,无一不是人为因素造成的"①。当人类成为影响甚至决定地球生态系统生死存亡的力量之后,通过文学艺术,建立人和生态系统的重新关联。从主体—责任意识来讲,主体在生态系统中占据的部分越大,发挥的影响越强,其所担负的责任就越大。

所以,生态散文中对生态伦理的呼唤,是根植于人与自然朴素关系的进一步思考和升华,是在充分认识人类力量之后对自然的再度认同和谦卑。这种认同和谦卑是基于如下三个原则:第一,认识到人与自然的神秘联系不可中断;第二,认识到人的力量越大,人的责任就越大;第三,发挥主体性,构建跨肉身性交往,恢复人与其他生命及自然的交往互动。这三个原则也正是生态散文的重要表现对象,是生态伦理的生发基础。

第 二 节 生态散文的生态美育实践

中国生态散文的功能,体现为两个层面——生态意识与生态实践。"首先,生态意识体现的是一种教育原则……要以提高国民的生态意识为目标,……只有通过生态教育,才能将我们意识中根深蒂固的人类中心意识暴露,……生态教育是对平常人日常生活的提示,这是意识培养的基础。"② 散文的优美特性和生态的普世情怀,对社会产生了较大影响,其中一些被选到中小学语文读本中,对中小学学生有着潜移默化的影响。青少年真正树立人生信念,产生对世界的真善美的认识往往是从初中阶段开始的,在初中语文课本中,有关生态散文的名篇比比皆是,这其中既有朱自清、竺可桢等老一

---

① 张惠青. 论生态美学的三个维度:兼论加塔利的"三重生态学"思想[J]. 文艺理论研究,2019(1):38-46.
② 龚浩敏,鲁晓鹏. 中国生态电影论集[M]. 武汉:武汉大学出版社,2017:13.

辈的富含生态思想的文章，也有利奥波德等知名生态学者的散文，这些散文分布在不同单元的课文及相关的阅读延伸中，为中学生态美育提供了坚实的基础。本节以初中语文课本为对象，从新课标入手，分析其中蕴含生态意识的散文，从而发掘初中语文的生态美育内容及目标，探究生态意识如何通过文学艺术进入学生的心灵中，并在他们的日常生活中发挥作用。

一、语文新课标中的生态美育要求

《义务教育语文课程标准（2022年版）》（以下简称"新课标"）的修订重心，从注重以知识掌握、知识结构为中心，转向以学生成长和生活关联为中心，即从注重学科逻辑到注重生活逻辑。也就是说，新的课程标准中，由原来的注重对于基础知识的掌握和各个学科间知识的沟通，走向了注重学生的成长和生活体验，把学生从掌握知识的工具人转变为丰富自身的生活人。

这是基于学生自身成长需要而做出的改变，对于学生来说，掌握什么样的知识只是成长的一部分，而自身的心理成长与整个身心所处环境的关联才是重要的。这在无形中符合了"有机体—环境"的概念。即一个个体必然是在一定环境中成长的，因此，个体与环境之间的互动关系，个体与其他个体、其他物种之间的关系是非常重要的，掌握知识是个体成长的基础之一，但全方位的素质提升才是教育的目的。这些素质提升中，既包括知识掌握等科学素质，也包括审美观察、体验等美学素质，还包括看待世界、自我认知定位等哲学素质。而这些不仅是基于课本所了解掌握的，更是来自成长过程中周围生活所给予的——是环境让有机体健康成长，综合发展。

在语文新课标中，提出语文教育的目的是"为学生形成正确的世界观、人生观、价值观，形成良好个性和健全人格打下基础"[①]。生态散文提供有关自然的科学知识，用文学叙述的方法把科学知识"润物细无声"地播撒在学生的心灵中；生态散文提升学生的生态责任意识，阐释了个体和复杂环境之间的有机联系，为学生获得生态意识，树立生态责任，以负责任的态度对待周围世界提供了思维范式；而且，生态散文中有关地方和故乡的描写，也为现代化、城市化环境中成长的学生提供有关民族文化和地方文化的事实，让他们能够感受到民族、地方的文化特点，为培养民族精神提供了切实可感的文字景观。

---

① 中华人民共和国教育部. 义务教育语文课程标准（2022年版）[M]. 北京：北京师范大学出版社，2022：1.

新课标总目标第一条："在语文学习过程中，培养爱国主义、集体主义、社会主义思想道德，逐渐形成正确的世界观、人生观、价值观。"① 有关地方的风土人情、自然美景，都有助于培养爱国主义感情。祖国大好河山如此美丽，学生通过阅读相关生态课文，以审美想象的方式进入风景和地方中，感同身受，对生育、养育自己的这片土地能够爱得深沉。生态审美倡导用有机联系的视角去看待世界，去掌握有机体和世界之间的关系以及不同有机体通过主体间性交往的实际共存方式，这是健康的审美情趣和合作精神的发扬。

总目标第二条："认识中华文化的丰厚博大，汲取智慧，弘扬社会主义先进文化、革命文化、中华优秀传统文化，建立文化自信。"② 中华文化源远流长，通过生态文学的学习，掌握中华传统文化中相关的生态智慧，比如"天人合一""天人感应""知白守黑"等，了解古代智者对于宇宙、自然及其他生命的看法。此外，当代社会生态文明建设如火如荼，生态文化是生态文明建设不可或缺的维度，影响到人类生活的方方面面，比如低碳出行、绿色生活、简朴节约等。而且，生态文化也是当下世界的主流文化之一，是对抗消费主义和信息社会平面化的先锋。生态文化强调用丰厚的生命体验来应对信息社会和"元宇宙"带给个体的扁平化、单一化体验，尤其是电子信息技术带给人们的异化。通过阅读生态散文，人们可以提高自己的文化品位，从消费文化、技术主义中抽身而出，进入有机联系的生态氛围，关怀自然，关注其他生命。

总目标第七条："乐于探索，勤于思考，……养成实事求是、崇尚真知的态度。"③ 在发展语言方面，生态散文推崇一种生态语言，这是一种与自然生命接轨的语言风格，特点是真实、淳朴、自然，富有生命力，是来自自然的充沛元气自然流露，绝无矫饰、虚伪，更没有受到扁平化的网络语言的污染。而且，生态散文是以生态知识为基础进行的文学创作，其基础是跟自然科学有关的生态知识，是对自然、生命的认识，更是对当代人类活动影响自然的科学认识。如《寂静的春天》《病盆景》等散文，都是在科学认识对象前提下进行的散文创作。所以，学习生态散文有利于学生发展求真、求知的思维能力，有利于学生运用科学的认知方法，形成科学的推断逻辑，更有利于学生形成实事求是、崇尚真知的科学态度。而且，散文是作者表达真性情的最佳方式，在激发学生想象力方面也有着不可替代的作用。散文

---

①②③ 中华人民共和国教育部. 义务教育语文课程标准（2022 年版）[M]. 北京：北京师范大学出版社，2022：6.

的审美观察、审美想象，都有利于拓展学生的审美想象空间，比如《冬牧场》《我的花园、我的城市和我》等，为学生打开了审美和科学融合的想象空间。

新课标在课程性质中提出："语文课程应引导学生……发展思维能力，提升思维品质，形成自觉的审美意识，培养高雅的审美情趣。"① 生态文化是当下具有广泛影响的优秀文化，也是我国进行生态文明建设和生态社会转型的主导文化，与优秀传统文化和主旋律文化共同构成了当下中国社会的文化基础。通过生态散文的讲述和理解，学生得以了解生态文化的内涵，从而得到与社会、世界接轨的文化视角。而且，生态散文的习得和转化，也有助于学生形成健康的个性和性格，比如有机联系的世界观、多元共存的生存观等，对于个体的成长发育有利。此外，生态散文的学习和讲述，有助于学生形成有关美育的综合认识，即如何用生态的观点看待世界万物，如何生态地审美，如何在生态审美观念的指导下发展自己。从生态美育的角度来讲，既要充分发掘生态课文中有关健康审美和健康品性方面，同时也要把与生态有关的课外内容加入语文教学中，这样既结合课文进行了教育，又体现了美育的拓展性。让学生在沉浸学习的同时建立起生态审美观，在课后面对日常生活和生态系统时，能够把从课文中获得的生态情感、生态责任付诸实践。

初中阶段正是学生世界观、人生观、价值观形成的关键阶段，所以，充分利用初中语文教学对学生进行生态美育，可以树立他们的生态责任感，形成生态的世界观、人生观。这正好对应初中语文教育阶段目标第四条："欣赏文学作品，有自己的情感体验，初步领悟作品的内涵，从中获得对自然、社会、人生的有益启示。"② 生态散文的篇目及推荐文章，有利于学生发展独立阅读的能力。生态散文是依托于自然的文学作品，其写作初衷是发现自然的美，表达对自然的关注，谴责破坏自然生态的行为，为达成地球生态系统的动态平衡而努力。在生态散文的学习中，学生首先能够领悟到自然的美，春花秋月、夏雨冬雪，都有其动人的魅力，自然界给人们提供的不只是生存的基础，也是情感体验的场所和生态品性形成的根源。通过对生态散文的阅读和学习，学生能够形成与生态有关的情感体验，比如淳朴自然的生态本性、多元共生的生态世界观、富有生命力的生命情感。借此，不但能

---

①② 中华人民共和国教育部. 义务教育语文课程标准（2022年版）[M]. 北京：北京师范大学出版社，2022：1，14.

够获得对自然的深刻领悟，还有助于学生在生态美育的熏陶下获得有关自然、宇宙、生命的启示，建立一个"有机体—环境"互动反馈的生态世界观。

阶段目标第五条提出："阅读科技作品，注意领会作品中所体现的科学精神和科学思想方法。"① 这一目标，正是生态散文、生态美学的基础品质。生态美学的目标就是让个体能够进行生态的审美，需要读者掌握一定的生态学知识，利用生态学知识进行审美，从而能够摆脱过于主观的审美方式。比如杨文丰、利奥波德和卡森的散文，都是生态审美的典范。正是认真的科学态度和扎实的生态知识，为这些散文的写作提供了逻辑性和说服力。而这些生态散文的阅读，能够为学生提供生态学知识以及科学的精神和态度。

二、初中语文②中的生态美育实践

生态美育的内容是多方面的，初中语文利用大单元的教学方式，把生态美育的不同内容分散到不同单元，最终形成有机统一的生态美育。这其中，不同单元的美育目标是不一样的，有的展示植物之美，有的介绍人与动物的关系，有的关注个体的生态责任，有的推广生态知识，而有的从历史的角度展示生态系统的变迁，不同的关注侧面有机融合在一起，共同构成生态美育体系。

七年级上册第一单元主要聚焦于展现祖国大好河山之美。在单元目标中，要求学生"想象文中描绘的情景，领略景物之美"③。这一单元安排了四篇课文，第一篇是朱自清的《春》，第二篇是老舍的《济南的冬天》，第三篇是刘湛秋的《雨的四季》，第四篇是《古代诗歌四首》。这四篇课文都用充满感情的笔调描写了自然的美景，把作家对于自然美景的喜爱和感悟融入其中，是典型的去体验、感悟、传达自然美和生态美的文章。

在第一篇《春》中，朱自清用生动的文字描述了春天的情状，他写道：

---

① 中华人民共和国教育部. 义务教育语文课程标准（2022年版）[M]. 北京：北京师范大学出版社，2022：14.

② 因本书稿写作时初中语文教学尚在使用2016年版教材，以下有关教材的引用均来自人民教育出版社2016年版。

③ 中华人民共和国教育部. 义务教育教科书·语文：七年级上册 [M]. 北京：人民教育出版社，2016：1.

> 一切都像刚睡醒的样子，欣欣然张开了眼。山朗润起来了，水涨起来了，太阳的脸红起来了。
>
> 小草偷偷地从土里钻出来，嫩嫩的，绿绿的。园子里，田野里，瞧去，一大片一大片满是的。坐着，躺着，打两个滚，踢几脚球，赛几趟跑，捉几回迷藏。风轻悄悄的，草软绵绵的。
>
> 桃树、杏树、梨树，你不让我，我不让你，都开满了花赶趟儿。红的像火，粉的像霞，白的像雪。花里带着甜味儿，闭了眼，树上仿佛已经满是桃儿、杏儿、梨儿。花下成千成百的蜜蜂嗡嗡地闹着，大小的蝴蝶飞来飞去。野花遍地是：杂样儿，有名字的，没名字的，散在花丛里，像眼睛，像星星，还眨呀眨的。①

课文通过对山水、草木、春花的表述，把春天的美传达出来，同时还把大自然生机勃勃的生命本义展现给学生，从而让学生体味到春天的美好和自然的活力。春天不仅是美的，而且还带给生命以生机和活力，让人和各种生命都感到振奋。他写道："天上风筝渐渐多了，地上孩子也多了。城里乡下，家家户户，老老小小，他们也赶趟儿似的，一个个都出来了。舒活舒活筋骨，抖擞抖擞精神，各做各的一份事去。"② 把春天的节气、美景和生命的状态联系起来，体现了"有机体—环境"之间的神秘联系。

老舍的散文《济南的冬天》以济南为描写对象，对其冬天季节的温度特点和景色进行了描写。他首先从地理学的知识出发，对济南冬天特色的形成原因进行了解释。"小山整把济南围了个圈儿，只有北边缺着点儿口儿。这一圈小山在冬天特别可爱，好像是把济南放在一个小摇篮里……"③ 正是这样的地理特点，济南的冬天才没有大风，而且是"响晴"的。在老舍笔下，最美的是下点小雪的时候：

> 最妙的是下点小雪呀。看吧，山上的矮松越发的青黑，树尖上顶着一髻儿白花，好像日本看护妇。山尖全白了，给蓝天镶上一道银边。山坡上，有的地方雪厚点，有的地方草色还露着，这样，一道儿白，一道儿暗黄，给山们穿上一件带水纹的花衣；看着看着，这件花衣好像被风儿吹动，叫你希望看见一点更美的山的肌肤。等到快日落的时候，微黄

---

①②③ 中华人民共和国教育部. 义务教育教科书·语文：七年级上册 [M]. 北京：人民教育出版社，2016：2，3，6.

的阳光斜射在山腰上,那点薄雪好像忽然害了羞,微微露出点粉色。就是下小雪吧,济南是受不住大雪的,那些小山太秀气!①

然而,正是这样的小雪,衬托出济南冬天的美好,那种"有山有水,全在蓝天下很暖和很安适的睡着,只等春风来把它们唤醒……"② 的美好。这是自然的美景与人们居住地的有机融合,通过这篇散文,学生能感受到作家对于居住城市的观察和喜爱,从而感同身受。此时如果教师能够引导学生对自己居住的城市进行生态审美,写作一些观察到的美景,必然能够增强学生的审美观察力和审美感受力,无形中将"地方"的内涵传达给学生。

在第三篇文章中,刘湛秋用情景交融的方法描写了四季的雨以及跟雨水相关的各种自然美景,把学生带到了湿润甜美的雨水世界。雨水是自然界和人类及万物交流的使者,也是各种生命回顾本源的途径。在他的笔下,雨水仿佛具有生命,与季节相呼应,滋润着万物。春雨让小草复苏,使空气湿润清新;夏雨热烈而又粗犷,给大地以丰厚的生命之源,大地回报以绿的海洋;而秋雨仿佛呼唤着丰收,往往在收获之后悄然来临,让人沉静;冬天雨水变成了雪花,清冷且柔和,铺满大地。雨水与四季形成了鲜明的互动,带给学生一种有关自然和生命的气息。更重要的是,作者在散文中指出:"我爱恋的雨啊,你一年四季常在我的眼前流动,你给我的生命带来活跃,你给我的感情带来滋润,你给我的思想带来流动。只有在雨中,我才真正感到这世界是活的。"③ 这段话鲜明指出了雨水对于个体的情感影响,并且作者在结尾发出了有关生态的呼唤:"只希望日益增多的绿色,能把你请回我们的生活之中。"④ 他呼唤良好的生态系统,能够让雨水正常循环,为干燥的北方带来滋润,让喜欢雨水的人感受到美好。这里面,如果说雨水和相关的自然风景属于自然生态,那么作者的愉悦及期盼就属于精神生态,整篇散文讲的正是自然生态和精神生态之间的神秘联系和有机互动。

七年级上册第四单元聚焦于人类美好的品性,其中尤其值得关注的是第二篇,表现了个体为了恢复生态所做出的努力和奉献。本单元的目标是:"拥有美好而充实的人生,……本单元课文,从不同方面诠释了人生的意义和价值,有对人物美好品性的礼赞,有对人生经验的总结和思考,还有关于

---

①②③④ 中华人民共和国教育部. 义务教育教科书·语文:七年级上册 [M]. 北京:人民教育出版社,2016:7,6,12,12.

修身养德的谆谆教诲。令我们感动的,是其中彰显的理想光辉和人格力量。"① 在《植树的牧羊人》中,表现了个体的生态情感、生态责任和生态使命。

这篇文章描写了一个生活在"到处是干旱的土地和杂草"环境下的牧羊人,他50多岁,失去了孩子和妻子,现在做的事情就是放羊和种树。三年里,他"一个人种着树。他已经种下了十万棵橡子。在这十万棵橡子中,有两万棵发了芽。而这两万棵树苗,有将近一半,可能会被动物咬坏,或是因为其他原因死掉。剩下的一万棵树苗,会在这光秃秃的土地上扎根,长成大树"。为什么种树呢?"他说,这地方缺少树;没有树,就不会有生命。"正是在这样一种信念的支持下,老人把"种树"这个行为坚持下来。等作者又过了几年去看他,牧羊人身体依然硬朗,但是因为羊吃树叶,他改行养蜜蜂,"添置了一百来个蜂箱"。这里,不由让人想到生态散文中有关蜜蜂的描写,一生短暂,忙于为植物授粉,而养蜂人也是最懂自然的一批人。此时,牧羊人之前种下的树,"已经长得比我都高,真让人不敢相信。……这片树林分为三块,最大的一块,有 11 公里宽。当我想到,眼前这一切,不是靠什么先进的技术,而是靠一个人的双手和毅力造就的,我才明白,人类除了毁灭,还可以像上天一样创造"。② 这种矢志不渝的品性让读者敬佩。

念念不忘,必有回响。经过这个老人的努力,他所居住的地方的环境大为改善。作者最后一次去看望这位老人时,"他已经87岁了。我再次踏上这条通往荒原的路。我完全认不出这条我曾经走过的路了。一切都变了,连空气也不一样了。以前那种猛烈而干燥的风,变成了飘着香气的微风;高处传来流水般的声音,那是风穿过树林的响声"③。这片土地发生了翻天覆地的变化,一切都是因为这个老人,他以其巨大的生命热情和对自然的责任感坚持种树,最终改变了这片土地。仅仅一个人几十年的坚持就能改变一块土地,如果大家都行动起来,那么地球生态系统一定会越来越好。这篇课文要传达给学生的不只是一个人坚守的品性,更是坚守自己的行为准则和目标。是坚持去赚钱,还是坚持去保护生态,这是价值观问题。因此,充分利用中学语文课本中的生态散文,给学生传达一种生态的观念和准则,势必有利于未来地球生态系统的好转。在文章最后,作者描写了这片土地的景况,那种如伊

---

①②③ 中华人民共和国教育部. 义务教育教科书·语文: 七年级上册 [M]. 北京: 人民教育出版社, 2016: 65, 73, 74.

甸园一样美好的生态环境：

> 昔日的荒地如今生机勃勃，成为一片沃土。1913 年我来时见到的废墟上，建起了干净的农舍，看得出人们生活得幸福、舒适。树林留住了雨水和雪水，干涸已久的地里又冒出了泉水。人们挖了水渠，农场边上，枫树林里，流淌着源源不断的泉水，浇灌着长在周围的鲜嫩薄荷。那些废弃的村子一点点重建起来。从地价昂贵的城市搬来这里安家的人带来了青春和活力，还有探索新生活的勇气。一路上，我碰到许多健康的男男女女，孩子们的笑声又开始在热闹的乡村聚会上飘荡。[①]

美丽的生态环境吸引了人们，树林、雨水、农场形成一个微型生态循环。大家幸福健康地生活在这个地方。然而，最终改变的，除了生态环境，更是生活在这里的人们的内心世界。只有良好的环境，才能造就幸福健康的人类。爱护环境，环境必然也对你友好相待，每个人都从自身做起，担负起个体的生态责任，生态系统必将越来越健康，人类个体也会生活得越来越幸福，这是本篇课文要传达给学生的重点。

七年级上册第五单元聚焦于人和动物的关系，关注动物作为人类伙伴，如何与人类共生的关系。其明确指出："人与动物都是大自然的'成员'，人类始终面对着如何与动物相处共存的问题。……阅读这些文章，可以增进对人与大自然关系的理解，加强对人类自我的理解和反思，形成尊重动物、善待生命的意识。"[②] 本单元主要由三篇文章组成，富有生态意识的是前两篇文章——郑振铎的《猫》和康拉德·劳伦兹的《动物笑谈》。

在《猫》中，主要讲了作者家里先后养的三只猫，第一只猫带来的回忆最为美好，女儿同猫玩耍的情境让作者"心上感着生命的新鲜与快乐"，然而，猫最终病死了。第二只猫活泼，但是最终走丢了，大家感觉"好像亡失了一个亲爱的同伴"。第三只猫是一只流浪猫，最终被作者家庭收养，但是因为被误会，最终"忽然死在邻家的屋脊上，我对于它的亡失，比以前的两只猫的亡失，更难过得多"。[③] 猫是人类的伙伴动物，从这篇文章中我们可以看出，虽然猫的性格不同，带来的感受也不同，但都是作为生命跟作者及其家人"交往"，是不同生命之间的陪伴和交流。前两只猫带给作者及其家人

[①][②][③] 中华人民共和国教育部. 义务教育教科书·语文：七年级上册 [M]. 北京：人民教育出版社，2016：74，91，92-95.

的是欢乐和充实,是对生命的感触,也是对于伙伴和陪伴的认识。最后一只猫,作者错怪了它,因此,当猫死亡时,作者内心是充满悔恨的,这是对于其他生命地位的承认和体悟。猫在这里,已经由宠物逐渐变成了伙伴和家人,而这正是生态哲学和生态文学所努力的目标——让读者把其他生命物种当成家人,共同生存。

第二篇《动物笑谈》,是从生态学的知识出发来观察动物,富有科学精神。在文章中,作者从一个动物学家的视角描写了水鸭子和黄冠大鹦鹉的生活习惯。其中最具生态意识的是两个片段,一个是模仿鸭子叫声带初生的鸭子行动。"尤其糟的是,做母亲的水鸭子得时刻不停地叫唤,只要有半分钟的时间忘了……小凫的颈子就拉长了,和小孩子拉长了脸一样。要是这时我不继续叫唤,它们就要尖声地哭了。好像只要我不出声了,它们就以为我死了,或者以为我不再爱它们了?"① 这段描写把小鸭子对母鸭的依赖以拟人的手法活灵活现地表现出来,赋予小动物一份人类主体的情感色彩。另外一段,写了他养的鹦鹉的"聪明",先是把家里老先生的扣子都啄下来,"可可不但把这位老教授身上的扣子全咬下来了,而且还整整齐齐地排在地上:袖子上的扣子做一堆,背心上的做一堆;另外,一丝不错的,裤子上的扣子也排做一堆"②。这种分类行为,不由让读者大为惊叹,认识到动物所具有的智慧。此外,"这只鹦鹉还有一样好把戏,可以跟猴子和小孩子的丰富想象力比美,……它总是一口咬住露在外面的活线头,很快地飞到空中,把一整团线都打开来,……然后就绕着我们屋子前面的柠檬树有规则地打起转来"③。这种行为充分展现了鹦鹉的一定智力和贪玩的品性。通过这两个片段,作者令人信服地向读者证明了动物也具有一定智力。因此,人们绝不应该把动物仅仅当作食材或者娱乐对象,或者科学研究的对象,动物和人一样,也是生态系统的一分子。如果大家都能够如作者一样"换位思考",从物种本身的角度来了解它们,将更有利于形成多物种动态共存的生态平衡。

到了七年级下册第二单元,主要关注对象变成了"热爱祖国的大好河山,热爱家乡的土地人民",是生态批评中有关"地方"意识的直接体现。这个单元中,最具生态意识的散文是端木蕻良的《土地的誓言》。文章描写了作者对于关东原野这片土地的爱,这种爱因为"地方"的关系更加深沉。他写道:"对于广大的关东原野,我心里怀着挚痛的热爱。我无时无刻不听

---

①②③ 中华人民共和国教育部. 义务教育教科书·语文:七年级上册[M]. 北京:人民教育出版社, 2016:100, 103, 103.

见她呼唤我的名字，我无时无刻不听见她召唤我回去。……我想起那参天碧绿的白桦林，标直漂亮的白桦树在原野上呻吟；我看见奔流似的马群，听见蒙古狗深夜的嗥鸣和皮鞭滚落在山涧里的脆响。"① 最终，作者发出了"你必须被解放"的呼声，但在此之前，那大段大段的抒情和回忆都是他对于土地的怀念和热爱，也是故乡和土地留给他的记忆和财富。肥沃的土地、家乡的风景、儿时的回忆、曾经的劳动，都在他心底刻上了不可磨灭的精神痕迹。这是对于土地的依恋，也是张炜所说的作家的"精神之根"。通过对这篇课文的学习，学生了解到作家故乡的美丽和富饶，理解作家对故乡的热爱和回忆，进而可以掌握地方、田野对于个体的作用和价值。

在七年级下册第五单元，多是写景物以及和景物紧密结合的情感，是"在山川溪泉中听见回荡的心声，在花草树木间发现人生的影子"②。从生态批评的角度来讲，这一单元的文章是自然景物自身的特点与个体的内心世界碰触，引发了作者的"情动"，最终写出了"情景交融"的文章。这些文章会影响读者，使得读者能够通过文字展开审美想象，乃至达到"具身化认知"，获得作品表达的情感和意义。

这个单元中，最具代表性的生态散文是宗璞的《紫藤萝瀑布》。文章写了自己看到的紫藤萝以及回忆中的紫藤萝，用形象生动的文字把紫藤萝的特征展现出来："只见一片辉煌的淡紫色，像一条瀑布，从空中垂下，不见其发端，也不见其终极。只是深深浅浅的紫，仿佛在流动，在欢笑，在不停地生长。"③ 把盛开的紫藤萝比喻为瀑布，展现了紫藤萝的蓬勃之美。正是在这样富有生命力的盛开中，作者仿佛感受到花在说话，触摸到紫藤萝的内在生命，这是一种充满生机、争先恐后的生命气息，带给作者心灵上的冲击。"它带走了这些时一直压在我心上的关于生死的疑惑，关于疾病的痛楚。我浸在这繁密的花朵的光辉中，别的一切暂时都不存在，有的只是精神的宁静和生的喜悦。"④ 这是自然对于人类的启迪，也是其他物种存在价值之一。正是丰富多元的生态系统，提供了多样化的、富有生命力的物种，才让个体感受到蓬勃的生机，得以从低落的情绪和困惑中解脱出来。因此，人们需要其他物种，健康的生态系统也一定是多样物种共同生存，彼此给予对方生存的基础和意义。

八年级上册第五单元是科普类散文单元，其中一个导读要求是"有关动

---

①②③④ 中华人民共和国教育部. 义务教育教科书·语文：七年级下册 [M]. 北京：人民教育出版社，2016：37 - 39，105，106，106.

物的文章,则引导我们去发现大自然的奥秘,激发科学探索的兴趣"①,这里说的是法布尔《昆虫的故事》的节选《蝉》。在这篇文章中,作者用科学的精神和态度研究了蝉的习性,描述了蝉的一生。首先,学生通过阅读这篇课文,感受到的是有关生态学的知识和科学认真的态度,比如,"蝉的隧道大都是深十五六英寸,下面较宽大,底部却完全关闭起来"。又比如,"它臃肿的身体里有一种汁液,可以用来抵御穴里的尘土"。这些描写和结论都是经过作家的认真观察和总结才得出来的,反映了一种细致的科学态度。其次,通过对蝉的一生的描写,学生也很容易从这个过程中感受到生命的价值,尤其是最后一段,"四年黑暗中的苦工,一个月阳光下的享乐,这就是蝉的生活"。② 简单一句话对蝉的一生做了精确总结,给读者以生命的启迪——那么长时间的努力,才换来这么点时间的生命绽放,这种生命值得敬佩。这也是生态散文的价值,通过对动植物生命的研究和叙述,获取有关生态系统共生的价值,以及对人生的启发。

在八年级下册中,有关生态的文章主要体现在两个单元中,一个是第二单元,注重探索自然现象背后蕴含的"物候学、地质学、生态学"知识,比如竺可桢的《大自然的语言》从物候学的角度来描写自然变化及其背后的意义;利奥波德的《大雁归来》对大雁的习性进行了描写,体现了环保主义的思想;而陶世龙的《时间的脚印》主要叙写对象是化石,探究了化石的形成及研究价值。在第二单元的综合性学习环节,提出了"倡导低碳生活"的学习活动,鲜明表现了本节生态主题。另外一个有关生态的单元是第五单元,主要是游记,分别记叙了壶口瀑布、各拉丹冬、勃朗峰和丽江的美丽风景,对大好河山进行了描写,将学生的目光引向自然之美及其价值。

在《大自然的语言》的伊始,作者就用非常简洁优美的一段话把自然四季给写了出来,展现了对于自然循环的体察和感悟:

> 立春过后,大地渐渐从沉睡中苏醒过来。冰雪融化,草木萌发,各种花次第开放。再过两个月,燕子翩然归来。不久,布谷鸟也来了。于是转入炎热的夏季,这是植物孕育果实的时期。到了秋天,果实成熟,植物的叶子渐渐变黄,在秋风中簌簌地落下来。北雁南飞,活跃在田间草际的昆虫也都销声匿迹。到处呈现一片衰草连天的景象,准备迎接风

---

①② 中华人民共和国教育部. 义务教育教科书·语文:八年级上册[M]. 北京:人民教育出版社,2016:97,108-112.

雪载途的寒冬。在地球上温带和亚热带区域里,年年如是,周而复始。①

这段话虽然不长,但是非常精确、优美,将四季转换和各个季节的物候标志都表达出来,体现了作者对于季节的准确认知和把握。四季轮转,在温带和亚热带循环不息,这是自然的脉动。各种动植物和人类都处在四季更替的节奏中,自然以其"物候"向人们展示了季节和生命消涨更替的迹象,而各个物种也在季节的脉动中体味到生命的轨迹。

如果说《大自然的语言》是通过季节更替展现多生命共存的景况,那么《大雁归来》就是通过聚焦一个物种——大雁来展现生命循环的轨迹。利奥波德是"大地伦理学"的提倡者和传播者,是富有影响力的生态科学家和人文学者。通过《大雁归来》这篇文章,他以科学的态度对大雁进行了记叙和研究,更以"主体间性"的方式关注了大雁的"心情",比如,"所有的孤雁都有一种共性:它们的飞行和鸣叫很频繁,而且声调忧郁。于是人们就得出结论:这些孤雁是伤心的单身"②。通过对于雁群的研究,利奥波德发掘了大雁的生活习性,并且从生态学和文学两个方面描写了大雁对于生态和人类的价值,即"因为有了这种国际性的大雁迁徙活动,伊利诺伊的玉米粒才得以穿过云层,被带到北极的冻土带。在这种每年一度的迁徙中,整个大陆所获得的是从3月的天空洒下来的一首有益无损的带着野性的诗歌"③。通过这篇课文,我们从大雁身上学习到的不只是这个物种迁徙的习惯和方式,更是每个物种都跟其他物种共生共存这样一个生态学事实。对于学生来说,通过对于这一篇文章及前面文章的学习,可以更好理解万物共生、相互依存的生态事实。

在本单元综合学习环节,导语直接指出了"生态生存"的重要性:"人与自然是生命共同体,人类必须尊重自然、顺应自然、保护自然。但随着人口的增多,人类活动的日趋频繁,空气污染、土壤沙化、水土流失、温室效应等都在加剧。为此,我们应当树立和践行绿水青山就是金山银山的理念,倡导简约适度、绿色低碳的生活方式。"④ 这种生活方式就是生态散文所提到的"生态的生活方式",也是鲁枢元先生所言的"低物质能量高品位"的生活方式。通过中学语文课文的教学,由生态散文进行生态美育,来影响改变学生的精神意识,进而为未来整个社会形成生态生活方式打下基础,这正是

---

①②③④ 中华人民共和国教育部. 义务教育教科书·语文:八年级下册 [M]. 北京:人民教育出版社, 2016: 28, 40, 40, 49.

中学语文选择生态散文作为教学篇章的初衷及目标。

在八年级下册第五单元，主要教学目的是通过游记丰富学生的见闻，增长知识。"一切景语皆情语"，即便是游记，也依然寄托着作者对自然的认识和情感。比如在《壶口瀑布》这一篇中，作者写到自己面对瀑布时的情状："除了扑面而来的水汽，震耳欲聋的涛声，什么也看不见，什么也听不见，只有一个可怕的警觉：仿佛突然就要出现一个洪峰将我吞没。"[1] 把面对自然雄伟的奇迹时那种震惊、战栗的感觉写了出来，让读者从文字中感受到自然的伟力。除了瀑布，长江源的各拉丹冬更是以其雄伟展示了自然的伟大，"远方白色金字塔的各拉丹冬统领着冰雪劲旅，天地间浩浩苍苍。这一派奇美令人眩晕，造物主在这里尽情卖弄着它的无所不能的创造力"[2]。越是在人际稀少的地方，比如各拉丹冬，自然越是能够显示它的伟大。历尽千万年的冰川在酷寒的环境下得以保全，记录了历史的变迁，这跟人类无关，是属于自然的痕迹。而阿来的《一滴水经过丽江》则另辟蹊径，以一滴水的视角把丽江串联起来，既有穿越历史的过程，"眼前一黑，我就和很多水一起，跌落到地底下去了。……在充满寂静和岩石的味道的地下，我又睡去了。再次醒来，时间又过去了好几百年"[3]，同时还有地方空间的转换——水从黑龙潭冒出来，顺着玉河，来到四方街，穿过小桥，见到了丽江的各色景观，有银器店、玉器店、字画店，最终到了纳西人家里，然后流过茶楼酒吧，回到金沙江。这里从水滴的视角反映了丽江作为地方城市与自然风景的交融，也描绘出当代社会城市的多元化组成，有各色人等，有各种故事，跟城市、风景有机融合在一起。

以上就是初中语文课本中富含生态意识的课文，分别从植物之美、人与动物、自然奇迹、生态科普、季节循环等方面为学生提供了各种有关生态的知识、思想和情感，不但增加了学生的生态学知识，而且唤起了他们对于动植物生命和自然美景的情感，树立了有关生态的信念，为未来担负起生态责任提供了途径，这也正是生态美育的目标。

---

[1][2][3] 中华人民共和国教育部. 义务教育教科书·语文：八年级下册 [M]. 北京：人民教育出版社, 2016：96, 101, 108.

第 三 节　生态散文的社会价值

生态美学偏重于审美研究，生态文学偏重于文学创作，虽然它们学科归属不同，但都期望以审美的方式来凸显生态的重要性，生态批评更是在二者之间架起从理论到创作的桥梁，共同致力于推动地球生态系统的好转。三者共同的社会价值主要体现为用审美的方式影响人们的意识领域，就如同布伊尔所说："洞察力、价值观、文化和想象等问题，是解决今天环境危机的关键所在，它们至少和科学研究、技术手段和法律规定有着同等的基本作用。"① 而洞察力、价值观和文化、想象等，正是生态美学、生态批评和生态文学所致力建构和提供的内容。

生态美学作为生态文艺研究的理论基础，本身就具有一定的实践价值。生态美学的实践价值主要体现在两点，首先，体现在对传统审美的批判和反思上，尤其是对传统美学中不利于生态循环的观念的反思上，"研究人类与生态系统之间的审美互动，清醒而自觉地考察人类审美活动对生态系统的巨大负面影响，严肃地反思和批判传统审美活动对于生态系统的极大破坏"②。比如以各种红木家具为美，导致大量山林被砍伐，水土流失；又比如喜欢山景、湖景、海景房，导致人类建筑进入原始山区及湖海边，影响当地生态系统。其次，生态美学倡导一种健康的生态审美观，即把自然的价值放在第一位，过一种有利于自然生态循环的美学生活。"生态美学认真反思形成人类审美偏好的社会、历史、文化根源，以生态健康为价值标准，将事物的生态价值放在审美价值之前，……努力倡导一种有利于生态健康的生态审美观，从而使美学在拯救生态危机、建设生态文明过程中发挥更加积极的作用。"③ 所以生态美学天然就带有一种实践指向，即通过审美的方式改变人们的观念，推动生态系统的好转，而其审美的实践路径，最终必然指向生态批评和生态文艺。

生态散文对于人类活动进一步破坏生态环境始终是心怀忧虑的，"人们

---

　① 布伊尔. 环境批评的未来：环境危机与文学想象 [M]. 刘蓓，译. 北京：北京大学出版社，2010：6.

　②③ 程相占. 生态美学引论 [M]. 济南：山东文艺出版社，2021：229，230.

担心未来的环境危机,但更害怕'活在危机中',因为人们意识到,由于忽视早年的警示,对自然的开采已经超过应有的限度,导致人们每天都被囚困在各种风险之中"①。眼下,人们面对的生态风险大部分跟人类自己有关,空气污染、水土流失、温室效应、沙尘暴、雾霾、物种灭绝,这些生态困境大多由人类的过度活动导致。这也正是大部分生态散文作家开始进行生态散文创作的原因,"描述地球劫难的作品,不是要预言未来可能会发生什么,而是要表达其环保意识。叙事只是一个平台,其要义是社会亟需改变"②。他们的散文表达了自己的生态意识和对生态的关注,充满了生态责任感和使命感,其最终指向都是期待社会能够发生改变,地球生态系统能够好转。

比如,芭布丝写道:"我是一个十足的城市女孩,没有任何园艺经验,但我对大自然有着深厚的感情。我对城市里的野生生物十分着迷,在这个生态前景悲观的时代,我迫切地想要做一些于环境有利的事。"③ 正是这种对自然的喜爱和对于危机的担忧,使得她的散文中充满生态责任感,通过散文的阅读和传播传达给受众,引起社会层面缓慢的改变和最终变革。又如鲁枢元写道:"凡是现代化的科技文明触碰过的地方,自然界的勃勃生机都在迅速地消退。比如物种的锐减,其实就发生在我们身边。而我们却漠然无视。"④ 因此,他不但从生态批评的角度来呼吁生态保护,反思生态危机,还写作了大量生态散文,把生态危机呈现在读者面前,启发他们去看到、认识到生态危机和人类活动、精神之间的关系。龙其林认为:"《心中的旷野——关于生态与精神的散记》充满了对于自然追寻的思考。……而对于那些顽固坚持人类中心立场的行为和思想,作者进行了深刻的批判,直接从人性、文化、教育等方面进行反思。"⑤ 中肯地评价了鲁枢元散文的内容和关注重点。

生态散文的社会价值主要体现在三个方面,一是引起读者对生态的关注,树立读者的生态责任意识;二是促使读者的生态意识转化为生态行动,推动读者进行生态实践;三是倡导生态的生存方式,推进生态文明转型。

生态散文的第一个社会价值,在于用文学的方式凸显生态的重要性,引

---

①② 海斯. 地方意识与星球意识:环境想象中的全球[M]. 李贵仓,虞文心,周圣盛,译. 北京:中国社会科学出版社,2015:193,30.
③ 芭布丝. 我的花园、我的城市和我[M]. 沈黛,译. 北京:商务印书馆,2014:13.
④ 鲁枢元. 心中的旷野:关于生态和精神的散记[M]. 上海:学林出版社,2007:3.
⑤ 龙其林. 生态中国:文学呈现与跨文化研究[M]. 北京:北京大学出版社,2019:159.

起读者对生态的关注，确立读者的生态责任意识，推广生态伦理原则。首先，生态散文能够为读者提供有关生态的现实，通过生态散文的描述和读者的阅读，他们能够"看到"发生在数千里之外的生态现象，认识到存在的生态问题，从而关注生态；其次，生态散文还为读者提供各种生态学知识，让他们能够用生态的知识及观点来看待自然、社会、个体，获得有关人类与环境之间的隐秘联系，对生态系统的重要性有进一步的认识；再次，生态散文为读者提供一种审美化的介入途径，让读者在文学阅读和文学想象之中接触生态、关注生态，用审美沉浸的方式潜移默化地促使读者生态意识的产生。

生态散文唤醒读者的生态责任感。芭布丝指出，作为一个生活在当下的个体，每个人都有责任来维护生态，进行生态实践，这样才能推动社会改变，最终改善整个地球的生态环境。她提出："面对气候变化、花园流失和粮食保障能力的下降，我的屋顶必须责无旁贷地变成一个正式的花园。它只是伦敦地图上的一个小圆点，仅有3平方米，但如果我们都把这样一个个小圆点变成花园，累积的结果将会产生不小的影响。"[1] 这是属于个体的生态责任意识，通过散文的传播和阅读，生态责任感将被传递，会激发更多读者树立生态意识，参与生态实践。古岳的散文从宗教入手，关注人们对生态系统的破坏行为，表现了中国西南生态系统的现状，具有强烈的警示作用。所以，洛桑图丹琼排活佛给他作序时提到："《谁为人类忏悔》这本书想用作者自己的感受唤起读者的共鸣，召唤被历史的洪流冲走的人类的理性和良知，在疮痍满目的废墟上重建自己的地球家园。"[2] 对于散文的反思和警醒乃至召唤作用做了高度评价，也点明了生态散文的社会价值，即引人思考，呼唤生态意识。龙其林对古岳的散文的社会作用也有非常高的评价，他指出："古岳的散文集……用宗教情怀与生态意识激活人们的不泯良知和社会责任感。作家描写了他在西南地区自然生态考察的见闻与所感，回顾了人类对于自然环境的利用与破坏，满怀愧疚地抒发了作为人类一员所具有的忏悔意识。"[3] 指出这本生态散文的表现主旨是唤起人们的良知和责任感，这正是生

---

[1] 芭布丝. 我的花园、我的城市和我［M］. 沈黛, 译. 北京：商务印书馆，2014：17.

[2] 洛桑图丹琼排仁波切. 序言［M］//古岳. 谁为人类忏悔：嗡嘛呢叭咪吽. 北京：作家出版社，2008：2.

[3] 龙其林. 生态中国：文学呈现与跨文化研究［M］. 北京：北京大学出版社，2019：159.

态散文的精神效用，是生态系统能够最终好转的基础。

生态散文不只是作家传达生态意识、促生生态责任的载体，也是作家自我生态责任生成的逻辑体现。很多散文作家正是在生态实践和写作生态散文的过程中认识到自我担负的生态责任以及自己的生态观，从而产生为整个生态系统做出贡献的意识，并付诸行动。芭布丝就是在种植阳台园艺作物的过程中对伦敦的生态现实认识得更加清楚，对自我的生态价值和生态责任也进一步确立。她写道："自从搬进这个公寓、接手这片屋顶之后，我有了一种更加踏实和成熟的感觉。我想是因为我有了一些需要照料、需要观察它们成长的东西，除了我自己那些荒唐的窘境和神经质以外，还有其他事需要我操心。"① 所以，生态散文的创作，不只是影响到读者的生态意识，而且还是作者自我生态意识的梳理。通过生态散文的创作，作家树立了自己的生态意识，对于自己的生态关注和生态思考有了进一步认识。

生态散文的第二个价值在于推动读者去行动，进行生态实践。生态实践和生态责任、生态意识是相辅相成、相互影响的。生态意识推动生态实践，而具体的生态实践又能够深化生态意识，促使生态责任感的树立。加塔利认为："各种社会实践使人类重新获得责任的意义，不仅为了人类自己的生存，也为了这个星球上的全部生命的未来——各种动植物以及各种无形的种类，诸如音乐、艺术、电影、与时间的关系、对他人的爱与怜悯、融入宇宙的浑然一体感。"② 这充分说明生态实践的重要性，它既是目标，也是路径。通过生态实践，生态文艺的召唤落到实处，个体也恢复了对生态系统的责任感，并在此过程中能够进一步认识生态系统，完善自我的生态意识。

在促进生态实践方面，生态散文发挥着其他生态文艺文体不可替代的作用。当生态诗歌关注与生态有关的情感和信念，生态小说关注生态破坏和人类反思的时候，生态散文主要表现了作者的生态意识和生态实践。生态散文不但以其现实性、情感性的特质直接表明作者的生态观，描述他们的生态实践，还通过散文的传播影响读者的思想和行动。芭布丝在提到自己准备进行生态园艺种植的时候，专门写了自己对于杀虫剂和堆肥的选择。她认为："杀虫剂的引入对自然的肆意破坏是一个可怕的事件。我无法容忍在我的花园里使用化学品。自己种植食物的好处之一，就是你能够决定你的行为不会

---

① 芭布丝. 我的花园、我的城市和我 [M]. 沈黛，译. 北京：商务印书馆，2014：123.

② 加塔利. 混沌互渗 [M]. 董树宝，译. 南京：南京大学出版社，2020：227.

对生态系统造成破坏。"① 这是个体生态责任观的体现，表明了作者的选择和实践，也向读者传授了可以操作的方法。她还在文中通过描写自己的行动表达了对生态系统的责任意识，她写道："我一直在思考该使用哪种堆肥。……买堆肥费用高昂，而且运输困难——这种东西很重。而且堆肥产品很多，我要精挑细选——我选的堆肥必须能够满足有机、对自然无害的要求。"② 这段话描述了她准备园艺种植时，对堆肥的选择和考量。作为小面积的城市种植者，她面临着选择堆肥、购买堆肥、运送堆肥的问题，这里面同时涉及堆肥是否有机以及堆肥的价格的问题。这是她的实际经历，散文记叙了作者在生态实践中碰到的问题以及相关的解决思路。从生态散文的传播效用来看，这不仅是作者对自己经历的分享，更唤起了同样面临这些问题的城市种植者的共鸣。散文作家用文章传达有关生态的心情和经验，使得读者能够吸取、借鉴，从而少走弯路，为维护生态系统更好地贡献自己的力量。

写作生态散文本身就是生态实践的一部分，作家写作散文，不但传播了生态观念、帮助读者树立生态责任意识，而且还帮助作家厘清了自己的生态观，并进一步巩固加强自己的生态使命感。生态散文的写作和传播在推动生态实践方面发挥了巨大作用，有很多生态实践行动是在生态散文的推动下进行的。比如《寂静的春天》推动了美国禁止相关杀虫剂、除草剂的使用，《优山美地》的出版和传播推动了优山美地国家自然保护区的建立。所以，充分利用生态散文的文学样式，推动读者加深对于生态、人类、城市的认识，使得作者和读者的生态意识、生态责任、生态实践能够通过散文连接在一起，这是生态散文的使命。

生态散文的第三个价值在于关怀人类的可持续存在与发展，关怀生态危机时代影响生态系统健康的生活方式，倡导"生态的生存方式"，并以此为基础推进生态文明的转型。生态文明建设首先需要推广生态意识和树立生态责任观，其次需要确立生态伦理原则，最后是推动生活方式的转型。

当下的社会是一个消费主义盛行的社会，消费是我们日常生活方式的重要组成部分。"资本已经把日常生活的一切方面都商品化了，包括人的身体乃至'看'的过程本身。居易·伯德将此命名为'景观社会'，换句话说，这是一种完全倒向景观化的消费文化的文化，'其作用是使历史在文化中被

---

①② 芭布丝. 我的花园、我的城市和我 [M]. 沈黛, 译. 北京: 商务印书馆, 2014: 30, 28.

遗忘掉'。"① 在这样的社会中，生态系统被认为是给人类提供资源的客体，其复杂性、生动性和重要性被忽视。因此，要想使生态系统好转，必须首先改变人们的生存方式，使人们由"消费的生活方式"转向"生态的生存方式"。庞廷认为，要从过度消费的生活方式转到简朴节约的生活方式，即一种"低物质能量高品位的生活方式"，这种生活方式是对消费的生活方式的反拨，它吸收前现代人类与自然和谐相处的生活智慧，结合当代社会的现实，形成一种适合当下的生活模式。生态散文强烈批判不利于生态健康的生活方式，倡导人们养成一种有利于节约资源、保护环境、尊重其他物种生存权利的生活方式，这就是生态的生活方式。生态散文对此做出反思，提倡一种简朴的生活。梭罗提出："一个人唯有站在我们称之为甘于清贫的有利地位上，方能成为人类生活公正、睿智的观察家。"② 提倡用简朴的生活来巩固内心的强大。

通过生态文艺，发挥审美"恢宏的弱效应"，生态散文作家推动读者接受生态意识，担负生态责任，过一种简朴的生活，从而从根本上去拯救地球生态系统。在生态散文呼吁的转型后的生活方式中，个体不再把高物质能量高损耗的生活方式当作追求目标，而把保持生态系统的丰富和活力放在第一位，在此基础上，满足自己的生活需求，过上一种低物质能量高品位的生活。鲁枢元指出："清贫、简朴的生活不但倾向于与自然和解、亲近，而且常和某种宗教信仰结盟，并且总是得到审美体验和艺术感受的支撑。……信仰，简朴，自然，艺术如果能够渗融在同一个生活情景中，那将是一种最高和谐的美。"③ 认为把艺术、审美和自然结合的简朴生活才是最有价值的，这也是他提出的"低物质能量高品位"生活方式的指向。这种生活方式对人类、自然万物都是有益的，也有利于保持包括人类在内的生态系统的可持续发展。

从注重物质到注重精神，从沉迷消费到追求心灵满足，生态散文推动读者生态意识的完善和生活方式的转型，为生态文明建设打下坚实的基础。生态文化是生态文明的重要组成部分，发展生态文艺的最终旨归就是推动生态文明时代的到来，推动社会进入生态社会。汪树东指出："生态文学是一种文明反思型的文学，也是一种文明开创型的文学。生态文学要引导人们超越

---

① 米尔佐夫. 视觉文化导论 [M]. 倪伟, 译. 南京：江苏人民出版社, 2006：33.
② 梭罗. 瓦尔登湖 [M]. 潘庆舲, 译. 北京：作家出版社, 2015：10.
③ 鲁枢元. 心中的旷野：关于生态与精神的散记 [M]. 上海：学林出版社, 2007：342.

那种过分注重物质积累的消费主义文化，引导人们超越那种痴迷于技术革新的现代疯狂症。生态文学要让人重返大自然，重返大地，接通大自然的生命节律，物欲简朴，精神丰盈。"① 这是对生态散文使命最好的概括，也点明了生态散文的最终目标，即推动社会向生态文明社会转型。杨文丰指出，面对当下的各种生态污染和生态问题，最关键的是人类文明的转型，他写道："我们是否该迅速做出文明转型。转型世界观，走出自然资源取之不尽、用之不竭的误区，消除人类中心主义的幻觉；转型价值观，牢固确立'地球村'大观念和人类只有一个共同地球的价值观。"② 这是对于生态文明转型的呼唤。

当生态价值观成为一种流行的价值后，生态散文也因此更具有公众吸引性，生态散文的创作和公共空间的生态实践运动密切联系并相互促进。生态散文是大众传媒的内容提供方之一，而媒体在当今社会具有决定性的作用。"大众媒体遍布所有人周围，影响着他们的物质生活和社会生活方式。几乎所有人都是通过各种通信手段，而不是面对面交流来建立重要的社会关系，甚至维系私人关系。"③ 通过生态散文的出版、传播，读者恢复生态认知，改变生活观念。此外，生态散文所能提供的，除了生态伦理意识和生态的生活方式，还有对于各种生态艺术的认知。生态散文描写生态艺术，与生态影视等其他生态文艺样式相得益彰，联合推动，让生态观得到进一步普及，为社会真正地、全面地向生态文明转型提供助力。生态散文的影响虽然主要发生在受众的意识层面，但其最终效果依然要靠受众的生态实践表现出来。如果说生态社群和生态公共空间的形成得益于生态散文所提供的生态理念的话，那么，生态实践运动的开展更不能离开生态散文所提供的精神指导。生态散文所体现、提倡的生态文化和社会实践运动有机地结合在一起，为抵制工业社会对生态的破坏，激励社会向生态文明转型提供了具体的指导和实践。

---

① 汪树东. 当前生态文学热潮及其启示［J］. 长江丛刊，2022（5）：4-10.
② 杨文丰. 病盆景［M］. 北京：西苑出版社，2017：59.
③ 海斯. 地方意识与星球意识：环境想象中的全球［M］. 李贵仓，虞文心，周圣盛，译. 北京：中国社会科学出版社，2015：266.

参考文献

一、研究文本

[1] 卡森. 寂静的春天 [M]. 韩正, 译. 长春：吉林大学出版社, 2019.

[2] 利奥波德. 沙乡年鉴 [M]. 侯文蕙, 译. 北京：商务印书馆, 2017.

[3] 芭布丝. 我的花园、我的城市和我 [M]. 沈黛, 译. 北京：商务印书馆, 2014.

[4] 杨文丰. 病盆景 [M]. 北京：西苑出版社, 2017.

[5] 鲁枢元. 心中的旷野：关于生态与精神的散记 [M]. 上海：学林出版社, 2007.

[6] 缪尔. 优山美地 [M]. 周剑, 朱华, 林东威, 译. 桂林：漓江出版社, 2009.

[7] 巴勒斯. 醒来的森林 [M]. 程虹, 译. 北京：生活·读书·新知三联书店, 2012.

[8] 奥斯汀. 少雨的土地 [M]. 马永波, 译. 北京：中国国际广播出版社, 2009.

[9] 阿比. 孤独的沙漠 [M]. 李瑞, 王彦生, 任帅, 译. 海口：海南出版社, 2003.

[10] 波伦. 植物的欲望：植物眼中的世界 [M]. 王毅, 译. 上海：上海人民出版社, 2015.

[11] 赫德逊. 鸟和人［M］. 倪庆饩, 译. 昆明：云南人民出版社, 2011.

[12] 徐刚. 伐木者, 醒来！［M］. 长春：吉林人民出版社, 1997.

[13] 徐刚. 守望家园［M］. 长沙：湖南科学技术出版社, 2014.

[14] 徐刚. 大森林［M］. 北京：北京十月文艺出版社, 2017.

[15] 苇岸. 大地上的事情［M］. 桂林：广西师范大学出版社, 2014.

[16] 苇岸. 苇岸日记（上中下）［M］. 桂林：广西师范大学出版社, 2020.

[17] 阿来. 草木的理想国：成都物候记［M］. 南京：江苏人民出版社, 2012.

[18] 阿来. 大地的阶梯［M］. 西安：陕西师范大学出版社, 2019.

[19] 阿来. 以文记流年［M］. 北京：作家出版社, 2021.

[20] 韩少功. 山南水北［M］. 长沙：湖南文艺出版社, 2013.

[21] 青青. 王屋山居手记［M］. 杭州：浙江文艺出版社, 2021.

[22] 李娟. 冬牧场［M］. 北京：新星出版社, 2018.

[23] 李娟. 遥远的向日葵地［M］. 广州：花城出版社, 2017.

[24] 徐兆寿. 西行悟道［M］. 北京：作家出版社, 2021.

[25] 张炜. 去看阿尔卑斯山［M］. 北京：台海出版社, 2019.

[26] 张炜. 筑万松浦记［M］. 青岛：青岛出版社, 2010.

[27] 张炜. 我的原野盛宴［M］. 北京：人民文学出版社, 2020.

[28] 刘亮程. 一个人的村庄［M］. 杭州：浙江文艺出版社, 2013.

[29] 阎连科. 北京, 最后的纪念［M］. 南京：江苏人民出版社, 2012.

[30] 张承志. 匈奴的谶歌［M］. 上海：上海文艺出版社, 2010.

[31] 冯杰. 北中原［M］. 北京：作家出版社, 2019.

[32] 王开岭. 当年的体温［M］. 太原：书海出版社, 2011.

[33] 王开岭. 古典之殇：纪念原配的世界［M］. 太原：书海出版社, 2010.

[34] 王开岭. 每个故乡都在消逝［M］. 太原：山西教育出版社, 2013.

[35] 野夫. 乡关何处：故乡·故人·故事［M］. 北京：中信出版社, 2012.

[36] 小脚雷大侠. 山居日记［M］. 南京：江苏文艺出版社, 2018.

[37] 赵丰. 河流记［M］. 郑州：河南人民出版社, 2019.

[38] 蒋子龙. 厚道［M］. 郑州：河南人民出版社, 2019.

[39] 郑彦英. 乡野［M］. 郑州：河南人民出版社, 2019.

［40］胡冬林. 山林［M］. 郑州：河南人民出版社，2019.

［41］胡冬林. 狐狸的微笑［M］. 重庆：重庆出版社，2012.

［42］杨素筠. 原乡［M］. 郑州：河南人民出版社，2019.

［43］周晓枫. 河山［M］. 桂林：广西师范大学出版社，2019.

［44］周晓枫. 有如候鸟［M］. 北京：新星出版社，2017.

［45］古岳. 巴颜喀拉的众生：藏地的果洛样本［M］. 西宁：青海人民出版社，2018.

［46］古岳. 雪山碉楼海棠花：藏地班玛纪行［M］. 西宁：青海人民出版社，2019.

［47］古岳. 谁为人类忏悔：嗡嘛呢叭咪吽［M］. 北京：作家出版社，2008.

［48］何红雨. 草木相思［M］. 武汉：华中科技大学出版社，2017.

［49］秦仲阳. 中国城市生态建设样本：惠州20年山水变迁录［M］. 广州：羊城晚报出版社，2017.

［50］陈学仕. 仰望苍穹［M］. 北京：中国文联出版社，2017.

［51］李汉荣. 家园与乡愁［M］. 郑州：大象出版社，2017.

二、参考专著、论文

（一）专著

［1］布伊尔. 环境批评的未来：环境危机与文学想象［M］. 刘蓓，译. 北京：北京大学出版社，2010.

［2］洛夫. 实用生态批评：文学、生物学及环境［M］. 胡志红，王敬民，徐常勇，译. 北京：北京大学出版社，2010.

［3］斯洛维克. 走出去思考：入世、出世及生态批评的职责［M］. 韦清琦，译. 北京：北京大学出版社，2010.

［4］格尔茨. 地方知识：阐释人类学论文集［M］. 杨德睿，译. 北京：商务印书馆，2016.

［5］格里芬. 空前的生态危机［M］. 周邦宪，译. 北京：华文出版社，2017.

［6］海斯. 地方意识与星球意识：环境想象中的全球［M］. 李贵仓，虞文心，周圣盛，译. 北京：中国社会科学出版社，2015.

［7］米尔佐夫. 视觉文化导论［M］. 倪伟，译. 南京：江苏人民出版社，2006.

[8] 加塔利. 混沌互渗［M］. 董树宝, 译. 南京: 南京大学出版社, 2020.
[9] 麦克库希克. 绿色写作: 英美浪漫主义文学生态思想研究［M］. 李贵苍, 译. 北京: 中国社会科学出版社, 2019.
[10] 科尔曼. 生态政治: 建设一个绿色社会［M］. 梅俊杰, 译. 上海: 上海译文出版社, 2006.
[11] 拉兹洛. 人类的内在限度: 对当今价值、文化和政治的异端的反思［M］. 黄觉, 闵家胤, 译. 北京: 社会科学文献出版社, 2004.
[12] 罗尔斯顿. 哲学走向荒野［M］. 刘耳, 叶平, 译. 长春: 吉林人民出版社, 2000.
[13] 麦克基本. 自然的终结［M］. 孙晓春, 马树林, 译. 长春: 吉林人民出版社, 2000.
[14] 杜宁. 多少算够: 消费社会与地球的未来［M］. 毕聿, 译. 长春: 吉林人民出版社, 1997.
[15] 瑟帕玛. 环境之美［M］. 武小西, 张宜, 译. 长沙: 湖南科学技术出版社, 2006.
[16] 伯林特. 生活在景观中: 走向一种环境美学［M］. 陈盼, 译. 长沙: 湖南科学技术出版社, 2006.
[17] 戴蒙德. 枪炮、病菌与钢铁: 人类社会的命运［M］. 谢延光, 译. 修订版. 上海: 上海译文出版社, 2016.
[18] 福勒. 媒介生态学: 艺术与技术文化中的物质能量［M］. 麦颠, 译. 上海: 上海社会科学院出版社, 2019.
[19] 海勒. 我们何以成为后人类: 文学、信息科学和控制论中的虚拟身体［M］. 刘宇浩, 译. 北京: 北京大学出版社, 2017.
[20] 斯塔尔. 审美: 审美体验的神经科学［M］. 周丰, 译. 郑州: 河南大学出版社, 2021.
[21] 怀特海. 过程与实在［M］. 周邦宪, 译. 贵阳: 贵州人民出版社, 2006.
[22] 鲍曼. 现代性与矛盾性［M］. 邵迎生, 译. 北京: 商务印书馆, 2003.
[23] 柯林武德. 自然的观念［M］. 吴国盛, 译. 北京: 北京大学出版社, 2006.
[24] 庞廷. 绿色世界史: 环境与伟大文明的衰落［M］. 王毅, 张学广, 译. 上海: 上海人民出版社, 2002.

［25］汤因比. 人类与大地母亲［M］. 徐波，译. 上海：上海人民出版社，2001.

［26］莫斯科维奇. 还自然之魅：对生态运动的思考［M］. 庄晨燕，邱寅晨，译. 北京：生活·读书·新知三联书店，2005.

［27］萨克塞. 生态哲学［M］. 文韬，佩云，译. 北京：东方出版社，1991.

［28］阿甘本. 敞开：人与动物［M］. 蓝江，译. 南京：南京大学出版社，2019.

［29］弗卢塞尔. 技术图像的宇宙［M］. 李一君，译. 上海：复旦大学出版社，2021.

［30］吴冠军. 爱、死亡与后人类："后电影时代"重铸电影哲学［M］. 上海：上海文艺出版社，2019.

［31］程相占. 生态美学引论［M］. 济南：山东文艺出版社，2021.

［32］程相占. 西方生态美学史［M］. 济南：山东文艺出版社，2021.

［33］程相占. 环境美学概论［M］. 济南：山东文艺出版社，2021.

［34］曾繁仁. 生态存在论美学论稿［M］. 长春：吉林人民出版社，2009.

［35］鲁枢元. 生态时代的文化反思［M］. 北京：东方出版社，2020.

［36］鲁枢元. 生态批评的空间［M］. 上海：华东师范大学出版社，2006.

［37］鲁枢元. 自然与人文［M］. 上海：学林出版社，2006.

［38］鲁枢元. 生态文艺学［M］. 西安：陕西人民出版社，2000.

［39］王晓华. 生态批评：主体间性的黎明［M］. 哈尔滨：黑龙江人民出版社，2007.

［40］王晓华. 身体的悖论：主体论美学视野中的西方艺术研究［M］. 北京：人民出版社，2021.

［41］王晓华. 身体诗学［M］. 北京：人民出版社，2018.

［42］姜宇辉. 德勒兹身体美学研究［M］. 上海：华东师范大学出版社，2007.

［43］王茜. 现象学生态美学与生态批评［M］. 北京：人民出版社，2014.

［44］吴景明. 生态批评视野中的20世纪中国文学［M］. 北京：中国社会科学出版社，2014.

［45］龙其林. 生态中国：文学呈现与跨文化研究［M］. 北京：北京大学出版社，2019.

[46] 汪树东. 生态意识与中国当代文学［M］. 北京：中国社会科学出版社，2008.

[47] 王立，沈传河，岳庆云. 生态美学视野中的中外文学作品［M］. 北京：人民出版社，2007.

[48] 毕晟. 生态视域下的英美文学研究［M］. 成都：四川大学出版社，2018.

（二）期刊报纸论文

[1] 杜维明. 存有的连续性：中国人的自然观［J］. 刘诺亚，译. 世界哲学，2004（1）：86-91.

[2] 卡普兰. 地理学上的报复（上）［J］. 蔡文健，译. 国外社会科学文摘，2009（11）：14-17.

[3] 陈静. 盖尔：生态形成的科学、伦理和政治［N］. 中国社会科学报，2009-08-18.

[4] 汪树东. 当代中国生态文学的四个局限及可能出路［J］. 长江文艺评论，2016（4）：20-27.

[5] 汪树东. 当前生态文学热潮及其启示［J］. 长江丛刊，2022（5）：4-10.

[6] 郭茂全. 城市生态散文的思想内蕴与文化意义［J］. 重庆广播电视大学学报，2020（5）：69-75.

[7] 郭茂全. 生态批评视域下的城市生态散文创作研究［J］. 南宁师范大学学报（哲学社会科学版），2021（2）：1-12.

[8] 林岚. 论新时期生态散文的空间叙事：以韩少功、张炜和阿来等作家为例［J］. 海南师范大学学报（社会科学版），2014（11）：58-62.

[9] 徐恒醇. 生态美放谈：生态美学论纲［J］. 理论与现代化，2000（10）：21-25.

[10] 徐恒醇. 生态美学的理论前提和研究对象［J］. 鄱阳湖学刊，2009（3）：44-51.

[11] 刘军. 为什么是生态文学［J］. 创作评谭，2020（3）：34-36.

[12] 刘军，杨文丰. 生态散文的指认与生发空间：杨文丰访谈录［J］. 粤海风，2021（2）：131-136.

[13] 唐天卿. 新时期背景下生态散文的兴起及特点思考［J］. 文化学刊，2019（5）：110-112.

[14] 张惠青. 论加塔利生态智慧美学何以生成 [J]. 山东社会科学, 2019 (9): 58-64.

[15] 王晓华. 身体、地方意识与生态批评 [J]. 江苏大学学报 (社会科学版), 2014 (1): 19-24.

[16] 王晓华, 朱玉川. 以身体美学重构生态文化的本体论基础: 王晓华教授访谈 [J]. 鄱阳湖学刊, 2019 (5): 19-24.

[17] 王茜. "生活世界"中的自然: 关于生态批评的文学本体论反思 [J]. 学术论坛, 2015 (2): 96-101.

[18] 刘栋. 生态乌托邦的构建: 论苇岸、韩少功和廖鸿基生态散文中的处所意识 [J]. 佳木斯大学社会科学学报, 2020 (6): 122-125.

[19] 陈想. 知感交融: 台湾生态散文的审美特质 [J]. 太原师范学院学报 (社会科学版), 2019 (2): 42-47.

[20] 龙其林.《瓦尔登湖》与张炜生态散文语言的自然属性 [J]. 东方论坛, 2015 (5): 78-81.

[21] 赵树勤, 龙其林.《瓦尔登湖》与中国当代生态散文 [J]. 湘潭大学学报 (哲学社会科学版), 2012 (1): 92-97.

[22] 王兆胜. 中国生态散文中的石头意象 [J]. 华中师范大学学报 (人文社会科学版), 2021 (6): 86-96.

[23] 王兆胜. 中国现当代生态散文的物性书写类型 [J]. 求是学刊, 2022 (1): 141-153.

[24] 刘略昌. 苇岸生态散文与梭罗自然写作: 影响与契合 [J]. 江苏大学学报 (社会科学版), 2018 (6): 25-31.

[25] 陈春华.《瓦尔登湖》与中国当代生态散文分析 [J]. 喀什大学学报, 2016 (5): 77-79.

[26] 徐治平. 生态危机时代的生态散文: 中西生态散文管窥 [J]. 南方文坛, 2006 (4): 26-30.

[27] 石立干. 生态学视域下的新时期散文 [J]. 理论与创作, 2011 (4): 126-128.

[28] 周红莉, 朱梦怡. 历史的常识与生态散文的"尬区" [J]. 东吴学术, 2020 (5): 66-71.

[29] 陈剑晖. 诗性情怀与散文哲学的和鸣: 评杨文丰的自然伦理散文 [J]. 山东师范大学学报 (人文社会科学版), 2015 (4): 44-52.

[30] 吴景明. 守望大地：苇岸散文的生态意识 [J]. 文艺争鸣, 2009 (6)：93-96.

[31] 王岳川. 生态文化启示与精神价值整体创新 [J]. 江西社会科学, 2008 (4)：12-19.

[32] 曾繁仁. 当代生态美学观的基本范畴 [J]. 文艺研究, 2007 (4)：15-22, 174.

[33] 曾繁仁. 当代生态文明视野中的生态美学观 [J]. 文学评论, 2005 (4)：48-55.

[34] 曾繁仁. 跨文化研究视野中的中国"生生"美学 [J]. 东岳论丛, 2020 (1)：98-108.

[35] 鲁枢元. 生态批评视域中"自然"的涵义 [J]. 广西民族大学学报（哲学社会科学版），2009 (3)：8-16.

[36] 覃新菊. 生态批评的理论特征 [J]. 上海文化, 2007 (2).

[37] 胡志红. 论西方生态批评思想基础的危机与生态批评的转型 [J]. 鄱阳湖学刊, 2014 (6)：42-52.

[38] 胡志红. 生态批评与跨学科研究：比较文学视域中的西方生态批评 [J]. 当代文坛, 2005 (2)：3-6.

[39] 陈天想. 解密天启：读《神似祖先》[J]. 读书, 2010 (9)：78-85.

[40] 王岳川. 生态文学与生态批评的当代价值 [J]. 北京大学学报（哲学社会科学版），2009 (2)：130-142.

[41] 王岳川. 女性歌吟是人类精神生态的复归 [J]. 文学自由谈, 2004 (4)：91-95.

[42] 余谋昌, 鲁枢元. 生态学与文艺学：余谋昌与鲁枢元的对话 [J]. 渤海大学学报（哲学社会科学版），2007 (6)：21-28.

[43] 潘启雯. 莫道"天"不语，寒暑总关情：极端天气气候事件"常态化"的反思与应对 [N]. 中国社会科学报, 2010-08-05.

[44] 陈首. 环境危机中的科学 [N]. 中国社会科学报, 2010-04-08.

[45] 王婷. 后危机时代调整社会结构更重要：陆学艺、李培林、孙立平三人谈 [N]. 中国社会科学报, 2010-01-28.

(三) 博硕士学位论文

[1] 董国艳. 中国新时期生态散文研究 [D]. 济南：山东师范大学, 2016.

[2] 刘栋. 中国当代生态散文研究 [D]. 福州：福建师范大学, 2020.

［3］闵永波. 绿色的呼唤：中美生态散文概况及比较［D］. 南宁：广西民族大学，2008.

［4］王冬平. 生态散文的思想资源与审美新质：以苇岸、张炜、韩少功、李存葆等作家为例［D］. 福州：福建师范大学，2016.

［5］符鹏. 走向和谐：新世纪生态散文研究［D］. 南昌：江西师范大学，2016.

［6］李阳阳. 鲍尔吉·原野散文的生态意识研究［D］. 呼和浩特：内蒙古大学，2017.

［7］汪芷嘉. 苇岸散文的生态审美价值［D］. 福州：福建师范大学，2019.

［8］张鑫. 苇岸生态散文创作研究［D］. 武汉：华中师范大学，2019.

［9］邹璐. 李娟散文的生态审美研究［D］. 郑州：郑州大学，2020.

后　　记

在已有的生态文学研究中,生态小说、生态诗歌的研究相对更加深入和充分,但生态散文的研究却未能充分展开。借助于丛书出版的机会,本书从生态美学、生态批评的角度对中外生态散文进行了梳理和阐释。2020年下半年开始,2022年7月完成写作。

写作过程是辛苦而充实的,本以为自己在相关方面已有一定的研究基础,但在具体写作的过程中才发现积累远远不够。首先需要补充的是生态散文的文学体验,先后购买了30余本生态散文集,细读并做笔记,所有的研究都是建立在相关的文本阅读之上。然后又读了数百篇相关论文和十余本学术专著,补充了有关生态美学、生态批评的最新研究成果,更新了自己的知识系统。在阅读、思考、笔记的基础上,经历了约8个月的写作,中间甚至对写好的章节推倒重写,最终完成了书稿。

首先要感谢的是鲁枢元先生、王晓华先生和程相占先生。鲁枢元先生是我的博士生导师,从攻读博士学位至今,他始终给予我无微不至的关怀和指导,他对生态批评及精神生态的见解影响了本书相关章节的写作;其次要感谢的是王晓华先生,他是我的硕士生导师,硕士毕业十余年,我们始终保持密切联系,他的学术敏锐性让我深深佩服,本书有关主体间性、身体美学、"后人类"本体论的章节写作深受其启发;再次要感谢的是程相占先生,感谢他提供机会并促成了本次写作,本书有关生态美学的知识和论述、有关"生生美学"的章节深受其影响。

此外，要感谢韩玉洁老师，本来书稿由我们二人合作，但是由于其身体欠佳，最终由我接手独立完成，感谢她所提供的建议和资料，以及在前期进行的大量相关工作。同时感谢本书责编刘丽丽女士，她为本书付出了艰辛的劳动，并且包容我的数次修改。最后，感谢爱人裴颖女士，正是在她的帮助和支持下，我才有充足的时间从事书稿写作。

　　由于时间关系，本书写作中还存在着些许遗憾。如在文本分析上以国内生态散文为主，国外生态散文文本相对较少；另外，并未在生态美学视域下展开所有章节的写作，第六章、第七章从生态美学研究进入生态批评研究，最终在第八章、第九章又回归生态美学视域中。然而，有遗憾才有动力，如上遗憾我会在未来的进一步研究中予以弥补。

朱鹏杰

2022 年 7 月 1 日于苏州